COLLECTION
FOLIO/ACTUEL

Jean-Jacques Salomon

Le destin technologique

Gallimard

© Éditions Balland, 1992.

Jean-Jacques Salomon est titulaire de la chaire Technologie et Société au Conservatoire national des arts et métiers. Il a fondé et dirigé de 1963 à 1983 la Division des politiques de la science et de la technologie de l'OCDE. Parmi ses publications : *Science et politique*, Le Seuil, 1970 (rééd. Economica, 1989) ; *Le Gaulois, le cow-boy et le samouraï — La politique française de la technologie*, Economica, 1986 ; *Science, guerre et paix*, Economica, 1989.

*Pour Carole, Anne-Clélia
et Laurent*

Introduction

Destin, destinée, sort. *Le destin est ce qui destine, c'est-à-dire l'enchaînement nécessaire des choses. La destinée est ce qui est destiné, c'est-à-dire ce qui résulte de cet enchaînement nécessaire. Le destin conduisit Alexandre à Babylone où une fièvre devait finir sa destinée de victorieux et de conquérant. Mais ces deux mots sont si voisins, que, pour peu qu'on en abuse conformément à cet abus qui est permis en toutes les langues, ils retombent l'un dans l'autre. Sort répond soit à destin, soit à destinée, avec cette nuance qu'au lieu de considérer la nécessité qui enchaîne les choses on considère ce qu'elles ont de fortuit.*

Littré, *Dictionnaire de la langue française.*

La découverte des limites

« Le destin, c'est désormais la politique », disait Napoléon à l'aube du XIXᵉ siècle. L'enchaînement des choses considéré comme nécessaire, ce à quoi nul n'échappe, même les dieux : la mythologie faisait du destin une divinité supérieure à Jupiter même. À l'aube du XXIᵉ siècle, la technologie a-t-elle pris le relais ? Je ne le crois pas, et c'est pour cela que j'écris ce livre : la technologie n'est pas l'habit contemporain de l'enchaînement nécessaire des choses. Plus précisément, la partie n'est pas jouée et n'est jamais jouée tant que les hommes ont conscience de leurs limites, si grands que soient les pouvoirs dont ils se dotent grâce à la technologie. Limiter, réguler, contrôler le changement technique, refréner son rythme, corriger sa direction, maîtriser sa nature : tel est l'enjeu du XXIᵉ siècle, à moins d'accepter le recul de la vie et la fin de l'histoire humaine. Si la technologie est notre destin, il ne s'agit pas d'une divinité supérieure aux hommes : l'affaire dépend encore de nous ; c'est toujours, et plus que jamais, une affaire politique dont la décision est entre nos mains.

L'éthique de la peur

À la source de la science moderne, le projet cartésien visait à rendre l'homme « maître et possesseur de la nature ». Aujourd'hui, on ne parle plus que de « maîtrise sociale de la technologie ». Arroseurs arrosés, apprentis sorciers, démiurges pris à nos propres pièges, nous devons nous rendre maîtres des forces que nous avons déchaînées. Est-ce possible sans tomber dans l'illusion d'une nature humaine pacifiée ? Question métaphysique par excellence, question sans réponse par définition. Le rapport de l'homme moderne à la technique pose assurément une question métaphysique, mais en quoi la nature de la technique contemporaine — la technologie — a-t-elle changé ce rapport ? Parmi tant d'autres, Heidegger et Ellul désignent la technique comme une force autonome, extérieure à ce que nous sommes, faisons et voulons, réincarnation du *fatum* antique se jouant de l'humanité impuissante. Il est étrange que, au moment où le pouvoir des hommes et des femmes sur la nature, les choses, la matière et la vie n'a jamais été aussi grand, ce vertige de l'impuissance les saisisse, comme s'ils n'étaient pas auteurs, dispensateurs et manipulateurs de ce pouvoir même.

Qu'est-ce qui fait que le rationnel tourne au cauchemar ? Et comment sortir du positivisme pour rendre compte de ce retournement ? La bonne conscience du scientifique dissocie la découverte fondée sur le travail de la raison des applications déraisonnables auxquelles elle donne lieu. Si les choses tournent mal, il n'y est pour rien, et puisqu'il faut un coupable le premier venu qui s'impose sera le technicien, l'homme de l'art et de la pratique, le technologue-démiurge qui ne s'inspire des lumières de la raison que pour mieux les trahir. Invoquant, d'un côté, la poursuite de l'idéal de la science et, de l'autre, les services rendus à l'humanité, le scientifique se dit étranger aux conséquences « négatives » du résultat de ses travaux. Cet angélisme n'empêche pas de s'interroger sur le rôle ambigu qu'exerce désormais l'institution scientifique dans nos sociétés.

On n'en est jamais quitte avec cette question quand on parle d'effets « pervers », comme si ce *retournement* du rationalisme se réduisait à un *détournement*. Mais pourquoi, ici encore, ne s'en prendre qu'à l'institution scientifique, comme si, relevant d'un autre monde que le nôtre, elle le colonisait à la manière des métropoles impériales soumettant jadis les peuplades qu'on disait primitives ? En cette fin de XXe siècle, la science semble avoir pris la place qu'occupait au XIXe le capital dans les fantasmes de la récrimination collective : bouc émissaire des dysfonctionnements et des injustices planétaires, l'institution scientifique ne peut pourtant pas être isolée ni surtout dissociée des structures économiques, sociales, culturelles qui définissent la civilisation matérielle que nous produisons et consommons.

La notion d'une maîtrise sociale de la technologie rouvre le débat sur les limites que l'on peut (ou voudrait) assigner non seulement aux conséquences de la recherche scientifique, mais encore à la recherche scientifique elle-même – débat qui n'appartient qu'à la dernière mi-temps de ce siècle. De fait, les menaces que font peser certains développements scientifiques et techniques soulèvent une question plus que légitime : « Jusqu'où peut-on aller trop loin ? » Nul n'a mieux montré que Hans Jonas le renversement de l'éthique – la transformation ou le prolongement des impératifs moraux kantiens – qu'exige l'*ubris* de la civilisation technologique *. La théorie et la pratique de la responsabilité collective devraient changer en fonction même des conséquences à long terme de la technologie. L'enjeu n'est plus seulement le respect du prochain dans l'immédiateté de l'acte moral, il est de prendre en compte les actes collectifs dont les effets à long terme n'ont ni précédent ni mesure possible, d'assumer des obligations nouvelles à l'égard du milieu technico-naturel auquel nous condamnons les générations à venir, en un mot « d'inclure la planète entière dans la conscience de la causalité personnelle ».

Cette « éthique de la peur » dont nous parle Jonas vise une forme nouvelle de responsabilité fondée sur la retenue, la vigilance, le refus de la transgression. La peur des forces naturelles a guidé les premiers pas de l'humanité vers le savoir. La peur bridant le savoir peut-elle donner naissance à de nouveaux impératifs catégoriques ? La science conquérante et dominatrice guidée par les Lumières est entrée dans l'ère du soupçon. L'idée de limiter « le désir de savoir » – ὄρεξισ του εἰδέναι – propre à la recherche scientifique, désir à ce point inné qu'il désigne, depuis Aristote, l'homme dans sa spécificité même, ne va pas de soi, du moins

---

* L'*ubris* désignait pour les Grecs tout ce qui dépasse la mesure, *d'où* : 1. *(comme sentiment)*, orgueil, insolence, fougue, impétuosité, violence, emportement, bouillonnement ; 2. *(comme action)*, mauvais traitement, outrage, insulte, injure, sévices. *En général*, tout excès, *d'où* acte de désespoir. Bailly, *Dictionnaire grec-français*.

dans nos sociétés. Et l'on voit mal par quel consensus les chercheurs pourraient et devraient s'y plier, sinon par des mesures totalitaires s'appliquant à la terre entière. Pourtant, la question est posée, et la nécessité s'impose toujours davantage de substituer des régulations politiques aux équilibres que les débordements technologiques font imploser : pluies acides, menaces pesant sur la biosphère, effet de serre, déchets nucléaires dont la nuisance est irréversible, contrôle démographique des naissances, procréation médicale assistée, clonage des espèces, recherches sur le génome humain dont les conséquences sociales comportent peut-être plus de périls que tous nos fantasmes nucléaires – la liste ne cesse de s'allonger des problèmes que soulèvent la dynamique des innovations et le tête-à-tête de plus en plus artificiel de l'humanité avec la nature.

Le rapport de l'homme moderne à la science et à la technologie passe inévitablement par la politique, et donc par une régulation extérieure à la communauté scientifique : non seulement parce que l'État, dans tous les pays, est devenu le soutien principal de l'entreprise scientifique, mais aussi parce que les développements de cette entreprise confrontent de plus en plus la *politeia* à « l'aporie des limites ». Parler de maîtrise sociale de la technologie suggère que le défi peut être relevé. À quelles conditions et dans quelle mesure ? Répondre à ces questions est l'enjeu de ce livre, qui veut faire comprendre ce qu'est la *technologie*, le rôle qu'elle joue dans la dynamique des sociétés modernes, les liens qu'elle entretient avec le capitalisme, les problèmes nouveaux qu'elle soulève (ce par quoi elle se distingue précisément de la *technique*), les impératifs enfin de régulation politique et d'éducation des citoyens qu'elle exige de fonder.

« La technologie au péril de la démocratie », tel aurait pu être le sous-titre de ce livre. Ou encore : « Technologie, capitalisme, démocratie », non pas pour prétendre rivaliser avec le titre célèbre du dernier livre de Schumpeter, mais pour répliquer aux prédictions que celui-ci a formulées sur le destin du capitalisme, condamné à ses yeux à mourir de ses succès, comme il était condamné aux yeux de Marx à mourir de ses échecs. Le capitalisme tient bon malgré la prophétie de l'un et de l'autre, et certaines des fonctions privées auxquelles Schumpeter associait l'avenir de l'innovation ont beau avoir été « socialisées », fût-ce dans les pays qui se défendent le plus du socialisme, la capacité d'innovation du capitalisme apparaît plus grande que jamais : la dynamique de la technologie est l'essence même du capitalisme industriel. Quels que soient ses défauts et ses crises, je ne vois pas ce qui le menace. C'est, au contraire, à l'agonie du communisme que nous assistons, dont Schumpeter comme Marx annonçait l'immanquable triomphe. Le grand débat ouvert par la révolution de 1917 est clos par défaut : le communisme a jeté l'éponge, le capitalisme repart de plus belle. Mais les développements de la technologie posent des problèmes si nouveaux et à une échelle si vaste, qu'ils mettent en question le sort de la planète. *Le véritable enjeu n'est pas le destin du capitalisme, mais celui du cadre de vie et de l'environnement menacés par certains de ces développements. L'avenir des sociétés démocratiques se joue sur ce défi de la régulation du changement technique.* Un défi que libéralisme et social-démocratie, l'un et l'autre soumis du point de vue des activités de recherche et d'innovation aux mêmes contraintes d'une économie inévitablement mixte, sont également tenus de relever, puisque ni l'un ni l'autre ne disposent de formules toutes faites pour y faire face.

Prométhée empêtré

Ce livre s'inspire en partie du rapport que la Commission de la communauté européenne m'avait commandé, à la fin des années 70, sur « la résistance au changement technique », et publié sous le titre de *Prométhée empêtré*. Il s'en inspire, mais de très loin, car les temps ont changé – et son auteur. L'Europe en proie aux effets de la crise du pétrole craignait alors de manquer le rendez-vous de la modernisation et de la compétitivité, face à la concurrence des États-Unis et du Japon. Ricardo Petrella, responsable de l'Unité de prospective scientifique et technologique de la CEE, m'incita à réfléchir sur les conditions nouvelles, institutionnelles et politiques, qu'il fallait remplir pour favoriser l'accueil et la diffusion des nouvelles technologies : informatique, biotechnologies, nouveaux matériaux de synthèse, etc.

Quels que soient les retards de l'Europe — ou le sentiment qu'elle a de ses retards — par rapport à ses rivaux économiques d'Amérique et d'Asie, cette bataille me paraît gagnée, et je ne crois d'aucune façon, à la veille du Marché unique, au déclin de l'Europe. Je la vois au contraire, dès la fin de ce siècle, promise à être le continent non seulement le plus riche de la planète, mais aussi le plus équilibré, malgré le retour apparent, dans les confins de l'ancien empire ottoman, aux luttes tribales les plus éloignées de l'Europe des Lumières. Une autre bataille, en effet, est déjà en train de se jouer, où il est moins question de productivité, de compétitivité, de croissance économique à tout prix, que d'aménagement du cadre de vie, de contrôle de l'*ubris* technologique, de respect pour les équilibres naturels au nom même de la préservation de notre espèce. De tous les continents, en raison même de son histoire et de son ancienneté dans l'histoire de la révolution industrielle, l'Europe est celui qui me paraît le mieux préparé pour remporter cette bataille.

Le titre du rapport que m'avait commandé la CEE se référait à l'admirable livre de David Landes, *The Prometheus Unbound*, qui décrit, comme un hommage au génie scientifique et technique européen, l'histoire de la révolution industrielle, du XVIIIe siècle à la mi-temps du nôtre. Délivré de ses liens, insatiable et jamais à court d'inventions, Prométhée fait flèche — feu — de tout bois pour assurer l'ascension continue, irrésistible et triomphante de l'Europe vers le mieux-être. Le capitalisme industriel a pour moteur l'innovation, le changement engendre le changement : la croissance économique, les progrès cumulatifs de la science et de la technologie, les transformations sociales s'accélèrent et se propagent. Le progrès n'a qu'un signe, et il ne peut être que positif. Dans cette saga optimiste de l'essor industriel européen, il y a bien des ombres et des coûts : les crises, les guerres, les massacres dans lesquels la science et la technologie joueront un rôle de plus en plus envahissant. Mais, au total, ces bavures de l'Histoire sont à mettre au compte des pertes et profits; elles n'empêchent pas la productivité de croître et avec elle les marchandises, les échanges, la prospérité. Devant un « bilan global » aussi manifestement bénéfique, il n'y a que les poètes ou les philosophes pour faire la fine bouche. Prométhée va de l'avant, sans prêter attention aux conséquences de ses artifices toujours renouvelés.

L'avatar contemporain de Prométhée est le « chercheur », le scientifique, l'ingénieur, le technicien dont les travaux sont voués, au sein des laboratoires publics comme des laboratoires privés, à multiplier les découvertes et les innovations. Ce Prométhée est plus dynamique que jamais et tellement mieux armé qu'aux débuts de l'industrialisation pour exercer son génie inventif! Pourtant, le champ de ses activités, si vaste qu'il soit, est désormais borné : Prométhée doit compter non plus seulement avec la résistance des choses, de la matière, de la nature, mais encore avec celle des hommes, des institutions, des sociétés. Empêtré, embarrassé et même entravé par les succès que multiplie son aptitude à créer et à innover, il bute sur une frontière tracée par ceux-là mêmes dont il s'évertue à transformer les conditions de vie. L'acrimonie, les réserves, voire la répulsion des poètes et des philosophes ont été prolongées d'abord par les générations de sociologues voués à la critique du capitalisme industriel; elles sont désormais partagées par des représentants des sciences « dures ». Boucle bouclée : la science est prise à ses propres pièges, et nul ne peut plus céder à l'ivresse des utopies du progrès sans savoir quel en est le coût.

Ce qu'enseigne le mythe de Prométhée, ce n'est pas seulement l'ambivalence du rapport de l'homme à la technique, mais d'abord que la technique est transgression par rapport aux dieux. Il y a un lien, sans doute, entre la source grecque et la source judaïque quand on compare le mythe de Prométhée et celui d'Adam et Ève : c'est la même hérésie séculaire qui, émancipant l'homme des forces divines, le condamne à vivre dans l'insécurité de ses propres œuvres. Même arrachement, même incertitude du destin. Quelques différences, cependant : dans la Genèse, il est question de la connaissance plutôt que de la technique, alors que dans la mythologie grecque l'enjeu n'est pas tant le savoir que le savoir-faire. Et si les Grecs n'ignoraient rien de la faute (Œdipe...), ils vivaient dans un monde qui ignorait le péché, alors que la tradition judéo-chrétienne n'a pas cessé de s'en nourrir.

Dans les deux cas, quelles que soient les différences, il y a transgression et prix à payer. Adam et Ève ont perdu le Paradis pour avoir goûté du fruit de la connaissance, Prométhée est enchaîné à sa roue pour avoir subtilisé le feu. Ève a cédé à la tentation, et c'est la curiosité qui la perd, l'arrachant elle, Adam et leur descendance au Paradis où Dieu, plutôt bien disposé à leur égard, aurait préféré les voir s'épanouir sous sa protection. Prométhée, en revanche, est d'entrée de jeu en conflit avec Zeus, qui dissimule le feu à la race humaine et donc menace sa survie. C'est par un acte de révolte qu'il se heurte à Zeus, un acte qui a doublement le caractère d'un *artifice* : Prométhée substitue au feu naturel la technique du feu, et c'est une ruse qui prend Zeus au dépourvu.

D'une source à l'autre, la transgression n'a ni le même sens ni la même portée, mais la sanction est la même : pour la source judéo-chrétienne, les hommes sont rejetés hors de l'espace béni de Dieu qu'est le Paradis; pour la source grecque, ils sont projetés hors du temps merveilleux qu'est l'âge d'or. Dans ces deux mythes d'origine, les hommes découvrent qu'ils sont mortels et que la vie a pour condition le labeur. C'est un couple qui quitte le Paradis; ce sont deux jumeaux ou un homme à deux faces, Prométhée et Épiméthée, le Prévoyant et l'Irréfléchi, qui sortent de l'âge d'or; et simultanément, avec la condamnation au travail pour faire sortir les richesses qui jusqu'alors naissaient spontanément de la terre, apparaît la première femme, contrepartie du larcin prométhéen. Pandore soulève le couvercle de la jarre et distribue les maux désormais inextricablement mêlés aux biens. Dans la Genèse comme dans la mythologie grecque, la transgression condamne les hommes à connaître la naissance par l'engendrement et donc le vieillissement, la souffrance et la mort. Le feu dérobé, comme la pomme croquée, c'est aussi le temps compté.

Le savoir en tant que connaissance et la technique en tant que savoir-faire ne sont assurément pas la même chose. On ne pouvait pas les confondre jusqu'à la révolution industrielle; on les confondait d'ailleurs si peu qu'ils ont toujours défini, depuis l'Antiquité, deux mondes, deux classes, deux cultures différentes. Il a fallu attendre l'époque la plus récente, le milieu du XIXe siècle à partir duquel la science s'est délibérément associée à l'industrie, pour qu'il devienne de plus en plus difficile de distinguer la science de la technique; il n'a pas fallu moins, comme on le verra, que l'essor et le triomphe de la *technologie* au sens contemporain du terme. Mais si la transgression du feu est désormais absolument équivalente à celle de la pomme, n'est-ce pas aussi parce que les enjeux ont changé dans nos sociétés laïcisées et désenchantées par les succès mêmes de la science et de la technologie? La transgression par rapport aux dieux n'est plus que transgression par rapport à la société.

De même que les hommes de cette fin de siècle découvrent qu'il y a des limites à l'exploitation des ressources naturelles, ils découvrent qu'il y a des limites à l'exploitation de leur génie technique : leur ruse les prend eux-mêmes au dépourvu, la boîte de Pandore est trop pleine, sa foison de surprises s'accompagne de cadeaux trop souvent empoisonnés, les merveilles qui en surgissent semblent échapper à tout contrôle. Et cependant, si Prométhée est pris dans les liens mêmes dont il s'est délivré, il n'est toutefois pas entravé au point de ne pas aller de l'avant. Comme l'écrivait Landes, l'industrialisation du monde se poursuit, pour le meilleur et pour le pire, et s'il y a des gens, dans les pays industriels avancés, à qui ce culte des réalisations matérielles donne des haut-le-cœur, c'est qu'ils ont les moyens de s'offrir une attitude critique, alors que la grande majorité des habitants de la planète rêvent d'accéder à cette aisance matérielle. Pourtant, la mise en question des conquêtes du progrès n'est plus le privilège des seules sociétés riches. C'est aussi des pays en développement que sourd l'interrogation sur l'orientation qui a été donnée au progrès, les coûts pour la nature et l'humanité que celui-ci entraîne, le sens et le bon sens du modèle de croissance dont la terre entière devait, il y a peu encore, exclusivement s'inspirer, celui de l'Occident.

Ce qui a changé, ce n'est ni le désir de savoir ni encore moins le besoin qu'a l'homme de créer et d'innover, mais les moyens dont il dispose pour le faire, et la conscience qu'il a des problèmes qu'il se crée en tirant parti de son génie scientifique et technique. Dans le mythe d'Hésiode, les hommes renonçaient à l'*ubris* en inventant la technique. Grâce à des moyens d'investigation, de production et de diffusion sans précédent — la routine de la recherche et de l'organisation scientifiques —, la technologie est devenue le lieu même de l'*ubris,* gage à la fois de prospérité sur le plan matériel et d'inquiétudes renouvelées sur le plan social, politique et moral. Alarmes et espérance : Landes concluait son livre sur ces deux pôles vers lesquels les hommes ont été attirés par la révolution industrielle d'abord et par le mariage de la science et de la technique ensuite.

Tant qu'on a conscience de cette duplicité de la technique et qu'on travaille à en anticiper et à en maîtriser les dommages, les raisons de craindre doivent-elles l'emporter sur les raisons d'espérer ? À tout le moins il nous faut commencer par comprendre ceci : *la ruse technique, qui fait le génie de l'homme, menace d'autant plus de faire sa ruine que nous la concevons comme l'affaire exclusive des techniciens.* La plus grande ruse du diable, disait Baudelaire, est de nous persuader qu'il n'existe pas. Celle des techniciens est de nous faire croire que la technologie est *neutre* et que, derrière les prouesses de Prométhée, il n'y a jamais les fantasmes et les dérives d'Épiméthée. Il faut commencer par comprendre que le contrôle de la technologie est l'affaire de tous.

On voit bien pourquoi la notion d'une évaluation sociale des technologies l'a emporté sur la formule originelle du *technology assessment :* celle-ci confinait l'évaluation au territoire des experts, celle-là présuppose que le public a voix au chapitre. Ce présupposé de décisions négociables avec les partenaires sociaux n'a qu'un nom : démocratie. De fait, il n'y a pas de place dans un système totalitaire pour l'évaluation sociale des technologies. Non seulement un tel système récuse par définition l'opinion minoritaire, mais encore il entend ou prétend fonder la rationalité de ses décisions sur la seule technicité des experts (même si, bien entendu, dans la plupart des cas, c'est l'humeur et le seul intérêt des tyrans qui décident des grandes orientations technologiques). Tel est encore une fois le paradoxe : c'est dans les pays qui ont prétendu organiser l'économie sur la base scientifique d'une planification rigoureuse que les catastrophes technologiques et les désastres écologiques ont été jusqu'à présent les plus dramatiques; inversement, c'est dans nos pays où l'État-Providence a de plus en plus été mis en question, où la tendance à libéraliser et à déréglementer n'a cessé de s'étendre, que l'évaluation sociale des technologies a connu des progrès considérables, sur le plan institutionnel comme sur le plan méthodologique.

Ce paradoxe illustre à la fois la vulnérabilité des sociétés démocratiques et leur capacité d'adaptation au changement technique. C'est bien parce que nos sociétés se veulent démocratiques qu'elles ont à affronter ce problème du contrôle des conséquences du changement technique et celui de la participation aux décisions portant sur la science et la technologie. Des sociétés qui se soucient de minimiser les pertes tout en maximisant les gains ne sont pas nécessairement frileuses, mais elles payent le prix de leur consentement à un débat public. Elles sont condamnées à s'adapter aux changements en s'efforçant de combler l'écart entre les initiatives de l'appareil politico-administratif et les aspirations du corps social. Le prix à payer se traduit en controverses publiques, en délais, en gaspillages, en contestations, en refus. Les technocrates, les entrepreneurs et la plupart des hommes politiques se passeraient volontiers de ce tohu-bohu, qui donne la parole à ceux qui « n'y connaissent rien » et compromet des projets dont les dossiers passent, aux yeux des techniciens, pour incontestables et d'autant plus urgents à mettre en œuvre. L'affrontement entre la *logique technocratique* et la *logique démocratique* a un prix qui peut paraître élevé aux décideurs, il l'est toujours moins que celui qu'il faudrait payer en l'absence de tout mécanisme de contrôle et de régulation.

Le spectre de Tchernobyl

Les temps ont changé, en effet. *Prométhée empêtré* a été publié au lendemain de Three Mile Island : l'accident nucléaire se limitait à un incident, et les spécialistes pouvaient se réjouir et nous réjouir à l'idée que le pire n'ait pas eu lieu. Mon plaidoyer pour la transparence, la discussion démocratique, la participation du public aux décisions intéressant les grandes orientations scientifiques et technologiques était d'autant mieux reçu que, dans la plupart des pays européens, l'idée et même la pratique de l'évaluation sociale de la technologie faisaient leur chemin.

C'était un peu moins le cas en France, bien sûr, qu'ailleurs, car la bonne conscience de la technostructure n'y a d'égale que l'arrogance avec laquelle nos grands programmes sont proclamés sans faille. Rien ne m'a, par exemple, davantage ahuri que d'entendre lors de cet incident de Harrisburg, à la radio et à la télévision, plusieurs ministres, et le premier d'entre eux en tête, proclamer que ce qui était possible chez les autres était, comme par décret divin, impossible chez nous. Tant de compétence, d'expertise et de certitudes formulées sur-le-champ de la part d'hommes politiques avaient de quoi rassurer. Il est vrai que bien peu de pays démocratiques peuvent s'enorgueillir d'une connivence aussi étroite entre le monde politique et celui de la technologie. Les États-Unis, sans doute, battent la France d'une bonne longueur sur ce terrain, mais les contre-pouvoirs (médias, justice, mouvements associatifs, etc.) n'exercent pas dans nos institutions ni dans nos habitudes la même influence qu'aux États-Unis.

Depuis, il y a eu Tchernobyl, et l'on peut, certes, encore se rassurer, en mettant ce désastre au compte de toutes les raisons qui expliquent l'effondrement du système soviétique. Celui-ci est assurément champion toutes catégories des catastrophes nucléaires. Avant Tchernobyl, il y eut l'explosion, à la fin des années 50, du centre de stockage de Tcheliabinsk, puis la rupture brutale d'une conduite de refroidissement du circuit primaire dans un sous-marin nucléaire en patrouille. Depuis, le voile se lève peu à peu sur d'autres catastrophes nucléaires auxquelles le système soviétique s'est prêté, en particulier les explosions « à fleur de sol » organisées dans l'Oural pour creuser des canaux. Le centre de Semipalatinsk, dans la steppe kazakhe, a subi 467 essais nucléaires, 124 dans l'atmosphère et 343 sous terre. La steppe kazakhe n'est pas un désert : plusieurs dizaines de milliers d'habitants, dans un rayon de 100 à 150 km autour du polygone, ont subi de plein fouet les retombées radioactives, les doses reçues atteignant jusqu'à 165 rems, alors que la dose acceptée pour les populations, suivant les critères internationaux, est aujourd'hui de 0,7 rem par an! Le taux d'enfants anormaux y est de deux à deux fois et demie plus élevé que dans le reste de l'ex-Union soviétique. À l'Ouest, les réacteurs occidentaux se plient dans leur grande majorité (mais pas tous) à des normes de construction et de sûreté qu'ignorent les centrales soviétiques. La conjonction d'impéritie, d'incurie et d'inconscience technocratique, qui a déterminé le déclenchement de la catastrophe de Tchernobyl, peut difficilement s'y reproduire, si du moins les spécialistes en retiennent les leçons. Le système soviétique, qui entendait bâtir la nouvelle société sur les colonnes d'acier de la science, n'a pas de rival en matière d'irresponsabilité scientifique. Mais les retombées radioactives des essais américains dans l'atmosphère, au Nouveau-Mexique, au Nevada et dans le Pacifique, ont aussi provoqué des victimes, même si leur nombre est sans proportion avec celui des essais soviétiques.

Ce n'est pas le spectre du communisme ni d'ailleurs celui du capitalisme qui hante cette fin de siècle, mais celui de la catastrophe majeure produite par la main de l'homme, qui non seulement suscite la peur, mais encore sème le doute sur les fondements mêmes de la rationalité des sociétés industrialisées. L'accident de Tchernobyl a effectivement eu lieu suivant les pires scénarios de science-fiction, jusqu'au début de « syndrome chinois » illustré par le film catastrophe : le combustible en fusion a dévoré le plancher du bâtiment du réacteur, menaçant d'enfouir progressivement dans le sol un magma de béton, de métaux, de produits radioactifs, certains connus, d'autres absolument inédits (la température a été telle, 1 800 degrés, que des cristaux artificiels d'uranium, de silicium et de zirconium se sont créés, aussitôt baptisés « tchernobylites » par les techniciens soviétiques). Depuis la catastrophe, le réacteur est toujours sous haute surveillance, puisque le sarcophage de béton dont on l'a recouvert n'est étanche ni aux radiations ni aux intempéries, et que le magma radioactif, toujours chaud (plus de 300°), n'est ni stable ni immobile. Pire, les zones contaminées s'étendent à plusieurs centaines de kilomètres, avec une population de plus de 800 000 personnes exposées à des concentrations de rayonnement dont nul ne peut aujourd'hui mesurer les effets à long terme. Les experts peuvent rappeler que le solde des victimes actuellement attribuables à l'accident n'est pas très élevé, *aucune catastrophe naturelle depuis l'ère historique n'aura fait peser une plus grande menace de mort sur un espace aussi étendu ni pour une durée aussi indéterminée.*

Les temps ont aussi changé, parce que les retombées du nuage de Tchernobyl ne se sont pas limitées à la population soviétique : la catastrophe s'est jouée des différences et des différends politico-idéologiques. De la même façon, le monde s'est accoutumé depuis peu à l'idée des menaces pesant sur la biosphère : l'effet de serre, s'il se confirme, a par nature des conséquences qui transcendent les frontières. Avec l'aube du XXIe siècle, on voit poindre une constellation de risques technologiques majeurs, que les progrès mêmes de la science et de la technologie ne suffiront plus, demain, à compenser ou à rééquilibrer. Après le scénario du monde fini, devons-nous entrer dans celui du monde qui se finit ? Les Nations unies ne sont plus seulement le théâtre des antagonismes nationaux et des confrontations idéologiques, où les puissances rivales proclament qu'elles veulent la mort de leurs adversaires. Elles sont aussi devenues le lieu où les souverainetés nationales doivent transiger, prises de court par les débordements de la technologie, accepter des limitations et chercher en commun des solutions à l'échelle de la planète, qui ne relèvent plus du terreau exclusif des pulsions politiques. Les luttes tribales sont bornées par la prise de conscience des menaces communes pesant sur la survie de l'espèce : les Serbes et les Croates s'entre-tuent dans l'indifférence du monde industrialisé, parce que les armes dont ils se servent demeurent conventionnelles (et dans certains cas primitives), mais ni l'Europe ni les États-Unis ne pourront accepter que les Ukrainiens, les Géorgiens ou les Arméniens défendent leur indépendance contre Moscou à coup de missiles nucléaires.

Les temps ont aussi changé en ceci que, terminant ce livre après la guerre du Koweït, je ne peux m'empêcher d'établir un lien entre les coûts de cette guerre, les nobles raisons que l'on a invoquées pour la mener, et l'hystérie d'hommages à la technologie à laquelle elle a donné lieu. Nous n'avons pas seulement eu droit à une démonstration crânement proclamée de guerre « électronique », nous avons aussi été submergés par une histoire immédiate, censurée, manipulée et manipulatrice grâce aux technologies de la communication. Je ne dis pas cela pour apparaître, après coup, comme du parti des colombes : j'ai pensé, dès l'annexion du Koweït, à plus forte raison à partir de l'affaire des otages, qu'on ne pouvait pas laisser faire Saddam Hussein. Mais le faucon que j'ai alors été ne s'interdit pas de constater que la technologie la plus avancée ne vient pas à bout d'un tyran, ne légitime pas davantage les émirs qu'il a combattus ni ne fait finalement triompher le droit des gens pour lequel les Nations unies s'étaient, pour une fois, coalisées ou presque, d'Est en Ouest, d'Israël à l'Islam. La conclusion de cette aventure dont je continue à penser qu'il fallait la mener, mais qui laisse un goût de victoire aussi amer que l'incertitude d'un combat douteux, justifie d'autant plus ce livre à mes yeux : la solution des grands problèmes de ce monde n'est jamais à trouver d'abord du côté de la technologie. Et, si la technologie est notre destin, celui-ci est l'affaire des hommes, non celle des dieux.

Première partie

L'enchaînement nécessaire des choses

Chapitre premier

L'*apprentissage par les catastrophes*

Il n'est pas inutile, pour comprendre la nouveauté de ces problèmes, de rappeler les débuts aux États-Unis du *technology assessment*, dont les pratiques depuis ont été institutionnalisées, d'une manière ou d'une autre, dans la plupart des pays industrialisés. Ce n'est pas remonter très loin : à peine deux décennies. À la fin des années 60, en effet, un groupe de scientifiques, de juristes et de membres du Congrès affirmait, à travers la formule du *technology assessment*, la nécessité d'un contrôle plus étroit à exercer, suivant des procédures nouvelles, sur le progrès technique. La fin des années 60 voit les États-Unis plus conquérants que jamais dans la course à l'exploit technologique. L'obsession américaine du toujours plus grand, du toujours plus vite et du toujours plus loin triomphe avec le succès du programme Apollo. Plus que jamais, les États-Unis apparaissent comme le champion toutes catégories en matière de recherche scientifique et d'innovation technique, et les Américains eux-mêmes tendent à voir dans cette « nouvelle frontière » la meilleure chance d'accomplir leur vocation impériale dans le monde, comme ils ont accompli au siècle dernier leur vocation continentale par la conquête de l'Ouest et l'expansion de leur production industrielle.

La fin du laisser-faire technologique

À la différence de la précédente, cette nouvelle frontière est sans limites, *endless frontier* suivant la formule du rapport que Vannevar Bush, conseiller scientifique de Roosevelt, a déposé à la fin de la Seconde Guerre mondiale. Une frontière sans limites du point de vue non seulement de l'extension du savoir, mais encore de l'accroissement de puissance. Cet optimisme des États-Unis à l'égard des ressources qu'offrent la science et la technologie remonte à leur origine même. « C'est la nation qui est née, a écrit Don K. Price, du premier effort dans l'histoire pour marier les idées scientifiques et les idées politiques. Depuis Benjamin Franklin et Thomas Jefferson, les Américains ont toujours été enclins à placer leur foi dans une combinaison de démocratie et de science comme une formule assurée de progrès humain. » Cette foi, qui s'inspire des philosophes des Lumières, professe que les succès de la rationalité dans le domaine de la matière doivent fatalement se transférer dans le domaine de la vie sociale. Et plus il y a de progrès techniques, plus la société doit irrésistiblement marcher vers le mieux.

Pourtant, au moment même où triomphait le programme Apollo, cette litanie du « rêve américain » a brutalement et fondamentalement été remise en cause. On voulait la lune, on l'a eue. Mais le désenchantement a presque immédiatement succédé à l'euphorie. La fin des années 60, c'est aussi l'envolée de la guerre du Viêt-nam, le début de la révolte étudiante, la montée en puissance des mouvements écologistes, la critique du « complexe militaro-industriel », bientôt l'indifférence, quand ce ne sont pas les sarcasmes, pour saluer la répétition presque routinière des promenades dans l'espace. Le coup d'arrêt donné au programme du SST, le concurrent du Concorde, est la première manifestation politique des doutes qui vont commencer à tarauder l'optimisme technologique des États-Unis.

C'est dans ce contexte de malaise et de critiques que le débat sur le *technology assessment* a commencé. Les premiers textes datent de 1967, et le débat débouchera dès 1972 sur la loi créant l'Office of Technology Assessment. Les législateurs ont estimé qu'il y avait urgence à redéfinir les règles du jeu qui président à la production et à la diffusion des innovations techniques. Tout comme, dans les années 30, la crise avait conduit le pouvoir fédéral à refréner le « laisser-faire économique », ce malaise de la fin des années 60 le conduit à fixer des bornes au « laisser-faire technologique ».

Il serait tout à fait inexact de dire que la puissance publique — fût-ce aux États-Unis, empire bien connu du « capitalisme sauvage » — n'est intervenue qu'à partir du milieu de ce siècle pour soumettre l'innovation technique à une forme de régulation. Bien avant la révolution industrielle, à plus forte raison à partir de l'essor du machinisme industriel, l'État a dû intervenir, bon gré mal gré et souvent sans empressement, pour imposer aux entreprises et aux entrepreneurs non seulement des règles du jeu, mais encore des garde-fous destinés à contrôler les conditions et les effets du changement technique. La nouveauté est ailleurs : jusqu'alors, l'activité technique, à plus forte raison la recherche scientifique pouvaient s'épanouir sans risque de se révéler *a priori* coupables ou complices de conséquences désastreuses ; elles étaient réputées bienfaisantes tant que l'événement n'apportait pas la preuve du contraire. Aujourd'hui, on n'est pas loin de leur demander de faire à l'avance la preuve de leur innocence. C'est à ce changement dans nos mentalités que correspond l'essor du *technology assessment* à la fin des années 60.

Assessment comme « assises » en français vient du verbe latin *assidere,* « s'asseoir au banc des juges ». La traduction française d'*assessment* par « évaluation » ne rend pas compte de ce qui est profondément en jeu : il s'agit bien d'un procès, d'une action en justice qui vise à déterminer la nature des dégâts et le partage des responsabilités, mais ce procès a la particularité d'être instruit avant même que les dégâts ne se soient produits. On veut, en effet, anticiper les conséquences à long terme du changement technique, en prévoir les effets pervers, inattendus, non voulus, pour ne retenir des transformations techniques que leurs conséquences positives. Projet ambitieux, dont on peut se demander s'il n'est pas paradoxal et même contradictoire : peut-on anticiper tous les effets qu'entraînera la diffusion d'une innovation? Le malin génie de la légende est sorti de sa jarre, et l'on sait bien que l'on ne pourra plus l'y faire revenir, mais l'on fait comme si ses mouvements hors de la bouteille devaient constamment demeurer *under control*.

Sous cet aspect, le *technology assessment* peut apparaître comme un avatar de plus du scientisme professant que, puisque tout problème se réduit à ses éléments techniques, la solution relève une fois pour toutes des experts et de ceux-là seuls. C'est d'ailleurs ce qui a conduit certains à dénoncer dans l'évaluation de la technologie une opération de récupération, qui permettrait à nos sociétés de se donner bonne conscience par quelques mesures de régulation, sans limiter en rien leur ambition de puissance et leur frénésie de consommation. De toute évidence, cette interprétation est à courte vue : si l'on parle aujourd'hui d'*évaluation sociale* de la technologie, c'est bien pour insister sur le fait que le processus n'est pas l'affaire des seuls spécialistes, qu'il suppose d'entrée de jeu l'intervention, sinon la participation de tous ceux qui sont appelés à affronter les conséquences du changement technique. La technologie aux assises, c'est l'irruption de la société tout entière dans le prétoire jusque-là réservé aux seuls experts.

Pourtant, la question du seuil des risques pose en même temps celle des limites du contrôle : jusqu'à quel point peut-on maîtriser la part d'imprévisible que comporte la diffusion d'une innovation technique? N'est-ce pas un fantasme des sociétés industrialisées, nouvel avatar du projet cartésien, que de prétendre ainsi domestiquer le hasard et mettre « scientifiquement » le destin de leur côté? Si l'on veillait *ex ante* à toutes les conséquences négatives possibles, il est certain que la plupart des grandes innovations techniques de notre époque — de la pilule contraceptive à la télévision, de l'énergie nucléaire aux technologies de l'information et de l'espace — n'auraient jamais franchi l'obstacle des réglementations ou surmonté la résistance des mentalités. La question du niveau d'acceptabilité du risque n'est jamais une question neutre, et l'on sait bien que la réponse évolue en fonction des différents intérêts en jeu, de la capacité de pression dont les uns disposent pour faire « avaler la pilule » aux autres, des inconvénients qu'un groupe limité va subir, alors que la collectivité n'y voit qu'avantages (ou l'inverse, des avantages qu'y trouve un groupe limité, alors que la collectivité n'en voit que les inconvénients). La réponse demeure ouverte, et cependant, entre la paralysie et la catastrophe, il faut choisir.

L'arrogance des techniciens et des lobbies qui veulent imposer leur solution, quels que soient les risques et les coûts, est une chose. Mais la force d'inertie et la peur du changement dont témoignent certains groupes en sont une autre. Agir, c'est aussi prendre des risques, et faute d'en prendre on s'expose parfois à être tout simplement hors course. Ceux qui font le procès du « système technicien », qui dénoncent dans la technologie une puissance autonome, l'incarnation du destin antique ou la malédiction du mal, devraient toujours avoir à l'esprit le principe de « la main qui cache » *(the hiding hand)* formulé par Albert Hirschman — un principe qui, à mes yeux, n'a pas moins de portée sur le plan social que celui de « la main invisible » sur le plan économique : une entreprise peut réussir non pas parce qu'on en a mesuré tous les risques, mais parce que précisément on les a sous-estimés. Et si l'on pouvait connaître et mesurer à l'avance toutes les difficultés à surmonter, tous les coûts à affronter, toutes les dérives à éviter, y aurait-il encore une aventure humaine et le moindre progrès ? Le contre-exemple est celui des sociétés communistes qui, à force de prétention planificatrice et de mise au pas des entrepreneurs, ont ajouté aux désastres écologiques et aux dégâts du progrès, dans une proportion que n'ont nulle part atteinte les sociétés libérales, la faillite d'une économie irréelle. Cette main qui masque les obstacles est *aussi* ce qui permet d'aller de l'avant.

Ainsi, dans son ambition toute cartésienne, le projet d'une « maîtrise sociale de la technologie » est-il, lui aussi, suspect de positivisme, et l'on peut se demander s'il ne comporte pas autant d'illusions et même de risques nouveaux que celui qui visait à rendre l'homme « maître et possesseur de la nature ». Tout historien des techniques sait que le progrès technique, fût-ce aujourd'hui où la technologie est par définition étroitement tributaire de la science, dépend toujours de l'apprentissage « par essais et erreurs » des individus. L'historien tout court ne doit-il pas constater que cette pédagogie par l'échec a son corollaire au niveau des sociétés, l'apprentissage par les catastrophes, au nombre desquelles les guerres figurent en bonne place ?

De Lisbonne à Tchernobyl

Catastrophe, cataclysme : bouleversement, désastre par renversement d'un ordre. La rupture d'un système naturel est encore dans l'ordre de la nature. Mais la rupture d'un système technologique est-elle dans l'ordre de la rationalité qui lui a donné naissance ? Le propre d'un système technologique est de fonctionner : quand il conduit au désastre, comment rendre compte de ce renversement de la raison contre elle-même ? En somme, c'est buter une fois de plus sur une question de nature métaphysique qui, par définition, ne devrait rien avoir affaire avec la technologie : « Pourquoi ? » Voilà de quoi troubler la bonne conscience du technicien, dont le métier est de vouer sa compétence à résoudre toutes les questions que soulève le *comment,* sans jamais s'interroger sur celles du *pourquoi.*

Les catastrophes naturelles sont un bon prétexte de dissertation métaphysique. Ainsi le tremblement de terre de Lisbonne, en 1755, a-t-il donné lieu, parmi les intellectuels de l'Europe des Lumières, à un débat célèbre dont l'enjeu, assurément, dépassait le sort des victimes : comment concilier la bonté de Dieu avec ce déchaînement des forces naturelles ? Voltaire publie le *Poème sur le désastre de Lisbonne,* puis *Candide* pour s'en prendre à Pope et à Leibniz, qui soutiennent que tout est bien dans le meilleur des mondes possibles. Et Rousseau répond à Voltaire pour expliquer que la source du mal physique, non moins que celle du mal moral, ne peut être cherchée que « dans l'homme libre, perfectionné, partant corrompu ». Après tout, ce n'est pas la nature qui a « rassemblé là vingt mille maisons de six à sept étages ». Si les habitants s'étaient dispersés ou logés plus légèrement, « on les eût vus le lendemain, dit Rousseau, à vingt lieues de là, tout aussi gais que s'il n'était rien arrivé ». Sublime réponse, dont le bon sens n'a pas de réplique : si les hommes choisissent de vivre à Lisbonne, à Tokyo ou à San Francisco, cités fatales comme tant d'autres exposées aux tremblements de terre, c'est que leur instinct ou leur intérêt de vie, de profit, de plaisir et de survie l'emporte sur leur instinct de mort. À quoi bon s'attendrir, puisqu'ils l'ont bien cherché, comme ces Romains qui, venus passer le week-end au pied du Vésuve, ont choisi après tout de mourir à Pompéi? Les hommes demeureraient-ils dans leur chambre à méditer plutôt qu'à vouloir conquérir ou changer le monde, ils s'épargneraient bien des ennuis. Mais qui d'autre que ceux qui renoncent comme lui au monde cette leçon de Pascal a-t-elle jamais converti?

Le « désastre de Lisbonne » est matière pour les philosophes à citer Dieu à comparaître devant le tribunal des hommes : les uns le tiennent pour responsable du scandale du mal, les autres le lavent de tout soupçon et retournent immédiatement leur réquisitoire contre les hommes. Impossible d'en sortir : si ce n'est pas Lui, c'est nous. L'innocence de l'un ne peut être que la culpabilité de l'autre. Les sarcasmes de Voltaire n'y peuvent rien : le procès qu'il engage est une mauvaise affaire, on ne poursuit pas la Providence, puisque nul jugement humain ne peut jamais s'assurer que, si Elle a voulu le mal ou l'a laissé faire, en dernière instance Elle n'aura pas voulu ni fait le bien. Comment savoir, en effet, quand le fin mot de l'Histoire ne peut être donné qu'à son terme – que seule la Providence, elle encore, est en mesure de connaître ou de trancher?

Dans sa brillante introduction aux *Essais de Théodicée* de Leibniz (pionnier du calcul des probabilités et donc déjà grand expert en calcul des risques, pour compagnies d'assurance comme pour pénitents en quête de salut), Jacques Brunschwig résume ainsi le cas fâcheux dans lequel se mettent les philosophes lorsqu'ils veulent instruire ce procès désespéré : « S'il est vrai, selon une expression de Kant, que la raison n'a cessé de soulever des accusations contre la sagesse suprême en s'appuyant sur tout ce qui, dans le monde, contredit au bien, il n'est pas moins vrai que c'est encore la raison qui, au risque de se diviser contre elle-même, s'est constamment employée à justifier Dieu de ces mêmes accusations. » Dans le meilleur des mondes possibles, les pires mésaventures de Candide sont encore un hommage implicite à l'ordre de l'univers. Au risque de se diviser contre elle-même, la raison ne peut pas faire mieux que de blanchir Dieu de l'existence du mal, à laquelle après tout Il a consenti. C'est la sempiternelle question de la théodicée : qu'est-ce qui a rendu possible le mal, l'enchaînement nécessaire des choses ou ce qu'elles ont de fortuit — le destin ou la destinée de l'homme ?

L'ère industrielle nous a habitués à deux expériences d'une ampleur inédite : celle, d'abord, de la mort par accident où n'interviennent ni les hasards du destin ni la violence directement exercée par l'homme; et celle de l'accident à grande échelle qui peut frapper, tout comme les cataclysmes naturels, une population qui n'y est pour rien. Il me semble que cette accoutumance n'est pas étrangère à la façon qu'a l'homme moderne d'esquiver la mort et ses rites. Ce ne sont pas seulement, comme le soutenait Philippe Ariès, les progrès de la médicalisation qui tendent à réduire la dimension de mystère propre à la mort, mais surtout la substitution du milieu technique et des machines au milieu naturel. Il n'y a pas si longtemps, à l'un des carrefours les plus populaires de Tokyo, un immense panneau électronique affichait chaque soir le nombre des accidents de la route : c'était un lieu plaisant de rendez-vous, on y venait compter les victimes non pas tant pour conjurer la Némésis que pour saluer les performances. Et si le bilan annuel de ces accidents de la route, plus meurtriers que bien des maladies, ne compromet d'aucune façon le succès de l'automobile, c'est décidément que l'addition des victimes n'est pas vécue comme un phénomène collectif : le machinisme a banalisé la mort privée. Prendre la route ou même traverser la rue expose aujourd'hui à un risque dont la probabilité est infiniment supérieure à celui que Boileau dénonçait dans *Les Embarras de Paris,* il n'empêche : on le court, donc on l'assume.

Vivre n'est pas sans risque, cela va de soi, et toute la

pédagogie des Anciens — de l'Antiquité à l'âge classique — tendait à nous y préparer : philosopher, c'est apprendre à mourir. Au moins ne s'agissait-il que du risque individuel auquel chacun est exposé. Vieux thème qui hante les fantasmes du poète autant que l'enseignement du sage : chacun aimerait savoir, c'est entendu, si c'est pour soi que le glas va sonner, mais enfin voilà une affaire privée, même si c'est un sort commun. Le cataclysme naturel, qui sonne le glas d'une collectivité, ajoute une dimension de non-sens par l'addition des dénouements : Leibniz a beau dire, comment ne pas chercher le doigt de Dieu dans ce massacre des innocents ?

Le désastre dû à la main de l'homme — le risque technologique majeur — conduit au même scandale, à ceci près qu'on n'a pas besoin de chercher si loin pour en instruire le procès. Avec le machinisme et l'industrialisation, l'échelle des catastrophes qu'engendrent les développements de la civilisation technologique n'a pas cessé de s'élever. Ces accidents ont fait partie du paysage industriel dès ses débuts : coups de grisou, déraillements de trains, ruptures de barrages, explosions d'usines, ce n'est pas là, à mes yeux, du nouveau. Comme le XXe siècle a concentré, multiplié, agrandi les entreprises de mégatechnologie, l'étendue des dégâts possibles s'est accrue. Mais il faut ajouter aussitôt ceci : l'accoutumance au risque technologique a conduit à une prise de conscience de ses coûts pour l'homme et l'environnement naturel, et les « dégâts du progrès » ne sont plus abandonnés au compte des pertes et profits. On s'en soucie davantage, on les évalue, on s'efforce de les prévenir ou de les contrôler. Hier tenus pour négligeables, avant-hier ignorés, ces coûts qui affectent l'environnement physique sont désormais de plus en plus « internalisés » dans nos structures économiques.

Mais comment ne pas voir une nouveauté radicale, un risque majeur sans précédent, dans la nature des conséquences que peuvent entraîner certains développements technologiques ? À l'accident mécanique qui tue et rend infirme, fût-ce dans des proportions inconnues jusqu'alors, le XXe siècle a ajouté une dimension de plus : celle du désastre qui atteint l'intégrité de la vie et la perpétuation de l'espèce. Un désastre qui peut se manifester sous trois formes : insidieusement (pollutions, extinction d'espèces liées par exemple au DDT, maladies), directement (thalidomide, mercure de Minamata, dioxine de Seveso, nuage radioactif de Tchernobyl) ou potentiellement (manipulations génétiques, épidémies créées de la main de l'homme, effet de serre et autres menaces pesant sur la biosphère). Dans tous ces cas, le risque n'est pas seulement couru par les victimes du moment, il affecte la vie même en se transmettant aux descendants.

Le fléau statistique du monstre ou de l'infirme de naissance dû aux hasards de la nature a été prolongé par les innovations du génie humain. Ce fléau artefact se manifeste dans la durée, une durée qui dépasse celle des civilisations qui auront le plus longtemps survécu à elles-mêmes : par exemple, il n'existe aujourd'hui aucun moyen sûr de se débarrasser des déchets « à vie longue » produits par l'industrie nucléaire, dont certains peuvent conserver une radiotoxicité importante pendant des dizaines et même des centaines de milliers d'années. Faute de savoir comment les stocker ou les recycler, et faute aussi de l'accord des populations que l'on invite à les accueillir dans des sites en profondeur, ils sont encore – et pour longtemps – entreposés en surface, près des lieux de production. Demain, si l'on s'accorde à les enfouir entre cinq cents et mille mètres sous terre, les arrière-petits-enfants de nos arrière-petits-enfants devront transmettre à leurs arrière-petits-enfants la mémoire de ces entrepôts maudits, que les hasards des mouvements souterrains de la terre peuvent toujours faire remonter à la surface ou se disperser dans les nappes phréatiques en les irradiant. À moins qu'on n'efface la trace de ces dépôts, sitôt enfouis les déchets, comme celle des fosses communes où l'on enterrait clandestinement des criminels. Je ne plaisante pas, on a trouvé des experts pour préconiser cette solution : supprimer tout vestige des stockages en profondeur non seulement en misant sur l'oubli des générations, mais encore en pariant sur la bonne volonté des mouvements terrestres.

Le destin n'y est pour rien

Les hommes, animaux prédateurs par excellence, ont détruit des hommes, des espèces animales, des sites, des civilisations, pour s'imposer à eux-mêmes, aux autres et à la nature. Les outils dont ils ont disposé depuis l'âge de pierre se sont perfectionnés, et si la poudre à canon, puis la machine à vapeur ont accru ce pouvoir de destruction, elles ne l'ont manifestement pas engendré. Voici que Prométhée fait aussi bien que la nature ou Dieu : frapper sa descendance dans ce qui passe pour le plus précieux et le plus sacré – *la vie non pas en tant qu'elle peut être supprimée, mais en tant qu'elle est transmise*. Et comment ignorer ce degré de plus dans le risque majeur que fait peser la menace d'une guerre nucléaire? Risque suprême, puisqu'il pourrait assurer, avec la fin de nos débats philosophiques, la « solution finale » de l'humanité. *The overkill,* le néologisme des spécialistes américains de l'armement et de la stratégie nucléaires, n'a pas d'équivalent français : il signifie que l'arsenal atomique disponible revient à une surabondance d'holocauste – plus qu'il n'en faut pour effacer plusieurs fois l'humanité.

Je sais bien que le calcul du risque a pour fonction aussi de rassurer. À en croire Herman Kahn, il y aura toujours des survivants, si total que soit l'engagement de première, deuxième ou troisième frappe entre les membres du Club atomique. Mais qui n'entend alors Voltaire ricaner par la bouche d'un nouveau Candide : « Chiche! On verra bien. De toute façon, tout sera pour le mieux dans le plus détruit des mondes impossibles! » C'est là, pourtant, qu'est la plus grande différence avec les cataclysmes naturels : ceux-ci sont naturels en ce que, quels que soient les progrès de la science, nous ne les maîtrisons pas – d'où la citation à comparaître lancée à Dieu. En revanche, le cataclysme technologique, industriel ou militaire, est le produit de l'homme, de son inaptitude à maîtriser tous les éléments des systèmes qu'il construit, de sa hâte à appliquer à grande échelle des solutions ou des produits qui ne sont pas éprouvés, de sa défaillance, de son inconscience, de sa violence ou de sa déraison, etc. Mais, quelle que soit l'explication, il doit toujours y en avoir une. Là où la civilisation industrielle fait peser un risque majeur, aucune probabilité technique de désastre ne peut être laissée au hasard : il n'y a ni enchaînement nécessaire des choses ni liaison fortuite. Ce n'est jamais, ce ne peut jamais être la faute du destin, à moins d'attribuer à celui-ci des voies si torves que le Dieu des croyants comme celui des philosophes serait, pour finir, ce qu'Einstein ne pouvait concevoir : *boshaft,* diabolique, méchant, malintentionné.

Aucun système technologique, si parfait qu'il soit d'un point de vue technique, ne peut échapper à l'imprévu ou à la faillibilité de l'intervention humaine − et la surabondance même des dispositifs de sécurité peut prendre de court, au moment d'un incident, les opérateurs humains. Les enquêtes, les analyses, les conclusions de Patrick Lagadec consacrées au risque technologique majeur et à la gestion des crises déclenchées par l'accident sont révélatrices : une machine peut être infaillible, le système homme-machine ne l'est jamais. La complexité et l'échelle de certains développements technologiques ont pour limite l'impossibilité de réduire tous les cas de figure de défaillance non pas de la technologie elle-même, mais de l'interface homme-machine. Pour tous les grands accidents industriels de l'après-guerre, la gestion du risque technologique majeur s'est essentiellement heurtée à cette limite de la défaillance humaine : dans toutes les étapes qui précédèrent les accidents, les événements précurseurs ont été autant de signes qui, s'ils avaient été pris en considération suffisamment à temps, auraient pu éviter la catastrophe. En d'autres termes, le caractère scientifique de ces entreprises technologiques interdit de faire la moindre place à la fatalité. L'arrogance des techniciens, l'aveuglement des autorités, les négligences des exploitants ou la défaillance des opérateurs s'additionnent (voir Flixborough, Seveso, l'*Amoco-Cadiz,* Three Mile Island, à plus forte raison Tchernobyl) pour rendre apparemment sa place à la fatalité qui marque toute entreprise humaine.

En elle-même, dit admirablement Kant, l'ignorance est sans

doute la raison des limites de notre connaissance, mais non celle de ses égarements. Il n'y a pas en fait de désastre technologique dont l'homme ne soit pas d'abord la cause prochaine. Et si le pire n'est pas toujours sûr quand il y va de l'histoire humaine, il est sûr qu'il se produira quand il s'agit de l'histoire technique. À cet égard, l'affaire de Harrisburg était particulièrement éloquente : pour les « Jean-qui-rit » de la technologie, il ne s'était rien passé de dramatique, l'alerte avait été positive par les leçons qu'on pouvait en tirer, les mesures de sécurité avaient montré leur efficacité; pour les « Jean-qui-grogne », l'incident prouvait bien qu'un accident était possible, et si cette fois il n'avait pas eu lieu il pouvait se produire la fois prochaine, puisqu'il avait suffi d'erreurs et de défaillances humaines. Dialogue de sourds : les uns et les autres avaient simultanément raison dans ce cas. Le livre de Patrick Lagadec sur *La Civilisation du risque* a été publié au lendemain de Three Mile Island. Rédigeant la préface de ce livre, et me gardant bien de traiter cet incident comme un véritable accident, j'écrivais avec prudence : « Qui oserait, en toute rigueur intellectuelle et, plus simplement, en toute bonne foi humaine, prendre les paris? Ce qui passe pour arrogance technocratique chez les uns, pour naïveté technique chez les autres, demeure sous bénéfice d'inventaire. Car enfin, quelles que soient les mesures de sécurité (et, encore une fois, l'industrie nucléaire est un modèle de ce point de vue), il n'y a pas de probabilité nulle qu'un accident non maîtrisé ou provoqué n'ait pas lieu. Le propre de la technologie est de fonctionner : les avions sont faits pour voler, non pour tomber; les barrages pour tenir, non pour se rompre; les tankers pour naviguer, non pour échouer; et les centrales nucléaires pour dégager de l'énergie, non pas des nuages radioactifs. »

Quand l'accident survient – et, statistiquement, il ne peut pas ne pas survenir –, on est dans une situation sans précédent dont les événements, les interactions, les répercussions ne peuvent pas être prévus, fût-ce par les modélisations les plus savantes. À toutes les étapes de la prévention, de la lutte et même de la réparation, la gestion du risque technologique majeur est celle d'une situation exceptionnelle, proche de l'état de guerre, mais dont la stratégie ne peut avoir pour objet que de « gérer la déroute ». La chaîne des événements que provoque l'accident peut à son tour « faire système » non pas tant parce que la machine se comporte de manière imprévue, que parce que les acteurs autour d'elle et en dehors d'elle deviennent imprévisibles. D'où la nécessité, que je soulignais alors, « pour les " Jean-qui-rit " et les " Jean-qui-grogne " de la technologie, d'accepter le dialogue, de n'être pas sourds aux raisons des uns et des autres, de discuter la part de rationnel et d'irrationnel, de raisonnable et de déraisonnable qu'entraîne la pensée de l'impensable. Ce n'est pas seulement bonnes mœurs démocratiques, c'est aussi sagesse ».

Depuis, il y a eu Tchernobyl, et l'on aura beau dire, non sans raison, qu'il n'a pas fallu moins que la gabegie, l'irresponsabilité et la corruption du système soviétique, pour que cet accident majeur ait lieu là et nulle part ailleurs, on ne peut pas exclure qu'un autre accident se produise, non moins tragique, sinon davantage, dans des pays moins planificateurs et cependant plus soucieux de la sûreté de leurs centrales nucléaires. Inutile de s'en prendre alors au destin, à la destinée, au mauvais sort : Tchernobyl n'est pas Lisbonne. Avec un risque technologique de cette dimension, le problème de la théodicée descend tout simplement du ciel sur la terre. Quand ce type de cataclysme a lieu, ce n'est assurément la faute ni à Voltaire ni à Rousseau, mais la nôtre.

Le rationnel et le raisonnable

Il faut bien rappeler que, dans la grande majorité des cas, les mises en garde contre les dérives ou les risques technologiques ne sont pas venues des experts ni de l'*establishment,* mais d'individus et de mouvements associatifs. Je pense en particulier à Rachel Carson dont le livre, *Printemps silencieux,* a plus fait aux États-Unis d'abord, puis dans le monde, pour la prise de conscience des problèmes de l'environnement, que toutes les campagnes officielles qui ont suivi. En d'autres termes, la sagesse des sociétés démocratiques n'est pas seulement de tenir le discours des experts sous bénéfice d'inventaire, elle est aussi de faire leur place aux dissidents, de ne pas les récuser *a priori* et, quand on ne peut plus les contourner, d'intégrer leur dissidence dans le fonctionnement normal des institutions.

L'appel de Hans Jonas au « principe responsabilité » correspond à un rapport nouveau de l'homme à la technique, qui impose de mieux réguler les pouvoirs d'une civilisation dont l'ampleur des succès n'a d'égale que celle des menaces qu'elle fait désormais peser sur l'avenir de l'homme et de son environnement naturel. Le malaise, les tensions, les révoltes que provoquent certains développements de la science ou de la technologie font aujourd'hui partie du débat politique, comme hier la question de l'accès au pouvoir des classes démunies. Le contenu du débat a changé, comme se sont modifiés le décor technologique et les structures sociales dans lesquels il prend place, mais son enjeu est inchangé : le problème posé est toujours celui du partage du pouvoir.

Le changement technique n'est pas un processus neutre qui se plaque du dehors sur nos sociétés; il est l'occasion et le lieu de pressions et de conflits entre des intérêts, des aspirations et des valeurs qui mettent en jeu autre chose, et plus que les seules technologies à partir desquelles il s'accomplit. Ce serait être bien naïf ou tomber dans le scientisme le plus fruste (ce qui semble une redondance, car tout scientisme est une vision sommaire), que d'isoler le changement technique de l'environnement global, économique, social et culturel – y compris, bien sûr, les structures de pouvoir, les rapports d'argent et de classes, les idéologies et les institutions dominantes dans lesquels il prend place ou, si l'on préfère, qui lui font sa place. L'attrait de l'innovation et le prestige de la technologie font du changement technique le terrain privilégié des espoirs de profit et de pouvoir. Il suffit de penser au poids qu'exercent désormais dans l'économie des sociétés démocratiques le complexe militaro-industriel et celui du commerce des armes dans l'économie mondiale, pour ne plus céder au mirage de la neutralité du changement technique. Le thème des technologies « duales », simultanément bonnes pour le service de la guerre et pour celui de l'économie civile, suggère même, au nom des préoccupations toujours légitimes de défense nationale, que ceux qu'on appelait jadis les marchands de canons, aujourd'hui exportateurs de fusées, d'armes chimiques et biologiques ou de systèmes électroniques complexes, sont tout simplement des bienfaiteurs de l'humanité.

Ralf Dahrendorf a rappelé – à propos, précisément, de l'énergie nucléaire et des polémiques qu'elle suscite – combien sont ambigus les mots « rationnel » et « raisonnable » si souvent utilisés pour décrire les sociétés modernes. « Après tout, écrivait-il, les moyens appropriés à toute fin concevable peuvent être qualifiés de "rationnels"; et décrire des attitudes comme "raisonnables" n'est souvent qu'une manière de manifester son approbation. Pourtant, ces notions ont un sens spécifique qui en a fait les valeurs dominantes à l'origine d'une antinomie nouvelle assez curieuse. Agir "rationnellement" revient à faire appel à des scientifiques pour résoudre les problèmes, à s'assister de conseillers pour trouver des solutions adéquates, à accepter les contraintes techniques, les exigences intrinsèques des choses – la force des choses ou la *Sachzwang* – c'est-à-dire la contrainte apparemment immuable de la réalité. Être "raisonnable" signifie discuter, convaincre, écouter, s'informer, conclure un contrat social au lieu de se quereller, faire confiance à la force du raisonnement et au bon sens. »

La force des choses a bon dos, car elle est aussi ce que nous en faisons. Le discours de la rationalité susciterait moins de réticences s'il ne servait pas si souvent à légitimer la pratique de la stupidité ou de la déraison. On peut toujours dire que nos sociétés voient dans la science l'instrument de leur puissance et de leur gloire et qu'il est dans la nature humaine d'exploiter ou de détourner le rationnel à des fins qui se soucient peu du raisonnable. Explication à très bon marché : l'humanité peut bien se demander ce que le progrès scientifique et technique fera d'elle, elle oublie ce qu'elle pourrait faire de lui. L'ère de la science triomphante est aussi celle de la menace absolue (le surarmement nucléaire), du non-sens (la productivité conçue comme une fin en soi), de la dérision (la consommation des sociétés avancées par rapport à l'immense majorité de la terre soumise à la misère, à la malnutrition et à la famine). Ne nous étonnons pas si les sociétés scientifiques ont appris à se méfier des experts comme les sociétés religieuses ont fini par se méfier des prêtres. On pouvait douter de la science quand elle donnait peu; le scepticisme était bon pour le savoir d'avant le XIX⁰ siècle, quand il promettait plus qu'il ne pouvait tenir. La version moderne de ce scepticisme met en question non ce qu'est la science, mais ce qu'elle peut. Aujourd'hui, si la science est entrée dans l'ère du soupçon (aux yeux même de certains de ceux qui la servent), ce n'est pas parce qu'elle donne trop peu, mais bien parce qu'elle paraît donner trop de ce qui ajoute aux menaces plutôt qu'aux bienfaits.

Je ne connais pas d'exemple plus révélateur des pièges de la rationalité devant la force des choses que l'histoire du fameux séminaire organisé en 1966 par la division Jason de l'Institute for Defense Analyses. C'est déjà l'agonie de la guerre au Viêt-nam, et McNamara, le ministre de la Défense américain, commence lui-même à douter de l'effet des bombardements pour venir à bout de la résistance des Vietnamiens. En fait, il songe déjà à mettre un terme à cette guerre et, s'il n'y parvient pas, à démissionner, ce qu'il ne tardera pas à faire. Il réunit donc les quarante-sept scientifiques qui constituent la division Jason : « la crème de la communauté universitaire dans les domaines technologiques, dit le rapport, un groupe de scientifiques parmi les plus distingués d'Amérique, des hommes qui ont aidé le gouvernement à produire depuis la fin de la Seconde Guerre mondiale plusieurs de ses systèmes d'armements parmi les plus avancés et qui n'ont pas été identifiés avec les voix de ceux qui, dans les milieux universitaires, ont critiqué la politique de l'administration au Viêt-nam ». Cette dernière phrase est importante : McNamara attend de son groupe d'experts qu'ils se comportent bien en experts, c'est-à-dire qu'ils prononcent, en toute rationalité et donc neutralité, des conclusions que les engagements politiques ne détournent pas de la « vérité ».

Derrière la question de savoir si, oui ou non, les bombardements peuvent réduire la résistance des Vietnamiens, il s'agit en fait de déterminer si la possibilité existe de terminer la guerre avec succès. Les scientifiques réunis pendant les trois mois de l'été 1966 concluent sans ambiguïté que le programme de bombardement ne remplit pas ses objectifs. Ils vont même jusqu'à dire qu'il n'y a « aucune base adéquate pour prédire les niveaux de l'effort militaire qui seraient requis des États-Unis pour atteindre les objectifs fixés; en fait, il n'existe aucune base solide qui permette de déterminer si un quelconque niveau d'effort réalisable pourra jamais y parvenir ». La force des choses a parlé, on s'attendrait donc que les experts n'ajoutent rien de plus au discours de la rationalité. Pourtant, comme saisis de mauvaise conscience, ne pouvant se séparer sur des conclusions aussi négatives, les experts proposent aussitôt une alternative technologique au problème dont la solution, aux yeux de McNamara, n'est déjà plus militaire, mais politique : un gigantesque barrage fondé sur les systèmes électroniques et acoustiques les plus avancés, truffé de petites mines pour endommager les jambes des fantassins ennemis et de mécanismes savants destinés à guider les bombes des avions sur les véhicules. Un programme de 800 millions de dollars, qui sera effectivement réalisé, et qui ne servira à rien. Jusqu'au bout, en somme, la force des choses aura trouvé dans le discours de la rationalité une solution technique rassurante.

Il n'y a pas plus de neutralité du changement technique, que d'enchaînement nécessaire des choses, même si les experts enrobent leurs avis de ce que Husserl appelait le « cocon de l'objectivisme ». Si le changement technique conduit souvent à des dialogues de sourds, c'est que la force des choses, la contrainte de la réalité elle-même, n'est pas une donnée neutre : elle engage toujours des présupposés, des convictions, des passions et des intérêts, qui interdisent de confondre le rationnel et le raisonnable, fût-ce à propos de l'objet technique, apparemment détaché des valeurs dans son « cocon d'objectivisme ». Les duperies de la force des choses se déchiffrent à travers l'analyse et l'anecdote, entre la réflexion sur la nature de la technologie et l'expérience de ceux qui en sont les acteurs les plus directs. C'est la raison pour laquelle, avant même de m'interroger sur ce qu'est la technologie, son origine et sa nature, j'en appelle au témoignage d'un des « technologues » parmi les plus doués et les plus efficaces que ce siècle ait produits, pour montrer jusqu'où le discours de la rationalité peut tricher avec lui-même — et avec nous.

Chapitre II

« *Je vais être philosophique* »

Il y a du héros romain dans ce fils de tailleur juif, émigré de Russie aux États-Unis à l'âge de six ans, qui s'adresse pour la dernière fois aux membres du Congrès en tant qu'officier d'active. Un héros romain mâtiné de mythe à l'américaine : Caton plus Edison, l'obstination de l'homme public dont la vie est une idée fixe, la réussite du *self-made man*, magicien de l'ingénierie et des relations publiques, qui sait résoudre et faire savoir qu'il va résoudre en peu de temps les problèmes dont les spécialistes affirment que la solution exigera plusieurs décennies.

Le Joint Economic Committee, l'un des plus influents du Congrès, s'est réuni le 28 janvier 1982 pour lui rendre hommage, mais c'est lui qui rend hommage au Congrès auquel il doit la longévité de sa carrière, unique dans toute l'histoire des États-Unis. Soixante ans de service actif : aucun soldat, aucun fonctionnaire ne se sera maintenu si longtemps en fonction. Contre vents et marées, malgré la règle, l'opposition de la plupart de ses supérieurs et même celle de plusieurs présidents. Tous les deux ans, depuis 1962, il demandait la faveur présidentielle de demeurer en poste, et il l'obtenait, sans coup férir, malgré les réticences du pouvoir exécutif. L'âge grandissant, la jalousie des uns, la haine des autres, rien n'y faisait : l'appui du pouvoir législatif lui était acquis comme à l'une de ses institutions les plus précieuses.

Le seul prétendant à battre son record de longévité en service actif aurait pu être J. Edgar Hoover, le chef du FBI. Mais, si Hoover a surnagé des tempêtes du pouvoir, ce fut moins en raison de son fanatisme pour la loi et l'ordre que grâce aux dossiers privés qu'il possédait pour dissuader ses ennemis de le faire tomber. L'amiral Rickover, lui, s'est maintenu en poste par sa seule *virtu*, aurait dit Tite-Live. Rien des flots fangeux (compromission avec la Mafia, conspiration, scandales et même crimes) qui alimentèrent la légende de Hoover n'a terni celle de Rickover. Tout au contraire, incarnation du fonctionnaire honnête qu'obsède le bon usage des deniers de l'État, il n'a pas cessé de dénoncer les surcoûts et les trafics auxquels conduisent les commandes de navires de guerre et d'armements passées par l'État auprès des entreprises privées. Héros inattaquable, un modèle de dévouement et de compétence : *le* modèle du serviteur de l'État, aussi parfaitement honnête qu'efficace. Le sénateur Proxmire l'accueille par ces mots :

« Au Japon, ceux qui ont démontré leur valeur par une vie entière de services productifs sont officiellement déclarés des " Monuments (Trésors) nationaux ". Ainsi le gouvernement et la nation s'assurent-ils que ces individus vont continuer à contribuer, par leurs aptitudes et leurs talents, au bien commun. Aujourd'hui, je vous déclare un Monument national. »

L'emphase ne peut pas être assez grande en ce jour où, finalement, le vieil amiral est mis à la retraite. L'Amérique lui doit sa flotte atomique et la maîtrise des centrales nucléaires productrices d'électricité. Il doit à l'exploitation de l'atome sa carrière et sa gloire. Il en a fait non seulement sa propre cause, mais aussi un duché ou un royaume, un État dans l'État, servi par sa propre équipe de techniciens, un corps d'officiers de marine et d'ingénieurs du génie qu'il sélectionnait et formait lui-même, les « nucs ». Ceux-ci lui devaient allégeance comme la troupe d'un *condottiere* se plie aux ordres de son chef, plutôt qu'à ceux des cités payant leurs services.

Il est vrai que, sans sa force de conviction, son acharnement, son génie de l'ingénierie et de l'organisation, son art d'exiger et d'obtenir toujours le meilleur des hommes et des technologies, ni la propulsion ni l'électricité nucléaires ne seraient devenues opérationnelles aussi vite. Et surtout, sans lui, les stratèges du Pentagone et les membres du Congrès ne vivraient pas avec le sentiment de sécurité et la bonne conscience que leur donne le déploiement des sous-marins nucléaires, indétectables et toujours capables de répliquer, d'où qu'ils soient dans les profondeurs des océans, à l'attaque atomique soudaine, cette première frappe « préemptive » de l'adversaire qui se voudrait aussi décisive que destructrice. Si tout doit alors être perdu, s'il faut se résigner à la ruine du pays et à des millions de morts, il y aura toujours assez de fusées à têtes multiples dans ces sous-marins pour châtier l'ennemi, au moins dans les mêmes proportions. La cause de l'amiral Rickover est devenue le fondement même de la dissuasion : tu m'anéantis, soit; mais je t'anéantis à mon tour. Tour qui serait le dernier : la dissuasion nucléaire est l'absence de demi-mesure dans l'art militaire. Si elle échoue, ni vainqueurs ni vaincus, le néant est également partagé entre agresseur et agressé.

Dans les systèmes techniques créés par l'amiral, pas plus que dans le corps de techniciens qu'il commandait, il n'y avait de place pour la moindre faiblesse humaine. Aucune autre exigence n'existait que celle de la compétence. Les « nucs » étaient sélectionnés sur la base des plus stricts critères de la méritocratie, et leurs résultats exclusivement évalués à l'aune de l'excellence. C'était une sorte de révolution dans les structures militaires, où par définition le grade doit prévaloir sur la compétence; à plus forte raison pour la Navy, où l'on pouvait entrer et faire carrière à la faveur de privilèges, l'origine familiale, la fortune, les dons pour le sport ou les protections politiques. Sur ce point, d'ailleurs, Rickover avait un vieux compte à régler avec la hiérarchie de la marine, qui ne lui confia pas de navire important à commander et se montra toujours réticente à le promouvoir. Dans l'organisation qu'il créa pour concevoir et construire le sous-marin nucléaire, un technicien de grade inférieur pouvait donner des ordres à un officier supérieur. Les « ficelles » importaient moins que la capacité de remplir sa tâche, les promotions dépendaient exclusivement des performances techniques. Lors d'une interview d'un jeune officier candidat à son équipe, Rickover demanda de quoi vivait son père. « Mon père est ingénieur dans l'industrie. » Le futur amiral répliqua en explosant : « Je ne vous ai pas demandé ce qu'il est, mais ce qu'il fait ! »

Aucune autre priorité n'existait que de venir à bout des programmes dont il avait la charge. Puisqu'il affirmait que c'était possible et puisque le Congrès lui avait confié la tâche de le réaliser, il lancerait le premier sous-marin nucléaire, malgré l'hostilité des uns et le scepticisme des autres, dans les délais qu'il s'était lui-même fixés. Pari tenu, moins de huit ans plus tard, à seize jours près. Tout le monde doutait, lui jamais. Sur le mur de son bureau, il avait fait encadrer ces vers de Shakespeare :

> *Nos doutes sont des traîtres*
> *Et nous font perdre le bien que souvent nous pouvons gagner*
> *Par crainte d'essayer.*

Pendant la Seconde Guerre mondiale, après avoir exercé des fonctions d'ingénieur dans le Pacifique et commandé un petit navire, Hyman Rickover passa le plus clair de son temps à Washington, travaillant sur des systèmes électriques destinés à la marine. La fin de la guerre le voit capitaine, sans grand espoir de monter en grade, et il est affecté au laboratoire d'Oak Ridge, l'un de ceux d'où sont nées les premières bombes atomiques, pour se recycler dans le domaine de l'énergie nucléaire. D'après ses biographes, cette affectation était d'autant moins avantageuse pour sa carrière que la marine se défendait de s'intéresser à la propulsion nucléaire. Les experts estimaient à plus d'une vingtaine d'années le temps qu'il faudrait pour mettre au point un réacteur capable d'être utilisé comme moteur d'un bâtiment. Ni l'état-major ni les techniciens de la marine n'y croyaient ; Rickover y crut tout de suite. C'était pourtant une gageure, car on était loin de maîtriser la technologie des réacteurs pour produire une puissance mécanique récupérable en kilowatts, et plus loin encore de résoudre les problèmes de dimension et de poids correspondant à l'espace restreint d'une coque de sous-marin.

Comme l'Air Force se lançait dans un projet de moteur

nucléaire pour bombardier, la Navy consentit à des études préliminaires. Le premier allié de Rickover, outre sa conviction et sa ténacité personnelles, fut cette concurrence interarmes. Mais c'est seulement en 1949 qu'il obtint la création, au sein de la Commission de l'énergie atomique, d'une division navale pour la construction d'un moteur de sous-marin. Le projet de l'aviation se révélera un fantastique échec, après plus d'un milliard de dollars de dépenses. Aucun des problèmes clés de la propulsion d'un avion par l'énergie nucléaire ne pouvait être résolu : pour protéger l'équipage contre le rayonnement, l'avion devenait trop lourd; et si l'avion devait tomber le risque d'une dispersion au sol de la radioactivité serait trop grand à courir pour les populations. Le projet de la Navy avait l'avantage (apparent) de ne menacer directement aucune population en cas de naufrage, et surtout il promettait de rendre le sous-marin entièrement indépendant d'une alimentation en oxygène atmosphérique, donc de lui permettre de parcourir des distances immenses sans avoir à se réalimenter en combustible, comme les sous-marins classiques à moteur diesel.

Dans le type de *success-story* qu'écrivent aujourd'hui certains sociologues de la science, où la réussite d'un projet de recherche dépend d'abord du nombre et de la qualité des « alliés » dont le chercheur sait s'entourer, la stratégie d'encerclement menée par Rickover pour multiplier et accroître les soutiens en faveur du projet du *Nautilus* peut apparaître comme un modèle d'école. D'après ses biographes, c'est à partir de 1951, quand il découvrit que les officiers de sa promotion passaient devant lui au grade supérieur, que Rickover prit la décision la plus importante de sa carrière. Faute d'être promu, il serait condamné à prendre sa retraite deux ans plus tard; il choisit donc « de cesser de jouer le jeu suivant les règles de la Navy et à la place d'utiliser des bases de pouvoir hors de la marine afin de survivre en son sein ». Le génie de l'ingénieur va désormais se doubler d'un talent incomparable pour les relations publiques et la manipulation politique. De ce point de vue, bien sûr, le héros pur et dur peut apparaître moins irréprochable, mais enfin qui veut la fin veut les moyens, et le succès d'un objet technique ne dépend jamais exclusivement de la technologie. Plus précisément, comme on le verra au chapitre suivant, la technologie est faite aussi de gestion, d'organisation, de design et de marketing, d'un mélange de calculs, de négociations et de manipulations qui n'ont rien à voir avec la matérialité de l'objet technique.

Le coup de génie de Rickover fut d'arborer très vite deux chapeaux, celui du marin qui représente son ministère de tutelle, et celui de l'ingénieur qui dépend de la Commission de l'énergie atomique. Il animait deux organismes apparemment séparés, la division des réacteurs nucléaires de la Navy, et celle des réacteurs navals de la Commission de l'énergie atomique (qui, aux États-Unis, est entre les mains du pouvoir législatif) : des noms différents pour la même organisation dont il avait le contrôle. Cela lui permettait de peser comme une autorité civile sur les militaires et sur les civils comme une autorité militaire : il incitait la Commission de l'énergie atomique à aiguillonner la Navy, et ensuite façonnait la réponse de la Navy ; ou l'inverse, il formulait au nom de la Navy des demandes qu'il incitait la Commission à satisfaire. Au demeurant, rien n'était plus aisé que de séduire et de cajoler les membres du Congrès. Quand il inspectait les sous-marins, il ne cessait d'envoyer aux membres des comités les plus importants en matière de défense des lettres portant la mention : « En mer, Atlantique Nord ». De méchantes langues racontaient que le texte de ses lettres, avec des formules plus ou moins déférentes suivant le poids de ses destinataires, était mémorisé dans sa machine à écrire. C'est lui qui fit baptiser les sous-marins, auxquels on donnait jusque-là des noms de poissons, du nom de sénateurs ou de représentants membres des comités spécialisés de l'AEC ou de la Défense. Et comme, de plus, son franc-parler et ses numéros contre la hiérarchie attiraient les journalistes, les membres du Congrès étaient d'autant plus ravis d'en appeler à son expertise que leurs auditions faisaient, grâce à lui, la « une » des journaux.

Le héros de la légende est donc aussi un grand stratège, qui sait tirer parti des milieux politiques comme de l'opinion publique : de ce point de vue, on le verra, il est tout aussi doué qu'Edison. Mais aucune coalition « d'alliés », si nombreuse qu'elle soit et si grande que soit sa capacité de pression politique, ne peut faire qu'un programme de recherche réussisse si celui-ci n'en remplit pas les conditions techniques. Cette sociologie des sciences en vogue, qui accorde au départ autant de chances à des projets dont les uns vont triompher et les autres échouer, et qui entend montrer que le succès ou l'échec tient aux « alliés » qu'on a su ou qu'on n'a pas su mettre de son côté, a une limite radicale, qu'illustrent parfaitement l'histoire du premier sous-marin atomique et celle du bombardier propulsé par un réacteur nucléaire. Le bombardier était dès l'origine un projet sans avenir, et aucun « traitement symétrique » ne pouvait le faire passer pour viable, sinon réalisable, en comparaison avec le projet du sous-marin. Inversement, ni la stratégie de conquête des « alliés » menée par Rickover ni l'appui de l'ensemble des membres du Congrès n'auraient suffi à faire réussir le lancement du *Nautilus*, si les problèmes techniques n'avaient pu être résolus dans *ces* délais et *ces* conditions de sûreté. En somme, s'il n'y avait eu Rickover : ce type de sociologie vous apprend doctement que le gagnant a bénéficié de facteurs plus favorables que ses concurrents et qu'il n'y est pas pour rien, ce dont on se serait douté.

La vérité est que Rickover fut l'homme d'une cause exclusive à laquelle il voua non seulement son énergie et sa vie, mais encore son exigence tout aussi exclusive de l'efficacité. Ses biographes racontent qu'au début de sa carrière d'officier il lut le célèbre compte rendu du traité de Versailles par Harold Nicholson, où l'on voit des anciens d'Eton et d'Oxford agir comme s'ils possédaient et menaient le monde en vertu d'un droit divin. L'émigré russe, qui avait choisi d'entrer dans la marine parce qu'elle lui assurerait une formation supérieure, découvrit que les grandes affaires du monde sont traitées et le plus souvent fort mal traitées par des *insiders*, liés entre eux par les connivences de la même éducation et de la même classe sociale – ceux que Pierre Bourdieu appelle les « héritiers ». Rickover en tira deux conclusions : d'abord, que celui dont le *pedigree* n'est pas conforme a de bonnes chances d'être exclu du système; ensuite et surtout, que ce système n'exige pas de ceux qui y entrent un dévouement proportionnel au pouvoir dont ils bénéficient.

« JE VAIS ÊTRE PHILOSOPHIQUE »

Quand l'amiral Rickover doit enfin passer la main, sa dernière audition devant le Congrès est l'écho de cette conviction qui anima toute sa carrière : le combat entre la compétence et le privilège est celui du Bien contre le Mal. Les questions qu'on lui avait jusque-là posées n'étaient d'ailleurs que prétextes pour les sénateurs et les représentants à lui en rendre hommage, avec un mélange de déférence et d'attendrissement. Pour la dernière fois, on attend de lui qu'il joue les rôles où il excelle, non seulement celui du serviteur de l'État dévoué et intègre jusqu'au fanatisme, mais celui aussi du procureur, champion du service de l'État et de la cause des contribuables, qui ne mâche pas ses mots à l'égard du complexe militaro-industriel et qui s'en prend aux bénéfices excessifs dont les entreprises américaines font leur profit sur le dos du département de la Défense. C'est ce qu'il commence par faire, en rappelant aux membres du Congrès que, quels qu'aient été ses propres efforts et les leurs pour empêcher abus, malversations et prévarications, les grandes entreprises n'honorent pas leurs contrats, détournent les marchés de l'État par des surcoûts indus, et concentrent tant de moyens qu'elles finissent par exercer plus de pouvoir que les organes gouvernementaux.

« La mise en garde de Woodrow Wilson est toujours de propos, dit-il. La concentration de l'économie donne à une poignée d'hommes un contrôle sur toute la vie économique du pays, dont ils peuvent abuser aux dépens de millions de citoyens. Il faut donc que les représentants de ces grandes entreprises soient tenus pour personnellement responsables des actes illégaux qu'ils commettent. »

Litanie, liturgie du Congrès, qui entend volontiers la critique des fraudes et des gaspillages auxquels conduisent le capitalisme et l'économie de marché, et qui intervient le moins possible pour les corriger. On fustige la rapacité des grandes sociétés, et simultanément on entonne un hymne aux vertus de la libre entreprise. Ce n'est pas la première fois que l'amiral Rickover, statue vivante de la moralité publique, invite les membres du Congrès à refréner ces abus et à réduire l'influence du complexe militaro-industriel sur les organes politiques de décision.

« Certainement, le motif du profit est et doit être la force directrice du capitalisme : là-dessus repose le système de libre entreprise. Cependant, dans les grandes entreprises d'aujourd'hui, seuls comptent les résultats financiers. À cause de cela, nous dépensons beaucoup trop pour la Défense. Ces entreprises sont devenues une autre branche de nos institutions politiques; elles exercent souvent le pouvoir d'un gouvernement, mais sans les mécanismes de contrôle et d'équilibre inhérents à notre système démocratique. »

Dialogue aimable, où chacun se renvoie la balle au nom de l'intérêt public. L'amiral suggère d'interdire aux entreprises travaillant sur des contrats militaires de contribuer aux campagnes électorales. On lui répond que ce serait inconstitutionnel. Il s'en prend aux hommes de loi dont les grandes entreprises s'entourent pour démontrer que, perdant de l'argent sur les contrats gouvernementaux, elles ont très légitimement droit à des crédits supplémentaires.

« Vous n'êtes pas avocat? demande-t-il au sénateur Proxmire.
— Mais non, ni moi ni les autres membres de cette Commission.
— Vous savez, je n'aime pas les hommes de loi. Vous connaissez cette histoire qu'on raconte sur Pierre le Grand, lorsqu'il visita l'Angleterre et assista à une séance de justice. De retour en Russie, il demanda qui étaient ces gens qui savaient tant argumenter. " Ce sont des hommes de loi, lui répondit-on. — Combien y en a-t-il en Russie? — Il y en a quatre. — Très bien, dit Pierre le Grand, faites-les pendre tous les quatre. " »

L'auditoire est ravi, on n'en attendait pas moins de l'amiral. Il n'y a plus qu'à l'entraîner dans une surenchère de mesures mythologiques pour réformer le fonctionnement du système américain.

« Que diriez-vous, lui demande le président Reuss, si nous donnions dix ans à l'industrie d'armement pour se conformer à la loi? Faute de quoi, nous ferions ce que la France vient de faire, nous déciderions de la nationaliser.
— Dans notre système de gouvernement, c'est impossible, répond l'amiral. Mais je pense pour ma part qu'il faudrait la nationaliser. Prenez l'exemple de la construction des navires de guerre, un

domaine que je connais bien, n'est-ce pas? Si le travail était effectué dans les arsenaux de l'État, il reviendrait beaucoup moins cher. »

Tout cela ne prêtait pas à conséquence : ni l'amiral ni les membres du Congrès n'avaient d'illusions sur la portée des réformes dont ils se faisaient l'écho. Le simple fait de prononcer le mot de nationalisation ou d'évoquer l'exemple tout frais de la France socialiste suffisait à conjurer le danger. Non pas qu'ils fussent là pour amuser la galerie : la leçon d'intégrité que l'amiral avait toujours donnée permettait en quelque sorte de purger, pour sa dernière audition, tous les abus passés et à venir de la libre entreprise. En somme, une séance de catharsis collective : puisque le profit fait partie du système et que celui-ci dépend de l'innovation, il est bon de rappeler le système à la vertu, tout en sachant que ce qui menace le profit fait peser une menace bien plus grande sur tout le système, donc sur sa capacité d'innover. L'opération de catharsis épuisée, faute d'arguments susceptibles de déstabiliser l'économie libérale, on pouvait en venir à des questions plus personnelles.

« Si vous regardez en arrière sur votre longue, exceptionnellement longue carrière, lui demande le sénateur Proxmire, y a-t-il une décision, parmi toutes celles que vous avez prises, que vous voudriez changer?

— Non, aucune, répond l'amiral sans hésiter. Je suis un ingénieur. Avant de prendre une décision, j'entre dans tous les aspects de la question. Et davantage, j'ai, me semble-t-il, une caractéristique unique : je peux visualiser les machines dans ma tête, toutes leurs pièces et leur fonctionnement. »

La modestie, assurément, n'est pas son fort, mais la puissance de conviction du technicien n'est-elle pas d'estimer sa compétence à sa juste mesure? À plusieurs reprises, lors de cette audition, Rickover montrera combien il se sait exceptionnel, avec un goût de la provocation où surnage, comme une plaie toujours vive, le souvenir des difficultés que le jeune juif émigré de Russie a dû surmonter pour conquérir sa place dans le *melting pot* américain.

« Dites-moi, lui demande le sénateur Proxmire, est-ce qu'un

nouvel amiral Rickover pourrait sortir du rang, dans nos structures militaires actuelles? »

La réponse est immédiate :

« *Well*, qu'est-ce qui se passerait si Jésus-Christ revenait sur terre? »

De même lorsqu'on l'invite à expliquer pourquoi il recommande l'abolition du département de la Défense : l'institution est devenue trop grande pour être correctement gérée; il faut la démembrer et revenir à la séparation entre les trois armes. Tout fonctionnait mieux du temps où l'armée de terre, la marine et l'aviation n'étaient pas coiffées par une bureaucratie tentaculaire.

« Avez-vous lu la Bible? demanda-t-il au sénateur Proxmire.

— Oui, monsieur.

— Très bien, j'en suis heureux. Mais moi je l'ai lue dans l'original hébreu quand j'étais jeune.

— Moi pas.

— Bien sûr, je m'en doutais, vous l'avez lue en anglais dans une traduction. Quoi qu'il en soit, vous vous souviendrez sans doute du temps où les Juifs ont quitté l'Égypte. Quelle est la première chose que Moïse a faite? Il les a répartis en plusieurs groupes pour mieux les diriger. Une horde unique est impossible à tenir en main. C'est une vieille leçon de la Bible. Vous l'avez lue, mais vous ne l'avez pas retenue. Vous auriez dû prêter davantage attention à l'Ancien Testament. Vous avez probablement accordé plus d'attention au Nouveau. »

Qui d'autre pourrait s'adresser avec tant d'impertinence aux élus de l'Union? Le « Monument national » peut se permettre ces excès de langage, il parle d'égal à égal avec les membres du Congrès. La nation lui doit tant, et il est déjà si bien taillé dans le marbre immémorial de l'Histoire, que c'est plutôt le sénateur Proxmire qui se confond en excuses :

« Amiral, mes questions ne devraient pas refléter mon ignorance ou l'absence d'ignorance... »

Le sénateur passe à un autre sujet.

« Le nucléaire civil est pratiquement bloqué dans notre pays, dit-il. Dans mon État, par exemple, 30 % de l'électricité viennent du nucléaire, et cependant on me dit qu'il n'y plus de plan ni même d'espoir pour de nouvelles centrales. »

C'est alors que le commandant des « nucs », l'apôtre et l'architecte des moteurs atomiques, va surprendre son auditoire. L'impertinence ou l'arrogance des propos précédents n'avait pas de quoi mettre mal à l'aise les membres du Congrès. Chacun s'y attendait et même la souhaitait, comme on se réjouit à l'avance d'aller entendre la diva dont les extravagances font la rumeur de toute une ville. Une partie de sa légende reposait sur cet art d'aller droit au but, sans égard pour les règles de convenance, avec des flèches parfaitement acérées pour ceux qu'il trouvait sur son chemin, hostiles ou sceptiques, inaptes à entrer dans ses raisons. Et c'était aussi avec ce parler brutal et arrogant qu'il avait fini par convaincre le Congrès, contre une grande partie de l'état-major et même le président de l'époque, que l'idée du sous-marin nucléaire n'était pas une fantaisie de lecteur de Jules Verne. Il pouvait aller aussi loin qu'il voulait, ses écarts de langage n'empêchaient pas la connivence sur l'essentiel. Il était à la fois l'enfant chéri du Congrès et son expert favori, et rien n'était plus précieux ni plus incontestable pour ses interlocuteurs que ce dont il était l'expert : l'énergie nucléaire.

Jusque-là, durant toute sa carrière, le langage qu'il a tenu, fût-il excessif, a toujours été celui d'un ingénieur, non pas celui d'un officier de marine qui sait jouer le jeu, obéir autant que commander, se plier à la discipline autant qu'au protocole — tout au contraire, il n'a pas cessé de contrevenir au code des bonnes manières de la Navy —, mais celui d'un pur technicien dont la force est d'ignorer la bureaucratie et la hiérarchie, qui va de l'avant pour résoudre un problème, quels que soient les obstacles, comme un horloger démonte une montre pour la faire fonctionner. Il pouvait s'en prendre férocement à ceux qui ne partageaient pas ses raisons, passer par-dessus ses supérieurs, contester l'état-major, dénoncer les entreprises qui accumulaient des bénéfices excessifs aux dépens du contribuable, représentants et sénateurs ne lui en tiendraient jamais rigueur. Le superman de la technologie nucléaire, qui avait su gagner avec leur appui, contre vents et marées, la terre promise de la parfaite dissuasion stratégique, avait toute liberté de parole.

Et pourtant, quand on lui demande ce qu'il pense de l'avenir de l'énergie nucléaire, il évoque soudain « les dommages potentiels d'un dégagement radioactif pour les générations futures », et provoque la stupéfaction de l'assistance, prête à tout entendre de lui — sauf cette dénonciation sans merci des applications de l'atome. Le voici pour la première fois comme intimidé devant ce qu'il s'apprête à dire; il introduit son exposé par cette formule : « Je vais être philosophique. » Et il proclame que le nucléaire est un mal absolu à combattre et à éradiquer, non pas seulement les applications militaires, mais encore toutes les applications civiles, des centrales de puissance aux appareils et aux sous-produits destinés à un usage médical. Habitués pourtant à son franc-parler, les membres du Congrès n'en croient pas leurs oreilles. Ils étaient prêts à tout entendre de lui, sauf *cela,* et ils lui font répéter ce qui, dans sa bouche d'expert et d'officier, apparaît aussi saugrenu que s'il désertait devant l'ennemi.

« Jusqu'à il y a quelque deux milliards d'années, explique-t-il, toute vie était impossible sur terre. C'est qu'il y avait tant de radiations que vous ne pouviez avoir la moindre vie, ni poisson ni rien. Peu à peu, il y a deux milliards d'années, la somme des radiations sur cette planète et sans doute dans tout le système s'est réduite, rendant possible l'apparition d'une forme de vie. Or, quand nous utilisons l'énergie nucléaire, c'est une sorte de régression : nous créons quelque chose que la nature a essayé de détruire pour rendre la vie possible. Je crois qu'au bout la race humaine va s'anéantir elle-même, et il est beaucoup plus important de contrôler cette force horrible et d'essayer de l'éliminer, que de l'utiliser, fût-ce pour des raisons médicales ou pour produire de l'électricité.

— Eh bien, dit le sénateur Proxmire, je n'aurais jamais pensé que quelqu'un qui a vécu si près de l'énergie nucléaire, qui est un tel expert, qui a fait à ce point avancer son domaine, se mettrait à souligner, comme vous dites, que l'atome détruit la vie!

— Je ne crois pas que l'énergie nucléaire vaille la moindre peine si elle crée des radiations. Alors, vous pouvez me demander pourquoi mes sous-marins nucléaires? Ma réponse est : c'est un mal nécessaire. Je les coulerai tous. Ai-je répondu à votre question? Je ne suis pas fier du rôle que j'ai joué dans cette histoire. Je l'ai fait, parce que c'était nécessaire pour la sécurité de mon pays. C'est pourquoi je suis à ce point convaincu qu'il faut stopper tout ce non-sens d'une guerre nucléaire. »

Le sénateur Proxmire lui demande ce qu'il pense de la perspective d'une telle guerre. Réponse :

« La leçon de l'histoire est que, lorsqu'une guerre se déclenche, les nations finissent par utiliser toutes les armes dont elles disposent. Par conséquent, nous pouvons nous attendre, si une autre guerre commence, j'entends une guerre sérieuse, à ce que nous utilisions d'une manière ou d'une autre l'énergie nucléaire. Cela est dû à l'imperfection des êtres humains. La perspective d'une telle guerre? Je pense que nous nous détruirons probablement nous-mêmes. Alors, quelle différence cela fera-t-il? De nouvelles espèces viendront, qui seront peut-être plus sages. »

Il a fallu le dernier acte de sa vie publique, dans la solennité de l'institution qui n'a jamais lésiné sur le soutien de son action, pour l'entendre mettre en question tout ce à quoi il avait consacré jusque-là sa compétence. Les systèmes techniques qu'il a créés et fait fonctionner, jamais il n'avait montré qu'il eût à s'interroger sur autre chose que leur *comment;* ils devaient fonctionner, une machine n'est-elle pas faite pour cela? Là s'arrêtait le travail de sa réflexion publique. Comment les réaliser était le problème qu'il avait mission de résoudre, donc il s'attaquerait à tout ce qui lui permettrait de le résoudre, rapidement et au moindre coût. Pas de routes torves, de détours, d'interrogations autres que techniques. C'était bien assez, dans l'obsession quotidienne de la tâche à accomplir et bien accomplie, seize heures par jour, de progresser étape par étape, de former à la même rigueur les spécialistes dont il avait besoin, de passer outre à toutes les objections des sceptiques et de la bureaucratie, et d'aboutir dans les délais. Au-delà, il ne lui appartenait pas de se prononcer. Ou plutôt c'était aborder un terrain qui ne relevait plus de sa compétence, fait de sables mouvants plutôt que du béton des calculs et des résultats sûrs, un terrain miné par le travail de sape du doute toujours possible, dont le bon fonctionnement des machines, avec leurs rouages et leurs engrenages parfaitement ajustés, vous met à l'abri.

Je me demande vraiment ce qui s'est passé dans sa tête, le jour de son triomphe à la romaine, où il s'est pris à avancer sur le terrain qui n'était pas le sien, où l'ingénieur en lui, plus encore que l'officier, s'est excusé, comme d'un refus d'obéissance, de ne plus tenir le langage du technicien : « Je vais être philosophique. » *Scrupulum :* « petit caillou », ce sur quoi l'on bute ou trébuche, et qui peut faire basculer toute une vie. Nul ne sait la genèse du « petit caillou » que Rickover a rencontré sur sa route, nul ne sait quand il l'a rencontré, par exemple dès le début de sa carrière dans l'atome ou à la fin, dans ce moment « philosophique » où il en a fait publiquement l'aveu. Qu'est-ce que cela changerait d'ailleurs? Rickover est un homme de devoir autant que de savoir technique, il s'est jeté dans l'aventure de l'énergie nucléaire avec la conviction et même la passion de celui qui en fait sa propre cause en même temps que celle de son pays. A-t-il jamais douté avant ce moment « philosophique »?

Il a fanatiquement voué toute sa vie professionnelle à ce qu'il tenait – ou en était venu à tenir – pour un mal absolu, et c'est au moment de passer la main que le héros romain endosse la toge du procureur le plus virulent de sa propre cause. Le sénateur Proxmire, de plus en plus médusé, lui demande : « Ainsi, vous pensez que, si nous avons la volonté de le faire, nous pouvons limiter et réduire nos armements? » L'amiral répond que ce serait la plus belle chose au monde pour un président que de réunir une conférence pour arrêter la course aux armements. « C'est tout à fait le moment, dit-il, alors que nos dépenses militaires dévorent tant d'argent et qu'elles sont complètement improductives. »

En même temps, le technicien est toujours là, persuadé qu'il suffit d'attaquer un problème, quel qu'il soit, avec les armes de la technique, pour en venir à bout : la compétence du technicien doit pouvoir s'appliquer à d'autres domaines, elle a réponse à tout, elle *peut* tout. « Mettez-moi sur ce problème,

« JE VAIS ÊTRE PHILOSOPHIQUE »

dit l'amiral chenu, couvert d'honneurs et de gloire, qui est tout prêt, après soixante ans de constant dévouement à l'État et à l'atome, à reprendre du service pour combattre l'atome et la guerre. Je ferai quelque chose. Donnez-m'en la responsabilité, et je vous obtiendrai des résultats! » Le moment du doute est déjà passé.

Chapitre III

Naissance de la technologie

Il faut bien poser la question : qu'est-ce que la technologie ? Le mot est de plus en plus utilisé comme une redondance de la technique, ce qui offusque certains puristes : « technique » fait à leurs yeux aussi bien l'affaire, et de surcroît « technologie » a un relent d'américanisation dont il convient de préserver notre culture. Pourtant, la « technique » ne reflète pas ce dont la modernité investit désormais le terme « technologie ». Si cet anglicisme (ou américanisme) gagne de plus en plus de terrain dans notre langue, c'est que le mot apporte un plus, et renvoie à une autre époque, à d'autres sources et à d'autres fonctions que celles dont la technique a pu témoigner depuis l'origine même de l'humanité.

Technologie : logos de la ou des techniques, discours sur, science qui a pour objet les techniques. Peu de mots ont un sens moins arrêté dans chaque langue et d'une langue à l'autre : ce dont il rend compte est à la fois ancien (très ancien) et nouveau (très nouveau). Le sens étymologique a été renouvelé, d'un côté, par l'histoire de l'industrialisation et, de l'autre, par l'usage prédominant du mot dans son acception anglaise. Le sens originel (la *technè* au sens grec) n'est jamais tout à fait absent du sens actuel, cela va de soi, car il ne peut pas être coupé des racines qui le rattachent à toute l'évolution de l'*homo faber*. Mais les techniques du monde industrialisé dans lequel nous vivons, où la nature n'est plus dissociable de nos artefacts, ont beau être le prolongement de la *technè* des sources helléniques, comment ne pas voir qu'elles désignent et définissent un système technique totalement différent ?

Le casse-tête des définitions

La langue anglaise, qui ignore le substantif « technique » et parle des « arts techniques » au sens de l'artisanat ou des arts et métiers, prête tout autant que la nôtre des sens multiples au mot « technologie ». Celui-ci peut désigner des objets matériels, des outils et des dispositifs simples (levier, marteau, charrue, etc.) et des systèmes complexes (une usine, un réseau de chemins de fer, d'ordinateurs, de satellites, etc.). Entre les outils et les systèmes plus complexes, il n'y a d'ailleurs pas de frontière très nette : les outils simples ou composés peuvent être parties de systèmes plus larges (roues et ailes d'un moulin, bielles et manivelles d'une machine, etc.), et il existe des systèmes plus complexes que d'autres, si complexes qu'on parle aujourd'hui de « technologies avancées » *(high tech)* ou de produits et d'industries « intensifs en technologies » pour désigner ceux dont la conception et la production dépendent d'un effort important de recherche-développement et d'un personnel scientifique hautement spécialisé.

Mais le mot peut aussi désigner des objets immatériels, des idées, des connaissances, des symboles, bref un savoir. C'est ce sens que l'on retient, lorsqu'on parle du Massachusetts ou du California Institute of Technology, c'est-à-dire de lieux où l'on enseigne, transmet, renouvelle et crée un savoir sur la manière de produire des dispositifs et des systèmes qui associent la science et le savoir-faire, les coups de main de l'artisan, la pratique de l'ingénieur et les théories du savant. Et, tout comme il est difficile de séparer strictement le dispositif simple du système complexe, il n'est pas aisé de séparer ce qui est matériel de ce qui est immatériel : de quel côté situer le logiciel d'un ordinateur ?

Au-delà même du savoir théorique qui a pu la produire, toute technologie renvoie, en fait, aux finalités, donc aux structures sociales (mentalités et croyances, besoins et institutions économiques, politiques, culturels, etc.) qu'elle a précisément pour fonction de servir. On peut dire – ce que je ne crois pas – que les dispositifs et les systèmes contemporains remplissent exactement les mêmes fonctions que celles qu'ont remplies les techniques depuis les débuts de l'humanité. Mais comment ne pas constater que les systèmes complexes d'aujourd'hui se fondent sur une réalité à la fois scientifique, technique et économique, qui n'a plus grand-chose à voir avec la « technique » d'autrefois ? Le combat des gardiens du temple de la langue française me paraît décidément voué à l'échec : la technique telle qu'ils voudraient que « l'éternité la change » est devenue technologie.

« Tout est technique : l'effort violent, mais aussi l'effort patient et monotone des hommes sur le monde extérieur ; ces mutations vives que nous appelons un peu vite des révolutions (celles de la poudre à canon, de la navigation hauturière, de l'imprimerie, des moulins à eau et à vent, du premier machinisme), mais aussi les améliorations lentes des procédés et des outils et ces gestes innombrables, certes sans importance novatrice : le marin qui tend ses cordages, le mineur creusant sa galerie, le paysan derrière sa charrue, le forgeron à son enclume... Tous ces gestes qui sont le fait d'un savoir accumulé. "J'appelle technique, disait Marcel Mauss, un acte traditionnel efficace ; en somme, un acte qui implique le travail de l'homme sur l'homme, un dressage entrepris, perpétué depuis le début des temps." »

Ce commentaire superbe de Fernand Braudel permet de comprendre la différence : tout est technique, *mais toute technique n'est pas technologie*. Si la technique est ce qui définit l'homme en tant qu'*homo faber* — y compris les techniques du corps dont parlait Marcel Mauss —, la technologie dote d'une dimension nouvelle le savoir accumulé, le travail, le dressage dont l'efficacité passe, depuis l'ascension préhistorique de l'homme, par la création et l'utilisation d'outils. *Prolongement et aboutissement de la technique, la technologie n'en est ni l'équivalent ni le substitut.* Mais il ne suffit pas de souligner ce par quoi ses sources, sa nature et ses fonctions se distinguent de celles de la technique pour lui donner une définition satisfaisante.

Les historiens des techniques admettent que le terme ne peut être défini avec précision. Ainsi Kransberg et Purcell dans leur *Histoire de la technologie occidentale* reconnaissent-ils le caractère erratique du mot qui tantôt renvoie à une définition trop large (par exemple, Charles Singer : « Comment les choses et quelles choses sont communément faites et fabriquées »), tantôt trop étroite : « l'effort rationnel et ordonné de l'homme pour maîtriser son environnement naturel ». De fait, cette dernière définition exclut à la fois ce qui n'est pas nécessairement destiné à assurer la maîtrise de l'environnement naturel et qui néanmoins relève de la technologie (par exemple, un jouet électronique), et ce qui, proprement œuvre de l'homme, ne ressortit plus à l'environnement naturel (par exemple, le contrôle du trafic dans une grande ville).

Du point de vue de l'origine, la technologie peut apparaître comme l'autre nom de la technique. « Restreindre la définition du mot, disent Kransberg et Purcell, aux choses qui caractérisent la technologie de notre temps, machines et moteurs, serait faire violence à toutes celles qui sont venues avant. » Et de reconnaître, comme Marcel Mauss, qu'il y a de bons arguments pour considérer même la magie comme une technologie : n'est-ce pas aussi un moyen de maîtriser et d'influencer l'environnement de l'homme ? Pourtant, rien n'est dit en ce cas de la *nature* de la technologie, de ce qui la distingue de la technique non seulement par ses fonctions, mais aussi par la façon dont elle s'engendre, se réalise et se répercute dans le système industriel.

La définition qu'en donnent Kransberg et Purcell ne lève pas toutes les difficultés : « La technologie est beaucoup plus que les outils et les artefacts, machines et procédés. Elle traite des efforts de l'homme destinés à satisfaire ses désirs par l'action humaine sur des objets physiques. » Ils ont raison, assurément, de parler de désirs ou de volontés plutôt que seulement de besoins, puisqu'une des fonctions originales de la technologie est de créer de nouveaux besoins ou de répondre à des aspirations imaginaires plutôt qu'à des besoins ; et ils ont encore raison d'inclure dans la technologie, outre les objets physiques créés par l'homme, tout ce qui relève de l'organisation et des finalités du travail, du design au marketing et à la publicité, de l'enrobage de l'objet technique au cadre institutionnel de son achat par ce que les économistes appellent le consommateur final. Cependant, l'exemple qu'ils donnent (les pyramides) de ce que l'organisation du travail peut produire ne permet pas davantage d'identifier ce qui peut historiquement distinguer la technique de la technologie. Et l'on ne peut pas non plus se contenter de parler de l'action humaine sur des objets physiques, puisque nous savons que la technologie porte tout aussi bien sur des objets intangibles, tels que les programmes ou les objets imaginaires conçus avec l'assistance des ordinateurs.

En fait, dans toutes les langues, l'usage courant du mot, dans ses sens divers, sanctionne le rôle grandissant que les techniques exercent dans la vie économique et sociale en devenant de plus en plus scientifiques. *La technologie, c'est toujours la technique qui passe par la science, qui associe le travail du laboratoire à celui de l'usine,* pour agir non seulement sur la nature ou les choses, mais aussi sur les hommes et la société, leur mode de production et de consommation, leur organisation et leur système de communication, finalement leur vision d'eux-mêmes : la technologie n'est pas seulement création et transformation d'objets physiques, elle est aussi création et transformation d'objets immatériels. On peut parler de technique avant le machinisme, avant le système industriel, avant la recherche scientifique organisée, mais après ces étapes successives du processus d'industrialisation, ce dont on parle désigne autre chose et plus que la technique.

Les avatars du mot et du concept

Le sens originel du mot fait bon ménage avec la définition traditionnelle des dictionnaires : traité, étude raisonnée des arts, c'est-à-dire des techniques, par opposition à la fois à la science et aux métiers. Or, de nos jours, la technologie tout à la fois se nourrit de la science et nourrit le savoir-faire de la technique. Au sens restreint, celui des hommes de l'art, ingénieurs et techniciens, la technologie est l'application de connaissances scientifiques à un domaine technique particulier : par exemple, la technologie des matériaux ou des ordinateurs. Au sens le plus large, c'est l'application systématique du savoir rationnel à des tâches pratiques, étant entendu que, dans ce savoir rationnel, on ne peut plus faire la part des connaissances proprement scientifiques et celle des connaissances proprement techniques. En somme, si la science est (en théorie) du côté de la rationalité pure, la technologie est du côté de l'utilitarisme, mais c'est bien du rationalisme scientifique qu'elle tient, à la différence des techniques traditionnelles, son efficacité.

Le sens originel du mot, « discours sur la technique », qui renvoie à une réalité intellectuelle (le besoin de discuter et de rendre compte des techniques), évoque en même temps l'idée d'une discipline scientifique. Mais celle-ci n'existe pas et ne peut pas exister en tant que telle. La « science des techniques », objet de recherche et de pédagogie, capable de dresser la carte de toutes les techniques et de tous leurs procédés, est demeurée un projet sans avenir. Il y a, certes, des spécialistes ou des « étudiants de la technologie » pour parler des techniques (de Beckmann à Mumford, en passant par les Encyclopédistes, Marx, Espinas, Reuleaux et tant d'autres), aucun toutefois n'a jamais été ni prétendu être un « technologue ». La technologie en tant que discours sur les techniques n'est pas à la technique ce que la linguistique est au langage ou la biologie aux êtres vivants. Et ce n'est pas faute de reconnaissance ou de légitimité universitaires : Mumford et Gille étaient des historiens, Mauss et Leroi-Gourhan des ethnologues, ni les uns ni les autres ne se sont présentés comme des « technologues ».

Le mot, qui renvoyait au Moyen Âge à un aspect étroitement technique de la logique, connaît un usage plus général à partir du XVIIIe siècle, et dès cette époque le concept de technologie va osciller entre deux pôles : d'un côté, celui d'une entreprise universitaire qui vise à recenser, à codifier et à réunir en un corps de doctrine cohérent tout ce que l'on peut savoir des opérations de l'art; de l'autre, celui d'une entreprise politique qui vise à légiférer sur le rôle des techniques dans l'univers économique et social. Le développement du machinisme et la révolution industrielle vont empêcher la discipline universitaire de se constituer comme telle : une science capable d'embrasser toutes les opérations de tous les arts sera tout simplement impossible en fonction même des progrès de la technologie.

Plus l'usage du mot va sanctionner l'investissement des techniques par la science, plus on assistera à l'investissement de la société par la technologie. En cessant d'aspirer à devenir un inventaire ou une science des techniques, la technologie apparaîtra de plus en plus comme un processus social qui relève de ce souci de légiférer présent dès l'introduction du mot : évaluation, contrôle, maîtrise de la technologie, toutes ces formules des préoccupations contemporaines renouent avec le projet initial d'une réflexion qui ne s'en tient pas aux aspects strictement techniques de l'univers technique, mais qui s'interroge sur les dimensions économiques, sociales et politiques des liens que la technologie entretient avec la société.

Le premier pôle, celui de la naturalisation d'une discipline nouvelle dans le cursus universitaire, c'est Christian Wolff qui l'indique en 1728 dans le chapitre III du Discours préliminaire à sa *Philosophia rationalisis sive logica* : « La technologie est la science des arts et des œuvres de l'art, ou, si l'on préfère, la science des choses que les hommes produisent par le travail des organes du corps, principalement par les mains. » Étudiant les règles opératoires et les produits des arts, cette discipline se voit assigner une place précise dans l'ensemble des sciences, après la physique. Les arts auxquels elle se réfère sont prémachinistes, essentiellement liés aux outils; ils sont néanmoins reconnus comme un domaine nouveau de la réflexion philosophique, qui mérite en lui-même de faire l'objet d'un enseignement. Il s'agit essentiellement de reconnaître droit de cité dans le savoir universitaire à ce que l'on appellerait aujourd'hui la culture et la vie techniques, et d'appliquer à l'étude de cette culture les méthodes propres à toute discipline scientifique digne de ce nom. Pour Wolff, l'enseignement de la technologie est une discipline mathématique, qui s'appuie sur la physique et la mécanique.

Le second pôle, en revanche, défini un demi-siècle plus tard par Joseph Beckman, déplace la technologie parmi les « sciences camérales », c'est-à-dire l'économie politique. L'enseignement des sciences camérales, institué en 1727 à Halle par Frédéric-Guillaume Ier, répond aux besoins des Chambres; il est destiné à former des fonctionnaires-administrateurs, en particulier dans le domaine financier (taxes, douanes, fisc, comptabilité d'État). Les sciences camérales, qui traitent des problèmes intéressant les guildes, les corporations, les métiers et les manufactures, introduisent inévitablement à des éléments de technologie. Beckman enseigne depuis 1772 à Göttingen cette discipline, et publie en 1777 son *Anleitung zur Technologie*, « Introduction à la technologie », où le terme est fixé et le domaine exposé : il ne s'agit plus d'une discipline mathématique, qui prétend prolonger la physique, la mécanique ou la chimie en faisant le tour de toutes les techniques connues, mais d'une discipline camérale, caractéristique de ce qui relèverait aujourd'hui des sciences sociales, économie, gestion, organisation, etc.

Pour Beckman, l'enseignement de la technologie ne vise pas à instruire des artisans ou des ingénieurs sur les opérations de leurs arts, mais à initier administrateurs, fonctionnaires et commerçants aux problèmes que soulève l'application de ces arts. C'est un enseignement qui complète plutôt qu'il ne remplace la culture et la formation techniques — un enseignement de management, dirait-on aujourd'hui, au sens des *business schools*. Le technologue au sens de Beckman n'est pas celui qui pratique un art, mais celui qui en comprend les prolongements économiques : « Elle ne doit pas former, dit-il, des tisserands, des brasseurs, ni aucun artisan en général. Pour l'exercice de leur art, ceux-ci ont besoin de beaucoup de savoir-faire et de nombreux tours de main qui tous doivent être acquis séparément par un exercice pénible, mais qui sont inutiles à ceux auxquels je m'adresse. »

Beckman a très nettement conscience de la rupture qu'il opère par rapport au projet précédent d'une science qui fût la description et l'inventaire encyclopédique des arts et de leur fonctionnement : « Je me suis risqué à utiliser le terme de technologie au lieu de celui d'histoire des arts, en usage depuis un certain temps et qui est au moins aussi incorrect que le terme d'histoire naturelle pour désigner les sciences naturelles. C'est le récit des inventions, de leur progrès et de la fortune d'un art ou d'un métier qui peut être appelé histoire des arts ; la technologie qui explique complètement, méthodiquement et distinctement tous les travaux avec leurs conséquences et leurs raisons est bien davantage. » Plutôt que de chercher à rendre compte de chacune des techniques, d'en dresser l'inventaire et de les analyser toutes comme des cas particuliers — projet digne de Bouvard et Pécuchet, que l'essor industriel va bientôt rendre tout à fait impossible —, Beckman s'intéresse aux correspondances dans les opérations des arts, aux principes de ces opérations et aux conséquences qui en résultent sur le plan économique. En ce sens, la technologie est d'entrée de jeu l'étude des techniques dans leur rapport à la société et en particulier à l'économie.

Cet enseignement a été professé jusqu'au début du XIXe siècle en Allemagne, en Autriche et en Russie par des disciples de Beckman. Mais c'est avec la révolution industrielle et le poids déterminant qu'y joue l'Angleterre que le mot de technologie va désigner, en anglais d'abord et de proche en proche en d'autres langues, non plus ce qui fait l'objet ou la visée d'un enseignement, mais l'ensemble de l'activité technique fondée sur l'application des sciences à des fins pratiques. Avec l'essor du machinisme, la production industrielle remplacera la description des arts et des métiers, et la technologie, discipline camérale d'abord réservée aux administrateurs, se développera sous forme de manuels, de traités, de dictionnaires et d'encyclopédies publiés de plus en plus à l'intention des techniciens de l'industrie, ingénieurs, contremaîtres et ouvriers.

Il faut mentionner ici un ouvrage qui, inconnu de toutes les histoires de la technologie (puisque le mot n'y figure pas), n'en est pas moins révélateur d'une évolution. C'est le *Plan de technonomie*, publié en 1819 par le premier directeur en titre du Conservatoire national des arts et métiers, Joseph Christian. Le mot n'y est pas, mais la chose y est plus présente que jamais. Prolongeant les conceptions de Beckman, Christian reproche aux enseignements de technologie de se borner à décrire l'enchaînement empirique des opérations d'un métier, plutôt que de traiter systématiquement des conditions économico-techniques du processus d'industrialisation. Beckman écrivait à une époque qui ne connaissait pas encore le mode de travail de la grande industrie. Christian, témoin de la fin du travail artisanal, forge le mot de « technonomie » pour rendre compte de ce dont l'enseignement de la technologie n'avait pas encore eu à traiter : un mode nouveau de production technique dans un contexte économique nouveau. La fortune du mot de technonomie a été sans lendemain, il n'est pas indifférent que Christian ait défini le domaine comme le théâtre par excellence de décisions économiques.

L'ère industrielle sonne le glas de l'enseignement de la technologie en tant que telle, mais pas des enjeux ni des préoccupations auxquels cet enseignement s'intéressait dans le contexte des sciences camérales. La technologie comme science n'a pas eu de suite, elle n'en est pas moins devenue objet de science au sens où la réflexion camérale d'aujourd'hui (économique et managériale) se soucie de comprendre, sinon de mesurer, le poids, les fonctions, les répercussions des techniques dans le système économique et social. Mais ces techniques ne sont plus seulement, suivant la définition d'Espinas, « des outils prolongeant la main », c'est-à-dire des instruments liés au savoir-faire et à l'empirisme, ce sont en fait *des prothèses prolongeant l'outil, liées à la science et à l'expérimentation.*

Aux sources de la pensée technologique

On ne peut pas se borner à analyser le concept de technologie, il faut encore en éclairer et en comprendre l'évolution. Le glissement de sens — la métamorphose — du mot technologie correspond effectivement à un changement dans la réalité et la création techniques : après avoir désigné le discours sur les arts appliqués, il en est graduellement venu à désigner ces arts proprement dits. Mais ces arts ont eux-mêmes changé dans le sillage du processus d'industrialisation et des applications pratiques de la recherche scientifique. L'usage du mot correspond désormais à un âge des techniques où il est devenu impossible de distinguer celles-ci des sources scientifiques dans lesquelles elles puisent et des formes industrielles dans lesquelles elles s'incarnent. On peut bien dire que par nature l'*homo faber* a toujours été un technologue, utilisateur et créateur d'outils d'abord, puis de machines (c'est la définition de l'*Encyclopaedia britannica*), mais cette transposition du sens moderne sur les techniques préscientifiques tend à ignorer le changement radical qu'a provoqué la liaison croissante entre science et technique à partir du XIXᵉ siècle : la nouveauté qui donne à la technologie son sens moderne, c'est le relais par la science de l'essor industriel, le développement de disciplines proprement technologiques et de techniques proprement scientifiques, et l'essor d'une communauté de praticiens – ingénieurs, techniciens, gestionnaires –, qui ne sont plus les inventeurs d'autrefois, mais qui ne se confondent pas non plus totalement avec les scientifiques d'aujourd'hui (même si nombre de ceux-ci peuvent être aussi des ingénieurs).

Les sources idéologiques de la technologie remontent, il est vrai, au XVIᵉ siècle, c'est-à-dire au moment où la pensée de la révolution scientifique qui s'esquisse à peine entraîne une vision mécaniciste de la nature telle que la science, conjuguée aux arts mécaniques, peut agir sur elle et la transformer. La technologie au sens moderne n'a pas pour meilleur prophète ni porte-parole que Francis Bacon. Dans le *Novum Organum,* il recommande aux savants l'étude des méthodes des artisans et aux artisans l'étude de la méthode scientifique. L'utopie de la *Nouvelle Atlantide* décrit une société dont le principe d'organisation est la recherche scientifique et dont l'objectif est « la connaissance des causes et des mouvements secrets des choses; et l'extension des limites de l'empire de l'homme afin d'exécuter toutes les choses possibles ».

Le projet cartésien n'est pas différent dans sa visée : les connaissances doivent être utiles à la vie, et, en se fondant sur cette « philosophie pratique qui doit rompre avec la philosophie qu'on enseigne dans les écoles », elles doivent rendre les hommes « comme maîtres et possesseurs de la nature ». Mais si l'objectif est le même, réconcilier la théorie et l'action, la science et les arts appliqués, les moyens pour l'atteindre renvoient à deux conceptions différentes du statut et de la science et de la nature. L'univers baconien garde une bonne part de l'imagerie fantastique dans laquelle le Moyen Âge saisissait la nature; celle-ci est faite de puissances cachées dont la science précisément a pour mission d'arracher les secrets. Le savoir n'est jamais que « le serviteur et l'interprète de la nature » et non pas, comme pour Descartes, un législateur qui, s'appuyant sur la raison, assigne à la nature l'ordre de la géométrie. En somme, Bacon plaide pour la culture scientifique des artisans, Descartes pour la saisie scientifique de la nature : le premier voit dans l'atelier de l'artisan l'avenir de la technologie, le second voit cet avenir se jouer dans le laboratoire du savant. Pour Bacon, l'utilité des connaissances se place sur le terrain de l'ingéniosité des ingénieurs et des fabricants; pour Descartes, sur celui du pouvoir théorique de la raison.

Ne nous étonnons pas si la fortune du message baconien a toujours été plus évidente en Angleterre et dans la tradition anglo-saxonne qu'en France : l'horizon d'utilitarisme par rapport auquel se situent les connaissances scientifiques passe par l'empirisme et le pragmatisme dans le premier cas, et par le rationalisme dans le second. C'est à l'ingénieur en tant qu'homme de l'art que pense Bacon, et la fonction qu'il est appelé à remplir est d'abord économique comme un lien entre le savoir et l'industrie. Descartes pense d'abord au savant dont l'armature conceptuelle, la *mathesis*, est appelée à fonder une conception du monde plutôt qu'un mode de manipulation des choses. L'un privilégie les mutations de la matière, l'autre celles de l'esprit. Il n'empêche que, dans les deux cas, le programme a pour même fin l'extension du bien-être, l'amélioration de la condition humaine, l'utilité sociale des connaissances scientifiques. Bacon et Descartes, chacun à sa manière, préludent à la pensée technologique en associant à l'idée de progrès scientifique la vue de l'utilité, du confort et du mieux-être.

Les premiers pas de la pensée technologique ne se comprennent qu'en fonction des changements dont la Renaissance a été le théâtre, et d'abord du rôle croissant exercé par les « arts mécaniques » et les ingénieurs par rapport aux « arts libéraux » et aux humanistes. La technologie s'esquisse avec les ingénieurs et les techniciens au sens moderne du terme — avec le recours aux mathématiques et à la théorie scientifique dans la solution des problèmes techniques. Aussi la Renaissance apparaît-elle bien comme le point de départ de la mutation qui débouchera sur la révolution industrielle : de l'art militaire à l'architecture, en passant par l'hydraulique, la mécanique, la métallurgie, le progrès des techniques tout à la fois s'accompagne et se nourrit d'une faveur nouvelle pour les ingénieurs et d'un intérêt nouveau pour la culture technique. La révolution scientifique du XVIIe siècle, à laquelle Galilée attache son nom comme un symbole, consacre précisément cette rupture avec la conception de la science antique qui séparait la théorie de la pratique. La science expérimentale se définit contre les héritiers d'Aristote pour lesquels le savoir est contemplation, vision purement intellectuelle des réalités qui sont au-delà du monde sensible; elle postule l'application des lois de la géométrie et de la mécanique aux phénomènes naturels pour agir sur la nature et la transformer; et du même coup elle fonde, plus encore qu'elle ne réhabilite, les « arts mécaniques » comme un élément légitime du même processus de rationalisation — un élément non moins légitime que la science proprement dite. La pensée technologique commence à partir du moment où la révolution de la science moderne appelle et bientôt impose le recours à la technique pour devenir opératoire.

La pensée technologique, mais pas la technologie. Car il faudra plus de temps, plusieurs siècles, pour que cette interaction entre la science et la technique se réalise dans les faits et surtout se généralise. Le message baconien, qui invite à réunir les ressources des savants, des artisans, des fabricants et des commerçants pour la production de choses utiles, accorde aux techniques une légitimité et un pouvoir que la société n'est pas encore prête à leur reconnaître. C'est que la culture technique est entrevue à titre de promesse, faute de s'appuyer sur des institutions propres et sur un corps de praticiens qui soient en mesure de peser directement sur l'organisation économique et sociale. Pourtant, dès le départ, l'existence de ces institutions et de ces spécialistes a été entrevue, esquissée, proposée.

Bacon et Descartes ont été parmi les premiers à former le projet d'institutions vouées à l'enseignement et à l'avancement des sciences pour le bénéfice des arts et métiers. Les écoles d'arts et métiers que recommande Descartes doivent s'appuyer sur la raison des géomètres « pour perfectionner les Arts, [...] entretenir des Maîtres ou Professeurs habiles en Mathématique et en Physique afin de pouvoir répondre à toutes les questions des Artisans, leur rendre raison de toutes choses, et leur donner du jour pour faire de nouvelles découvertes dans les Arts ». À la fois école professionnelle et musée des techniques ouvert au grand public, temple de l'application des mathématiques et de la physique aux problèmes des artisans, le projet cartésien sera réalisé par la Révolution avec le Conservatoire des arts et métiers. Mais la pensée technologique conduit plus facilement et plus tôt en Angleterre qu'en France à ses premières institutions. C'est, encore une fois, que l'utilitarisme empiriste et le pragmatisme ne s'y embarrassent ni de discours philosophique ni de tradition humaniste. Bien avant la révolution industrielle, les ingénieurs pourront siéger à la Royal Society en tant que tels aux côtés des savants. Pas à l'Académie royale des sciences, ni avant longtemps à l'Académie des sciences qui en est l'héritière, puisque c'est seulement en 1918 qu'y sera créée une division répondant au titre « Applications de la science à l'industrie ». Dès 1675, pourtant, à l'injonction de Colbert qui demanda à l'Académie « d'examiner les moyens de faire un traité de mécanique, avec une description exacte de toutes les machines utiles à tous les arts et métiers dont on se sert à présent en France et dans toute l'Europe », un groupe de travail se constituait, fonctionnant comme une Académie des arts.

Cette « Description des arts et métiers » sera interrompue, et les arts de l'ingénieur ne conduiront pas à constituer une Académie autonome. « La science mathématique est adulte alors que la technique expérimentale est parfois de l'ordre de l'utile, toujours du curieux, quasi jamais du démonstratif. » Filleau des Billettes, un de ceux qui firent partie de ce groupe de travail, est défini dans l'*Index des académiciens* publié de nos jours par l'Académie comme un « technologue ». Anachronisme de fait, non d'intention, dont témoigne cette lettre de Leibniz à Filleau des Billettes : « Vous avez, Monsieur, quantité de belles pensées tant mécaniques qu'économico-politiques. » Le terme de technologue n'existe pas à l'époque, mais le fait que le discours de mécanicien que tient Filleau des Billettes se place sous l'horizon de réflexions « économico-politiques » le désigne effectivement comme un précurseur de la technologie.

Le projet académique d'une « Description des arts et des métiers » aura pourtant une suite avec l'*Encyclopédie*. Cette fois, avant même la révolution industrielle, le message baconien trouve son audience en France. Toute l'entreprise de l'*Encyclopédie* vise à naturaliser le phénomène technique dans la culture et la pratique de « l'honnête homme ». Les planches initient aux arts et métiers qu'elles élèvent à la dignité d'un univers non moins légitime que celui de la science : « On a trop écrit sur les sciences, dit d'Alembert, on n'a pas assez bien écrit sur la plupart des arts libéraux, on n'a presque rien écrit sur les arts mécaniques. » L'*Encyclopédie* est un inventaire et un bilan, à la fois œuvre de vulgarisation et somme du savoir disponible sur les outils et les machines. Cependant, comme on l'a souvent dit, c'est une croisée de chemins entre le monde d'hier, celui du travail artisanal et de la manufacture dont elle propose le catalogue, et celui de demain qu'elle n'a pas deviné, le monde des machines-outils, de la machine à vapeur, du machinisme industriel. Aucune prospective, aucune anticipation : les six pages consacrées à la machine de Newcomen, qui sert en Angleterre à pomper l'eau des mines depuis 1711, n'imaginent pas (et sans doute ne peuvent pas imaginer) l'avenir de la machine à vapeur.

La vocation de l'*Encyclopédie* n'est pas là. D'une part, elle est de donner la parole à ceux que, jusque-là, l'histoire intellectuelle a tenus dans une classe inférieure : les artisans et les techniciens, pour lesquels Diderot, en se recommandant de Bacon, réclame un statut, comme un siècle plus tard il faudra en reconnaître un aux ingénieurs. « Les artisans se sont crus méprisables parce qu'on les a méprisés : apprenons-leur à mieux penser d'eux-mêmes. » Diderot entend reconcilier l'antique division du travail entre intellectuels et manuels; le catalogue des outils et des machines est prétexte à accorder plus de poids aux travailleurs de l'industrie qu'aux intellectuels des salons. En ce sens, l'*Encyclopédie* désigne le moment d'une nouvelle rupture entre l'Occident et l'Orient : ici, on continuera jusqu'à nos jours à traiter comme inférieurs les artisans et les techniciens, au point qu'en Inde, sous la domination britannique, les brahmines se voueront aux mathématiques plutôt qu'à l'ingénierie, de crainte de déchoir et de « se salir les mains » comme des artisans; là, techniciens et ingénieurs bénéficieront d'autant plus rapidement d'une légitimité sociale que le savoir théorique, tout comme le processus d'industrialisation, devra s'appuyer sur leur savoir-faire pour progresser.

D'autre part, l'*Encyclopédie* est un hymne sans réserve au progrès, parce que ce stade de la technique n'a aucune raison d'en contester les bienfaits. Avant la machine à vapeur et la grande industrie, l'homme n'a encore affaire qu'à des outils et à des machines qui sont des dispositifs perfectionnés, certes, des machines simples ou complexes, mais dont il garde en tout cas l'initiative et la maîtrise; il est lui-même encore le moteur de la machine qui n'a pas sans lui d'autonomie. L'*Encyclopédie* est plus la fin d'un monde qu'un lever de rideau sur le nouveau : la pensée technologique triomphe dans le sillage de l'idéologie du progrès, à la veille même des mutations techniques qui finiront par tarauder cette idéologie. L'attrait des planches donne l'impression que l'univers technique est à portée de main, universellement transférable à quiconque sait lire et écrire. Mais cet univers technique doit déjà s'appuyer sur l'armature conceptuelle et ésotérique de la rationalité mathématique. Loin d'unir et de rapprocher les esprits, ce à quoi tendait toute la philosophie des Encyclopédistes, les arts techniques finiront par devenir un facteur de division et de hiérarchie entre les individus et entre les sociétés. Bilan d'un univers technique qui sera bientôt entièrement bouleversé, l'*Encyclopédie* est comme l'histoire naturelle d'arts et de métiers qui n'auraient pas d'avenir, figés dans l'éternité du discours de la recension et de la classification.

Plus profondément, le tournant qui s'amorce avec la révolution industrielle entraîne une redéfinition des fonctions qu'exerce l'ingénieur dans la société : hier, représentant des « arts serviles », il incarnera de plus en plus, à mesure que triomphera la révolution industrielle, les besoins et les objectifs d'une société donnant congé aux privilèges des arts libéraux et de l'humanisme classique. Avec l'importance croissante des ingénieurs, leur spécialisation et leur professionnalisation, la technologie s'impose comme un fait sans retour : elle est, effectivement, science de l'application des connaissances rationnelles — c'est-à-dire des sciences *et* des techniques conjuguées — à des fins utiles. Et du même coup, le débat qu'engageait la pensée technologique à ses débuts sur le statut social des arts et des métiers rebondit à partir de toutes les questions que pose l'orientation de la technologie en tant que telle. « Rien n'échoue plus que le succès », disait Chesterton. Le triomphe de la technologie avec la révolution industrielle conduira aussi à sa mise en question.

En traitant de la généalogie du mot, au sens où Nietzsche traitait de la « généalogie de la morale », c'est-à-dire en se demandant sous quelles conditions le mot a commencé de signifier ce qu'il signifie pour nous aujourd'hui, il est possible d'identifier les raisons pour lesquelles la *technologie* est *plus* et *autre chose* que la technique : *c'est qu'elle suppose à la fois le laboratoire et l'usine*. En ce sens, si tout est technique au regard de l'évolution de l'*homo faber*, l'histoire des techniques a effectivement comporté un chapitre nouveau et récent avec l'émergence de la technologie. Produit du savoir rationnel plutôt que du savoir-faire, œuvre des scientifiques – chercheurs et ingénieurs – plutôt que des artisans et des techniciens, la technologie au sens moderne n'existerait pas sans l'environnement industriel qui la stimule et qu'elle transforme. Et les choses qu'elle crée ou sur lesquelles elle intervient ne sont pas seulement des biens physiques, au sens où la *technè*, légitimée par les Encyclopédistes, était puissance d'action sur la matière et la nature. Ce sont aussi des objets immatériels, des langages, des programmes, des techniques de gestion, d'organisation et de décision, où l'action sur la matière n'est plus séparable de l'action sur l'esprit. La technologie est l'utilisation des connaissances rationnelles, qu'elles soient scientifiques ou techniques, pour satisfaire des besoins, des désirs, des fantasmes, par la création, la diffusion et la gestion industrielles de biens et de services.

La professionnalisation des ingénieurs

L'ingénieur d'avant la technologie, c'est l'architecte de la guerre ou de la nature – de la guerre en premier lieu –, celui qui a rapport aux arsenaux et aux fortifications, mais aussi aux fleuves, à la mer, à la terre dont il surmonte les obstacles naturels pour développer les transports, les mines et les constructions. L'exemple le plus répandu de l'ingénieur constructeur de machines est, sur le plan militaire, l'officier du génie, héritier des préceptes de

Vauban et, sur le plan civil, le « charpentier de moulin » habile à réaliser et à entretenir toutes sortes d'ouvrages d'art. Les liens entre la technique militaire et le savoir scientifique remontent à une histoire ancienne qu'ont illustrée les grands ingénieurs alexandrins, et surtout Archimède. Mais les ingénieurs de l'Antiquité et du Moyen Âge étaient avant tout des praticiens de talent, formés par la tradition orale et l'expérience directe. C'est à partir de la Renaissance, et plus spécialement en Italie, qu'apparaît un type nouveau d'ingénieur dont la formation technique s'allie à une éducation scientifique assez poussée : Léonard de Vinci en est le représentant le plus connu. Encore cette formation technique était-elle acquise par la seule expérience, et l'éducation scientifique dépendait-elle du hasard des rencontres (les maîtres en mathématiques étaient privés) plutôt que d'un enseignement codifié et institutionnalisé.

Le passage à la technologie moderne s'appuie sur des hommes de l'art dont la formation et les qualifications ne dépendent plus seulement de l'expérience et du savoir-faire, mais d'une culture et d'une pratique proprement scientifiques. Passage est bien le mot : les grandes écoles d'ingénieurs ne sont pas nées de brusques novations, mais d'une lente évolution qui, une fois de plus, ne commence à s'accélérer et à généraliser ses modèles qu'à partir de la seconde moitié du XIXe siècle. L'ingénieur « civil » apparaît dès le milieu du XVIIIe siècle par opposition à la profession militaire. En Angleterre, les ingénieurs s'organisent dès 1770 en associations professionnelles telles que la Société des ingénieurs civils, mais la plupart sont, en matière de technique, des autodidactes. Le démarrage de la révolution industrielle s'accomplit avec des chefs d'industrie et des cadres techniques qui n'ont reçu aucun enseignement professionnel élevé : formés par l'expérience et les rudiments de connaissances scientifiques, ils donnent plus l'image de techniciens supérieurs que d'ingénieurs professionnels.

C'est seulement à partir du XIXe siècle qu'apparaît l'ingénieur au sens moderne, non plus seulement architecte de la guerre et de la nature, mais encore mathématicien et chimiste, architecte de l'énergie et des matières premières qu'il transforme en produits de synthèse, en systèmes techniques et en sous-produits bouleversant simultanément l'échelle de la production et la nature de la consommation. Cet ingénieur est formé dans des écoles professionnelles, où l'apprentissage de la technique passe par un enseignement théorique approfondi et spécialisé. Le modèle de ces écoles est donné dès le XVIIIe siècle par l'École des ponts et chaussées pour les ouvrages publics et l'École royale du génie de Mézières pour les techniques militaires. L'École polytechnique, héritière en 1794 de l'École de Mézières, apparaîtra comme un modèle accompli pour la formation commune des ingénieurs civils et des ingénieurs militaires : à une culture scientifique de haut niveau s'ajoutera une formation technique qui s'appuie à la fois sur l'étude précise des principes et sur des exercices d'application proches de la réalité. Polytechnique est le premier exemple d'une école où les cours sont suivis d'exercices expérimentaux, où la recherche est associée à l'enseignement. C'est la première institution qui fasse entrer le laboratoire dans l'enseignement supérieur et le premier établissement d'enseignement supérieur qui soit en même temps un centre de recherche.

Mais l'École polytechnique sera plus une pépinière de scientifiques que d'ingénieurs affectés aux tâches industrielles du secteur privé. Son objectif immédiat, tout comme celui des écoles d'application, n'était pas de fournir en ingénieurs l'industrie privée, mais de former les cadres supérieurs de l'armée et des services publics. En France, il faut attendre 1829, date de la création de l'École centrale des arts et manufactures, qui est aussi celle de la mise en service « de la première voie ferrée française exploitée par machines locomotives » — le chemin de fer de Saint-Étienne —, pour voir reconnue la vocation proprement industrielle d'une école d'ingénieurs. L'influence de Polytechnique sur les développements de l'industrie privée s'exercera plus tardivement : ceux qui en suivirent les enseignements dans la première moitié du XIXe siècle devaient compter parmi les plus grands mathématiciens, physiciens, chimistes et astronomes, et c'est cette génération de scientifiques qui influera sur la formation des ingénieurs destinés à devenir les cadres supérieurs et les entrepreneurs de l'industrie dans la deuxième moitié du XIXe siècle.

La formation scientifique des cadres techniques s'accompagne d'une diffusion plus grande et plus rapide des connaissances scientifiques et de leurs applications techniques. Outre les ingénieurs sortis des grandes écoles, les cadres moyens de l'industrie en tirent parti à mesure que progresse l'enseignement élémentaire. Revues, traités, encyclopédies scientifiques et techniques se multiplient, qui transforment la pratique traditionnelle de l'apprentissage en lui ajoutant les ressources d'une culture spécialisée nourrie de mathématiques et de la confrontation des expériences industrielles. La formation et l'information scientifiques définissent l'horizon nouveau des carrières professionnelles au sein des entreprises et non plus seulement dans les fonctions vouées au service de l'État. Alors qu'en Angleterre les ingénieurs ont très tôt joui de prestige et d'une position sociale reconnue, c'est seulement entre 1840 et 1850 que sur le continent, en France comme en Allemagne, la profession d'ingénieur se dégage des talents empiriques de l'artisan et des connaissances théoriques du « savant » pour constituer un corps nouveau, entre la science et l'art, institutionnellement organisé et reconnu. « Qu'est-ce qu'un ingénieur ? » est une question sans cesse posée dans le périodique *Der Zivil Ingenieur* publié à partir de 1848 en Allemagne. L'identité de la profession ne va pas encore de soi, malgré le poids croissant qu'elle exerce sur l'expansion industrielle et le pouvoir des nations.

C'est en tout cas dans la seconde moitié du XIXe siècle qu'on passe de ce qu'on peut appeler la paléotechnologie, l'âge du machinisme industriel dont les progrès ont lieu sans le concours direct et organisé de la science, à l'ère de la technologie définie par l'association étroite entre la recherche scientifique et la production industrielle de l'innovation technique. La révolution industrielle est déjà bien lancée sur le continent européen quand l'industrie et le laboratoire nouent des liens de plus en plus étroits et organiques, comme en témoigne le tournant de la chimie et de l'électricité industrielles. L'industrie chimique est devenue dans la première moitié du XIXe siècle une « industrie lourde », mais les techniques sur lesquelles elle s'appuie encore sont peu différentes de celles qui ont permis l'industrialisation des grandes productions — soude, chlore, acide sulfurique — assurée par les petits fabricants du siècle précédent. Sans doute les progrès de la science chimique ne sont-ils pas étrangers aux directions et aux expérimentations raisonnées, qui ont permis de transformer en produits de grande consommation les novations et les perfectionnements mis au point dans les laboratoires. La disponibilité d'un langage commun et descriptif a aidé à mieux comprendre les réactions employées dans les fabrications industrielles et à diffuser de plus en plus rapidement les solutions techniques; en outre, l'appareillage sort de l'artisanat, s'appuie sur des équipements plus sûrs et dispose de matériel nouveau.

Pourtant, quels qu'aient été les progrès, c'est encore à des problèmes traditionnels (acidification, distillation, évaporation, pyrogénisation, etc.) que les techniques nouvelles appliquent des méthodes pour l'essentiel classiques, et la chimie de cette industrie est exclusivement minérale. Tout change avec les premiers colorants artificiels, les dérivés du benzène recueilli à partir de la distillation des goudrons de houille : Hoffman obtient en 1843 de l'aniline et l'un de ses assistants, W.H. Perkin, met au point dix ans plus tard la fabrication industrielle de l'indigo. De là toute une génération de colorants, fondés sur des composés différents, que l'on obtient à partir de méthodes de moins en moins empiriques. Il faut cependant attendre la fin des années 1860 pour voir les premières reproductions artificielles en laboratoire de produits naturels d'origine végétale. En 1868, Graebe et Liebermann isolent le principe colorant de la garance, l'alizarine, et en réussissent la synthèse; un an plus tard, A. von Baer s'attaque à la synthèse de l'indigo. C'est là le premier exemple d'une recherche directement initiée par une entreprise industrielle, la Badische Anilin und Soda Fabrik, pour créer un produit destiné à supplanter une matière naturelle (et s'assurer le monopole d'un marché mondial). La BASF investit près d'un million de livres pour soutenir les travaux de von Baer et de son équipe de chimistes. Et, si elle réussit dès 1897 à mettre sur le marché l'indigo synthétique, c'est aussi parce qu'elle a disposé des équipements industriels permettant le développement (et non pas seulement la recherche proprement dite) des différentes réactions à mener sur une grande échelle. La mise au point de l'indigo synthétique marque une rupture avec la chimie industrielle classique du XIXe siècle, une rupture symboliquement plus décisive encore que la mise au point du premier matériau artificiel (le celluloïd, en 1868) ou des nouveaux explosifs (la dynamite, en 1866), parce qu'elle inaugure la liaison organisée entre le travail de recherche scientifique et la production industrielle.

Pour les mêmes raisons, la mise au point de la lampe à incandescence par Edison peut apparaître comme un autre symbole de l'entrée dans l'ère véritablement technologique. J'y reviendrai plus loin : Edison n'était pas un scientifique, et il tenait d'ailleurs en piètre estime les savants formés à l'université. Tout au contraire, c'était un autodidacte inventeur, homme orchestre et chef d'orchestre, qui savait s'entourer de scientifiques et tirer parti de leurs connaissances. Il incarne tout aussi bien le génie de l'inventeur individuel que celui de l'entrepreneur capable de mobiliser à la fois l'appui des banques et l'énergie d'une équipe de chercheurs. Avec lui, l'innovation devient le mot d'ordre de la production industrielle et se présente déjà comme le fruit d'une œuvre collective, programmée dans ses moyens, planifiée dans ses étapes, délibérément orientée sur des résultats intéressant le marché grand public. Créé en 1876 avec le soutien d'un consortium de banquiers, Menlo Park est le premier laboratoire organisé de recherche industrielle en électromécanique; l'expérimentation scientifique y va de pair avec le souci du développement de produits et de procédés nouveaux à introduire sur le marché. Von Baer était un scientifique associé à une entreprise industrielle, Edison un inventeur qui créait ses propres entreprises. Par sa conception, son équipe polyvalente de chercheurs et de techniciens hautement qualifiés, ses instruments scientifiques et ses objectifs spécifiquement économiques, Menlo Park est le symbole du lieu institutionnel où le monde moderne accomplit sa rupture avec la paléotechnologie. Ce n'est pas l'âge héroïque de l'invention qui s'achève avec Edison, pourtant autodidacte et expérimentateur plutôt que savant, mais l'âge scientifique de la technique qui commence.

Deuxième partie

L'irrépressible moteur du capitalisme

Chapitre IV

Ce qui fait changer le changement

On ne peut pas dire des sociétés traditionnelles qu'elles ignorent le changement technique : elles innovent dans la durée, mais dans une durée plus que centenaire, et pour certaines d'entre elles plus que millénaire. Ces sociétés connaissent un état d'équilibre que seules viennent rompre les pressions et les agressions venues de l'extérieur, telles que les guerres, les invasions, les épidémies ou les catastrophes naturelles. Jusqu'à la révolution industrielle, l'histoire technique de l'humanité est passée par des transformations successives qui n'ont jamais été brutales ni rapides. L'innovation entraînait de la part des individus comme des sociétés une adaptation vécue dans le long terme, sans à-coups.

Le propre des sociétés industrialisées est d'ajouter aux causes externes de déstabilisation des facteurs internes, qui les condamnent au choc toujours renouvelé du changement. Parmi ces facteurs, la technologie est l'un des plus importants, mais ce n'est pas le seul, et l'on ne peut pas dire qu'il est par lui-même déterminant, car il n'intervient pas indépendamment des autres. Mais si les mœurs, comme disait Montesquieu, précèdent la loi, la technologie ne va pas cesser, à partir de la révolution industrielle, de précéder les mœurs. En outre, sa diffusion va se jouer de l'espace et du temps en fonction même du progrès des échanges et des transports, entraînant les sociétés industrialisées dans ce que Schumpeter appelle « l'ouragan perpétuel de destruction créatrice », un ouragan qui n'épargnera pas les sociétés traditionnelles, leur interdisant de s'isoler des transformations dont elles pouvaient se croire à l'abri, et qui ont lieu dans des régions, sinon des continents, dont le plus souvent elles ignoraient tout.

Il est impossible de ne pas se reporter à Marx et à Schumpeter pour comprendre les fonctions économiques du changement dans les sociétés industrialisées. Aucune lecture ne permet mieux que la leur d'éclairer la nature et le rôle de la technologie dans les différentes étapes du capitalisme industriel. Et leurs analyses sont d'autant plus précieuses qu'elles sont complémentaires, même si elles s'opposent sur des points essentiels. Pour l'un et l'autre, l'âge scientifique de la technique coïncide avec l'essor du capitalisme industriel : l'innovation technique devient le moteur du changement, une *routine* à ce point inscrite dans les structures économiques, sociales, culturelles des sociétés industrialisées qu'elle est source à la fois de leur dynamisme et de leurs dysfonctionnements.

Depuis l'effondrement du communisme, « on ne tire pas sur un corbillard » est la formule qu'on serait tenté d'appliquer à tout ce qui relève, de près ou de loin, du marxisme. Ne nous hâtons pas, pourtant, d'enterrer la pensée même de Marx, qui s'était vigoureusement défendu, de son vivant, d'être marxiste. Deviendrait-il aussi courageux aujourd'hui de prendre au sérieux certaines de ses analyses qu'il l'était hier, pour Kostas Papayannou ou Raymond Aron, de le lire avec déférence, sans adhérer moindrement à l'un quelconque des différents marxismes dont il a été la source? Quand il s'agit, en particulier, de la technologie, Marx n'apporte pas seulement une vision originale et toujours actuelle du poids qu'elle exerce sur la nature proprement « révolutionnaire » du capitalisme industriel, il est surtout le premier économiste qui ait étudié et éclairé avec rigueur les liens si complexes qu'entretiennent la machine et la mécanisation croissante du travail avec les structures économiques et sociales. Avant lui, la machine n'était qu'une référence lointaine, presque littéraire, de l'économie, ce qui explique que les premiers signes des grandes transformations qui conduisirent par le machinisme industriel à la révolution du même nom soient passés inaperçus.

Comme le rappelle non sans malice Fernand Braudel, quand Adam Smith parle de la machine, c'est à travers l'exemple de sa petite fabrique d'épingles écossaise (et l'exemple même de l'épingle remonte à Aristote). Adam Smith meurt en 1790, il peut avoir quelques excuses. Mais David Ricardo en a déjà moins, qui se réfère pour mémoire à la machine dans ses spéculations théoriques, alors que la révolution industrielle, déjà bien lancée en Angleterre, commence à se répandre sur le continent européen. Et Jean-Baptiste Say n'en a aucune, lui qui écrit en 1828, à propos des « chariots à vapeur » anglais, que « nulle machine ne fera jamais, comme les plus mauvais chevaux, le service de voiturer les personnes et les marchandises au milieu de la foule et des embarras de la ville ». Le génie d'analyste et de visionnaire de Marx apparaît avec le plus d'éclat par rapport à ces œillères des pères fondateurs de l'économie : il perçoit d'entrée de jeu ce qu'est et ce que peut la technologie, les liens qu'elle entretient avec le système capitaliste, les conséquences qu'elle entraîne pour les relations de pouvoir et les structures sociales dans les nouvelles sociétés industrielles.

L'étudiant de la technologie

De quelque façon qu'on interprète Marx — prophète, économiste, philosophe ou sociologue —, il est clair que l'étude du régime capitaliste est au cœur de sa recherche (et de sa critique). En ce sens, comme l'a souligné Raymond Aron, on ne peut pas dire que « la pensée de la technique » soit la clé de la pensée de Marx; elle est plutôt l'un des socles d'enseignement et de démonstration sur lesquels il a développé sa théorie. C'est en fonction de son analyse du capitalisme dans sa structure actuelle et dans son devenir qu'il examine le rôle économique de la science et de la technologie : il s'agit de comprendre pourquoi et comment le capitalisme dans son stade bourgeois se caractérise par l'aptitude à « révolutionner » en permanence les instruments de production, et comment et pourquoi l'exploitation des travailleurs trouve des moyens toujours renforcés dans le renouvellement constant des instruments de production.

Les deux thèmes sont étroitement liés, puisque la théorie de la plus-value affirme que les ouvriers sont nécessairement privés de la quantité de valeur correspondant à la durée effective de leur travail. Le capitalisme a deux voies pour augmenter la plus-value aux dépens des salariés : soit allonger la durée du travail soit au contraire la réduire. C'est précisément cette deuxième solution que le changement technique rend possible. Pour produire une valeur égale à celle du salaire dans un moins grand nombre d'heures, il faut augmenter la productivité. Si l'économie capitaliste tend à accroître en permanence la productivité du travail, c'est qu'elle s'assure ainsi le moyen automatique de réduire la durée de travail nécessaire et d'augmenter du même coup, à supposer que les salaires se maintiennent à un niveau constant, le taux de la plus-value. La théorie de l'exploitation va de pair avec la nécessité intrinsèque du capitalisme d'assurer la déstabilisation permanente des instruments de production.

Mais qu'est-ce qui, techniquement, permet de réaliser en permanence cette déstabilisation? Le philosophe, moraliste ou prophète qui postule l'inévitable dégradation de la condition ouvrière en raison des exigences de profit auxquelles obéit l'entrepreneur capitaliste, étudie le rôle de la science et de la technologie non seulement en historien et en économiste, mais aussi en technologue qui relie ce rôle à des conditions économiques et sociales données. Témoin des premiers pas du capitalisme industriel, celui de la machine à vapeur, des machines-outils et des premières concentrations ouvrières dans les usines textiles, Marx a les yeux fixés sur les transformations des instruments de production et d'abord sur celles dont les biens d'équipement sont le théâtre, au point de négliger les transformations que l'essor du capitalisme industriel entraînera aussi sur le plan de la consommation. Il est vrai que ces transformations sont peu perceptibles, en tout cas peu radicales, à l'occasion de la première révolution industrielle, et ce ne sont pas les tissus, broderies et vêtements de la nouvelle industrie des cotonnades ni surtout les produits de la nouvelle métallurgie qui vont « démocratiser » la consommation au milieu du XIXe siècle.

Il n'empêche : c'est bien l'étudiant du capitalisme, plutôt que le philosophe de la technique, qui s'interroge sur les raisons du dynamisme technologique propre à la bourgeoisie et qui, pour répondre à cette question, se fait l'étudiant de la technologie. Et quel étudiant! Non seulement il a lu des traités de technologie générale (J.H. Poppe, A. Ure) et l'essai de Beckman, mais aussi il a suivi des cours de technologie expérimentale pour mieux comprendre le problème du rapport entre l'outil et la machine et les conditions scientifiques et techniques du passage de l'un à l'autre. Dans une lettre à Engels, il avoue la difficulté qu'il rencontre à avoir une notion réelle de la culture et de la pratique techniques : « Il m'arrive avec la mécanique la même chose qu'avec les langues. Je comprends les lois mathématiques, mais la réalité technique la plus élémentaire, où il faut l'intuition concrète, m'est aussi inaccessible qu'aux plus grands imbéciles. » Le même homme, qui bute en intellectuel sur cette difficulté, ne cesse d'approfondir ses lectures pour situer le phénomène technologique dans son histoire et son devenir comme un processus d'accumulation de connaissances et de pratiques qu'il faut replacer dans le mouvement plus large des forces sociales.

Pour Marx, il y a une évolution des espèces technologiques comme il y a pour Darwin une évolution des espèces vivantes, et le modèle qu'il invoque pour plaider la cause d'une nouvelle histoire de la technologie est bien celui de Darwin : « Une histoire critique de la technologie ferait voir combien il s'en faut généralement qu'une invention quelconque du XVIIIe siècle appartienne à un seul individu. Il n'existe aucun ouvrage de ce genre. Darwin a attiré l'attention sur l'histoire de la technologie naturelle, c'est-à-dire sur la formation des organes des plantes et des animaux considérés comme moyens de production pour leur vie. L'histoire des organes productifs de l'homme social, base matérielle de toute organisation sociale, ne serait-elle pas digne de semblables recherches? Et ne serait-il pas plus facile de mener cette entreprise à bonne fin, puisque, comme dit Vico, l'histoire de l'homme se distingue de l'histoire de la nature en ce que nous avons fait celle-là et non celle-ci? La technologie met à nu le mode d'action de l'homme vis-à-vis de la nature, le procès de production de sa vie matérielle, et, par conséquent, l'origine des rapports sociaux et des idées ou conceptions intellectuelles qui en découlent. »

Le stade bourgeois du capitalisme offre à la technologie les plus grandes occasions de renouvellement. Il suffit de lire le *Manifeste* et l'hommage quasi lyrique qui y est rendu à la bourgeoisie, pour se rendre compte que la spécificité de ce stade du capitalisme, son essence même, tient aux stimulants énormes qu'il assure au changement technique, faute de quoi, dans l'analyse de Marx et d'Engels, la bourgeoisie ne pourrait maintenir son règne : « La bourgeoisie ne peut exister sans bouleverser constamment les instruments de production, donc les rapports de production, donc l'ensemble des conditions sociales. Au contraire, la première condition d'existence de toutes les classes industrielles antérieures était de conserver inchangé le mode de production. Ce qui distingue l'époque bourgeoise de toutes les précédentes, c'est le bouleversement incessant de la production, l'ébranlement continuel de toutes les institutions sociales, bref la permanence de l'instabilité et du mouvement. »

Il n'y a pas de déterminisme technologique

Mais quels sont les facteurs qui assurent cette permanence de l'instabilité et du mouvement, autrement dit quels sont les facteurs qui déterminent d'autres facteurs à changer ? Comme le rappelle Nathan Rosenberg, une lecture superficielle de Marx a pu conduire certains à conclure que les changements économiques et sociaux étaient déterminés par les forces techniques. Il est vrai qu'il y a des passages qui vont dans le sens d'une telle interprétation, en particulier celui de *Misère de la philosophie* où Marx s'en prend à la « métaphysique néo-hégélienne » de Proudhon : « Les rapports sociaux sont intimement liés aux forces productives. En acquérant de nouvelles forces productives, les hommes changent leur mode de production, et en changeant leur mode de production, la manière de gagner leur vie, ils changent tous leurs rapports sociaux. Le moulin à vent vous donnera la société avec le suzerain ; le moulin à vapeur, la société avec le capitaliste industriel. »

Prise à la lettre, cette dernière formule suggérerait que les facteurs techniques sont, pour ainsi dire, la variable indépendante dans l'engendrement du changement social, qui constitue la variable dépendante. Elle est à la source, comme d'ailleurs l'analyse marxienne des liens entre l'infrastructure et la superstructure, des conclusions naïves et dogmatiques auxquelles le marxisme a conduit. Mais Marx lui-même n'a-t-il pas dit qu'il avait quelque mal à se reconnaître dans le marxisme? Cette interprétation tient d'autant moins qu'un peu plus loin dans le même livre il écrit que « le moulin à bras suppose une autre division du travail que le moulin à vapeur ». Et il ajoute : « Les machines ne sont pas plus une catégorie économique que ne saurait l'être le bœuf qui traîne la charrue. Les machines ne sont qu'une force productive. L'atelier moderne, qui repose sur l'application des machines, est un *rapport social de production,* une catégorie économique. » On est déjà loin ici d'une conception « mécaniciste » du changement social dont la technologie serait le déterminant prépondérant.

Cette interprétation du déterminisme technologique chez Marx est surtout controuvée par la manière dont il décrit l'évolution des étapes du capitalisme — sans parler de la méthode même qu'il applique pour rendre compte des liens entre changement technique et changement socio-économique : le rythme de l'histoire est le produit des interactions dialectiques entre forces et rapports de production. Certains passages du *Manifeste* montrent d'abondance que l'essor de la bourgeoisie a tenu non pas au progrès technique en tant que tel (l'amélioration, par exemple, des moyens de navigation qui aurait entraîné à son tour la croissance des marchés outre-mer), mais à un processus inverse. Aux deux stades du développement capitaliste, celui de la manufacture et celui de l'industrie moderne, les changements technologiques ont répondu aux occasions nouvelles qu'offrait un marché en expansion et non pas le contraire. À deux reprises, Marx déclare que les progrès de la navigation ont été provoqués par la croissance des marchés : « La découverte de l'Amérique, la circumnavigation de l'Afrique offrirent à la bourgeoisie naissante un nouveau champ d'action. Les marchés des Indes orientales et de la Chine, la colonisation de l'Amérique, les échanges avec les colonies, l'accroissement des moyens d'échange et des marchandises en général donnèrent au commerce, à la navigation, à l'industrie un essor inconnu jusqu'alors; du même coup, ils hâtèrent le développement de l'élément révolutionnaire au sein d'une société féodale en décomposition [...]. Cependant les marchés ne cessaient de s'étendre, les besoins de s'accroître. La manufacture devint bientôt insuffisante, elle aussi. Alors la vapeur et les machines vinrent révolutionner la production industrielle [...]. La grande industrie a fait naître le marché mondial, que la découverte de l'Amérique avait préparé. Le marché mondial a donné une impulsion énorme au commerce, à la navigation, aux voies de communication. En retour, ce développement a entraîné l'essor de l'industrie. »

L'histoire de la production industrielle se divise pour Marx en trois périodes : celle de l'artisanat où chaque ouvrier produit lui-même la totalité d'un article; celle de la manufacture où un plus grand nombre d'ouvriers, réunis dans une large entreprise, produisent un article complet suivant le principe de la division du travail, chacun d'entre eux se chargeant d'une partie de l'opération, de telle sorte que le produit n'est complet qu'après être passé par les mains de tous; enfin l'industrie moderne, où la production dépend de machines mues par une énergie extérieure à l'homme et où l'ouvrier n'intervient que pour guider et corriger les performances de l'agent mécanique. Le capitalisme apparaît quand la croissance des occasions de profit conduit à des unités de production dont la taille dépasse ce qui caractérisait l'atelier artisanal du Moyen Âge.

Ce changement quantitatif dans la dimension des ateliers entraîne, certes, des changements qualitatifs dans les relations sociales (une aliénation plus grande de l'ouvrier par la division du travail), mais il ne comporte pas encore de changements techniques majeurs. Même si l'article fini est désormais l'œuvre d'une succession de mains, même si le nouveau système de production accroît la productivité du travail, ce système partage avec le mode artisanal de production qui l'a précédé une caractéristique essentielle : il perpétue la dépendance de l'industrie à l'égard des qualifications et des aptitudes humaines, il s'appuie encore sur l'utilisation d'outils soumis à la manipulation et au contrôle de l'homme. Le passage de l'artisanat à la manufacture consacre un changement de dimension des ateliers, non pas un changement des conditions techniques. En ce sens, la manufacture n'appartient pas moins à la paléotechnologie que l'atelier artisanal.

De plus, la division du travail propre à l'industrie manufacturière, « création spéciale du mode de production capitaliste », ne tient pas ses caractéristiques des développements de la technologie, mais d'une méthode et d'une organisation du travail fondées sur l'accroissement des matières premières et de la main-d'œuvre : c'est, dit-il, une « œuvre d'art économique, résultat de l'intention même du capitaliste plutôt que du progrès technique ». La preuve en est que le développement même de la manufacture incitera à son renouvellement technique, c'est-à-dire « à enfanter à son tour les machines : sa base technique, trop étroite, entra en conflit avec les besoins de production que la manufacture avait elle-même créés ».

L'ère de la routine scientifique

D'où vient alors la capacité de l'industrie moderne de renouveler en permanence la productivité du travail? L'étape décisive est franchie quand les techniques cessent d'être dépendantes des aptitudes et même de la volonté des hommes pour s'incarner dans les principes d'un machinisme impersonnel, et devenir du même coup capable de perfectionnements continus et indéfinis : *quand, en un mot, les techniques deviennent scientifiques,* obéissant à une logique entièrement différente de celle de l'ouvrier qui utilise un outil. Le processus de production est divisé en une série d'étapes analysables séparément, et les connaissances scientifiques peuvent s'y appliquer d'une manière routinière : « Le principe du système mécanique qui consiste à analyser le procès de production dans ses phases constituantes et à résoudre les problèmes ainsi éclos au moyen de la mécanique, de la chimie, etc., en un mot des sciences naturelles, finit par s'imposer partout. »

La « subjectivité » du travailleur, qui se sert d'un outil, cède alors le pas devant l'« objectivité » du machinisme conçu suivant les lois de la science; les métiers sortent des secrets dans lesquels les tenaient les traditions du compagnonnage, les « mystères » de la routine professionnelle s'effacent devant l'évidence de la routine scientifique. Ainsi, le « voile qui dérobait au regard des hommes le fondement matériel de leur vie, la production sociale, commença à être soulevé durant l'époque manufacturière et fut entièrement déchiré à l'avènement de la grande industrie. Son principe qui est de considérer chaque procédé en lui-même et de l'analyser en ses mouvements constituants, indépendamment de leur exécution par la force musculaire, créa la science toute moderne de la technologie ».

La manufacture est le point de départ technique de la grande industrie, elle permet grâce aux machines une production plus efficace et plus abondante que l'artisanat. Mais plus les machines se perfectionnent, grandissent et obtiennent de meilleurs résultats, plus la production se heurte aux limites de l'énergie humaine; le système manufacturier peut de moins en moins répondre à la demande d'inventions nouvelles en se contentant de créer de nouvelles spécialisations pour les travailleurs : « La grande industrie est retardée dans sa marche tant que son moyen de production caractéristique, la machine elle-même, doit son existence à la force et à l'habileté humaines [...]. » À un certain moment de son développement, elle « entra en conflit, même au point de vue technologique, avec sa base donnée par le métier et la manufacture ». Il faut donc que l'industrie s'émancipe de la force et de l'habileté humaines, et pour cela qu'elle utilise les techniques de la machine dans la production des machines elles-mêmes. C'est alors que le capitalisme atteint le stade du dynamisme technologique permanent, celui de l'industrie moderne qui « ne considère et ne traite jamais comme définitif le présent mode de production. Sa base est donc révolutionnaire, tandis que celle de tous les modes de production antérieurs était essentiellement conservatrice ».

La machine-outil et en particulier l'invention du *slide rest* par Henry Mandslay, cet accessoire du tour « qui ne remplace pas seulement un outil particulier mais encore la main de l'homme », remplissent les conditions techniques qui permettent à l'industrie, en se libérant des limites que rencontre l'homme dans l'utilisation de l'outil, d'accéder à l'ère du changement technique continu : « Dès que la fabrique a acquis une certaine assiette et un certain degré de maturité, dès que sa base technique, c'est-à-dire la machine, est reproduite au moyen de machines, dès que le mode d'extraction du charbon et du fer, ainsi que la manipulation des métaux et les voies de transport ont été révolutionnés, en un mot dès que les conditions générales de production sont adaptées aux exigences de la grande industrie, dès lors ce genre d'exploitation acquiert une élasticité et une faculté de s'étendre *soudainement et par bonds* qui ne rencontrent d'autres limites que celles de la matière première et du débouché. » Je souligne « soudainement et par bonds », parce qu'on retrouvera exactement la même formule chez Schumpeter pour caractériser la manière dont certaines innovations se produisent comme des mutations.

La machine à vapeur est devenue le symbole inaugural de la révolution industrielle, mais il est significatif que ce soit la machine-outil et non pas la machine à vapeur qui constitue pour Marx le point de départ de la révolution qu'accomplit l'industrie moderne. « En examinant la machine-outil, nous retrouvons en grand, quoique sous des formes modifiées, les appareils et les instruments qu'emploie l'artisan ou l'ouvrier manufacturier, mais d'instruments manuels de l'homme ils sont devenus instruments mécaniques d'une machine. » En fait, les premières machines-outils ont pu fonctionner avec la force humaine ou animale : « Dès que l'instrument, sorti de la main de l'homme, est manié par un mécanisme, la machine-outil a pris la place du simple outil. Une révolution s'est accomplie alors même que l'homme reste le moteur. » C'est d'ailleurs ce pas en avant fondamental qui rend nécessaire le recours à l'énergie mécanique : par elle-même, la machine à vapeur n'entraînait aucune révolution dans l'industrie ; le contrôle par l'homme des outils est transféré à la machine, et c'est ce transfert qui fournit des moyens nouveaux de production, sans précédent et toujours renouvelables, parce que « le nombre d'outils qu'une même machine d'opération met en jeu simultanément est donc de prime abord émancipé de la limite organique que ne pouvait dépasser l'outil manuel ». *La machine-outil nous fait sortir de l'histoire naturelle de l'outil dont la limite était biologique.* « La science toute moderne de la technologie », qui ne connaît plus d'autres limites que la matière première et le débouché, nous fait entrer dans la révolution permanente de la mécanisation du travail.

S'émancipant à son tour « des bornes de la force humaine », le moteur suit en gigantisme la voie ouverte par la multiplication des machines-outils, et l'ensemble du mécanisme productif se transforme en un système organique capable d'automatisme et de constantes améliorations. Nous voici à l'ère de la fabrique mise en œuvre par « un monstre mécanique qui, de sa gigantesque membrure, emplit des bâtiments entiers », bientôt à celle de la construction des voies ferrées et de la navigation à vapeur qui « firent naître les machines cyclopéennes consacrées à la construction des premiers moteurs ». L'automatisation des machines et le gigantisme des installations rendent possible la grande production, qui multiplie les avantages de l'économie d'échelle et assure du même coup, par l'accumulation de capital, de nouvelles sources de dynamisme productif.

Les économies dues aux inventions

Accumulation de capital grâce au profit réalisé sur la vente des produits, mais aussi économie de capital grâce aux perfectionnements continus que connaît la production des machines elles-mêmes. Il est inexact de dire que, pour Marx, le progrès technique se traduit toujours par une économie de travail. Dans le Livre III du *Capital*, les types de perfectionnement qui garantissent cette économie sont très explicitement mentionnés : nouveaux matériaux de construction; outillage amélioré; techniques permettant de travailler plus efficacement avec l'outillage existant; diminution des déchets. Le changement technique qu'appelle la production de l'industrie moderne affecte, avec la concentration des ouvriers, l'organisation même du travail, et tout le système finit par dépendre du progrès des sciences : « Ce développement de la force productive se ramène toujours, en dernière instance, au caractère social du travail mis en œuvre; à la division du travail à l'intérieur de la société; au développement du travail intellectuel, particulièrement des sciences de la nature. »

Nathan Rosenberg insiste très justement sur cet aspect de la conception marxienne de l'innovation technique, qui ne se ramène pas exclusivement à une économie de main-d'œuvre. Le développement de la productivité du travail se propage d'une branche de production à l'autre, le taux de profit d'une industrie devenant fonction de la production du travail dans une autre : « Ce que le capitaliste met à profit, ce sont les avantages de tout le système de la division du travail. C'est le développement de la productivité du travail dans le secteur extérieur, celui qui lui fournit les moyens de production, qui déprécie relativement le capital constant employé par le capitaliste, entraînant ainsi une augmentation du taux de profit. » Ce n'est pas seulement l'usure des machines — usure matérielle résultant de leur emploi ou de leur inaction et « usure morale » liée au progrès technique et à la concurrence — qui impose leur renouvellement, c'est l'ensemble du système de production qui conduit à une rotation de plus en plus rapide du capital.

Dans le chapitre IV du Livre III du *Capital,* que Marx n'a pas eu le temps de compléter, Engels montre comment l'objectif d'économie de capital se traduit par une double réduction de temps. Le progrès de l'industrie augmente la productivité du travail en diminuant d'abord le temps de production : « Les nouveaux procédés de fabrication du fer et de l'acier inventés par Bessemer, Siemens et S.G. Thomas, etc., réduisent au minimum, avec des coûts relativement faibles, des processus autrefois fort longs. La préparation de l'alizarine, ou colorant rouge garance, à partir du goudron de houille permet d'obtenir, en quelques semaines, à l'aide des installations déjà en usage pour les colorants tirés du goudron, le même résultat pour lequel autrefois il fallait des années. » En outre, le progrès même des communications permet de réduire le temps de circulation : le chemin de fer, la navigation vapeur, le télégraphe, le percement du canal de Suez, etc., ont diminué le temps de rotation du commerce mondial total et « la capacité d'action du capital engagé qu'il emploie a été doublée, voire triplée ».

Enfin, parmi les facteurs qui permettent d'épargner le capital, il y a précisément « les économies dues aux inventions » en tant que telles, avec le risque que courent ceux qui les exploitent pour la première fois de s'appuyer sur des solutions techniques si peu mûres qu'elles les entraînent à la faillite. « L'effet de ce processus est surtout violent au début de l'introduction de nouvelles machines, alors que celles-ci n'ont pas encore atteint un certain degré de maturité et ont vieilli avant d'avoir eu le temps de reproduire leur valeur. » Et quand les nouvelles machines ont atteint un certain degré de maturité elles sont menacées de dépréciation « non parce qu'elles sont plus rapidement supplantées par de nouvelles machines plus productives, mais parce qu'elles peuvent être reproduites à moindres frais ». Ainsi le dynamisme technologique est-il dû aux perfectionnements dont sont l'objet non seulement les machines, mais encore leurs techniques de production.

À la question : « Qu'est-ce qui fait courir le capitalisme ? » on voit que Marx ne se contente pas de répondre en invoquant le profit. Plus exactement, le profit est l'arbre qui cache la forêt dans laquelle le jeu des motivations économiques se croise avec celui des changements techniques et où, en fait, ce ne sont pas les inventeurs en tant que tels qui tirent un profit de ces changements. « C'est tellement vrai que les premiers entrepreneurs font d'ordinaire faillite et que ce sont seulement leurs successeurs qui font fortune en achetant à vil prix les bâtiments, les machines, etc. C'est pourquoi ce sont, en règle générale, les capitalistes de l'espèce la plus indigne et la plus méprisable, les manipulateurs d'argent, qui tirent le plus grand profit de tous les nouveaux progrès du travail universel de l'esprit humain et de leur application sociale au moyen du travail commun. »

À plus forte raison s'il s'agit des connaissances scientifiques par opposition aux inventions techniques. Marx les traite comme des biens gratuits, qu'il assimile à la gratuité des forces disponibles dans la nature : « Les forces physiques appropriées à la production, telles que l'eau, la vapeur, etc., ne coûtent rien non plus. Et il en est de la science comme des forces naturelles. Les lois des déviations de l'aiguille aimantée dans le cercle d'action d'un courant électrique, et de la production du magnétisme dans le fer autour duquel un courant électrique circule, une fois découvertes, ne coûtent pas un liard. »

Cette conception pouvait sans doute se défendre dans les débuts du capitalisme de la grande industrie ; elle ne tiendrait plus aujourd'hui où, d'une part, les biens tels que l'eau, l'air, le silence même, sont de plus en plus « internalisés » dans nos économies sous l'effet des mesures réglementaires (même si leur coût se répercute d'abord sur les consommateurs), et où, d'autre part, une partie des ressources accordées à la recherche fondamentale est directement assumée par le secteur privé. De plus, si les résultats de la recherche fondamentale, une fois publiés, sont gratuits, on ne peut plus négliger le coût qu'entraînent la disponibilité d'équipes de recherche et de laboratoires et les travaux à mener pour tirer parti de la découverte scientifique. À l'ère de la recherche organisée, la science n'est pas simplement incorporée au capital, elle constitue un investissement parmi d'autres, et ce n'est pas parce qu'elle dépend en grande partie du soutien de l'État qu'on peut dire qu'il s'agit d'un bien gratuit. Pas plus, d'ailleurs, qu'il n'est exact de généraliser, comme le voudrait le manichéisme de Marx, l'exemple des entrepreneurs dépouillés par les « manipulateurs d'argent » du bénéfice de leurs inventions : les faillites des entreprises fondées sur des inventions tiennent moins souvent à la rapacité des banquiers qu'à l'incompétence managériale des entrepreneurs.

Marx rend compte du dynamisme de la technologie, mais il est peu explicite sur les conditions dans lesquelles les inventions sont mises en application. Dans sa perspective, qui fait du bourgeois capitaliste le *primum movens* de la révolution accomplie par la grande industrie, le travail de l'inventeur est incorporé au capital sans qu'on sache très bien comment les solutions techniques répondent aux besoins du marché et comment, surtout, elles transforment les conditions du marché en créant de nouveaux besoins. En outre, si le calcul hédoniste engage le capitaliste à saisir les occasions de progrès technique qu'offrent les savants et les inventeurs, ce calcul repose néanmoins sur l'inculture scientifique : « Appropriation capitaliste et appropriation personnelle, soit de la science soit de la richesse, sont choses complètement étrangères l'une à l'autre. Le Dr Ure lui-même déplore l'ignorance grossière de la mécanique qui caractérise ses chers fabricants exploiteurs de machines savantes. Quant à l'ignorance en chimie des fabricants de produits chimiques, Liebig en cite des exemples à faire dresser les cheveux. »

Ce portrait du capitaliste vaut peut-être pour l'âge héroïque de la première révolution industrielle, il sera de moins en moins adéquat dès la révolution de l'électricité; et surtout il rend tout à fait incompréhensible le fait que le capitaliste soit ou ait été lui-même un inventeur. Les grands innovateurs de la fin du XIXe siècle − Bell, Siemens, Nobel, Ford, Renault, etc. − sont des cas de figure exclus par le manichéisme avec lequel Marx traite les rapports du capital et du travail. C'est pourtant celui qui va se développer le plus au cours du XXe siècle, où l'on verra « l'appropriation capitaliste » de la science, sous une forme personnelle ou sous celle de la société anonyme, coïncider toujours davantage avec l'appropriation de la richesse. Marx, au crépuscule de sa vie, avait pourtant déjà sous les yeux avec Edison le modèle de l'inventeur entrepreneur qui réussit, fait fortune et, loin d'être floué par les banques, devient lui-même un grand capitaliste.

Ces œillères ne s'expliquent pas seulement parce qu'il faut que les mauvais soient une fois pour toutes du côté du capital, et les bons, ouvriers, savants et inventeurs, du côté du travail. Elles s'expliquent aussi parce que la révolution industrielle dont Marx traite est encore dans l'enfance, avec des conséquences qui se manifestent essentiellement au niveau de la production. Les progrès de la technologie bouleversent la conception et l'efficacité des biens d'équipement, mais ils sont encore loin d'affecter dans les mêmes proportions la composition et le niveau de la consommation. L'extension du marché n'est pas encore la consommation de masse. Comme le rappelle Fernand Braudel, avant même l'introduction des machines textiles, « l'Angleterre possédait bel et bien, dès le début du XVIIIe siècle, un marché populaire tout prêt à absorber quantité de cotons indiens parce qu'ils étaient à bas prix. Defoe, lorsqu'il raille les extravagances de la mode des toiles peintes, à Londres, indique bien qu'avant leurs maîtresses c'étaient les femmes de chambre qui avaient porté ces cotons d'importation ».

Certes, l'aiguillon de la concurrence avec les cotons indiens, qui provoque les innovations techniques de l'industrie textile, sera à la source des premiers succès de la révolution industrielle : une croissance fantastique de la production, qui passe de 40 millions de yards en 1785 à 2 025 millions en 1850, avec un prix des produits finis plus de cinq fois inférieur, en 1850, à celui de 1800. Mais si l'industrie cotonnière est alors le modèle de l'industrie de pointe, la *steam industry* par excellence, l'expansion de sa production n'est pas telle qu'on puisse déjà parler sur la base de ce seul exemple d'une économie de consommation de masse : le marché populaire s'est prodigieusement élargi en Angleterre d'abord, puis en Europe, mais le coton demeure avant tout une marchandise d'exportation coloniale. La révolution du coton et les machines-outils mises en mouvement par l'énergie du charbon ne font encore qu'esquisser le nouveau paysage de l'industrialisation, un paysage où dominent la figure de proue du capitaliste producteur et l'exploitation des ouvriers. Il ne faudra pas moins que la révolution de l'électricité pour ajouter au tableau la consommation de masse et le développement des classes moyennes, inattendus dans la perspective marxienne.

Levier de la course capitaliste au profit, la technologie contribue à la concurrence des entreprises en accroissant la productivité, et le changement inexorable qu'elle introduit dans le système économique contribue à son tour, par le jeu de la baisse tendancielle du taux de profit, aux dysfonctionnements et aux crises qui doivent au terme se traduire par la destruction de ce système. Ici l'étudiant de la technologie et des liens qu'elle entretient avec le capitalisme cesse d'être l'analyste rigoureux d'une étape donnée de la révolution industrielle pour se faire le Cassandre du devenir à ses yeux inévitable de cette révolution. On peut être prophète sans tenir toutes les promesses de ses prophéties. La suite a montré que cette nécessité historique de la fin du capitalisme est rien moins que confirmée par l'histoire : la révolution industrielle continue, avec un capitalisme qui sans cesse renaît de ses crises et de ses cendres, se transforme, s'adapte et tient bon face à toutes les forces qui le contestent.

Il y a plus embarrassant encore : le mécanisme d'autodestruction du capitalisme doit être mis en mouvement par la révolte des masses ouvrières, condamnées d'après la théorie à devenir de plus en plus misérables. C'est ce que postule le thème de la paupérisation : au fur et à mesure que l'on produit davantage grâce au progrès technique, le pouvoir d'achat des masses ouvrières devrait être de plus en plus limité. Face à des forces de production indéfiniment croissantes, les rapports de production devraient entraîner soit une diminution du niveau de vie des ouvriers soit une augmentation du taux d'exploitation. Mais, dit Marx, le taux d'exploitation, aux différentes périodes, est à peu près constant. Il en résulte que, s'il y a paupérisation, c'est que le progrès technique permet d'empêcher la hausse des salaires en dégageant en permanence un surplus de main-d'œuvre non employée qui pèse sur le marché du travail. Ici encore l'histoire a apporté son démenti : au moins dans les pays industrialisés, et même dans certains pays en développement, l'élévation du niveau de vie réel des ouvriers depuis le XIXe siècle est difficile à contester, et le chômage technologique, toujours menaçant en période de croissance économique médiocre, ne peut passer pour une donnée permanente des sociétés industrielles. Le rythme et l'orientation du changement technique peuvent contribuer, suivant les circonstances, au chômage technologique, mais celui-ci n'est pas plus une fatalité constante du capitalisme que le processus de paupérisation n'est prouvé par les faits. S'il doit y avoir autodestruction du capitalisme, ce ne peut être, comme d'ailleurs Marx lui-même le pensait, en raison d'un mécanisme proprement économique.

Le rôle de l'entrepreneur

Sur bien des points, Schumpeter (né en 1883, l'année où Marx est mort), est proche de l'auteur du *Capital* et s'en inspire – sauf sur l'essentiel : on sort de la lutte des classes et des « lois objectives » du développement historique pour réintégrer dans l'épopée de l'industrie moderne les déterminants subjectifs du dynamisme économique. L'un et l'autre considèrent que « le progrès technologique est l'essence même de l'entreprise capitaliste et ne peut donc en être divorcé ». La dynamique du développement capitaliste vient de l'intérieur du système économique et n'est pas simplement une adaptation à des changements exogènes. Pour l'un comme pour l'autre, c'est à partir de la sphère de la production et non de celle de la consommation, à partir de l'offre et non de la demande, qu'il faut comprendre ce dynamisme, les discontinuités qui le caractérisent, les changements qualitatifs qui en résultent.

Or, l'un et l'autre jugent, pour des raisons très différentes, qu'au terme de ces équilibres toujours rompus, le capitalisme doit déboucher sur le socialisme. Pour Marx, le capitalisme doit s'effondrer sous le poids de ses échecs, en raison non pas tant de ses contradictions économiques que des changements institutionnels provoqués par la lutte des classes dans le sillage de ces échecs. Pour Schumpeter, le capitalisme doit céder la place au socialisme en raison même de ses succès, le triomphe de la grande entreprise annulant, rendant obsolètes et superflues les fonctions mêmes de l'entrepreneur en tant qu'innovateur, à force de faire du progrès économique un processus automatique. Si, pour Marx, la classe ouvrière est l'agent final de la destruction du capitalisme, pour Schumpeter la réussite même du capitalisme crée les conditions de sa transformation en socialisme.

Schumpeter déplace la question posée par Marx : « Qu'est-ce qui fait courir le capitalisme ? » en se demandant non plus seulement comment le système économique engendre et entretient le changement, mais encore quels sont les acteurs réels de ce processus. L'un et l'autre sont bien d'accord pour rendre hommage au rôle révolutionnaire du capitalisme, qui ne cesse de renouveler les structures industrielles de production, mais cet hommage au même processus de « destruction créatrice » ne s'adresse pas aux mêmes fonctions qu'exercent ceux qui en sont les agents. Tous les capitalistes ne sont pas des entrepreneurs, mais tous les entrepreneurs qui réussissent deviennent des capitalistes. Pour Marx, l'innovation est à la source du capital par les profits qu'elle assure ;

pour Schumpeter le capital est à la source de l'innovation par les investissements qu'il risque. Ni le héros, ni son comportement, ni le contexte concurrentiel ne sont les mêmes.

Chez Marx, la concurrence pousse le capitaliste à innover, mais comme le crédit et la technologie favorisent les grandes entreprises, la concurrence fait peu de place aux petites; au contraire, elle les condamne à la faillite en période de dépression, renvoyant les entrepreneurs (et les capitalistes) parmi les ouvriers. Pour Schumpeter, en revanche, l'accès au capital n'est pas bouché pour les petites entreprises, le capitaliste-banquier est prêt à miser sur elles pour financer l'innovation. Là où, pour Marx, la concurrence conduit au monopole des grandes entreprises, elle est pour Schumpeter l'occasion de l'essor des petites. Le crédit bancaire (en particulier, le capital-risque) est aussi indispensable à l'entrepreneur que l'esprit d'entreprise : sans l'un ou l'autre, pas d'innovation.

La chaîne du progrès qui caractérise le capitalisme est la même chez Marx et chez Schumpeter : accumulation, profit, changement technique. « L'économie capitaliste, souligne Schumpeter, n'est pas et ne saurait être stationnaire. Elle est constamment révolutionnée de l'intérieur par des initiatives nouvelles, c'est-à-dire par l'intrusion dans la structure productive, telle qu'elle existe à un moment donné, de nouvelles marchandises, ou de nouvelles méthodes de production, ou de nouvelles possibilités commerciales. Dans la société capitaliste, progrès économique est synonyme de bouleversement. » L'évolution dynamique du système a lieu par sauts discontinus et entraîne des changements qualitatifs, des évolutions qui substituent aux équilibres anciens des situations radicalement nouvelles. Le développement économique a pour corollaire la croissance, c'est-à-dire l'accroissement soutenu des revenus nationaux, mais la croissance quantitative ne constitue pas le développement lui-même : *« Ajoutez autant de diligences que vous voudrez, vous n'aurez pas pour autant les chemins de fer. »*

Une image sur laquelle Schumpeter n'a pas cessé de revenir, notamment dans son commentaire de l'éloge que Marx a dressé des conquêtes de la bourgeoisie et de son rôle révolutionnaire, source d'une création qui pousse à l'obsolescence et donc à la destruction de toutes les structures industrielles existant à tout moment : « Le capitalisme est un processus, un capitalisme stationnaire serait une contradiction dans les termes. Mais ce processus ne consiste pas seulement dans l'accroissement du capital par l'épargne, comme les classiques le professaient. Il ne consiste pas dans l'addition de diligences au stock de diligences, mais dans leur élimination par les chemins de fer. L'accroissement du capital est un incident dans le processus, il n'en est pas le moteur. » Le stimulant du développement ne vient pas des désirs ou des besoins des consommateurs du produit final, mais de la vie industrielle et commerciale, c'est-à-dire du « processus de mutation qui constamment révolutionne les structures économiques de l'intérieur en détruisant sans cesse ses éléments vieillis et en créant continuellement des éléments neufs. Ce processus de destruction créatrice constitue la donnée fondamentale du capitalisme ».

L'innovation, c'est l'introduction discontinue de combinaisons nouvelles de produits et de moyens de production. La formule « combinaisons nouvelles » est à prendre dans un sens très large : il ne s'agit pas seulement du progrès technique comme résultat ni seulement de l'invention comme source de l'innovation. Ce qui caractérise l'entreprise et la fonction de l'entrepreneur, c'est qu'ils conçoivent et construisent non seulement des systèmes techniques nouveaux, mais encore de nouveaux systèmes d'organisation et de gestion. L'entrepreneur innovateur n'est pas l'inventeur; les combinaisons nouvelles qu'il applique peuvent avoir lieu sans invention technique préalable. D'ailleurs, les inventions en tant que telles n'engendreront pas d'innovations et peuvent très bien n'avoir aucune conséquence économique. Ce n'est pas Denis Papin ou Watt, mais Boulton, qui a permis aux idées de Watt de triompher dans l'ordre industriel et fondé l'essor des machines à vapeur : il a conquis le marché en choisissant de louer celles-ci plutôt que de les vendre.

Les combinaisons nouvelles que l'entrepreneur réalise se rangent en cinq catégories : la fabrication d'un produit nouveau; l'introduction d'une méthode de production nouvelle; l'ouverture d'un nouveau marché; l'utilisation d'une source nouvelle de matières premières; la réorganisation d'un secteur de l'économie. Nouveauté, novation : l'entrepreneur agit dans un monde d'incertitude et de risque, il nage à contre-courant des habitudes et des idées établies, il s'attaque à la routine, se heurte à des résistances et les suscite. Ses qualités subjectives supposent et entraînent l'appui des banques qui créent l'argent dont il a besoin pour aller de l'avant. Il a recours au capital, mais il n'est pas lui-même un capitaliste (au moins au départ); ce n'est pas un *homo œconomicus* au sens où son comportement serait exclusivement dominé par le calcul hédonistique, soucieux d'obtenir le plus grand gain monétaire. En fait, il est mû par un ensemble de mobiles qui ne se mesurent pas exclusivement à l'aune de la rationalité économique, au point même de paraître irrationnels : joie de créer; goût sportif de la compétition et de la victoire à remporter; volonté de puissance. Ces dimensions psychologiques n'étaient mentionnées par Marx que pour être dénoncées et critiquées, comme l'Église s'en prend aux péchés cardinaux. Schumpeter y voit les vertus cardinales du dynamisme industriel.

L'entrepreneur est le héros de l'épopée de l'industrie moderne, créateur d'une nouvelle fonction de production non tant par l'application d'une nouvelle technique que par la diffusion d'un nouveau système sociotechnique : Edison et l'électricité tous azimuts, dans la rue, à l'usine, au foyer; Henry Ford et l'automobile bon marché, construite à la chaîne, dont le Modèle T assure à la fois ventes et salaires élevés. Il peut être capitaine d'industrie, manager, promoteur, dans tous les cas il doit vaincre des résistances et prendre des risques, introduisant en somme des valeurs ludiques dans les structures et les comportements économiques. Il prend plaisir à créer, à entreprendre, à faire du profit, à le réinvestir dans de nouvelles entreprises, à se battre contre des concurrents, à les absorber ou à les éliminer. Si la créativité tient du jeu, l'entrepreneur joue et se joue de l'économie en l'exposant aux secousses de ses combinaisons nouvelles : *homo œconomicus* parce que *homo ludens*, il est poussé à « créer sans répit ». Ni la technologie comme déterminant objectif ni la recherche du gain comme déterminant subjectif ne suffisent à expliquer le dynamisme du changement technique : Prométhée retrouve ses droits derrière Vulcain.

L'entrepreneur doit vaincre les résistances de tous ordres que rencontre l'innovation, résistances d'ordre objectif qui tiennent à la nature même de l'œuvre entreprise, d'ordre subjectif en ce qu'elle sort de l'accoutumé, d'ordre social enfin en ce qu'il importe de la faire accepter par le consommateur. C'est d'abord un créateur d'entreprises, une sorte de *condottiere* du changement en système capitaliste, agent à la fois d'engendrement et d'annulation des surplus dont le système ne cesse pas de se mouvoir, de s'entretenir et de se renouveler. Ainsi le moteur des ruptures d'équilibres n'est-il pas simplement la technologie, et l'innovation ne se réduit-elle pas aux éléments physiques du changement technique. La combinaison nouvelle est plus et autre chose, création d'une organisation et d'un système sociotechniques dont les mutations de la technologie ne sont qu'une des conditions de possibilités parmi d'autres. Peuvent tout aussi bien y intervenir, indépendamment et en l'absence même d'une nouvelle technologie, les idées propres à renouveler la conception, le lancement, l'organisation des affaires. Par exemple, le magasin de grande surface n'a pas eu besoin, au départ, d'autre appui technique que celui du caddie ; la combinaison nouvelle est le fruit à la fois d'une conception nouvelle de la vente et d'une autre organisation de l'espace de vente. C'est par la suite seulement que la technologie est intervenue dans le succès du magasin de grande surface, grâce aux progrès des ordinateurs, en améliorant la gestion des stocks aussi bien que l'accueil des clients aux caisses (et la productivité des caissières). De même, peu d'innovations auront joué un rôle plus grand dans l'histoire du transport des marchandises que celle du conteneur. C'était tout le contraire d'une technologie « sophistiquée », en fait l'idée simple d'une grande boîte standardisée, pouvant directement être transférée du wagon de chemin de fer au camion et au bateau : l'exemple même de la combinaison nouvelle au sens de Schumpeter, qui réorganise et renouvelle tout un secteur de l'économie, et ne doit pas grand-chose à la technologie en tant que telle.

La théorie des cycles

Les combinaisons nouvelles ont pour résultat d'élaborer une nouvelle fonction de production. Il faut donc distinguer entre les innovations mineures, qui n'apportent pas de modification importante à la fonction de production, et les innovations radicales qui débouchent sur des combinaisons nouvelles. Ces innovations, dit Schumpeter, se produisent en vagues, en grappes, et leur influence sur le développement économique se traduit par des alternances de phases d'essor et de dépression. Cette théorie de l'innovation comme source du dynamisme de l'économie capitaliste, donc des discontinuités et des crises, prend tout son sens à l'échelle macroéconomique en fonction de la théorie des cycles.

Dans les années 1930, l'économiste russe Kondratieff avait donné son nom (avant de mourir en Sibérie, victime du stalinisme) aux fluctuations de longue durée subies par l'économie mondiale, déjà remarquées auparavant par de nombreux historiens et étudiées en particulier par van Gelderen. Il cherchait à démontrer l'existence de « vagues séculaires », d'une durée supérieure à un demi-siècle (cinquante à soixante ans) et à les expliquer. Ni les statistiques sur lesquelles il s'est appuyé ni la manière dont il rendit compte des mécanismes intrinsèques d'où pouvaient naître ces fluctuations – à supposer qu'elles existassent – ne parurent très satisfaisantes à l'époque, surtout en Union soviétique où cette théorie des cycles semblait soumettre l'histoire économique à un cours indépendant des pressions de la lutte des classes.

Reprenant et transformant les idées de Kondratieff, Schumpeter a proposé une explication des cycles de longue durée, explication fondée sur le rythme d'apparition, de diffusion et d'épuisement des « révolutions technologiques ». François Perroux l'a très bien vu : en dépit du pluriel qui apparaît dans le titre des deux volumes que Schumpeter lui a consacrés (*Business Cycles*), « le singulier s'impose. Le Cycle. Le schéma des trois cycles n'y change rien, l'admission d'autres cycles, généraux ou spéciaux non plus ». C'est qu'il s'agit d'un principe d'intelligibilité, très analogue à l'attraction newtonienne, dont il est oiseux de se demander le pourquoi et plus efficace de se demander comment elle fonctionne. « Le cycle, mouvement ondulatoire et récurrent de l'économie, repérable par les contours de chroniques *(time series)* des prix et des quantités physiques, est tenu pour rigoureusement endogène. » Perroux ajoute : « Il a une cause et une seule : l'innovation. » Mais cette cause renvoie elle-même à tant d'autres facteurs d'explication possible et dont l'enchaînement ne peut être épuisé, qu'elle suffit par elle-même à rendre intelligibles tous les changements de l'économie capitaliste.

Les fluctuations de longue durée auxquelles Kondratieff a attaché son nom ne sont pas seules à rythmer le cours de l'évolution économique. Il y a aussi les cycles de moyenne durée, d'une période de dix ans environ (Juglar), les cycles de courte durée, d'une période de trois à quatre ans (Kitchin). Schumpeter admet la réalité des uns comme des autres, il y voit des oscillations de l'économie que les alternances de hausse, d'équilibre et de baisse des prix enregistrent et qui coexistent, contemporaines et synchrones, ajoutant ou soustrayant leurs mouvements des oscillations de l'ensemble. Pour Kondratieff, l'explication du cycle se fondait surtout sur le caractère durable de certains types d'investissements, tels que ceux des secteurs du bâtiment et des transports, sur les variations du niveau des prix et les fluctuations de l'épargne et de l'offre de crédit. Sans trop s'interroger sur la nature et la direction du changement technique, Kondratieff avait émis l'idée qu'à partir du moment où un mouvement d'expansion était en cours des inventions jusque-là en sommeil trouvaient leur application. C'est de là que Schumpeter est parti pour proposer son explication des cycles de longue durée, avec ses quatre phases de prospérité, récession, dépression et reprise.

Pour Schumpeter, les révolutions technologiques sont la cause principale de ces cycles, qui scandent l'histoire des débuts du capitalisme industriel à nos jours : il souligne le rôle de la machine à vapeur dans le premier Kondratieff (1787-1842), celui des chemins de fer dans le deuxième (1843-1897), celui de l'énergie électrique et de l'automobile dans le troisième. Dans chaque cas, il s'agit d'« innovations radicales » dont l'adoption généralisée n'a lieu que longtemps après leur première apparition en raison du comportement du système économique. Les grappes d'innovations sont le fruit de ces technologies nouvelles et des investissements massifs dont elles sont l'occasion.

Cette saga du capitalisme dont le moteur premier est l'innovation a pourtant sa limite. C'est d'abord que seules les « innovations capitales » seraient à la source du dynamisme économique, alors qu'on sait que les innovations de procédés peuvent, elles aussi, constituer des facteurs de stimulation de la production et de la croissance. De plus, on ne voit pas pourquoi l'activité novatrice des entrepreneurs doit varier d'intensité suivant des cycles de longue durée : l'explication subjective de l'économie est difficile à prendre en compte dans la perspective de l'histoire des sciences et des techniques qui montre, au contraire, que la gestation des innovations est sinon moins discontinue, en tout cas moins sensible aux périodes de dépression que ne le suggère Schumpeter. Les périodes de crise économique réduisent les raisons d'investir, non pas les possibilités de créer ; elles n'empêchent pas pour autant certains grands investissements. Comme l'a montré Kuznets, la phase de dépression du deuxième Kondratieff a néanmoins vu les chemins de fer bénéficier d'un soutien financier considérable, et de même l'industrie électromécanique dans la phase de dépression du troisième Kondratieff.

C'est que l'innovation n'est pas seulement définie par l'offre, elle est aussi induite par la demande : processus endogène, mais non autonome, elle n'est pas dissociable de l'environnement économique, social et politique dans lequel elle fait souche et se propage. Les entrepreneurs sont bien les agents de l'innovation, mais ils ne sont pas seuls sur la scène qui assure le succès des innovations. En outre, la distinction radicale que Schumpeter établit entre l'innovation et l'invention l'engage à négliger l'influence réciproque de celle-ci sur celle-là. Même si leur application à grande échelle peut ne survenir que bien longtemps après, la mise au point des innovations est liée à celle des inventions. Le coût élevé d'une innovation peut entraîner à améliorer l'invention originale, et la mise en application de celle-ci peut à son tour donner lieu à de nouvelles inventions.

Le processus du changement technique n'est pas nécessairement défini par la discontinuité des « grappes d'innovations », il peut aussi consister en un flot continu de possibilités nouvelles et d'améliorations techniques dont la diffusion débouche sur de nouvelles inventions. Le savoir-faire caractéristique de toute technologie, qu'elle soit traditionnelle ou plus « sophistiquée », passe par les bureaux d'étude où il se transmet d'homme à homme, et le contenu de ce savoir-faire a beau être de nos jours étroitement tributaire de la science, il ne se transfère pas moins par des voies qui évoquent celles du compagnonnage du Moyen Âge. C'est bien pourquoi le dynamisme novateur des entreprises peut être cassé, quand elles perdent le concours de certains de leurs techniciens, même quand leur budget de recherche s'accroît et qu'elles embauchent de nouveaux collaborateurs. La référence schumpetérienne au seul modèle économique de la fonction nouvelle de production ne rend pas compte de toutes les autres possibilités de genèse et de développement de l'innovation. Le dynamisme du capitalisme industriel ne passe pas seulement par les innovations radicales; il se nourrit tout autant du tissu apparemment moins glorieux des innovations de procédés que des emprunts et des rachats de licences constamment améliorés par les laboratoires industriels et les techniciens de la production. Ce dynamisme est en fait un processus continu, au sein duquel les possibilités techniques sont constamment augmentées, tantôt par des innovations radicales, tantôt par des perfectionnements plus prosaïques, les unes n'ayant pas un rôle moins important dans la durée que les autres et les inventions n'étant pas moins liées aux innovations que celles-ci à celles-là.

Déclin et socialisation du capitalisme

L'œuvre de Schumpeter a l'intérêt de mettre en lumière — d'où son influence sur les analyses micro-économiques de la production et de la croissance — les liens entre l'entreprise et le changement technique, la fonction du crédit comme courroie de transmission et le rôle de l'entrepreneur en tant qu'innovateur.

Au niveau macro-économique, la théorie des cycles, redécouverte et mise à la mode par la crise des années 1970, a permis de mieux éclairer le décalage entre le marasme économique, la montée du chômage et le bouillonnement simultané des promesses d'une nouvelle croissance induites par l'émergence des « nouvelles technologies », informatique, biotechnologies, nouveaux matériaux, réseaux de télécommunications, etc.

Ainsi Christopher Freeman et Carlotta Perez, renouvelant à la fois Schumpeter et Kondratieff, ont-ils parlé d'un nouveau « paradigme techno-économique », ou Richard Nelson et Sydney Winter d'un nouveau « régime technologique » pour caractériser l'apparition des technologies dont la gamme d'applications est si large qu'elles influent sur les méthodes de production et de distribution pratiquées dans presque tous les secteurs de l'économie. Le nouveau paradigme ou le nouveau régime est défini par les innovations radicales, « génériques universelles » dont la diffusion et l'impact sur les investissements, l'emploi et le changement structurel affectent toute l'économie (par exemple, la machine à vapeur, l'énergie électrique, aujourd'hui les technologies de l'information). Ces innovations se distinguent, d'une part, des innovations « révolutionnaires » qui ne découlent pas simplement de l'amélioration de produits et de procédés disponibles, mais qui n'entraînent une discontinuité que dans certains secteurs de l'économie (par exemple, le nylon, l'énergie nucléaire) et, d'autre part, des technologies « génériques » qui entraînent l'expansion de secteurs économiques entièrement nouveaux et la disparition de secteurs anciens (par exemple, les matériaux synthétiques et pétrochimiques des années 1930 à 1940, aujourd'hui les matériaux composites ou les variétés de semences et de plantes dérivées du génie génétique). En somme, l'intensité du caractère révolutionnaire des nouvelles technologies est mesurée par leurs retombées macro-économiques, en particulier dans le domaine de l'emploi.

Les cycles constituent pour Schumpeter le décor dans lequel se joue la succession des mutations technologiques, décor toujours changeant en fonction du pouvoir déstructurant du capitalisme. Les fluctuations de longue période des taux de croissance sont le résultat de la discontinuité des innovations radicales, sources de nouvelles branches d'activités industrielles et/ou de services qui font pencher le système d'abord dans une phase ascendante, puis dans une phase descendante. Les phases ascendantes de Kondratieff correspondent à des périodes d'investissement dynamique liées aux nouvelles possibilités techniques. Quelles que soient alors les périodes de récession, de courte ou moyenne durée, elles ne compromettent pas la tendance à l'expansion. En revanche, dans les phases descendantes, l'absence de possibilités technologiques nouvelles crée un climat général de stagnation, avec des mouvements de récession qui finissent par conduire à une dépression accusée. En termes keynésiens, on dira que l'insuffisance de la demande se joint aux faibles niveaux d'investissement pour entraîner des niveaux de chômage élevés.

Mais si l'innovation est la clé du dynamisme caractéristique du capitalisme industriel, pourquoi est-elle appelée d'après Schumpeter à diminuer et le capitalisme lui-même à disparaître, alors que celui-ci devrait trouver en elle de quoi constamment renaître comme le Phénix de ses cendres ? C'est ici le paradoxe par lequel Schumpeter rejoint Marx pour s'en distinguer le plus : le capitalisme est à ses yeux condamné à réussir, et c'est parce qu'il réussit trop bien qu'il court à sa perte – non pas, comme pour Marx, parce qu'il échoue. L'ouragan perpétuel de destruction créatrice a donc un terme qui n'est pas, comme pour Marx, le renversement du système capitaliste rendu vulnérable aux assauts de la classe ouvrière par ses échecs. Ce sont en fait les réussites mêmes de ce système qui le minent inexorablement de l'intérieur : les bourgeois conquérants s'embourgeoisent au point de n'être plus que des gestionnaires conservateurs, et la routine scientifique de l'innovation finit par rendre « futile » la fonction des entrepreneurs.

Au bout de la route il y a le socialisme, la socialisation des fonctions privées, c'est-à-dire pour Schumpeter le crépuscule de l'esprit d'entreprise, l'effritement des valeurs, la dissolution des institutions qui ont été les remparts psychologique et sociologique du dynamisme économique. Les possibilités technologiques ne sont jamais épuisées, on peut les comparer « à une mer dont la carte n'a pas été dressée : les inventions qui dorment encore dans le giron des dieux peuvent être plus ou moins productives que celles qui nous ont été révélées jusqu'à ce jour ». Mais le système institutionnel qui a été à la source du dynamisme est lui-même devenu routinier. Comme pour Marx, le dénouement du capitalisme tient à des facteurs d'ordre social plutôt qu'à des raisons d'ordre économique. Les rouages de la machine capitaliste, quels que soient ses dysfonctionnements et ses crises, ont une capacité de renouvellement telle qu'ils semblent fonctionner dans un circuit d'huile bouclé ; il faut des grains de sable — ou des tempêtes — soufflés par la société pour les bloquer ou les casser. Les grandes entreprises, qui disposent d'énormes départements de recherche, automatisent le progrès et rendent du même coup « obsolète » la fonction de l'entrepreneur. La concentration et la centralisation de l'innovation mettent hors circuit la petite entreprise, interdisant l'injection de sang frais dans les veines du tissu industriel. La position de monopole des grandes entreprises, gérées dans l'anonymat d'actionnaires qui se désintéressent et même se méfient de plus en plus de la prise de risque, jette les fondements de la société socialisée.

Le laisser-faire est contenu par l'accroissement des charges sociales et des réglementations, en sorte que c'est l'embourgeoisement collectif qui crée le socialisme plutôt que, comme chez Marx, la mobilisation et la combativité des classes défavorisées tirant parti des faiblesses du système. Il n'y a pas destruction du capitalisme, mais transformation des structures et des mentalités qui dérivent inexorablement vers le socialisme. Quand l'entrepreneur, écrit Schumpeter, devient un employé de bureau comme les autres — un employé, ajoute-t-il, qui n'est pas toujours difficile à remplacer —, quand les besoins sociaux naguère satisfaits par l'entrepreneur sont satisfaits par d'autres méthodes plus impersonnelles, le système se transforme en remplissant les mêmes fonctions que celles que le socialisme a pour vocation d'exercer. La routine de l'innovation par la grande entreprise n'annonce pas moins le crépuscule du capitalisme que l'accroissement de la protection sociale par l'État-Providence. Ainsi la raison d'être du capitalisme industriel, la révolution technique permanente, est-elle laminée par ses réussites.

Chapitre V

Mort et résurrection du capitalisme

Le capitalisme n'a pas succombé à ses contradictions, encore moins aux coups de boutoir que devaient lui asséner les masses ouvrières mobilisées derrière le drapeau rouge pour faire triompher la dictature du prolétariat. Il est plus dynamique que jamais, avec une capacité de renouvellement technique et d'adaptation aux changements sociaux plus diversifiée, plus complexe, plus décentralisée que du temps de Marx. C'est, au contraire, le socialisme « réel » qui est moribond. Dans les pays où il devait perdurer jusqu'à la fin des temps, les statues de Marx et de Lénine ont été renversées comme les idoles du veau d'or, les structures de l'État centralisateur et planificateur se sont effondrées comme châteaux de cartes, et la grande majorité de la population n'aspire qu'à jouir des biens de consommation exposés en surabondance dans les pays capitalistes.

Dans la plupart de ceux-ci, le monde ouvrier tend à disparaître comme le monde paysan, remplacé par des classes moyennes de plus en plus nombreuses, qui bénéficient d'une éducation mieux partagée, de conditions de travail améliorées, d'une large protection sociale et d'une gamme de loisirs inconnue des « classes de loisir » du XIXe siècle. Quelles que soient les poches de misère, les taux de chômage et les inégalités dont cette nouvelle bourgeoisie s'accommode fort bien, si elle se sent menacée, c'est désormais moins de l'intérieur par les classes laborieuses que de l'extérieur par l'encerclement des peuples démunis qui, au sud ou à l'est de tous les pays riches, voient dans le capitalisme le paradis que le progrès des médias leur interdit désormais de rêver dans le communisme.

L'acharnement avec lequel Marx et Schumpeter, pour des raisons très différentes, ont annoncé la disparition du capitalisme au profit du socialisme, est un parfait exemple de la manière dont l'analyse scientifique peut se métamorphoser en acte de foi. Dans le cas de Marx, il est absurde après tout de s'en étonner, et Schumpeter ne s'est pas privé de le souligner : parmi tous les habits que Marx a revêtus, ceux de l'historien, du sociologue, de l'économiste ou du philosophe, c'est celui du prophète qui, assurément, a le plus attiré de fidèles. Le message qu'il délivre, écrivait Schumpeter, est celui d'une religion qui promet le paradis sur terre : « Il offre, en premier lieu, un système de fins dernières qui donnent un sens à la vie et qui constituent des étalons de référence absolus pour apprécier les événements et les actions; de plus, en second lieu, le marxisme fournit pour atteindre ces fins un guide qui implique un plan de salut et la révélation du mal dont doit être délivrée l'humanité ou une section élue de l'humanité. »

Or, après avoir consacré la première partie de *Capitalisme, socialisme et démocratie* à dénoncer les contradictions et les illusions du marxisme, Schumpeter ne conclut pas moins son dernier livre sur un exercice de prophétisme tout aussi aventureux. La grande différence, par rapport à Marx, est que son message n'est pas celui d'une religion — même si, pendant longtemps, ses admirateurs ont pu se dire qu'ils appartenaient, parmi les économistes, à une secte. Il n'a pas fallu moins que la conjonction, dans les années 1970, de la crise économique et de l'émergence du « nouveau paradigme techno-économique » pour que son œuvre retrouve une vogue nouvelle. Mais il n'a jamais cessé d'être un économiste « non orthodoxe ». Il publie *Capitalisme, socialisme et démocratie* en 1942, c'est-à-dire à un moment où la religion marxiste paraît encore solidement implantée en Russie et où les États-Unis, dont il était devenu citoyen, sont loin d'offrir un modèle de capitalisme en décomposition. La veille de sa mort, en 1950, il corrige encore les épreuves d'une conférence qu'il avait donnée au congrès de l'American Economic Association, dont le titre et le contenu, « La marche au socialisme », montrent qu'il persista jusqu'au dernier moment dans sa prédiction. Il n'a pas vu l'effondrement de l'église et du culte marxistes auquel nous avons assisté. Et sans doute le socialisme qu'il annonçait n'était-il en rien celui qui s'est incarné dans le communisme. Trois quarts de siècle après la révolution d'octobre 1917, on peut se demander si la question qu'il a posée est toujours pertinente : le capitalisme est-il voué à se métamorphoser en socialisme?

La fin du capitalisme était proche pour Marx, mais sans date, puisqu'il attendait le coup de pouce de l'histoire, c'est-à-dire la révolution; à tout le moins, il fallait regarder au-delà du siècle. À partir d'octobre 1917, l'horizon des échéances n'a pas cessé de se réduire : pour Lénine comme pour Trotski, la moitié du siècle ne se serait pas écoulée, que déjà le capitalisme serait à jamais enterré; Staline, Khrouchtchev, Brejnev ne misaient pas plus cher sur son avenir, soutenant sans rire que le communisme le « dépasserait » avant une décennie. En revanche, pour Schumpeter, aussi assuré que Marx de la fin du capitalisme, l'échéance était très lointaine, d'autant plus indéterminée que le coup fatal devait venir non de l'extérieur, mais du sein même du capitalisme. Il concluait d'ailleurs son analyse de la « décomposition » des valeurs bourgeoises, inhérentes aux vertus dynamiques du capitalisme, en constatant qu'elles tenaient bon et que, dans ce domaine de la prévision, un siècle représentait une période à court terme. Le prophétisme de Marx se réclamait du socialisme scientifique qui n'est plus que le mauvais rêve d'une utopie effondrée : plus il s'est prétendu scientifique, plus les faits ont démenti sa prédiction. Le prophétisme de Schumpeter, qui passerait plutôt pour sociologique, a l'avantage de se mesurer au très long terme, c'est-à-dire à une jauge qu'aucun contemporain ni sans doute nos descendants sur plusieurs générations ne pourront vérifier. Il prêtait moins aussi à conséquence, car son auteur n'offrait ni promesse de salut, ni dieu nouveau à adorer, ni structure où soumettre les militants à l'obédience du dogme; il n'offrait en somme que le discours d'un professeur.

Quand on s'interroge sur les raisons pour lesquelles l'histoire a démenti la prédiction de Schumpeter, on s'interroge en somme sur ce qui fait du capitalisme industriel une machine qui fonctionne aussi efficacement. Au sens de la thermodynamique, aucune machine n'a un rendement de 100 %, et la machine capitaliste ne se soustrait pas à la loi. Ses défauts, ses limites, les gaspillages, les coûts humains du processus de destruction-création, le coût politique des crises cycliques sont évidents, mais nous savons désormais d'expérience, et non plus seulement par la théorie, qu'aucune autre machine économique ne peut rivaliser en efficacité avec le capitalisme — ne s'agirait-il que de cela. Mais si la thermodynamique veut que toute machine connaisse à force de temps une moindre efficacité, le destin que Schumpeter assigne au capitalisme est paradoxal : l'épuisement et finalement la mort non par l'usure ou l'entropie, mais par l'excès de réussite, le trop-plein de rendement.

Les faits contestent les conclusions de Schumpeter au moins sur deux points fondamentaux, de caractère économique et politique : le premier concerne l'avenir du processus de l'innovation, le second le rôle de l'État dans ce processus. Schumpeter appuie son verdict sur un troisième point, de caractère psychosociologique et même philosophique, qui constitue à ses yeux l'argument le plus important : l'évolution du nombre et du statut des intellectuels dans le système industriel et l'hostilité que celui-ci s'attire de leur part. Ce dernier argument est celui où Schumpeter a sans doute vu le plus juste, mais je ne crois pas qu'il prête aux conséquences qu'il a prédites.

La science n'abolit pas le hasard

À force de science et de mécanisation croissante du progrès industriel, le processus de l'innovation est promis à un avenir fatal : « Il est à la longue réduit en poussière, ce qui produit, du même coup, l'effondrement du pilier le plus important qui soutenait la position économique de la classe capitaliste. » Une économie centralement planifiée, qui traite l'innovation technique comme un bien public, ne *peut pas* mieux engendrer ni mieux exploiter les nouvelles technologies qu'une économie capitaliste : la théorie autorisait à l'affirmer, l'histoire interdit désormais d'en douter. Comme Richard Nelson l'a souligné, il y a de bonnes raisons à cet échec, qui du même coup expliquent la capacité qu'a le capitalisme de se renouveler et donc de se jouer du déclin que Schumpeter lui a assigné. En premier lieu, telle est la nature de l'innovation que même la routine scientifique ne peut en effacer le caractère hasardeux. De fait, la technologie constitue une ressource fluide dont l'engendrement est incertain, et l'incertitude est d'autant plus grande quand il s'agit d'allouer en priorité des ressources à tel secteur de la recherche-développement plutôt qu'à un autre : il n'y a, en effet, ni recette ni précédent pour orienter les choix en toute certitude. Les études menées pour identifier la meilleure voie à suivre se sont toutes révélées après coup défaillantes sur tel aspect ou telle étape. L'innovation est par définition un processus aléatoire, jamais joué à l'avance, adoptant une trajectoire qui n'a rien de linéaire, d'autant moins que la « logique des fonctions » d'une invention ne coïncide pas nécessairement avec la « logique des usages » : l'inventeur pense qu'il a mis au point un produit ou un processus nouveau pour tel ou tel usage, alors que les applications sur le marché seront très différentes.

Les premières machines à vapeur n'étaient que des pompes à feu destinées aux mines, elles ont bouleversé les transports grâce aux locomotives et contribué au triomphe de l'électricité industrielle grâce aux turbines destinées aux centrales, toutes fonctions que Watt, l'artisan-inventeur des premières machines thermodynamiques, n'aurait pu imaginer. De même la pile de Volta, qui n'était que la démonstration d'une forme durable de conservation de l'énergie électrique, a conduit au développement du télégraphe, point de départ de la révolution de la communication, tout comme elle a débouché sur la dynamo, qui fut à la source de la révolution des petits moteurs électriques. Ni Edison avec le gramophone ni les frères Lumière avec le cinématographe n'ont pu imaginer les conséquences économiques – du point de vue du marché du travail comme de la demande des consommateurs – qu'entraînerait la métamorphose de leurs inventions en industrie des médias.

Innover deviendrait une affaire de routine si ceux qui décident de l'allocation des ressources pouvaient embrasser tout l'environnement dont l'innovation se nourrit, prendre en charge toutes les informations dont elle dépend, et finalement se substituer en toute connaissance de cause aux entrepreneurs qui en assument le risque. Mais là où il faut compter avec la chance, la place du désordre est aussi la part du diable. Même l'innovateur qui a réussi aura quelque mal à se vanter d'avoir consciemment maîtrisé tous les facteurs qui décidèrent du succès de son innovation. Les innovations d'aujourd'hui ont beau dépendre plus étroitement de la science que celles d'hier, il faut se rendre à l'évidence : comme le coup de dés de Mallarmé, jamais la science n'y abolira le hasard.

De plus, il faut se rappeler que la plupart des travaux consacrés à l'innovation technique étudient les cas de réussite, non les innovations qui « n'ont pas marché ». Par exemple, la grande majorité des inventions ayant fait l'objet d'un brevet du Patent Office américain n'ont jamais été commercialisées. Le *technology-push* (pression de l'offre de technologie) et le *market-pull* (demande du marché) renvoient à deux déterminants complémentaires, mais le second est plus souvent un facteur de succès que le premier. La logique de la découverte et de l'invention doit toujours rencontrer la logique du marché, à moins de dépendre des commandes publiques et de se placer à l'abri de marchés captifs. Mais, précisément, plus les marchés sont protégés, plus la bureaucratie a des chances de renforcer les freins à la prise de risque. Et la concentration de l'effort de recherche-développement dans certains secteurs n'est pas une assurance tous risques pour gagner les batailles à venir de l'innovation, d'autant moins que la recherche n'est qu'un facteur parmi d'autres, parfois le moins déterminant, dans le succès d'un produit ou d'un processus nouveau sur le marché.

Pour toutes ces raisons, non seulement l'économie capitaliste se prête mieux qu'une économie planifiée à l'innovation, mais encore l'économie planifiée constitue par sa nature même un obstacle à l'innovation. C'est qu'elle tend à réduire le nombre des sources d'initiative et à refuser la compétition entre ceux qui proposent des voies différentes pour atteindre le plus rapidement l'objectif poursuivi. L'accès au réservoir des connaissances fondamentales est plus aisé dans un système non planifié, décentralisé et concurrentiel : les structures de production ne sont pas séparées des institutions de formation ni des laboratoires. Les stimulants, par définition, y pèsent davantage pour rendre l'entrepreneur attentif aux signaux du marché (à la vérité, il n'y pas de signaux du marché dans une économie centralisée), et là où il devient évident qu'on est perdant on ne s'obstine pas à combler le déficit avec l'aide de l'État. Ce qui, bien sûr, n'entraîne pas — et Schumpeter en était conscient — que le capitalisme soit parfaitement efficace ni dépourvu de gaspillage. Il ne l'est pas et ne saurait l'être, malgré les progrès de la science économique et des techniques de gestion : une allocation des ressources efficace est incompatible avec la constellation d'initiatives en amont, et de monopoles temporaires en aval, qui résultent de la concurrence fondée sur l'innovation.

Mais cela n'a, au bout du compte, aucune importance aux yeux de Schumpeter, qui souligne très explicitement, dans ce style germano-romantique qui lui est propre, que l'efficacité en tant que telle n'est pas la condition de la croissance économique : « L'action de cette modalité de concurrence [l'innovation] dépasse celle de la concurrence des prix tout autant que les effets d'un bombardement dépassent ceux d'une pesée sur une porte, et son efficacité est tellement plus grande que la question de savoir si la concurrence au sens ordinaire du terme joue plus ou moins rapidement devient relativement insignifiante : en tout état de cause, le levier puissant qui, à la longue, rehausse la production en comprimant les prix est d'un tout autre calibre. » La concurrence par l'innovation ne s'attaque pas seulement à la production et aux marges bénéficiaires des firmes, elle s'en prend « aux fondements et à l'existence même des firmes ». Le dynamisme de l'économie est au prix du rouleau compresseur de l'innovation ; inversement, si l'efficacité et l'absence de gaspillage doivent prévaloir, c'est au prix de la stagnation.

On peut donc juger d'autant plus contradictoire que celui qui souligne si fortement le caractère révolutionnaire du système capitaliste conclut qu'un terme soit ou doive être assigné aux facultés intrinsèques de renouvellement de ce système. Ne dit-il pas lui-même que rien dans le monde social ne peut être plus durable que l'airain, et par conséquent la réponse à la question « le capitalisme peut-il survivre ? » ne fait à ses yeux aucun doute. Mais Schumpeter n'est pas si naïf que le donnerait à penser une lecture sommaire de son pessimisme. À plusieurs reprises, il insiste sur l'idée qu'il n'y a aucune raison purement économique interdisant au capitalisme de franchir avec succès de nouvelles étapes. Et, de fait, le capitalisme contemporain est déjà très différent de celui dont il a été l'analyste. Les inventions des années 40 « cachées dans le giron des dieux » ont porté leurs fruits, et d'autres n'ont pas cessé par la suite d'être semées, qui ne cessent pas de renouveler la moisson du nouveau paradigme techno-économique. Les technologies de l'information contribuent à la naissance et à l'essor de nouveaux domaines (ingénierie biologique, matériaux de synthèse, robotique, satellites, etc.); tout le système économique est en fait renouvelé non seulement par la diffusion des programmes, des banques de données, des réseaux dont ces technologies sont la source, mais encore et surtout par la puissance de création, de régulation et de gestion qu'assurent les moyens nouveaux dont elles dotent les laboratoires, la production manufacturière, le secteur des services.

Quand Schumpeter écrit que l'innovation, en voie d'être ramenée à une routine, conduit le progrès économique « à se dépersonnaliser et à s'automatiser », c'est pour annoncer la fin de l'entrepreneur au sens où celui-ci se définit par la volonté, le cran, l'esprit de risque. Comparant son rôle à celui du chef de guerre, naguère présent au combat « sur un cheval fougueux », il considère que l'entrepreneur est remplacé par le travail des bureaux et des commissions « comme le travail d'état-major est en voie d'effacer la personnalité du chef ». Il a raison de souligner que la découverte scientifique et l'invention technique ne sont plus une affaire « éminemment individualiste », il a tort d'en conclure que le travail d'équipe compromet la capacité d'innovation ou même que l'individu y joue un rôle définitivement mineur. L'évolution scientifique ne mine pas la fonction de l'innovateur « comme l'évolution technique et sociale a miné la chevalerie ». Rien ne dit, en effet, que le travail d'équipe, l'industrialisation de la recherche, la routine scientifique rendent moins importante la fonction de l'entrepreneur, pas plus que le travail d'état-major, « spécialisé et rationalisé », ne rend moins importante l'initiative du général en chef.

C'est précisément ce thème de la rationalisation scientifique et de la spécialisation croissante de la technostructure que Galbraith a repris dans *Le Nouvel État industriel* pour souligner, au contraire, l'efficacité accrue du capitalisme. L'anonymat managérial ne supprime pas la chevalerie des individus innovateurs, pas plus que la concentration de l'effort de recherche-développement dans les grandes entreprises ne supprime la capacité d'innovation des petites et moyennes entreprises. À voir l'essor des *science based industries* sur la route 128 ou dans la Silicon Valley aux États-Unis, dans les parcs scientifiques ou les nouvelles technopoles de la plupart des pays industrialisés d'Europe et d'Asie, il est clair que, loin de conduire à une léthargie des vertus innovatrices du capitalisme, la routine scientifique les stimule et les renforce en les renouvelant. Ce qui, bien plutôt, compromet de nos jours l'innovation ne tient pas aux caractéristiques de plus en plus scientifiques du système industriel, mais à la culture de gestion de certaines entreprises qui, les yeux fixés sur la rentabilité à court terme, donnent la priorité à leurs services financiers aux dépens des projets d'investissement à long terme de leurs directeurs de recherche.

Socialisation n'est pas socialisme

Le second point où Schumpeter, manifestement, a fait fausse route concerne l'intervention de l'État dans les activités de recherche et d'innovation. Ce qu'il entend par socialisation est la croissante prise en charge par l'État de fonctions qui relèvent de l'initiative privée et dont la gestion entraîne dès lors toujours plus de centralisation, de contrôle et de bureaucratie. Plus l'État tend à planifier, à coordonner et à orienter la « recherche-développement », plus l'innovation est menacée de dépérir et l'entrepreneur d'être remplacé par le fonctionnaire. En 1942, quand il publie *Capitalisme, socialisme, démocratie,* Schumpeter voit dans l'Union soviétique le modèle poussé à l'extrême de cette socialisation, et il n'a pas tort de souligner que la capacité d'innovation s'y trouve considérablement réduite, ne serait-ce que parce que toutes les institutions de recherche y sont étroitement dépendantes de la planification et, en outre, séparées du secteur productif. Aux États-Unis, en revanche, l'État fédéral intervenait peu, avant la Seconde Guerre mondiale, dans les activités de recherche. En 1940 encore, le soutien fédéral à la R&D n'atteignait pas le milliard de dollars, somme sur laquelle le poste de la Défense était très inférieur aux deux postes prioritaires de l'Agriculture et de la Santé.

Le dogme libéral postule, comme Schumpeter le rappelle lui-même, la séparation en droit et en fait entre le secteur privé et le secteur public, et c'est précisément l'engagement américain dans la Seconde Guerre mondiale, puis dans la guerre froide avec la compétition qui l'accompagne, qui battra profondément en brèche ce dogme. Le changement de proportion de l'effort fédéral de recherche-développement est illustré, notamment, par le programme Manhattan, source de l'armement atomique, qui s'éleva à deux milliards de dollars sur trois années, et par le programme Apollo, « l'homme sur la lune », qui représenta sur dix ans un investissement annuel de cinq milliards de dollars. Il n'a pas fallu moins que la menace soviétique sous la présidence Kennedy pour obtenir du Congrès, avec le *National Defense Act,* le droit pour le pouvoir fédéral d'intervenir sur la politique d'éducation et de recherche des différents États de l'Union.

Le conflit mondial ouvre en fait une ère nouvelle dans l'histoire de l'économie libérale, où l'on voit même les pays les moins dirigistes accepter l'intervention croissante de l'État dans le secteur universitaire autant que dans le secteur industriel, et cela au nom même des fonctions que Schumpeter réservait exclusivement à l'initiative privée. L'absence de paix, la bipolarisation, l'escalade des armements sur lesquelles la Seconde Guerre mondiale se conclut, conduisent tous les pays industrialisés, États-Unis en tête, à cette forme nouvelle de capitalisme que Schumpeter n'aurait pas hésité à dénoncer comme une réplique du communisme : on y légitime le soutien public de la recherche fondamentale même dans les pays où les universités sont privées; l'État se livre à des investissements massifs dans les programmes de recherche-développement pour la défense et le prestige, alors qu'on n'est pas en état de guerre (du moins déclarée); les agences gouvernementales se lancent dans des programmes de recherche appliquée dont les résultats contribuent au profit des entreprises privées; les fonds publics prennent en charge une part importante du coût des recherches dans lesquelles s'engage le secteur privé, et ils contribuent directement au financement des activités de recherche-développement menées en coopération par les entreprises « à un stade préconcurrentiel », formule pudique pour légitimer au nom de la promotion de l'innovation l'aide de l'État à des ententes inter-firmes qui tournent la loi antitrust.

Socialisation incontestable, qui donnerait raison à Schumpeter, si l'on ne retenait que ces conséquences des liens désormais étroitement noués, au nom de l'impératif de l'innovation, entre le secteur privé et le secteur public : le nombre des départements ministériels engagés dans des activités de recherche-développement; l'importance financière de l'intervention publique; le nombre des fonctionnaires gérant les programmes de recherche; l'essor des chercheurs professionnels, scientifiques, ingénieurs et techniciens, qui dépendent des programmes publics et peuvent être, comme aux États-Unis, recrutés sur contrat ou devenir, comme en France, fonctionnaires de plein droit; l'orientation même des activités de recherche et d'innovation en fonction des objectifs politiques poursuivis par l'État. Mais cette socialisation se confond d'autant moins avec le communisme que, dans la plupart des pays industrialisés non communistes, c'est toujours le secteur privé qui exécute la plus grande part de l'effort de recherche-développement. De ce point de vue, quel que soit le rôle mythique que certains observateurs occidentaux attribuent au MITI, l'Agence japonaise de la technologie et du commerce international, il n'y a aucune différence entre le Japon et les États-Unis, d'autant moins que la part du financement privé dans l'ensemble de l'effort nippon de recherche-développement est très supérieure à celle des États-Unis. Seul l'effort de recherche-développement des pays à tradition centralisée et dirigiste, comme la France, est exécuté pour sa plus grande part dans des entreprises publiques ou dans des entreprises si proches et si tributaires du secteur public qu'elles ne s'en distinguent qu'en apparence (CEA, Dassault, Thomson, etc.). Toutefois, ce que j'ai appelé « la stratégie de l'arsenal », qui remonte à Colbert et s'est épanoui sous la Ve République comme sous le Second Empire, n'a pas fait pour autant de la France gaullienne un modèle de régime socialiste conforme aux critères schumpetériens. D'autant moins que c'est dans et par ces entreprises liées au secteur public que la capacité française d'innovation s'est le plus constamment manifestée depuis la Libération.

Depuis les années 70, en revanche, les grandes batailles qui décident du succès des innovations dans les nouvelles technologies se jouent non plus sur le terrain des commandes publiques et des marchés captifs, mais sur celui des marchés grand public caractérisés par une intense concurrence entre firmes privées à l'échelle mondiale. Mis à part le secteur de la défense, ce sont précisément les grands projets de recherche-développement publics, protégés de la concurrence et inattentifs à la demande du consommateur final, qui ont connu, aux États-Unis, des échecs commerciaux : centrales nucléaires, avion supersonique, navette spatiale. Le succès de l'innovation n'apparaît pas tant bridé par la socialisation de l'effort de recherche-développement que par la politisation des grands programmes et l'étatisation des entreprises, là où l'intérêt stratégique de l'État n'est pas directement en cause. Dans le secteur de la défense, comme Richard Nelson l'a souligné, un grand nombre de projets de recherche-développement ont fait l'objet d'une gestion, de contrats et de surcoûts qui ont manifestement sous-estimé l'incertitude et les difficultés des objectifs poursuivis : le succès de l'innovation s'y est révélé aussi peu prévisible dans son apparente routine scientifique que les entreprises liées aux commandes publiques se sont montrées peu capables d'imposer leurs nouveaux produits sur le marché commercial. Et, au contraire de ce que Schumpeter a anticipé, les acteurs de l'innovation ne se sont pas cantonnés aux bureaux et aux commissions des organismes publics, pas plus qu'ils ne se sont pliés aux ententes nouées entre les grandes entreprises pour limiter les risques de leurs activités de recherche-développement. Dans son alliance étroite avec les entreprises, l'État « libéral-interventionniste » n'a pas même revêtu les habits du socialisme, et, s'il n'a pas cessé d'être libéral en influençant les activités de recherche et d'innovation du secteur privé, ce sont plutôt les États socialistes qui sont devenus libéraux ou tendent à l'être en cherchant à orienter leurs entreprises publiques vers le marché.

Le stimulant et le handicap des armements

En fait, le secteur militaire de la recherche-développement a longtemps été, pendant et après la Seconde Guerre mondiale, la source d'innovations majeures dont les applications se sont étendues au secteur civil (aéronautique, énergie nucléaire, électronique, ordinateurs, radars, satellites, antibiotiques, DDT, etc.). Il a conduit à une forte concentration des entreprises menant des activités de recherche, celles-ci étant elles-mêmes concentrées sur un petit nombre de secteurs privilégiés. De ce point de vue aussi Schumpeter s'est trompé, lorsqu'il écrit que l'action de l'État « peut être considérée comme une donnée extérieure au monde des affaires », en particulier dans le cas des dépenses d'armements qui constituent « un handicap plutôt qu'un stimulant ». Pendant près d'un quart de siècle, l'effort militaire de recherche-développement s'est traduit, pour les États-Unis comme pour la France, par des performances du point de vue de l'innovation technique et par des retombées incontestables dans le secteur civil. On peut, certes, en contester le coût, s'interroger sur les liens entre la rationalité économique et la rationalité stratégique, et considérer, notamment, que l'escalade des armements a détourné des ressources rares, en capital et en compétences, qui auraient pu être affectées à des activités économiquement et socialement plus productives. Mais il est impossible de sous-estimer l'importance des innovations que la recherche-développement militaire a multipliées durant cette période, et le rôle qu'elle a joué dans la gestation et l'essor des nouvelles technologies qui caractérisent la phase actuelle du « paradigme techno-économique ».

Dans cette période qui va des années 40 au début des années 70, l'effort militaire de recherche-développement n'a manifestement pas constitué un handicap pour l'innovation. Mais il en a sans doute constitué un du point de vue de la croissance économique, en particulier quand on compare le taux de croissance de la productivité des pays dont l'effort de recherche-développement pour la défense a été important et celui des pays où il a peu compté. Les pays vaincus de la Seconde Guerre mondiale, Allemagne et Japon, qui s'étaient vu interdire d'engager des projets importants dans ce domaine, ont connu pendant cette période un taux de croissance de la productivité et de performances technologiques sur le marché commercial très supérieur à celui des États-Unis, du Royaume-Uni et de la France. Ces derniers sont ceux dont l'effort militaire de recherche-développement a été, du côté occidental, le plus important ; dans chacun d'eux, le poste de la défense a atteint, et pour certaines années dépassé, la moitié de l'ensemble de son effort de recherche-développement. Or, à partir des années 70, l'offre d'innovations issues du secteur militaire a été de plus en plus éloignée des besoins des consommateurs civils. Les exigences des stratèges en ce qui concerne les performances techniques (fiabilité, miniaturisation, résistance à des conditions extrêmes, etc.) conduisent à des produits de plus en plus difficiles à adapter aux marchés civils. Et, simultanément, dans certains domaines de haute technologie (en particulier les semi-conducteurs), les marchés civils ont supplanté les commandes militaires comme stimulants de l'innovation.

Ce renversement du décor technologique par rapport aux lendemains de la Seconde Guerre mondiale devrait conforter l'analyse de Schumpeter sur « les dépenses d'armement qui constituent un handicap plutôt qu'un stimulant » et, plus généralement, donner un argument de poids à son procès de l'État interventionniste. Dans une situation de « non-guerre », fût-ce celle de la guerre froide où la paix improbable, comme disait Raymond Aron, ne rend pas moins la guerre impossible, l'ingérence bureaucratique de l'État condamne fatalement les entrepreneurs à se désintéresser des innovations qui réussissent sur le marché. Mais cette conclusion ne pourrait être retenue que si l'économie américaine incarnait tout le capitalisme d'aujourd'hui, ce qui n'est manifestement pas le cas, et d'autant moins que l'État interventionniste obtient ailleurs qu'aux États-Unis, sans effort important de recherche-développement pour la défense, des résultats qui interdisent tout pessimisme sur l'avenir de l'innovation. Dans bien des domaines, en effet, le *leadership* technologique se transfère des États-Unis au Japon et même aux quatre « petits dragons » de l'Asie du Sud-Est, au point que les économistes et stratèges américains s'interrogent de plus en plus sur la dépendance croissante de leur sécurité à l'égard des technologies importées d'Asie. Les moyens de surveillance, de détection et de réplique immédiate de la guerre électronique, comme l'a montré l'affaire du Koweït, reposent sur des performances technologiques dont l'accès serait de plus en plus contrôlé par les développements de la recherche-développement japonaise dans le secteur civil.

Le bon sens, comme l'expérience, conduit à penser que le volume des dépenses militaires de recherche-développement n'est pas le facteur le plus favorable au taux de performances tant technologiques qu'économiques dans le domaine civil. Ici encore c'est Galbraith, plutôt que Schumpeter, qui rend compte des raisons pour lesquelles l'escalade des armements, caractéristique de la guerre froide, a été un stimulant de l'innovation plutôt qu'un handicap. La compétition des puissances bipolaires a légitimé le développement d'un vaste secteur public et l'intervention croissante de l'État dans le secteur civil. Le monde des affaires a tiré parti de l'escalade des armements tant que, précisément, les deux puissances bipolaires partageaient le même sentiment d'insécurité. « Une guerre sans combat, dit Galbraith, obvie adroitement au risque de voir le combat cesser. À peu de chose près, la désuétude est à la compétition technologique ce que l'usure est à la guerre. » Et, tant que durait la guerre froide, l'arrêt de la compétition était tenu pour plus dangereux que la compétition elle-même.

La période de l'après-Seconde Guerre mondiale se termine sur le K.-O. économique du système communiste, la dissolution du pacte de Varsovie, l'implosion de l'empire soviétique. La signature des accords START entraîne une réduction de 30 % des armements stratégiques à longue portée. Va-t-on vers une moindre socialisation des activités de recherche et d'innovation aux États-Unis ou en France ? Cette hypothèse me paraît tout à fait exclue à moyen terme : la réduction des armements stratégiques n'est pas encore le désarmement ; on a appris, d'ailleurs, que les missiles et têtes nucléaires à « réduire » dans le cadre des accords START ne seront pas tous détruits, certains étant mis à l'écart, donc éventuellement réutilisables; et la désescalade de la course aux armements (leur diminution en volume) n'implique pas pour autant la désescalade des programmes de recherche-développement militaire — même si, pour certains d'entre eux, il y a aura une moindre urgence à les mener rapidement à terme. C'est bien pourquoi la fin de la guerre froide ne me paraît pas rendre plus plausible le scénario schumpétérien, qui fait rimer la socialisation de la recherche-développement avec l'épuisement de l'innovation. D'une part, la réduction des armements ne se traduira pas par une moindre « sophistication » des systèmes d'armes. Les accords de réduction des armements stratégiques laissent délibérément la porte ouverte à une augmentation des missiles de croisière. Et la destruction ou la mise à l'écart d'un certain nombre des fusées intercontinentales conduira, au contraire, à des efforts considérables de recherche-développement pour améliorer la « qualité » des armements conventionnels. Les arsenaux vont diminuer, non le marché des armes disponibles ni l'effort de recherche consacré aux armements nouveaux. D'autre part, si la fin de la guerre froide sape la base traditionnelle de la légitimité du complexe militaro-industriel, il n'empêche que les désordres qui peuvent s'ensuivre, en Europe centrale et surtout dans ce qui reste de l'Union soviétique, interdisent aux Occidentaux de « baisser la garde ». Même le retour de l'Europe à une situation plus proche de 1848 que de 1948 ne sera pas une garantie plus solide de paix véritable.

Enfin, un scénario se profile qui n'a plus rien à voir avec les conclusions de Schumpeter ni même avec celles de Galbraith. La compétition sera désormais non plus bipolaire, mais multipolaire, orientée non plus seulement sur la puissance militaire, mais sur la puissance économique, renforçant plutôt que discréditant l'impératif de l'innovation. Depuis 1945, la défense a fourni la meilleure caution à la technologie. Bien avant la chute du mur de Berlin, la guerre économique a pris le relais et lui assure une caution tout aussi solide. Ce que François Perroux appelait la « lutte-concours » continue de plus belle, avec des protagonistes plus nombreux, des enjeux stratégiques renouvelés, donc aussi des vainqueurs et des vaincus différents. Le scénario inattendu est celui d'une puissance militaire américaine sans égale dans le monde, mais dont l'économie décline à force de perdre son *leadership* technologique, sans que pour autant la dynamique du capitalisme en soit ailleurs affectée – au contraire. Les Américains ont vu le diable dans le socialisme, comme les communistes ont vu le diable dans le capitalisme. Ceux-ci payent très cher leur refus de reconnaître les vertus du marché et la capacité d'innovation d'un système ouvert de concurrence. Ceux-là peuvent affronter des déboires non moins dramatiques, bien que différents : il ne s'agit pas seulement de l'affectation massive de leur main-d'œuvre scientifique et technique au secteur de la défense, mais aussi et surtout de leur incapacité à reconnaître les vertus fût-ce d'un socialisme bien tempéré, quand celui-ci sait se servir de l'État et mobiliser des fonctionnaires compétents pour mettre en œuvre une politique industrielle. De ce point de vue, l'Allemagne fédérale et la Suède ont constamment donné l'exemple d'un interventionnisme très efficace en matière de recherche et d'innovation, même quand les socialistes n'étaient pas au pouvoir, et les petites et moyennes entreprises n'en ont pas moins profité que les grandes.

La situation des États-Unis, à l'acmé de leur capacité de régir militairement le monde, n'est rassurante ni sur le plan économique ni sur le plan social : chômage, minorités laissées pour compte, enseignement secondaire en déréliction, extension de la drogue, stagflation, dette publique, croissance de la productivité en rade, etc. Robert Solo vient de publier, après tant d'autres de ses compatriotes, économistes, historiens ou politologues, un livre plus pessimiste que tous les autres sur l'avenir économique des États-Unis. « Aucune société dans l'histoire, écrit-il, n'a perdu si rapidement sa prééminence technologique. » Cela tient en particulier à l'effort militaire, mais aussi aux manipulations de capitaux orientées sur le court terme et à l'absence d'une vision « à la japonaise » des investissements nécessaires au progrès technologique dans le long terme. Problème d'éducation, de formation et de culture, qui renvoie à un changement de mentalités et de comportements : le système américain forme des générations de gestionnaires qui accèdent rapidement au sommet de la hiérarchie sans se soucier de l'environnement indispensable aux succès de l'innovation; les fusions se multiplient entre des firmes qui n'ont en commun ni les mêmes marchés ni les mêmes technologies, avec des dirigeants incapables d'embrasser le kaléidoscope des nouvelles technologies, sans liens entre elles à la base et dont pourtant la maîtrise et la combinaison conditionnent le renouvellement des innovations; la nation se prive des instruments institutionnels et politiques qui lui permettraient, comme le font le Japon et l'Allemagne, de cibler, de coordonner et de financer les directions nouvelles et critiques du développement industriel.

Il y a peu, un an à peine avant la chute du mur de Berlin, un diplomate américain, lecteur hâtif de Hegel, annonçait avec le triomphe du libéralisme « la fin de l'histoire ». Mais le triomphe du libéralisme ne va-t-il pas plutôt vouer les États-Unis — la seule puissance, disait André Malraux, devenue impériale sans l'avoir vraiment voulu — à la décadence technologique? La fin de la guerre froide rend plus pertinente que jamais la mise en garde que le président Eisenhower, à la veille de terminer son mandat, lança à ses compatriotes : la conjonction, disait-il, d'un immense établissement militaire et d'une vaste industrie d'armements est quelque chose d'inédit dans l'expérience américaine. De ce discours, on a surtout retenu le passage où il pressait la nation de se méfier de l'influence illégitime que pourrait acquérir, volontairement ou non, le complexe militaro-industriel. Mais le général-président ajouta que la possibilité existe et persistera de l'apparition désastreuse d'une puissance qui ne serait pas à sa place, et il invita ses compatriotes à se garder de l'idée que les situations sont acquises une fois pour toutes et que les choses ne peuvent pas changer. L'avenir dira si ce n'est pas sur ce point de l'évolution du capitalisme américain qu'il a vu le plus loin. À voir l'essor du Japon comme celui des nouveaux pays industrialisés, le capitalisme se porte d'autant mieux qu'il sait aussi renouveler ailleurs qu'aux États-Unis la légitimité et les instruments de ses efforts d'innovation.

À quoi servent les intellectuels?

Pour Schumpeter, finalement, la maladie de langueur qui doit frapper à mort le capitalisme ne tient ni aux structures ni aux processus économiques, mais à l'« atmosphère d'hostilité » qui l'entoure. Peu importe qu'il faille, comme il dit, des demi-dieux pour piloter la locomotive socialiste et des archanges pour la chauffer, c'est de ce côté que la balance de l'histoire penche inexorablement. Nul besoin de recourir à une explication économique, par exemple à la théorie de la disparition des chances d'investissement, pour rendre compte des troubles fonctionnels qui font du capitalisme un mort en sursis. L'affaire est d'ordre sociologique, culturel, éthique, idéologique, tout ce que vous voulez, de Montesquieu à Veblen en passant par Sombart et Weber. L'atmosphère générale d'hostilité qui baigne le système capitaliste explique que les pouvoirs publics hésitent ou même renoncent à reconnaître les exigences inhérentes au bon fonctionnement du capitalisme, mais elle ne suffirait pas par elle-même à abattre la forteresse. Il faut, pour aiguillonner les masses, les partis, les syndicats, un démiurge dont l'intérêt est précisément d'ajouter au discrédit de tout le système, d'en médire et de le combattre. Ce démiurge, dit Schumpeter, est constitué par un groupe social où l'on trouve rarement des politiciens professionnels et plus rarement encore des gens qui exercent des responsabilités. C'est un groupe social « malaisé à définir, et cette difficulté est même l'un des symptômes associés à l'espèce ». Mais on peut, en gros, reconnaître ses membres à ce que les attitudes de groupe qu'ils adoptent et les intérêts de groupe qu'ils développent évoquent le comportement d'une classe sociale, « même s'ils accourent de tous les coins de la société et qu'une grande partie de leurs activités consiste à se combattre entre eux ». Ou encore, on les définirait volontiers en fonction de l'éducation supérieure qu'ils ont reçue, bien que l'espèce n'englobe pas tous ceux qui ont bénéficié de cette formation (mais quiconque est passé par là est l'un de ces démiurges en puissance). On les trouve plus particulièrement dans les professions libérales : ce sont des journalistes et des professeurs, mais aussi des médecins et des avocats « quand ils traitent par la parole et l'écrit de sujets étrangers à leur compétence ».

Quel est ce démiurge, inlassable fossoyeur du capitalisme, dont l'espèce ne s'étend pas à tous les « travailleurs non manuels » et ne se ramène pas davantage au « clan des écrivailleurs » dénoncé par le duc de Wellington? On l'aura deviné : c'est le groupe des intellectuels qui manient, nous dit Schumpeter, le verbe écrit ou parlé, n'assument aucune responsabilité en ce qui concerne les affaires pratiques, ne possèdent aucune des connaissances de première main que l'expérience seule fournit, ont une attitude critique déterminée à la fois par leur position d'observateurs (qui est, dans la plupart des cas, celle d'*outsiders*), et par le fait que leur meilleure chance de s'imposer tient aux embarras qu'ils suscitent ou pourraient susciter. Portrait peu aimable, on le voit : ce sont, dit-il, des rhéteurs, des sophistes, des philosophes. On croirait entendre le ministre français de la Défense parlant, du temps de la guerre d'Algérie, des « chers professeurs » qui s'y opposaient et qu'il renvoyait à leurs « chères » études.

Je ne vais pas chercher à excuser Schumpeter de se montrer si sévère à l'égard des intellectuels dont il ne se distinguerait, suivant sa propre définition, que par la part qu'il lui arriva de prendre dans les affaires publiques, quand il fut, en tant que membre du parti social-chrétien, ministre des Finances en Autriche. N'oublions pas que, de son expérience autrichienne à la Seconde Guerre mondiale, il eut affaire, à droite comme à gauche, entre fascisme, nazisme et communisme, à une pléthore de ces démiurges que la haine du capitalisme rendit aveugles ou complaisants à l'égard de tous les crimes du demi-siècle. L'espèce, d'ailleurs, n'a-t-elle pas proliféré après la Seconde Guerre mondiale, tout aussi complaisante et aveugle, des procès en Europe de l'Est aux folies de Mao et des Khmers rouges? Mais soyons justes : tous les intellectuels ne sont pas fatalement du clan de ces démiurges. Plus significative, en fait, que sa définition des intellectuels, est la place que Schumpeter leur attribue dans le système capitaliste et l'ingénuité avec laquelle il voit celui-ci les élever et les entretenir : « À la différence de tout autre type de société, le capitalisme, en raison de la logique même de sa civilisation, a pour effet inévitable d'éduquer et de subventionner les professionnels de l'agitation sociale. » Schumpeter constate la coïncidence de la naissance de l'humanisme avec celle du capitalisme, à quoi il fait remonter, avec l'Arétin, l'essor des intellectuels, à la fois critiques et tributaires du pouvoir. Je ne sais s'il a raison d'associer aussi étroitement ces deux actes de naissance, mais on peut difficilement contester la suite de son analyse. Charles Quint « graissant la patte de l'Arétin », qui le payait de retour par des pamphlets insultants, annonce à ses yeux l'ère du capitalisme industriel, qui précipite l'expansion de l'appareil éducatif et multiplie en particulier les facilités données à l'enseignement supérieur, d'où résulte un nombre toujours plus grand d'intellectuels attachés à critiquer le système. Sans le dire explicitement, Schumpeter suggère que l'hostilité croissante qui baignera le capitalisme coïncidera à son tour avec la critique acharnée dont l'humanisme sera l'objet : mort de l'homme, mort du capitalisme, même combat, en somme, de Marx et Nietzsche à Marcuse et à Foucault.

C'est sur ce point, en tout cas, que l'analyse de Schumpeter est prémonitoire : le succès même du capitalisme, qui stimule et étend l'éducation supérieure, finit par provoquer « une surproduction d'intellectuels ». Un nombre toujours plus grand de diplômés ne trouvent pas les occupations professionnelles auxquelles leurs études les autorisaient à aspirer, sans parler de ceux qui, malgré leurs études, sont condamnés au chômage. Plus les diplômes d'enseignement supérieur se répandent, plus ils se dévalorisent, et plus les frustrations se multiplient et augmentent : les nouveaux diplômés « gonflent les rangs des intellectuels au sens strict du terme, c'est-à-dire ceux sans attaches professionnelles, dont le nombre par suite s'accroît démesurément. Ils entrent dans cette armée avec une mentalité foncièrement insatisfaite. L'insatisfaction engendre le ressentiment ». Pour Marx, l'armée de réserve des chômeurs devait contribuer, en renforçant le parti des prolétaires, à l'effondrement de la forteresse capitaliste. Pour Schumpeter, les bourgeois et petits-bourgeois passés par l'enseignement supérieur constituent l'armée de réserve des nouveaux prolétaires, qui vont contribuer à « l'autodestruction du capitalisme ». Bref, ces intellectuels sont réunis par « un intérêt collectif modelant une attitude collective » : leur hostilité à l'égard du capitalisme, dit Schumpeter, se fonde sur le ressentiment, et non pas sur l'indignation provoquée par le spectacle d'exactions honteuses. Après avoir donné une voix, des théories et des slogans au mouvement ouvrier, nos démiurges noyauteront les administrations et les entreprises pour mobiliser les frustrations de la nouvelle bourgeoisie. Ainsi, « en butte à l'hostilité croissante de leur entourage et aux pratiques législatives, administratives et judiciaires engendrées par cette hostilité, les entrepreneurs finiront par cesser de remplir leurs fonctions : leurs objectifs normaux deviendront futiles ».

Comment contester ce diagnostic sur les frustrations auxquelles conduisent les universités de masse, la prolifération des diplômés, la dévalorisation des titres, dont l'obtention valait aux générations d'avant la Seconde Guerre mondiale une promotion sociale assurée, un passeport de bourgeoisie, une garantie de patrimoine ? Le chapitre 13 de *Capitalisme, socialisme, démocratie* est assurément celui que l'histoire a le moins démenti, ou du moins celui dont les thèmes trouvent aujourd'hui le plus d'écho dans la critique des complaisances ou de la vulnérabilité des sociétés libérales. Dans le tableau des facteurs qui doivent creuser la tombe du capitalisme, Schumpeter ajoute à la prolétarisation de l'enseignement supérieur « l'accroissement des ressources; les progrès intervenus en matière de niveau d'existence et de loisirs de masse, qui ont modifié et continué à modifier les éléments constituant le mécène collectif aux goûts duquel les intellectuels doivent se plier; la réduction (non parvenue à son terme) du prix des livres et des journaux; les sociétés de presse à grand tirage; et désormais la radio; enfin, aujourd'hui, comme hier, la tendance à l'abolition complète de toute contrainte, paralysant régulièrement ces essais mort-nés de résistance au cours desquels la société bourgeoise fait preuve, en matière de discipline sociale, de tant d'incompétence, et, parfois, de tant d'enfantillage ». Il ne pouvait pas prévoir l'expansion de la télévision et des nouveaux médias. Mais si l'on ajoute au tableau les effets du walkman et des clips, l'anticulture, les herbes et la permissivité californiennes, ce chapitre semble déjà écrit par Allan Bloom.

Mais Schumpeter se trompe, à propos du chômage des intellectuels. Toutes les statistiques montrent que, dans l'ensemble des pays industrialisés, la catégorie des diplômés de l'enseignement supérieur échappe plus facilement au chômage ou retrouve plus facilement du travail que toutes les autres catégories. Il a raison de souligner que ces diplômés n'exerceront pas nécessairement les métiers auxquels ils se destinaient en commençant leurs études, mais il a tort de voir en eux une armée homogène acharnée à vouloir la mort du capitalisme. Les « frustrés », comme le suggère Bretecher, entendent tirer parti du système bien plutôt que de le détruire. Assurément, l'élévation du niveau de vie et la simultanéité des expériences de vie contradictoires offertes par les médias augmentent le nombre des frustrations comme celui des frustrés, mais le nombre des gens dont la croissance économique et les progrès technologiques satisfont besoins, aspirations et fantasmes s'accroît encore plus. La contestation du système demeure marginale tant qu'elle ne trouve pas d'autre forme d'expression que le ressentiment. L'hostilité vouée au capitalisme peut déboucher sur des crises comme celle de 1968 et sur des actions terroristes du type des Brigades rouges dans lesquelles, effectivement, les intellectuels ont joué le rôle de démiurges. Mais elle ne débouche pas pour autant sur la fin wagnérienne du capitalisme ni sur l'effacement de l'entrepreneur.

Les facteurs qui, suivant Schumpeter, doivent conduire le capitalisme à sa perte peuvent tout aussi bien apparaître, les crises une fois surmontées et peut-être à cause du stimulant même de ces crises, comme ce qui fait repartir le Phénix pour un vol plus alerte que jamais. La « révolution silencieuse » dont je parlerai plus loin, suscitée par l'accroissement des classes moyennes, a pour conséquence non pas une bureaucratisation plus grande, mais au contraire une volonté et un pouvoir mieux partagés de contrôler la bureaucratie. Au moins dans les pays les plus industrialisés, la nature même, comme l'enjeu, des batailles politiques en est modifiée, avec des mouvements extraparlementaires qui cherchent non pas à renverser le système, mais à l'accommoder en fonction des causes locales auxquelles ils se consacrent, par exemple l'environnement et la qualité de la vie. Loin de diminuer, dit Schumpeter, l'hostilité s'accentue chaque fois que l'évolution capitaliste se traduit par une nouvelle réussite. Rien n'est moins établi : il suffit de voir les espoirs que suscite, dans les anciennes démocraties populaires, le retour au capitalisme, et les réactions de la grande majorité des populations, dans les démocraties occidentales, à ce rejet presque biologique du communisme. L'hostilité ne disparaît pas pour autant — l'effondrement de celui-ci ne supprime pas les défauts de celui-là —, mais elle change de forme comme de moyens, sans entraîner les grands mouvements de masse, manipulés par des intellectuels, à droite comme à gauche, dans lesquels Schumpeter a pu voir les fourriers irrépressibles de la fin du capitalisme. Il y a de la place, certes, pour de nouvelles contestations, et l'implosion communiste rend d'autant plus vraisemblable la conjonction des ressentiments que suscitent la nostalgie d'une répartition moins inégalitaire des richesses et l'excès de triomphe du darwinisme de l'économie de marché. Mais ce n'est pas cela qui condamnera l'entreprise à devenir fossile, l'innovation futile ni le capitalisme obsolète.

Le hasard, la nécessité et la volonté

La prédiction économique à long terme est un projet de visionnaire, non pas une entreprise scientifique. Celle de Schumpeter se fonde sur les acteurs et les institutions du capitalisme, plutôt que sur ses ressorts économiques, elle n'est pas moins démentie par les faits. Le moribond est bien vivant, et connaît même une nouvelle jeunesse. Tout se passe au contraire comme si le capitalisme ne cessait pas de trouver en lui-même les ressorts de son renouvellement, dotant son réservoir technologique de ressources inédites, l'assise de ses institutions de fondations transformées, et surtout la scène de son théâtre de troupes d'acteurs venues d'horizons nouveaux. Pas plus que l'Union soviétique ne pouvait être tenue pour l'avant-garde du socialisme, les États-Unis ne peuvent désormais passer pour l'avant-garde du capitalisme. Et l'avenir économique du capitalisme américain préfigure de moins en moins celui du capitalisme des pays dont l'industrialisation est plus récente. La perte du *leadership* technologique et le déclin envisageable de l'économie américaine ne signifient ni la fin de l'entrepreneur et de l'innovation ni le triomphe du collectivisme planificateur et centralisé. En fait, on voit partout se développer un capitalisme dont les débordements technologiques appellent, plutôt qu'ils ne récusent, la régulation de l'État. Les réglementations que celui-ci impose à l'ouragan de destruction créatrice ont pour conséquence non pas d'asphyxier l'innovation, mais tout au contraire de l'insérer dans un réseau de stimulants qui l'obligent à se renouveler en fonction même des changements de valeurs dont la société est le théâtre. C'est le cas, par exemple, des réglementations relatives aux pollutions provoquées par les automobiles.

En théorie, il est possible, certes, que la société de demain, saturée de progrès technologique et convertie à un écologisme primaire, choisisse d'imposer un rythme de changement différent, de refuser et même d'interdire les innovations qui l'entraînent dans un tourbillon incontrôlable de transformations techniques et institutionnelles, et dès lors de faire la chasse aux entrepreneurs qui, prenant plaisir à bouleverser le stock de produits et de processus disponibles, soumettent le système économique au choc toujours renouvelé des innovations. Mais ce scénario me paraît peu vraisemblable, et je ne suis pas sûr, au reste, que le système économique qui en résulterait ressemblerait en quoi que ce soit au socialisme dont Schumpeter avait l'idée. Le processus de l'innovation tomberait victime non pas de la routine scientifique et de la socialisation du risque, mais d'un refus collectif, comme par une sorte de lassitude, des menaces que fait peser le changement technique. On aboutirait ainsi à une société frappée d'anorexie technologique, une société dont l'appétit d'innovation diminuerait jusqu'à disparaître. À supposer que ce scénario soit concevable, ce n'est pas une économie stable qu'on verrait naître, mais une économie suicidaire qu'on verrait mourir.

Dans *Économie de l'ordre et du désordre,* Jacques Lesourne rappelle que nous savons, depuis Carnot et Boltzman, que l'entropie d'un système fermé est vouée à s'accroître, donc que toute organisation isolée tend à se détruire. Les économies communistes étaient tout aussi fermées qu'isolées. De ce modèle poussé à l'absurde, il n'y a pas eu, assurément, de reproduction plus parfaite que l'économie albanaise, planifiée dans sa fermeture et fermée dans sa centralisation; au bout, l'entropie ne pouvait que l'emporter sur toute velléité de changement. Mais le capitalisme est tout sauf un système fermé : il ne cesse pas de se reconstituer et de se renouveler dans et par la concurrence fondée sur l'innovation, tirant de ses crises et de ses menaces d'effondrement les ressources mêmes qui lui permettent constamment de rétablir son organisation et de reprendre son élan. La dynamique du capitalisme ne s'épuise ni de ses échecs, comme le voulait Marx, ni de ses succès, comme l'entendait Schumpeter; elle se nourrit au contraire des uns et des autres, et c'est précisément la technologie qui entretient son mouvement, avec des phases d'ordre et de désordre, mais aussi un constant processus d'auto-organisation — et donc d'autorégulation — dont ni Schumpeter ni Marx n'ont apprécié l'importance.

Personne, certes, ne détient de réponse à la question que soulève toute réflexion sur les modèles dynamiques : quelle est la durée des périodes historiques qui les constituent? Comme le souligne Jacques Lesourne, l'auto-organisation fait intervenir le hasard, la nécessité et la volonté, c'est-à-dire les forces mêmes qui font de l'Histoire une aventure toujours recommencée : *l'histoire technique de l'homme est le produit de ces forces, plutôt que celles-ci ne sont le produit de la technologie.* Il est possible, à la limite, qu'un modèle économétrique soit un jour en mesure d'assigner des constantes de temps à des phénomènes dont la temporalité est différente et d'articuler entre eux les sous-systèmes dont les uns sont en équilibre et les autres en déséquilibre. Mais il est totalement exclu de passer d'un modèle mathématique, aussi parfait soit-il, à une compréhension de l'histoire telle que l'on puisse anticiper, avec l'innovation technique de demain, ce que les hommes en feront.

Dans le domaine social, bien sûr, rien n'est plus durable que l'airain, et les civilisations se savent mortelles. Mais l'analogie avec le vivant ne suffit pas à expliquer la tendance des économistes évolutionnistes à prédire la disparition radicale du système capitaliste, dont ils chantent pourtant la capacité de renouvellement. S'il n'y a rien, comme dirait Schumpeter, qui postule d'un point de vue économique la disparition du capitalisme, les raisons d'ordre psychologique et sociologique qu'il a proposées apparaissent aussi fragiles et passionnelles que des arguments idéologiques. C'est, en somme, faire de l'histoire un roman naturaliste d'où le hasard, la nécessité et surtout la volonté sont évacués au profit d'une logique qui ressemble, une fois de plus, au destin. Lutte des classes assurant le triomphe du prolétariat ou routine scientifique anesthésiant l'innovation, la route creusée par l'Histoire n'est décidément pas celle que Marx et Schumpeter ont anticipée. Nous ne sommes pas, il est vrai, au bout de cette route, mais dans le long terme, comme dirait Keynes, nous ne serons pas là pour apprécier ce que sera le dénouement. Pour les prophètes qui montrent à l'égard du capitalisme l'hostilité même que Schumpeter attribuait à tout intellectuel, le bout de la route ne peut être que déclin, chaos et mort. Ce faisant, il se peut qu'ils voient dans leurs propres frustrations le ressort de l'histoire universelle. Mais il est plus charitable de conclure que tout prophète a ses limites.

Chapitre VI

Malaise dans la civilisation

De même que la science et la technique, l'institution scientifique et le monde politique sont devenus indissociables. Le triomphe de la technologie, c'est à la fois l'intervention croissante de l'État dans les affaires de la science et l'association inextricable entre les intérêts privés et les affaires publiques. Le paradoxe est, bien sûr, que ce rapprochement entre la sphère du privé et celle du public ait lieu précisément dans les sociétés qui se réclament de l'économie de marché, et fonctionne le mieux dans celles qui se défendent le plus de l'interventionnisme de l'État. Les nécessités stratégiques des lendemains de la Seconde Guerre mondiale ont conduit à ce paradoxe : l'idéologie libérale n'a pas résisté face aux contraintes de la course aux armements d'abord, puis de la compétition économique. Les interventions du gouvernement fédéral et celles des différents États, aux États-Unis comme en Allemagne, ne se limitent pas à des incitations fiscales; elles s'appuient sur toute une panoplie d'instruments, qui vont des commandes publiques et des subventions directes à la promotion des exportations ou aux aides à la formation des chercheurs dans les entreprises.

L'impératif technologique est une sorte de raz de marée qui déborde l'orthodoxie libérale, au point qu'on peut se dire que l'Occident a gagné la guerre froide en se servant, en matière de recherche-développement, des instruments mêmes sur lesquels les régimes communistes ont cru asseoir leur puissance. L'art de s'en servir n'a assurément pas été le même, mais l'objectif l'était : précéder l'adversaire potentiel dans le domaine technologique, au point de l'écraser sans guerre livrer. Principal bailleur de fonds des activités de recherche, l'État libéral ne se distingue plus de l'État dirigiste que par le rôle prioritaire qu'il accorde au secteur privé dans l'exécution des programmes, mais ceux-ci ont la même source de fonds comme la même mission. Pour parler comme Galbraith, ce sont les impératifs de la technologie et de l'organisation et non les conceptions idéologiques qui déterminent la forme de la société économique. Partout, en effet, la science s'installe au cœur de la politique, parce que la technologie s'installe elle-même au cœur de l'économie.

La nouvelle alliance

La relation entre l'institution scientifique et le pouvoir politique a cessé d'être univoque : de même que le scientifique est dans une situation de dépendance à l'égard de l'État, l'État contemporain est lui-même dans une situation de dépendance à l'égard des scientifiques. Les rois ou souverains dont parlait Platon, quels que fussent les bons avis des philosophes qu'ils acceptaient d'entendre, pouvaient fort bien se passer de leurs avis, et néanmoins exercer le pouvoir avec succès. En revanche, aucun État ne peut aujourd'hui se dispenser ni de l'avis ni du concours ni des contributions des scientifiques. Ce changement est, à mes yeux, ce qui distingue le plus les sociétés contemporaines de toutes celles qui les ont précédées; la gestion des affaires publiques passe, d'une manière ou d'une autre, par la science, et le pouvoir y dépend si étroitement des activités et des ressources scientifiques qu'il n'y a plus de politique possible, sur le plan intérieur comme sur le plan extérieur, sans recours aux méthodes, aux moyens, aux résultats et même aux promesses de la recherche scientifique.

Je ne veux pas dire par là que l'art de la politique soit devenu plus scientifique, du fait qu'il est devenu plus tributaire des procédures et des instruments de la science : de ce point de vue, on est très loin du compte! Mais il est clair qu'un grand nombre de décisions politiques sont aujourd'hui conditionnées par la démarche et les résultats de la recherche scientifique. Si, pour

Max Weber, l'État moderne est défini par la bureaucratie, *l'État contemporain c'est la bureaucratie plus la science*. La nouveauté est en ceci que le pouvoir doit traiter et trancher de questions politiques, dont l'initiative vient des scientifiques eux-mêmes. Sans Einstein, pas de projet Manhattan non seulement parce qu'il est, pour l'histoire des sciences, l'homme de l'équivalence matière-énergie, mais aussi parce qu'il est, pour l'histoire tout court, l'homme qui persuada Roosevelt du sérieux des recherches atomiques. Sans von Braun, pas de programme Apollo; sans Teller, pas de bombe H ni de projet de « guerre des étoiles ». Les scientifiques sont les seuls techniciens qui puissent agir sur la nature elle-même, proposer d'en changer l'état et les conditions, déterminer des informations et des produits dont l'application transforme les termes du processus politique et ses enjeux.

Aucun exemple, bien sûr, n'est plus dramatique que celui des armements nucléaires, où l'on a constamment vu les progrès de l'escalade technologique transformer la donne des négociations sur la maîtrise des armements. La définition de la parité entre les Grands ou de la vulnérabilité d'un système d'armements dépendait des experts. Comme, simultanément, la dynamique scientifique débouchait sur des systèmes nouveaux, même les experts découvraient que le rythme des négociations est toujours devancé par les progrès de la science et de la technologie. Au point que, amère constatation pour les généraux, les diplomates ou les hommes d'État, les percées technologiques n'ont pas cessé de compromettre la sécurité qu'elles avaient pour objectif premier d'assurer. Au bout, la conclusion saute aux yeux, et elle laisse les experts sans argument : la solution du problème de l'escalade des armements n'a rien de technique, il ne faut l'espérer ni des scientifiques ni des stratèges, elle ne peut être que *politique*. Ce ne sont pas les spécialistes du contrôle des armements qui ont mis fin à la guerre froide et fait tomber le mur de Berlin. C'est, d'une part, Gorbatchev prenant acte des faiblesses de son pays, et les peuples des pays satellisés de l'URSS tirant prétexte de ces faiblesses pour proclamer que le roi est nu et qu'ils sont redevenus maîtres du jeu. Je n'écarte pas, personnellement, la possibilité que le défi lancé par le président Reagan, avec l'initiative de défense stratégique, le programme de la « guerre des étoiles », ait précipité la prise de conscience, du côté soviétique, de l'écart économico-politique impossible à combler. Mais la réalité des ingrédients de cet écart pesait depuis longtemps, bien avant l'accession au pouvoir de Gorbatchev : l'économie communiste s'est effondrée à force de prétendre tenir tête à la concurrence technologique de l'Occident.

En fait, la complexité et l'ésotérisme de la science dans beaucoup d'autres domaines que celui de la défense mettent les décideurs à la merci des experts. Les grands programmes technologiques – réacteurs nucléaires, fusées, satellites de télécommunications, accélérateurs de particules –, mais aussi les projets moins coûteux dont les enjeux économiques sont néanmoins immenses tels que ceux qui intéressent l'électronique, la robotique, les biotechnologies, sont conçus suivant des procédures et un langage qui ne peuvent être assimilés par les organes de décision que s'ils sont traduits sous une forme vulgarisée. Et, dans ce domaine, il faut bien voir que les décisions doivent être prises à temps, puisqu'il faut souvent compter sur des délais d'une dizaine et même d'une quinzaine d'années avant de passer à l'exploitation industrielle des projets qu'on veut réaliser. Dès lors, le pouvoir politique se révèle vulnérable aux pressions que la communauté scientifique peut exercer comme un lobby parmi d'autres, ou il est simplement condamné à adopter des projets, sur le plan national comme sur le plan international, dont il est exclu qu'il puisse anticiper, à plus forte raison maîtriser, toutes les conséquences, en particulier du point de vue des engagements financiers. Du Concorde aux « avions renifleurs », l'association de la technologie et du politique ne se traduit pas nécessairement par des résultats frappés du sceau de la rationalité économique ou du bon sens politique.

La vérité est que, *bien que* savants et souvent *parce que* savants, ces nouveaux conseillers du prince sont loin d'être infaillibles. Et l'habit technique dont ils revêtent leurs avis peut être d'autant plus dangereux qu'il leur confère l'autorité d'un jugement objectif. C.P. Snow, dans son livre *Science et gouvernement,* a dénoncé l'euphorie qui aliène le jugement des scientifiques, une euphorie qui prend deux formes, celle du gadget et celle du secret. Les deux vont généralement (mais pas toujours) de pair, et C.P. Snow avance que 90 % des choix mal fondés viennent de là. Dans le premier cas, le scientifique est comme grisé par sa passion pour une recherche et ses promesses d'applications; dans le second, le secret dont s'entourent les allées du pouvoir l'entraîne à ne plus soumettre ses idées à la critique de ses collègues. Freud aurait-il vu là une manifestation de l'instinct de plaisir? La conjonction de ces deux formes d'euphorie peut déterminer chez le scientifique un attachement si exclusif à son propre point de vue qu'il en perd toute objectivité.

Si l'expert peut se tromper même dans son domaine, à plus forte raison est-il faillible dans les autres. Les qualités qui font d'un scientifique un bon chercheur ne s'appliquent pas nécessairement au théâtre de la politique. Quand François Mitterrand réunit à l'Élysée soixante-quinze prix Nobel pour discuter des « grands problèmes du monde », l'événement médiatique donne à croire que les titres remportés dans ces jeux Olympiques de la science suffisent à vous qualifier pour traiter de n'importe quel sujet en dehors de celui où une étroite spécialisation vous a valu la gloire. C'est en quelque sorte revenir à l'idée antique d'un savoir qui serait voie d'accès à la sagesse. Mais la capacité opératoire de la science moderne, loin de faire retour à la vertu platonicienne, ne convertit le chercheur ni en philosophe ni en roi. Le scientifique a beau maîtriser les instruments conceptuels qui permettent de comprendre, de manipuler et de transformer les phénomènes naturels, il n'apparaîtrait aux yeux de Platon que comme un technicien parmi d'autres.

Pour avoir construit les armements nucléaires, certains scientifiques ont proclamé, au lendemain de la Seconde Guerre mondiale, que la culture, la méthode, l'objectivité et les normes de la science devaient leur assurer une autorité particulière dans la conduite des affaires publiques. Mais nous savons bien qu'un polytechnicien a beau être, au sens propre du terme, technicien de beaucoup de choses, ce n'est pas son aptitude aux mathématiques qui le qualifiera plus particulièrement dans le domaine de la politique. Un spécialiste américain des problèmes d'armements et des négociations stratégiques, Warner B. Shilling, s'est plu à dresser la liste des naïvetés dont témoignent les scientifiques en matière de relations internationales. Des naïvetés qui tiennent précisément à leur formation et à leur culture : elles consistent à espérer des solutions simples et mécaniques, ou à postuler qu'un problème appelle une solution radicale et globale, ou encore à croire que la réponse à la question posée dépend d'une étude exhaustive de tous ses aspects là où, en fait, les « petits pas », l'ambiguïté, les essais et les erreurs, la patience et les vieilles recettes de la diplomatie ou du machiavélisme l'emportent plus souvent que la rationalité.

Le président Weizmann fut un excellent chimiste, le président Carter avait une formation d'ingénieur nucléaire, M. Giscard d'Estaing est polytechnicien, Mme Thatcher dispose d'un solide bagage de chimiste : pour bien gouverner aujourd'hui la cité, est-il préférable que les rois ou souverains soient désormais, plutôt que de « vrais et sérieux philosophes » comme le souhaitait Platon, des scientifiques, des généraux, des énarques, des directeurs de la CIA, ou des acteurs de cinéma ?

Collusion avec le pouvoir

Il y a du même coup un aspect paradoxal dans les relations entre les scientifiques et les hommes politiques. Ceux-ci ont beau être plus préparés que ceux-là à vivre des situations ambiguës, ils attendent de la démarche scientifique qu'elle supprime l'incertitude et l'ambiguïté. Pourtant, des sciences sociales aux sciences les plus « dures », toutes les controverses auxquelles ont donné lieu depuis près d'un demi-siècle l'invocation de la rationalité scientifique montrent combien cet espoir — ce fantasme — des décideurs a pu être déçu. Dès lors que la science doit se prononcer sur des questions de caractère politique, il y a inévitablement des incertitudes dans les preuves exposées par les experts qui de surcroît, loin de montrer un front commun, manifestent leurs divergences. L'homme d'État n'avait à espérer des philosophes que des arguments ; aujourd'hui, les preuves ou les démonstrations qu'il obtient des scientifiques peuvent au mieux réduire l'incertitude, elles ne la suppriment pas. Les faits que la science fournit dans son domaine ne sont pas tous également solides; et quand ils sont solides ils cessent d'être tels sitôt qu'ils deviennent l'objet d'un débat politique. La rationalité scientifique ne suffit pas à substituer la logique des faits à la logique des convictions, et surtout le procès de construction de la preuve scientifique ne remplace pas — au moins dans nos démocraties — le procès de construction du consensus public.

Il n'empêche qu'un nombre croissant de scientifiques prennent directement part aux affaires de l'État. Ils y interviennent comme conseillers, administrateurs, gestionnaires, stratèges, diplomates, militaires, espions. De ce point de vue, nous sommes loin des conclusions auxquelles Max Weber était parvenu dans ses célèbres conférences sur « Le savant et le politique ». Weber a beaucoup insisté sur la ligne de démarcation qui sépare la vocation du chercheur de celle de l'homme politique. De deux choses l'une, disait-il : ou l'on vit *pour* la politique ou l'on vit *de* la politique, mais l'homme de science doit se défendre et de l'une et de l'autre. La politique n'a pas sa place dans la salle de cours d'une université ou dans un laboratoire; n'étant ni prophète ni démagogue, il doit s'abstenir d'imposer dans l'exercice de ses fonctions ses convictions personnelles. Bien entendu, Weber n'excluait pas qu'en dehors de ses fonctions le savant exprime des positions politiques comme un citoyen parmi d'autres. Mais, en règle générale, la science en tant que telle ne pouvait à ses yeux être partie prenante à l'entreprise politique.

J'ai montré ailleurs comment cette ligne de démarcation idéale est désormais rompue. Il y a une troisième façon de faire de la politique, et le scientifique en tant que tel n'y échappe plus : non pas seulement vivre pour elle ou d'elle, mais encore vivre *dans* elle comme une conséquence de sa profession, de sa compétence, de sa spécialisation même, en somme comme une fonction nouvelle plaquée sur sa vocation de chercheur. Car l'histoire a fait irruption dans le sanctuaire de neutralité qu'était le laboratoire, elle fait partie du décor de la science contemporaine au point qu'il est malaisé de discerner, mais aussi impossible de nier, la part de responsabilité que les scientifiques assument dans le cours et les désordres du monde. L'alliance entre le savant et le politique peut même passer pour une collusion. Il est frappant que ce soit de la bouche d'un général, devenu président des États-Unis, que soit venue la mise en garde la plus sévère contre cette collusion. Dans son discours d'adieu en quittant la Maison-Blanche, Eisenhower a évoqué les risques que court la politique de l'État de devenir elle-même prisonnière de l'élite scientifico-technologique et du complexe militaro-industriel auquel cette élite doit son influence.

Ce risque existe, et on ne peut le minimiser; en ce sens, le pouvoir qu'exercent les scientifiques n'est jamais qu'une version renouvelée du risque technocratique. Pourtant, si les scientifiques ont l'initiative quand une percée technologique a lieu qui affecte l'intérêt national, ils sont loin de la conserver quand il s'agit d'exploiter politiquement les résultats de cette percée. Ils peuvent se prononcer sur les moyens, mais il n'est pas établi qu'ils fassent le poids quand il s'agit de déterminer les fins. Les chercheurs qui prirent part à la mise au point des premières bombes atomiques ont découvert qu'ils n'étaient plus dans une position privilégiée pour décider de l'usage de ces bombes, et du même coup qu'il n'y a pas de transfert de pouvoir au sens où la technocratie dessaisirait les hommes politiques de leurs prérogatives.

Mais cette collusion entre la science et la politique a une conséquence importante : elle efface à tout le moins l'image idéale d'une science que l'objectivité et la neutralité de son discours mettraient à l'abri des ambiguïtés de la politique. Les rôles ne sont pas inversés, mais ils peuvent être confondus dans une relation trouble où le scientifique ne peut plus séparer le produit de ses idées de l'utilisation qui en est faite. Une relation qui peut aller jusqu'à ressembler à celle de la plaie et du couteau, comme le montre cette anecdote rapportée par Dean Acheson, secrétaire d'État sous Truman, à propos d'Oppenheimer, le maître d'œuvre des bombes d'Hiroshima et de Nagasaki : « J'accompagnais un jour Oppie dans le bureau de Truman. Oppie se tordait les mains en disant : " J'ai du sang sur les mains. " Plus tard, Truman me dit : " Ne me ramenez plus jamais ce maudit fou *(that damn fool)*. Ce n'est pas lui qui a lancé la bombe. C'est moi. " » Il n'est pas sûr qu'en assumant si résolument ses responsabilités d'homme d'État, Truman ait délivré Oppenheimer des siennes.

La découverte de la responsabilité sociale est le prix payé par l'association de plus en plus étroite entre la science et le pouvoir. Découverte désagréable, comme l'est toute source de mauvaise conscience et de culpabilité, d'autant plus désagréable que les scientifiques invoquent volontiers dans leur pratique sociale l'objectivité qu'ils assignent à leur démarche dans leur laboratoire. Mais *l'État scientifique* — le pouvoir politique qui s'appuie sur la science, l'entretient et l'exploite — interdit de voir dans cette prédication de neutralité autre chose qu'une idéologie, de même que l'évolution de l'institution scientifique interdit de voir autrement que comme une nostalgie la recherche fondamentale isolée dans sa tour d'ivoire des autres activités de recherche. Le péché dont parlait Oppenheimer en dit long sur la mauvaise conscience qui hante désormais l'entreprise scientifique. Depuis Hiroshima et Nagasaki, nous avons appris que cette connaissance du péché ne se limite pas aux physiciens ou aux chimistes spécialistes de l'atome.

Le pouvoir et la psychanalyse

L'institution qui, du temps de la Société des Nations, correspondait à l'UNESCO, invita Einstein et Freud à dialoguer sur le thème suivant : « Pourquoi la guerre? » Dialogue aussi émouvant que désespéré entre le physicien découvreur de la relativité, spécialiste du savoir théorique le plus dur qui soit, et le psychologue des profondeurs, spécialiste d'un domaine proche du chamanisme ou du courrier du cœur, symbole de ce que les sciences humaines ont de non quantitatif. Ni l'un ni l'autre n'ont eu de réponse satisfaisante à la mesure du thème dont ils devaient traiter. Einstein et Freud parlant de la guerre à la veille de la Seconde Guerre mondiale, prenant acte l'un et l'autre de la violence naturelle en l'homme et de l'utopie d'un gouvernement mondial, n'était-ce pas dérision du discours avant la dernière heure de l'Europe jouant ses cartes de berceau de la science et de centre du monde?

La politique en tant que telle n'a été qu'indirectement un sujet de réflexion pour Freud. La politique, c'est l'art de gouverner ou, plus généralement, pour reprendre la définition de Raymond Aron, « le régime de la cité, c'est-à-dire le mode d'organisation du commandement considéré comme caractéristique de la collectivité tout entière ». Freud n'a prêté attention ni à la nature du commandement ni à son mode d'organisation. La réflexion freudienne sur le pouvoir s'est limitée au problème de son origine, disons de sa « génétique primitive », plutôt qu'elle ne s'est interrogée sur celui de son fonctionnement et de ses modalités d'exercice. Freud n'a retenu du pouvoir que deux termes : d'une part, la violence qui préside aux rapports entre les individus comme entre les collectivités ; d'autre part, le modèle du Père, qui induit le même rapport d'identification dans les collectivités que dans les individus. Dans les deux cas, ce thème de l'origine revient à un principe d'explication, à savoir que la nature en nous conditionne les comportements collectifs. Mais pour le reste – tout le reste –, tout se passe comme si l'objet du politique relevait de la même neutralité méthodologique que celle qu'applique l'analyste, au pied du divan où s'allonge son patient.

Étrange ignorance ou dédain : comment ne pas voir que l'histoire de la psychanalyse, de son mode d'organisation et de commandement, avec ses pères et ses disciples rivaux, ses sociétés et ses écoles en concurrence, ses batailles de pouvoir et d'influence, ses mises à l'écart et ses excommunications, a été (et est encore) une histoire politique parmi d'autres, dont il ne suffit pas d'invoquer la source ou l'identification originelle pour qu'elle soit écrite et comprise comme une idylle ? La guerre que Lacan a menée contre les sociétés de psychanalyse qui ne répondaient pas à son interprétation du père fondateur, après celle que Freud mena contre Adler ou Jung, illustre ce qu'a de politique la conquête du pouvoir intellectuel et idéologique parmi les médecins de l'âme. André Breton n'a pas eu de conduite différente à l'égard des poètes qui trahissaient sa conception du surréalisme. Le totalitarisme est aux portes de toute communauté intellectuelle, dès lors que les disciples, tenus de se plier à la vision exclusive du maître, sont exclus et comme damnés s'ils se mettent à *penser par eux-mêmes.* Quelle différence avec l'Église qui excommunie, l'Inquisition qui condamne?

Or, la vision que Freud se faisait de la cité scientifique était celle d'une communauté où « la lutte à coup de raisons » doit l'emporter sur les « intérêts affectifs ». Dans ses *Considérations actuelles sur la guerre et la mort,* le modèle de l'homme civilisé est celui du scientifique-citoyen du monde qui jouit, au même titre que tout penseur, poète ou artiste, du patrimoine commun de l'humanité « sans avoir le sentiment de commettre une infidélité à l'égard de sa propre nation ». Citoyen du monde, en ce qu'il dispose d'un langage, d'une méthode et d'objectifs qui le conduisent, en théorie, à maîtriser passions et intérêts dans son travail de scientifique : « Notre intellect ne peut travailler efficacement que pour autant qu'il est soustrait à des influences affectives trop intenses; dans le cas contraire, il se comporte tout simplement *comme un instrument au service d'une volonté* [je souligne], et il produit le résultat que celle-ci lui inculque. » Il y a là une prédication de neutralité du discours et de la démarche scientifiques qui renvoie, certes, au positivisme, sinon au scientisme du XIXe siècle.

Mais, précisément, ce n'est plus seulement de l'intérieur de *l'individu* que la politique a fait irruption sur le terrain de la science, au sens où, comme disait Freud, l'expérience psychanalytique montre journellement que « les hommes les plus intelligents perdent subitement toute faculté de comprendre et se comportent comme des imbéciles, dès que les idées qu'on leur présente se heurtent chez eux à une résistance affective ». Il n'y a pas que la résistance affective pour réduire ou annuler l'objectivité du discours scientifique jusqu'à en faire « un instrument au service d'une volonté ». Il y a aussi l'intrusion effective du pouvoir politique dans les affaires de la cité scientifique, et les liens irréversibles de dépendance qui existent désormais entre celles-ci et celui-là. Peut-être Freud l'avait-il pressenti face à la montée de la barbarie en Allemagne, car il n'a pas cessé d'invoquer la nécessité de dominer les passions ou de renoncer à certains instincts — avec les moyens de la science — pour faire triompher « l'homme civilisé ». Mais il ne pouvait pas pressentir que l'institution scientifique, la communauté modèle à ses yeux de l'homme civilisé-citoyen du monde, deviendrait à son tour soumise, dans son fonctionnement et même dans ses objectifs, aux instincts, aux passions, à la violence qui rapprochent l'organisation collective de la horde primitive.

Le thème du combat mené par l'homme pour s'élever, grâce à la science, du règne des instincts à celui de la civilisation est vieux comme la philosophie. Une affaire de pédagogie et d'éducation : quand il y va du gouvernement de la cité, c'est bien entendu à celui qui exerce le pouvoir que s'adresse la pédagogie du philosophe. D'un côté la science, de l'autre la puissance : est-il possible de réunir les deux dans la même personne ? Cette question a été posée dès les premiers pas de la pensée politique en Occident, et la réponse que lui a donnée Platon suppose en somme une conversion : « Que les philosophes deviennent rois dans les États, ou que ceux qu'on appelle à présent rois ou souverains deviennent de vrais et sérieux philosophes. » La conversion des hommes d'État à la philosophie n'est pas une mince affaire, Platon l'admettait. Néanmoins, il la croyait possible, même si l'expérience qu'il a lui-même vécue auprès du tyran de Syracuse s'est conclue par un échec retentissant : c'est l'idée que le savoir droit peut et même doit assurer la rectitude de l'action politique. Au-delà de l'idéalisme platonicien, on retrouve l'idée, caractéristique du rationalisme occidental, que la connaissance permet de maîtriser son objet et plus particulièrement de guider l'action, celle des individus comme celle des sociétés.

Mais le savoir que nous pratiquons n'a plus rien à voir avec celui de la tradition grecque, car la science dont se réclamait alors le philosophe était une *vertu*, non un *pouvoir,* et elle offrait d'autant moins de moyens pour agir sur l'histoire que le temps de l'histoire pour les Grecs, comme l'a superbement montré Kostas Papayoannou, ignorait le progrès. Ce temps n'était peut-être pas circulaire, il n'était pas vectoriel. Or, de même que le savoir philosophique a cessé d'être une vertu, il a cessé de se développer en liaison étroite avec la science. Le chemin du philosophe et celui du scientifique peuvent, certes, se croiser, mais, comme la chouette de Minerve se lève quand la partie est jouée, le philosophe chemine d'un pas qui sera de plus en plus précédé, sinon pris de court, par l'allure de l'*epistêmê*, à plus forte raison celle de la technologie.

Le dialogue entre Einstein et Freud

Si j'étais psychanalyste — mais je ne le suis pas —, pourrais-je me satisfaire de l'explication qui revient à opposer et à lier, comme le fait Freud, en particulier dans *Malaise dans la civilisation*, l'éros éternel et l'instinct de mort non moins immortel, pour rendre compte de cette évolution de l'entreprise scientifique? « L'homme civilisé, nous dit Freud, a fait l'échange d'une part de bonheur possible contre une part de sécurité. » La civilisation a pour fonction de réduire l'agressivité et la violence, mais c'est bien la création scientifique, où s'incarne apparemment le plus notre civilisation, qui contribue à augmenter l'insécurité. Le paradoxe — ou le double visage de la science — est qu'elle est devenue l'instrument à la fois de l'instinct de vie et de l'instinct de mort. En tant que savoir, elle est au service de la vérité; en tant que technique, au service de volontés politiques. Mais où se trouve désormais la frontière entre science et technique? « Les hommes d'aujourd'hui ont poussé si loin la maîtrise des forces de la nature qu'avec leur aide il leur est devenu facile de s'exterminer mutuellement jusqu'au dernier. Ils le savent bien, et c'est ce qui explique une bonne part de leur agitation présente, de leur malheur et de leur angoisse. » Le propos date de 1929, avant Hiroshima et avant le formidable arsenal nucléaire dont la capacité de destruction est devenue telle qu'elle excède tout ce dont on aurait besoin pour détruire plusieurs fois l'humanité, et avec elle toute civilisation.

Transgression est évidemment le mot qui s'impose, *ubris*, défi lancé aux dieux : le retour aux mythes d'origine — Prométhée bien sûr, mais aussi Phaéton emporté avec son chariot dans l'éclat du soleil, le génie d'Aladin échappé de sa bouteille ou le fruit cueilli par Ève à l'arbre de la connaissance — conduit à voir dans le « dépassement » des conquêtes de la science la menace d'un renversement, dans l'efficacité technologique un piège du destin, dans la réalité du progrès technique la possibilité d'une régression. Si on y réfléchit, qu'est-ce qu'une science dominée par l'instinct de mort ? Peut-être serait-ce du côté de Jung et de ses archétypes qu'il faudrait chercher à comprendre le sens de ce renversement. Mais, si les mythes peuvent nous apprendre beaucoup sur la transgression du savoir qui se réalise en technologie, ils ne nous apprennent rien, faute de précédent archétypal, sur l'aliénation de la science quand elle se réalise comme « instrument au service d'une volonté ».

Il n'est plus possible de dire, comme Freud l'affirmait dans son dialogue avec Einstein, que « tout ce qui travaille au développement de la culture travaille aussi contre la guerre ». Ni davantage d'invoquer, comme il l'a fait dans le même texte, le caractère « organique » des mobiles qui fondent le pacifisme, pour espérer que l'humanité saura un jour mettre fin à la guerre. Ce dialogue entre le physicien et le psychanalyste a tourné court, et Freud évoque même dans une lettre « l'ennuyeuse et stérile soi-disant discussion avec Einstein ». Stérile, peut-être, mais pourquoi ennuyeuse ? On sait que Freud n'était pas homme à s'engager, comme Einstein, dans la défense des grandes causes. Il lui est arrivé de prendre parti, par exemple contre le communisme, non pas tant pour s'y opposer que pour en dénoncer les mythes, celui en particulier de la fin de la violence collective au terme de la révolution. Mais Freud ne doutait pas des pouvoirs de la raison sur la pédagogie collective qui peut faire progresser l'humanité en l'élevant, à force de répression des instincts primitifs, vers la civilisation. Einstein, en revanche, accordait moins de crédit à l'idée de progrès en dehors de la science, mais ce germe en lui de scepticisme ne l'empêchait pas de prendre parti dans les affaires du monde.

Dans cet échange, Freud souligne qu'il n'y aura pas de solution à la violence collective tant qu'il n'existera pas d'autorité mondiale capable d'imposer aux États-nations la contrainte d'une force appropriée, au nom précisément de « principes idéaux ». Il en parle sans trop y croire, tout en reconnaissant que la Société des Nations « représente, dans l'histoire de l'humanité, une tentative bien rarement conçue et jamais réalisée en de pareilles proportions ». Mais, plus loin, Freud n'hésite pas à recommander une sorte de technocratie scientifique pour exercer les fonctions d'autorité à l'échelle du monde : « On devrait s'employer, mieux qu'on ne l'a fait jusqu'ici, à former une catégorie supérieure de penseurs indépendants, d'hommes inaccessibles à l'intimidation et adonnés à la recherche du vrai, qui assumeraient la direction des masses dépourvues d'initiatives [...]. L'État idéal résiderait naturellement dans une communauté d'hommes ayant assujetti leur vie instinctive à la dictature de la raison. » Espoir utopique, Freud l'admet, mais on peut se demander si cette utopie ne substitue pas à la conversion platonicienne le fantasme d'une sorte d'eugénisme plutôt troublant de la part du fondateur de la psychanalyse, quand on songe à l'année où il écrit ces lignes, qui verra bientôt se réaliser en Allemagne la pratique d'une sélection par la science de la « race des élus ».

Le rationalisme de Freud, héritage des Lumières, va jusqu'au scientisme, qui lui interdit de s'engager en dehors du territoire privilégié de compétence qu'est la science, mais qui ne voit pas de limites, sur ce territoire, aux pouvoirs de la science. Einstein était moins enclin à cette neutralité politique, comme à ce crédit accordé aux applications du savoir. La formule célèbre par laquelle il a ramassé sa foi dans la possibilité de rendre compte des lois de l'univers renvoie à une forme plus nuancée de rationalisme : « Dieu est subtil, mais il n'est pas malintentionné » *(Raffiniert ist der Herrgot, aber boshaft ist er nicht).* Le physicien, qui se réclame ainsi d'un Dieu garant de l'ordre du monde physique, ne se résignait tout simplement pas au désordre du monde social. Il ne cessera pas de plaider pour un gouvernement mondial, persuadé que l'absence de ruse caractéristique à ses yeux du système de la nature peut servir de modèle pour réduire la ruse dans le système humain des relations collectives. Dans ce dialogue « ennuyeux et stérile », peut-être Freud a-t-il occulté ou trop vite écarté le passage de la lettre d'Einstein où celui-ci rappelle, comme en passant, que « la proie la plus facile des funestes suggestions collectives, c'est la soi-disant intelligence et non pas seulement les êtres dits incultes ». Einstein faisait assaut de modestie, en déclarant que « la direction habituelle de [sa] pensée n'est pas de celles qui ouvrent des aperçus dans les profondeurs de la volonté et du sentiment humains ». Par là ne pressentait-il pas, mieux que le psychologue des profondeurs auquel il s'adressait, que même l'*epistêmê* n'est pas à l'abri de la déraison?

Ce qui me paraît révélateur dans les rapports nouveaux entre la science et la politique, dont ni Freud ni Einstein ne pouvaient prévoir l'évolution, c'est que la lutte entre ce que Freud appelait les deux « puissances célestes » n'oppose plus, comme dos à dos, le théâtre violent de la politique et la pratique sereine, sinon heureuse, de la poursuite du savoir. Cette lutte se déroule désormais au sein même de l'institution qui incarnait à ses yeux l'éros éternel. Je sais bien que, déjà en 1929, il prenait acte de nos pathologies collectives : « La plupart des civilisations ou des époques culturelles ne sont-elles pas devenues névrosées sous l'influence des efforts de la civilisation même? » Mais pouvait-il prévoir que l'institution scientifique, où la dictature de la raison doit l'emporter sur les intérêts affectifs, deviendrait elle-même névrosée?

Depuis la révolution industrielle, ce qui attire tout Occidental vers l'Orient, ses visions du monde et ses mystiques, est l'espoir de surmonter cette névrose, que les dérives du rationalisme n'ont pas cessé d'approfondir. On fuit le monde des faux-semblants du savoir opératoire, de domination sur la nature et de l'insatiable consommation pour réconcilier la nature et la technique, la connaissance et la vie, l'âme et le corps. Conversant avec Nehru, André Malraux évoquait Gandhi comme un recours possible pour le développement de l'Inde. « Je crains, lui répondit Nehru, que le rouet ne soit pas plus fort que la machine. » La tentation de *l'ailleurs,* où le rouet triompherait de la machine et le temps circulaire des égarements du progrès, fait partie de la mauvaise conscience de notre culture marquée du sceau de la rationalité scientifique. La puissance dont nous disposons grâce à celle-ci a beau s'accroître et s'étendre, la clé des portes de la sagesse n'est pas plus accessible, et c'est cette clé que cherchent les pèlerins floués par notre pratique de la rationalité : ils fuient les rivages des terres tempérées, où le mariage de la science et de la technologie peut tout sur la matière et si peu sur l'esprit. Nombre de ces pèlerins ont été des militants ou des aventuriers avant de devenir des mystiques. Déçus des voies qu'ils ont suivies sur le chemin de la puissance, ils espèrent trouver la route d'une sagesse qu'auparavant toute leur géographie récusait ou ignorait. Le passage d'une illusion à l'autre est la tentation constante de l'activisme occidental.

Dans le cas de la névrose individuelle, il y a un point de repère utile, nous dit Freud, celui qui sépare « le malade et son entourage considéré comme normal ». Or, dans le cas de la névrose sociale, non seulement ce point de repère fait défaut, mais encore, s'il était possible de le déterminer, « à quoi servirait donc, demande Freud, l'analyse la plus pénétrante de cette névrose, puisque personne n'aurait l'autorité nécessaire pour imposer à la collectivité la thérapeutique voulue ? » Quand il s'agit du corps social, pas de frontière entre le normal et le pathologique, pas d'autorité supérieure pour plier la foule aux prescriptions d'un contrat : la démocratie envisagée comme recherche et application d'un consensus sur le droit des individus et sur celui des peuples n'est guère à l'horizon de Freud qu'un mirage. On peut pousser plus loin encore ce renoncement de la cité à voir le bon sens l'emporter sur la folie : une « thérapeutique sociale » a-t-elle le moindre avenir, si l'autorité de la science fait à son tour défaut ?

Pourtant, dans une société démocratique, le domaine réglementaire n'est-il pas celui de l'interdit social, entreprise collective où l'on ne renonce pas à définir les frontières mouvantes entre le normal et le pathologique ni à prescrire les remèdes qui doivent éviter le pire ? Le processus, il est vrai, se déroule à force d'accidents et de catastrophes que le législateur s'empresse rarement d'anticiper, et la thérapeutique ne s'applique pas sans tensions ni conflits. Néanmoins, l'apprentissage par essais et par erreurs vaut toujours mieux que le déchaînement de la névrose, et le rôle de la recherche scientifique est loin d'être mineur dans cette thérapeutique du progrès. Au contraire de ce que pensait Freud, il y a effectivement des « points de repère utiles » qui séparent l'excès technique et le milieu considéré comme normal, de même qu'il y en a pour l'individu qui séparent le malade mental et son entourage considéré comme normal.

Ne pas le reconnaître reviendrait à tourner le dos à toute forme de rationalité, en somme à professer que la science névrosée qui est la nôtre, et qui ne cesse pas de donner les preuves de son efficacité, est — à cause ou en dépit de ses succès — la dernière de nos illusions.

Chapitre VII

Le magicien de Menlo Park

La Thomas Alva Edison Foundation m'avait invité à participer aux cérémonies célébrant le centenaire de l'ampoule électrique. Je devais faire la conférence d'ouverture à San Francisco, devant plus de deux mille spécialistes de l'énergie électrique; j'acceptai d'autant plus volontiers que j'avais deux bonnes raisons de réfléchir à cette commémoration. La première, toute personnelle, c'est qu'enfant j'avais été fasciné par le mythe d'Edison; la seconde, c'est qu'on me demandait de parler du changement dont témoignent depuis un siècle les réactions du public à l'égard de la science et de la technologie. En cours de route, s'y ajouta une troisième : la lecture d'un article de Raymond Aron dans la revue *Commentaire*, auquel je ne cessais de penser. L'article avait pour titre : « Pour le progrès – Après la chute des idoles ». Raymond Aron y répondait à ce qu'il appelait les « vaticinations des nouveaux philosophes », celles en particulier de B.-H. Lévy dénonçant le progrès comme « une machine réactionnaire qui mène le monde à la catastrophe ». Machine réactionnaire : c'était bien vite dit.

Face à ce bavardage millénariste, qui jette tout et n'importe quoi, le bébé et l'eau du bain dans les feux du même enfer, Raymond Aron se réclamait résolument de « l'optimisme des rationalistes d'avant-hier ». Spectateur engagé, suivant ses propres mots, dans un siècle saturé de bruit et de fureur, il s'était toujours défendu de sacrifier au messianisme des idéologies révolutionnaires. Il ne concluait pas moins son article sur une forme d'optimisme à l'égard de l'histoire à venir. Les guerres du XXᵉ siècle? Abominables, certes; mais, au total, au niveau des collectivités, il y a finalement comme un bien qui surgit du mal. Par exemple : « La même capacité de produire et d'agir en commun permit de relever les ruines matérielles en peu d'années [...] Par-delà les camps de concentration, les tombes et les massacres des innocents, les Européens de l'Ouest se retrouvaient plus libres, moins divisés, plus prospères que vingt ans auparavant. » Comment contester, en effet, ce bilan « globalement positif » pour l'Europe non communiste? Et, en même temps, n'y a-t-il pas de bonnes raisons, trop de raisons, de s'interroger? Ce plaidoyer en faveur de l'idée de progrès, planté dans le décor des horreurs de ce siècle, avait de quoi laisser songeur.

Nous n'en finirons jamais, c'est sûr, de débattre sur ce thème, car c'est celui qui nous définit le plus, nous autres Occidentaux, par rapport à toutes les autres civilisations et cultures. Le progrès matériel, comme la science, est cumulatif : en fonction même des avancées du savoir scientifique et technique, le temps qui passe doit toujours être sanctionné par un plus. Le temps judéo-chrétien qui a servi de berceau à la révolution scientifique du XVIIe siècle n'est pas circulaire; il est ouvert et même tendu sur l'avenir, comme une flèche visant une cible toujours déportée dans l'espace et le temps. Pourtant, on hésite désormais à professer, comme on pouvait le faire au XVIIIe siècle, que ce plus est nécessairement un mieux. Dans la perspective des Lumières, on jugeait du progrès en fonction de ses finalités : comme tout se jouait sur l'avenir, l'optimisme n'était pas déplacé, il allait même de soi. Aujourd'hui, c'est sur le passé et le présent qu'on est condamné à l'évaluer, moins en fonction de ses finalités qu'à la balance des pertes et profits. Un point particulier de l'article de Raymond Aron m'avait laissé perplexe : « Des méthodes analogues d'organisation s'appliquent à la circulation des divisions blindées et à celle des automobilistes en vacances, aux camps de concentration et aux camps du Club Méditerranée [...]; oui, l'organisation rationnelle ne porte pas en elle-même sa destination. »

Une fois de plus, au nom des instruments « neutres » que sont la science et la technologie, le procès de la rationalité tournait court. Le non-lieu prononcé, pourrait-on redresser l'idole du progrès sur son socle « d'avant-hier »? Il y a effectivement dans les sociétés modernes une dérive de l'idée de progrès, à laquelle la science et la technologie ne sont pas étrangères et dont, pour cette raison même, le rationalisme, serait-il bien tempéré, ne peut être tenu pour quitte. Je veux bien qu'à s'en tenir aux indicateurs économiques — PNB, taux de productivité, taux de croissance, etc. — le fléau de la balance indique, envers et malgré tout, que le poids des bienfaits l'emporte sur celui des maux. Mais ce qui s'accumule n'est pas nécessairement un mieux et peut-être même pas, dans certains cas, un plus. *Le malaise dans la civilisation vient très précisément de ce que l'organisation rationnelle ne porte pas en elle-même sa destination :* si tout ce qui est possible est réalisable, le sens et la valeur de ce qui est réalisé se noient dans la seule efficacité technique. Entre la puissance et la sagesse, le « grand déséquilibre » dénoncé, après tant d'autres, par Georges Friedmann, est plus patent que jamais. Ne nous étonnons pas si le nihilisme exerce sur la jeune génération un attrait plus puissant que le rationalisme mitigé de la précédente.

Le rationaliste d'aujourd'hui, écrivait Raymond Aron, n'ignore pas les limites du savoir scientifique. Dans la conférence que je préparais pour le centenaire de l'électricité industrielle, je souhaitais montrer que ce rationaliste sans illusions ne peut pas davantage ignorer les limites du pouvoir scientifique. Finalement, je n'ai pas pu me rendre à San Francisco, et mon texte fut lu par l'un des organisateurs, dans une conférence, ironie de l'histoire, qui eut lieu à huis clos. L'hôtel était gardé par des policiers casqués, bottés, armés; on craignait, en effet, d'importantes manifestations. L'avant-veille, l'accident de Three Mile Island avait eu lieu.

Le bricoleur et les mathématiciens

Écrivant la saga de l'essor et du rêve industriels américains, Dos Passos a rendu compte du « Magicien de l'électricité » avec une concision — trois pages et demie — où tout pourtant est dit : l'autodidacte, l'inventeur-loup solitaire, le bricoleur qui fit de l'invention elle-même une gigantesque affaire. Et, en une seule phrase, il condense tout ce par quoi le génie d'Edison a pu donner lieu au mythe qui fascina le public de l'époque : « Il ne s'est jamais soucié des mathématiques ni du système social ni des concepts philosophiques généraux. »

Du premier point — le mépris des mathématiques —, biographes et historiens de la technologie ont fait justice : la fascination populaire renvoyait en fait à un contresens sur la méthode de l'inventeur. Mais ce malentendu ne me paraît pas étranger aux deux autres points. Entre l'ignorance (apparente) des mathématiques et le dédain (proclamé) des enjeux sociaux ou philosophiques, je vois un lien qui tient à l'esprit d'une époque, à une attitude de « laisser-faire technologique » dont s'est nourrie, précisément, la légende de l'inventeur inculte mais génial, capable de tout faire et faisant tout ce dont il est capable. Edison incarne le sens de la compétence et de l'innovation qui va de l'avant sans égard pour les tourbillons, les coûts et les victimes de la modernité.

Vendeur à peine adolescent de journaux et de bonbons dans les trains, cet autodidacte qui dépose à l'âge adulte un si grand nombre de brevets (exactement 1 079) et produit un si grand nombre d'inventions a de quoi entrer dans la légende. De ce point de vue, assurément, Edison n'a pas seulement été exceptionnel, il a été unique. Le mythe renvoie à l'idée traditionnelle qui veut que l'invention soit un don divin, l'expression exclusive du génie auquel la Providence a donné son coup de pouce. Mais Edison n'a pas été un bricoleur-inventeur — sinon il appartiendrait à quelque musée Lépine plutôt qu'à l'histoire de la technologie. Autodidacte, sans doute, mais pas plus que certains de ses prédécesseurs, tels que Davy et Faraday. Toute sa vie, il ne cessa pas de lire une quantité phénoménale de livres et de revues scientifiques dont il tirait parti pour faire progresser ses recherches. S'il fut rebuté à quinze ans par une lecture cursive des *Principes* de Newton, d'où lui vint, dit-il, « un dégoût des mathématiques dont il ne s'est jamais relevé », c'est que rien ne l'y avait préparé. Mais l'événement décisif de sa carrière de chercheur n'a-t-il pas été la lecture des deux volumes de Faraday, *Recherches expérimentales en électricité ?* À vingt et un ans, il y trouve sa bible en expérimentation et la révélation des lumières que le travail de laboratoire peut apporter, sans formule mathématique complexe, sur les lois naturelles.

Le dégoût des mathématiques ne l'a pas empêché d'y recourir, tout comme à d'autres disciplines scientifiques (la chimie en particulier). Menlo Park est le premier laboratoire industriel moderne, à un double titre. C'est d'abord que, subventionné par le groupe Morgan-Vanderbilt pour engager l'industrie dans les grandes batailles concurrentielles fondées sur l'innovation, il ouvre l'ère de la recherche soutenue par le capital-risque. Christophe Colomb avait reçu l'appui des monarques pour aller au-devant de terres inconnues, Edison reçoit celui des banquiers pour transformer les idées des chercheurs en produits et en services nouveaux. Dans les deux cas, bien sûr, la mise doit rapporter des milliers de fois plus que ce qu'on y a engagé. Mais Menlo Park réunit aussi une équipe de scientifiques chevronnés, s'appuyant sur les instruments scientifiques les plus avancés. Sans Francis R. Upton, par exemple, spécialiste de physique mathématique formé à Princeton et en Allemagne, dans le laboratoire de Hermann von Helmhotz, les problèmes techniques de voltage et de résistance n'auraient jamais été résolus. La formule fameuse d'Edison « Je peux recruter des mathématiciens, mais ils ne peuvent pas me recruter! » ne doit pas masquer le fait que les équations d'Upton ont joué un rôle décisif dans un grand nombre de ses inventions.

De même, sans les machines et les instruments scientifiques qu'Edison fit venir à Menlo Park — galvanomètres, générateurs statiques, bouteilles de Leyde, bobines d'induction, accus, condensateurs —, il n'aurait pas pu mener à bien ses idées. Le meilleur exemple est celui du vide indispensable à la mise au point de l'ampoule. C'est en lisant revues et comptes rendus scientifiques qu'il eut connaissance du vide très poussé obtenu par Sir William Crooke grâce à la pompe de Sprengel. À peine eut-il appris qu'un exemplaire de cette pompe se trouvait à Princeton, qu'il l'empruntait à l'université, et par la suite Menlo Park disposa des pompes à vide les plus récentes. Il faut ajouter à cela la bibliothèque, si riche en livres et en périodiques scientifiques et techniques, américains et étrangers, qu'elle n'avait rien à envier aux rayons des meilleurs départements ou instituts universitaires d'aujourd'hui.

On savait très peu de chose à l'époque sur l'électricité, en particulier sur la transmission du courant. Les progrès ne pouvaient venir que d'une liaison, d'une fertilisation croisée dirait-on de nos jours, entre les principes théoriques et l'application pratique. En cherchant à « subdiviser » le courant pour que chaque lampe pût être utilisée indépendamment, Edison s'attaquait à un problème que les théoriciens jugeaient impossible à résoudre. Suivant des autorités telles que Lord Kelvin et John Tyndall, l'application des lois de la résistance d'Ohm interdisait qu'une lampe à très haute résistance pût utiliser un courant peu élevé. La solution, dont Edison eut très tôt l'intuition, était aussi simple que géniale : fournir un courant à haut voltage, et par conséquent mettre au point un brûleur incandescent qui eût une petite section croisée.

Mais si Edison eut l'idée de la solution contre les théoriciens, l'application et la mise au point ont dépendu du concours de toute l'équipe de Menlo Park. Celle-ci comprenait des mathématiciens tels que Upton, des scientifiques au sens d'aujourd'hui, tous formés à l'université, comme Andrews, Clarke, Acheson, Sprague, et des techniciens, Boehm, par exemple, un souffleur de verre artistique formé en Allemagne dans la fameuse entreprise Geissler. Edison associait à Menlo Park des chercheurs solidement diplômés aux collaborateurs de sa première fabrique de télégraphes et de téléimprimeurs, tels que Batchelor, le dessinateur de machines, Kruesi, l'ancien horloger suisse, Ott, Bergman, Schuckert, qui pouvaient construire n'importe quelle forme d'instrument ou de machine. Le Magicien était en fait le chef d'orchestre du premier laboratoire organisé de recherche industrielle fondé à la fois sur la théorie et la pratique. Menlo Park, son « usine à inventer », a tout aussi bien été sa plus grande invention.

La fascination qu'Edison exerça auprès du grand public n'a eu d'égale que la réticence des scientifiques, formés par l'université et y enseignant, à reconnaître ses intuitions et ses trouvailles proprement scientifiques. Quand il se consacra en 1875 aux problèmes de la « télégraphie acoustique », il découvrit que des étincelles scintillantes surgies du noyau d'un aimant pouvaient être causées par « quelque chose de plus que l'induction, une force non électrique inconnue », à laquelle il donna le nom de « courant éthérique ». Ses observations furent contestées et même ridiculisées par de savants représentants de la physique universitaire, les professeurs Elihu Thomson et E. J. Houston de Philadelphie et Silvanus Thomson de Londres, dans des termes tels que son aversion à l'égard des scientifiques théoriciens ne fit que s'accroître. Ces « étincelles éthériques » furent dénoncées comme des contrefaçons. Pourtant, s'il eut tort de conclure qu'elles étaient de nature « non électrique », il avait été tout près de détecter et de produire des ondes électriques à haute fréquence – berceau de l'électronique contemporaine.

Après la mort d'Edison, l'hommage rendu dans la revue *Science* en janvier 1932 par les porte-parole de la nouvelle génération de scientifiques, a encore renforcé l'image du Magicien en héros populaire, plutôt que reconnu son rôle de pionnier et de fondateur de l'industrie scientifique. Quelles qu'aient été ses dimensions héroïques en tant qu'inventeur et ingénieur, il ne pouvait pas rivaliser avec les normes nouvelles de la recherche scientifique dans l'industrie, ni surtout avec le profil des « technologues » formés, tels Robert A. Millikan au Caltech ou Karl T. Compton au MIT, sous l'autorité de la science académique. Ces commentateurs, dit l'un de ses meilleurs biographes, « avaient conscience que, tant qu'Edison et sa méthode ne seraient pas tenus pour surannés, des dirigeants d'entreprise pragmatiques pourraient toujours demander pourquoi l'on recrutait à de très hauts salaires de jeunes docteurs formés à l'université pour faire ce qu'Edison et ses semblables avaient notoirement su si bien faire : l'introduction d'inventions si fantastiquement rémunératrices ».

Il est juste d'ajouter qu'Edison adorait passer pour l'incarnation du mythe américain. C'était encore l'époque où un universitaire se défendait d'apparaître à la « une » des journaux plutôt que dans une revue savante, alors qu'Edison ne se privait pas de manipuler la presse avec talent. Parfaitement conscient des valeurs dont il était en quelque sorte le condensé – individualisme, matérialisme, solutions-à-trouver-tout-seul et avant tout anti-intellectualisme –, il se souciait de cultiver l'image même qui allait au-devant de ces valeurs. La légende du Magicien a aussi été le fruit de ses dons en tant qu'acteur, homme de théâtre et de publicité, stratège de la communication, manipulateur de l'opinion, un mélange de Faust, de Barnum et de Henry Ford. Mais les attentes, les espoirs, les rêves et les mythes soulevés par la science et la technologie au XIXe siècle étaient tels qu'Edison pouvait apparaître comme son symbole même : celui d'un progrès technique sans fin, pour lequel tout est possible et tout ce qui est possible doit être réalisé, même en l'absence (sinon à cause de l'absence) de mathématiques et de science théorique.

Sa méthode, pourtant, loin d'être celle d'un bricoleur inculte, cherchant et essayant par « inspiration et obstination », était celle d'un entrepreneur professionnel, qui concevait la recherche comme le moyen de faire la synthèse des aspects à la fois techniques, scientifiques et économiques à l'œuvre dans le processus menant de l'invention à l'innovation. Le télégraphe quadruplex, le téléphone, le phonographe, la séparation magnétique du minerai de fer, l'accumulateur, tous ces exemples montrent de différentes façons comment Edison *présidait à la totalité du processus*. L'histoire de l'invention de la lampe à incandescence est certainement le cas le plus convaincant. En un sens, la lampe elle-même fut la plus simple réalisation de tout le système, un petit élément dans l'ensemble intégré de l'éclairage industriel. Celui-ci impliqua beaucoup d'autres éléments : la distribution « parallèle », les génératrices géantes Jumbo, les fils, les conducteurs souterrains, les boîtes de jonction, les fusibles, les commutateurs, etc., tous devant être (à l'exception des chaudières et des machines à vapeur) conçus et développés par Edison et son équipe; il fallut aussi construire chaque partie en liaison avec toutes les autres, les interactions à l'intérieur du système conduisant à leur tour à de nouvelles inventions et à de nouveaux brevets. Si Edison a défini l'invention par sa formule fameuse : « Quatre-vingt-dix-neuf pour cent de transpiration et un pour cent d'inspiration », c'est aussi parce qu'il ne pouvait pas concevoir le processus de la découverte et de l'invention comme s'achevant dans ses phases techniques. Celles-ci n'étaient jamais distinctes de leurs implications économiques, et c'est bien à ce titre qu'il incarne pleinement les qualités du « technologue » dont Leibniz a rendu prématurément hommage à Filleau des Billettes : « Vous avez, Monsieur, quantité de belles pensées tant mécaniques qu'économico-politiques. »

Ainsi la décision de chercher pour la lampe un filament à haute résistance, par opposition au filament à basse résistance que ses rivaux avaient essayé (et qui semblait, aux dires des physiciens établis, la seule solution possible), n'a pas été le fruit d'une idée technique. Ce fut une déduction logique d'une analyse des « coûts », non pas le résultat d'expériences astucieuses ou de raisonnements intuitifs. La lampe à incandescence devant être économiquement compétitive avec la lampe à gaz, il fallait augmenter la section croisée des conducteurs de cuivre pour réduire les pertes de courant dans la distribution. Mais cela aurait considérablement accru le coût du cuivre; par conséquent, il était indispensable de réduire le courant, tout en en conservant assez pour permettre l'incandescence du filament. L'application des lois de Joule et d'Ohm (élever le voltage en rapport avec le courant) fut la percée technique et, de fait, scientifique, requise pour résoudre le problème économique.

Dès lors commencèrent les problèmes de développement et de production du système à une échelle réelle, de l'illumination de Menlo Park à la démonstration de Pearl Street à New York. Innovateur, c'est-à-dire inventeur s'exposant à la sanction du marché, Edison affrontait un défi technico-économique dont la réponse n'était pas seulement l'ampoule électrique, mais l'électricité à la maison, au bureau, au magasin, à l'usine. Avec le même mélange de solutions techniques et de calculs économiques très précis, le Magicien « inventait » l'industrie électrique pour abattre l'industrie de l'éclairage au gaz.

Il ne s'est jamais soucié du système social

On ne comprendra rien à ses talents d'expérimentateur et à son acharnement d'entrepreneur, si on ne les replace pas dans le contexte d'un certain âge de la science et du capitalisme. La légende du Magicien séduisait d'autant plus l'imagination populaire que, suivant l'excellente formule de Josephson, « Edison avait en lui un *homo œconomicus* ». Dans la révolution industrielle triomphante, l'inventeur en tant que *folk hero* était aussi le chevalier du pays des Merveilles capitalistes, dans lequel le mariage des aptitudes techniques et des dollars devait faire du progrès « la dernière frontière ». Il fascinait, en somme, pour deux raisons : d'abord, puisqu'il était un simple artisan, un technicien venu du peuple et non pas un homme de science au langage ésotérique, tout homme moyen (en particulier américain) pouvait rêver de « faire aussi bien que lui »; ensuite, ses inventions étaient le modèle du caractère nécessairement utile, bienfaisant et rémunérateur des arts industriels dans la nouvelle ère technologique.

Les inventions couronnées de succès signifiaient une plus grande offre de travail et un plus grand bien-être, de sorte que leur utilité contribuait à faire de la croissance économique l'équivalent du progrès social. La vision d'un monde matériel en constante expansion implique la découverte constante de nouveaux gisements technologiques : il n'y a pas de limites aux attentes que peuvent susciter les progrès de la science et de la technologie, parce que la capacité humaine de découverte et d'invention est sans limites. En développant et en produisant ces inventions sur une grande échelle, il y avait, bien entendu, des « effets secondaires » sinon « pervers », comme l'on dit aujourd'hui, mais tel était l'essor technologique qu'il ne pouvait, à la manière d'un élan vital, qu'assurer de la même veine l'enrichissement et l'amélioration de l'humanité. Dans les faits, certaines inventions d'Edison avaient déjà provoqué des accidents dus à la grossièreté des installations électriques ou à l'isolation insuffisante des conducteurs. La station de Pearl Street entraînait des fuites, provoquait des secousses sensibles aux hommes et aux chevaux sur le pavé recouvrant les conducteurs; la maison de Mme Vanderbilt avait presque brûlé à la suite d'un court-circuit; et, pis encore, un client était mort brûlé, dans sa maison installée par l'entreprise Edison. Après tout, c'était là payer un prix peu élevé en tribut au progrès.

Plus révélatrice fut la controverse sur les avantages du courant alternatif introduit par des ingénieurs allemands, adopté par ses rivaux Westinghouse et Elihu Thomson et contesté (à tort) par Edison, qui proclama qu'il serait trop dangereux à manipuler par les ouvriers ou à utiliser dans les foyers. À l'appui de sa cause, Edison organisa des sessions publiques d'électrocution de chats et de chiens abandonnés. « Les chers félins et canins au voisinage de West Orange, écrit l'un de ses biographes, étaient traqués par des écoliers passionnés, à raison de vingt-cinq cents chacun, et exécutés en si grand nombre que la population animale locale fut en danger d'être décimée. » Ces expériences n'aidèrent pas Edison à démontrer que le courant continu était plus sûr. Du moins ont-elles permis à l'un de ses anciens assistants, H.P. Brown, de proposer l'électrocution par des charges de courant alternatif des criminels condamnés à mort. Consultant de l'État de New York sur les vertus de la chaise électrique, Brown en vantait les louanges dans ces termes : « Elle assure une mort instantanée, sans douleur, et humaine. » En fait, le premier criminel exécuté de cette façon, en 1890, mit des heures à mourir, car la charge électrique était trop faible, donnant lieu, dit un des témoins, à « un spectacle affreux, bien pire que la pendaison ».

La substitution de la chaise électrique à la pendaison était aussi une preuve de progrès. La Révolution française avait conduit à la guillotine mécanique; la révolution industrielle pouvait s'en remettre à la fée Électricité. On dit d'ailleurs pendant quelque temps des condamnés à la chaise électrique qu'ils « allaient chez Westinghouse ». Dans cette « guerre des courants », voulant persuader le public que le système de courant alternatif n'était bon que pour des chiens ou des criminels, Edison était allé jusqu'à dire : « Je n'ai pas manqué de chercher une démonstration pratique [...]. J'ai enlevé la vie – non pas la vie humaine – *dans la croyance que la fin justifiait les moyens.* »

C'est ici que l'on peut voir comment les réactions du public à l'égard de la science et de la technologie ont changé depuis un siècle. L'enjeu de cette controverse sur les deux courants était technique et certainement économique. Mais ni les partisans du système Edison de courant continu ni ceux du système Westinghouse de courant alternatif « ne se souciaient » des implications sociales – humaines ou morales – de ce qu'ils faisaient. La « valeur » d'un système technique n'est pas qu'il satisfasse des besoins humains; il est de fonctionner plus efficacement et plus économiquement qu'un autre. La fin justifiait les moyens, sans égard pour les coûts sociaux ou humains : l'innovation pour l'innovation l'emportait sur tout. La technologie, qui n'est jamais qu'un moyen, devenait une fin en soi, exclusive de toute autre préoccupation.

Le complexe du délice technique

Ce comportement révèle ce que j'ai appelé, reprenant un mot de J.R. Oppenheimer, « le complexe du délice technique », qui fait apparaître comme impérative, quelles qu'en soient les conséquences, la réalisation d'un projet technique dès lors qu'il est conçu comme possible. Maître d'œuvre du programme Manhattan qui déboucha sur les bombes d'Hiroshima et de Nagasaki, Oppenheimer était, apparemment, tout le contraire d'Edison : grand bourgeois (fils de banquier), scientifique d'une grande culture et de cette génération de physiciens américains qui s'étaient formés en Europe, féru de calculs théoriques autant que de philosophie indienne et attentif, au moins depuis la guerre d'Espagne, aux problèmes posés par le « système social ». Dans le triomphe de la science américaine au lendemain de la guerre, il incarna à la fois la fascination du chercheur pour l'exercice du pouvoir et la prise de conscience d'une culpabilité, l'une et l'autre désormais attachées à l'image du scientifique.

De fait, Oppenheimer ne s'est jamais estimé quitte de la responsabilité qu'il a assumée dans la mise au point des premières armes nucléaires : « En une sorte de signification brutale, qu'aucune vulgarité, qu'aucune plaisanterie, qu'aucune exagération ne peut tout à fait abolir, les physiciens ont connu le péché; et cela, c'est une connaissance qu'ils ne peuvent pas perdre. » Le même homme, pourtant, qui proclamait ainsi sa mauvaise conscience devant un parterre de scientifiques, d'enseignants et d'étudiants du MIT, expliquera qu'aucun scrupule ne doit embarrasser le chercheur avant qu'il n'ait atteint ses buts : « C'est mon jugement en ces matières que, lorsque vous voyez quelque chose qui est techniquement délicieux *(technically sweet)*, vous allez de l'avant et vous le faites, et vous ne vous demandez ce qu'il faut en faire qu'après avoir obtenu votre succès technique. »

C'est ce qu'il a dit à propos des premières bombes atomiques, lors de l'audition parlementaire où il fut accusé de s'être opposé après la guerre au programme destiné à mettre au point la bombe à hydrogène, la « superbombe ». Et quand ses adversaires (parmi lesquels Edward Teller) lui firent grief de s'y être opposé pour des raisons politiques ou même idéologiques, il expliqua que son opposition avait été inspirée par des raisons d'ordre strictement technique : il ne croyait pas à la possibilité de développer une bombe thermonucléaire. Il a suffi qu'Ulam et Teller trouvassent la solution qui rendait la bombe H possible, pour qu'il fût tout simplement sans argument : « Quand je vis comment il était possible de la faire, il fut clair pour moi qu'on devait au moins faire la chose. Le programme était *techniquement si délicieux* qu'on ne pouvait plus s'interroger à son sujet. » À deux reprises, au cours de la même audition, l'argument du « délice technique » est invoqué, un argument qu'on ne s'étonnerait pas de trouver dans la bouche d'un ingénieur, plutôt que dans celle du scientifique.

Mais, précisément, où passe désormais la frontière qui sépare la science de la technologie ? La revendication de neutralité de la science s'affirme ici dans ses aspects les plus agressivement mystificateurs, comme si la valeur esthétique ou économique des solutions techniques n'avait rien à voir avec l'usage des outils que celles-ci permettent de forger — comme s'il n'y avait aucune relation entre la science et les valeurs. Le complexe du délice technique revient à refouler tout ce par quoi le problème posé et sa solution sont liés à l'environnement humain et social en fonction duquel, pourtant, ils trouvent leur véritable sens. Complexe qui n'est pas moins révélateur, aujourd'hui, de la pratique de la recherche scientifique que de la course à l'innovation. Le vertige du technicien, pour lequel la fin justifie les moyens, n'est pas différent de celui qui saisit le scientifique : c'est le même.

Quelque chose s'est joué au cours du XXe siècle qui interdit à l'institution scientifique d'invoquer avec le même optimisme les bienfaits qu'elle pouvait revendiquer ou annoncer au XIXe — en un mot, son innocence. Ce n'est pas seulement que la science ne peut plus être isolée de la technologie. Ce n'est pas seulement que découverte et invention sont devenues « organisées », « incorporées », « intensives en capital », donnant lieu à des innovations si rapides et si lourdes de conséquences qu'elles affectent directement le changement social et la vie des individus, à une échelle et avec une complexité qui semblent défier l'adaptation des individus et des groupes. C'est aussi, suivant le même mouvement qui les a embarquées dans un même dessein, que science et technologie ne peuvent plus être dissociées du pouvoir politique : tout comme l'accroissement et l'influence des activités de recherche satisfont les exigences des systèmes politiques, les priorités de l'État répondent aux besoins de la science et de la technologie.

On peut dater ce changement de la Seconde Guerre mondiale en fonction d'événements symboles tels que le Manhattan District Project, la première explosion nucléaire à Alamogordo ou celles de Hiroshima et de Nagasaki, mais on peut tout aussi bien remonter à la Première Guerre mondiale — dont André Malraux a dit qu'elle révélait pour la première fois, avec l'usage des gaz asphyxiants, « du négatif au bilan de la science ». Le malaise actuel n'est pas seulement lié à la vitesse, à l'échelle et à la complexité des changements que détermine de nos jours la technologie, mais surtout au caractère cumulatif, universel et souvent irréversible de ses effets sur l'environnement humain, social et naturel. Pour les luddites modernes, ceux qui se révoltent contre le machinisme, ce ne sont plus seulement les instruments et le mode de travail qui sont menacés par le changement technique, mais l'environnement naturel, la vie dans son essence même et la survie de l'espèce humaine. Associée à la menace de la guerre atomique, au caractère de plus en plus « sophistiqué » des guerres dites conventionnelles, aux nuisances et aux pressions quantitatives de la croissance économique, tout autant qu'aux aspirations infinies de la société de consommation, l'entreprise scientifique apparaît aussi irrésistible que lourde de menaces.

Une des causes du malaise que vivent nos sociétés depuis les années 60 tient assurément à la prise de conscience des dommages qu'entraîne le processus de croissance tel qu'il a été jusqu'ici conçu. Ce n'est pas la seule cause, loin de là; mais cet exemple est particulièrement significatif pour deux raisons. D'abord, il souligne que la croissance n'est pas sans limites, et que les sociétés industrialisées sont tenues de prendre en compte, au bilan des gains et des pertes, celles-ci tout autant que ceux-là : dans le processus de destruction créatrice décrit par Schumpeter, on ne peut plus tirer un trait aussi léger qu'autrefois sur ce qui est détruit. Ensuite, cet exemple signale de la part de la société une attitude tout à fait nouvelle à l'égard de la science et de la technologie : puisque ni l'une ni l'autre ne sont étrangères à ces dommages, elles ne sont plus nécessairement synonymes de progrès. Objets d'espérance et de crainte, science et technologie apparaissent de plus en plus visiblement comme le reflet et le révélateur des grands problèmes de la société; elles se sont elles-mêmes ouvertes aux conflits sociaux et en sont devenues l'un des enjeux majeurs. Dès lors, il ne suffit plus que le chercheur, l'innovateur ou l'entrepreneur aient en eux un *homo œconomicus*. Les craintes et les menaces associées au développement technologique — telles qu'elles se manifestent, de plus en plus, à la fois dans l'opinion publique et dans les législations ou réglementations — les contraignent à avoir tout aussi bien en eux un *homo sociologicus* et même *ethicus*.

Les concepts philosophiques généraux

Ce malaise n'est pas chose nouvelle, même s'il a commencé à devenir plus aigu après la Seconde Guerre mondiale et plus encore dans les turbulences des années 60. Ainsi Husserl dénonçait-il dès 1935 ce qu'il appelait « la faillite de l'humanisme » : il y a un rapport étroit entre la science et la technologie réduites à l'efficacité de leurs résultats et la crise du rationalisme. Le constat qu'il dressait alors, dans les désillusions des retombées du traité de Versailles, s'applique encore avec plus d'acuité et de pertinence à l'ère atomique, spatiale et électronique de cette fin de siècle : plus la science et la technologie sont efficaces, moins elles apparaissent concernées par les valeurs. « Nous prendrons notre point de départ, écrivait-il, dans un renversement qui eut lieu au tournant du siècle dernier dans l'attitude à l'égard des sciences. Ce renversement concerna la façon générale d'estimer les sciences. Il ne vise pas leur scientificité, il vise ce que les sciences, ce que la science en général avaient signifié et peuvent signifier pour l'existence humaine. La façon exclusive dont la vision globale du monde qui est celle de l'homme moderne s'est laissé, dans la seconde moitié du XIXe siècle, déterminer et aveugler par les sciences positives et la prospérité qu'on leur devait, signifiait que l'on se détournait avec indifférence des questions qui, pour une humanité authentique, sont les questions décisives : de simples sciences de faits donnent une simple humanité de fait. »

Si la science peut être l'objet d'une révolte, même de la part de ceux qui la servent, c'est parce qu'elle apparaît (ou est devenue) indifférente au problème des valeurs. Sans doute, au-delà des difficultés que le développement technologique a provoqué ou qu'il n'a pas su résoudre, on a le sentiment que cette révolte ne vise pas seulement les fins que la science a servies, mais encore les procédures et les principes dont elle se réclame. Autant dire que c'est confondre les méfaits d'une pratique sociale de la science soumise aux impératifs du système industriel, politique et militaire, avec quelque mal inhérent à la démarche scientifique en tant que telle. Mais la faillite d'un certain rationalisme n'est pas celle de tout le rationalisme. Comme l'a dit Husserl, « le fondement de l'impuissance d'une culture rationnelle ne se trouve pas dans l'essence du rationalisme même, il se trouve dans le fait qu'il s'enrobe du cocon de l'objectivisme ».

Le malaise qui naît des dérives du rationalisme est effectivement lié au divorce entre les « deux cultures » que la civilisation industrielle n'a pas cessé d'approfondir. Nous avons désappris à faire coexister les sciences et les humanités, le savoir d'agir sur la nature et le savoir de nous penser nous-mêmes. La distinction entre sciences et humanités dans l'éducation remonte en gros à la révolution industrielle; à ce titre, elle peut n'être que le produit d'une phase particulière de l'évolution des sociétés industrialisées, plutôt qu'une donnée de droit divin. Il est certain que ce divorce fut inévitable au XVIIᵉ siècle pour tracer une frontière entre la théologie et les sciences de la nature. L'institutionnalisation de la science commence dans ces villages scientifiques que sont les Académies, dont la charte est la reconnaissance du travail empirique comme méthode d'enquête; elle définit un lieu que la société reconnaît à la science, où celle-ci se constitue en corps à côté d'autres corps, tels que l'Église ou l'armée, et se réclame de normes, de règles du jeu propres, conditionnées par la méthode expérimentale et les mathématiques.

C'est ce qu'exprime parfaitement la charte de la Royal Society, créée en 1662, dont le but est « le perfectionnement de la connaissance des choses naturelles et de tous les arts utiles, manufactures, pratiques mécaniques, engins et inventions par expérimentation, *sans se mêler de théologie, métaphysique, morale, politique* ». Les siècles suivants voient la spécialisation et la professionnalisation croissantes des chercheurs consolider l'essor d'une nouvelle communauté intellectuelle dont l'activité, le langage, les organes de communication seront soumis à son propre contrôle, ne fût-ce que pour assurer le progrès des connaissances contre les dogmes et les autorités. Le discours scientifique s'exprime désormais dans un langage auquel seuls ont accès les spécialistes qui y sont formés. Entre la philosophie et la science, le système de référence qui était commun se divise, renvoie à des occupations et à des milieux professionnels différents, et sanctionne le passage de l'*état* de chercheur à la *fonction* professionnalisée du scientifique.

La méthode et les procédures scientifiques, le système de recrutement et de formation des chercheurs, la spécialisation des disciplines scientifiques entraîneront les spécialistes des sciences de la nature à se consacrer à un secteur de plus en plus petit de la réalité et même à un secteur de plus en plus étroit de la science. Auguste Comte lui-même, père fondateur du positivisme, n'en aurait pas tant demandé, lui qui n'eut jamais assez de mots contre ses collègues scientifiques qui tendaient à supprimer tout lien entre la philosophie et la science. En accordant « la prépondérance de l'esprit de détail sur l'esprit d'ensemble », écrivait-il, ils donnent la preuve de « l'impuissance philosophique désormais propre à nos compagnies savantes », impuissance débouchant sur « l'impuissance politique de la classe scientifique et même sa dégénération morale ».

Cette revendication de neutralité, fondée sur la pratique d'une spécialisation technique exclusivement concernée par l'efficacité et les choses utiles, est directement liée au mépris des arts libéraux et des humanités. Nul, précisément, ne l'a mieux exprimé qu'Edison lorsqu'on l'interviewa à propos de l'éducation : « Ce dont nous avons besoin, c'est d'hommes capables de faire des choses. Je ne donnerai pas un sou pour les diplômés ordinaires des collèges, à l'exception de ceux qui sortent des instituts de technologie. Ceux-là au moins ne se sont pas bourrés de latin, de philosophie et de toutes ces balivernes de nursery. L'Amérique a besoin d'ingénieurs à l'esprit pratique et qualifiés, d'hommes d'affaires et d'industriels. Dans trois ou quatre siècles, quand le pays sera établi et que le mercantilisme aura diminué, alors il sera bien temps pour des littéraires. »

L'homme sans qualités

Notre système d'éducation moderne se divise en deux mondes hétérogènes : un continent « actif » qui incarne l'esprit et la méthode scientifiques, et un îlot « humaniste » qui ne se voit reconnaître aucun intérêt pratique. Cette culture humaniste est définie négativement, elle n'est pas censée agir sur les choses et elle est en même temps présentée comme « passéiste », rejetant le présent et le futur. Les expressions « sciences dures » *(hard sciences)* et « sciences molles » *(soft sciences)* en disent déjà long sur nos préjugés. Plus révélatrice encore est l'absence de référence à toute autre forme de savoir que ceux qui sont inscrits dans le curriculum universitaire — comme si toute la pensée et la culture modernes se réduisaient à ce duel entre les « géants » que sont les sciences de la nature et les « nains » que sont les sciences sociales et les humanités.

Si le heurt des deux cultures est un drame, ce n'est pas, comme le pensait C.P. Snow, parce qu'elles renvoient à deux ordres rivaux de goûts, d'aptitudes ou de qualifications, mais parce qu'elles opposent des fonctions que le système industriel tient pour irréconciliables. Derrière ces deux cultures, qui se juxtaposent et s'opposent, il y a deux familles séparées non seulement par l'esprit et le langage, mais aussi par le salaire et le statut social. L'échelle des valeurs de la société industrielle privilégie, en effet, les aptitudes et les activités qui satisfont le plus efficacement à ses besoins. Mais les techniciens, dont la formation est presque exclusivement scientifique, sont le plus souvent handicapés dans ce que Husserl appelait « le monde de la vie », tout comme ceux qui n'ont pas de culture scientifique le sont dans le monde de la technologie. Plus profondément, le divorce entre les deux cultures reproduit l'écart creusé par le triomphe de la rationalité entre la poursuite du savoir et la quête du sens.

De façon plus prosaïque, coincé entre la quête de son identité professionnelle et la perplexité de ses réflexions philosophiques, le technicien ressemble au héros du roman de Musil, *L'Homme sans qualités*. Dans la décomposition de l'empire austro-hongrois où se préparait la Première Guerre mondiale, et dans la dérision des questions sans réponse de la métaphysique, Ulrich, officier de cavalerie, puis ingénieur, puis mathématicien, poursuit le sens inaccessible de la vie, comme un homme franchit une montagne après l'autre, sans jamais avoir en vue le but. L'homme sans qualités se compose de qualités sans homme, dit Musil. Si le savoir rationnel n'est qu'une technique parmi d'autres, et si la poursuite de ce savoir n'accroît en rien les chances d'accéder au sens de la vie, la réussite d'une carrière peut aussi bien se traduire par le vide de la vie. Il existe deux conceptions qui non seulement se combattent, dit encore Musil, mais subsistent ordinairement côte à côte, ce qui est pire, sans échanger un mot : l'une se contente d'être exacte et s'en tient aux faits, et l'autre ne s'en contente pas, qui déduit ses connaissances des prétendues grandes vérités éternelles. « Il est clair qu'un pessimiste pourrait dire aussi bien que les résultats de l'une n'ont aucune valeur, et que ceux de l'autre sont faux. Que pourrait-on bien faire, en effet, au jour du Jugement dernier, quand seront pesées les œuvres humaines, de trois traités sur l'acide formique, ou même de trente, s'il le fallait? D'autre part, que peut-on savoir du Jugement dernier si l'on ne sait même pas tout ce qui peut sortir d'ici là de l'acide formique? »

Tant que les systèmes d'éducation ne feront pas plus de place, dans la formation des futurs scientifiques et ingénieurs, aux enseignements qui ne relèvent pas de la sphère des sciences « dures », et tant que les étudiants en humanités et en sciences sociales passeront à côté de toute formation scientifique, le divorce entre les deux cultures est condamné à se creuser, produisant et opposant des techniciens incapables de comprendre les problèmes de valeurs et des humanistes bluffés ou dégoûtés par la technicité des sciences. La séparation entre l'intellect et la vie est d'autant plus profonde dans le monde industrialisé que la technologie accroît le pouvoir de l'homme sans ajouter quoi que ce soit à sa sagesse. Et le supplément d'âme fait d'autant plus désespérément défaut au corps agrandi que celui-ci ne cesse pas de grandir.

La critique de l'entreprise scientifique et technologique n'est pas un avatar parmi d'autres de l'examen critique (ou de l'autocritique) auquel le rationalisme s'est toujours livré. Jusqu'au XIXe siècle, jusqu'au moment où les sciences de la nature se sont constituées en disciplines séparées à la fois de la théologie et de la philosophie, la critique sociale s'est en fait appuyée sur les acquis intellectuels et pratiques de la science pour dénoncer les injustices et les erreurs de l'ordre existant. Aujourd'hui, ce sont précisément ces acquis qui conduisent à contester la science elle-même, et cette contestation est à la fois l'élément le plus révélateur et le plus contradictoire de la crise actuelle : le plus révélateur, parce que l'institution qui incarne avec le plus d'éclat la rationalité tend à se récuser elle-même; le plus contradictoire, parce que cette crise ne pourra être surmontée si l'on doit refuser les possibilités d'action que la science et la technologie ne cessent d'offrir.

Entre l'innocence perdue et l'avenir incertain, entre l'utopie et les contraintes de la réalité, il est clair que l'enjeu véritable est la découverte d'un ou de plusieurs paradigmes nouveaux non pas tant pour le fonctionnement de la science que pour celui des sociétés industrialisées. Ce n'est pas en récusant la démarche scientifique ni en boudant les ressources de la technologie qu'on se donnera la moindre chance de réparer les dommages du progrès ou de surmonter les dangers à venir. La science et la technologie ne sont pas notre destin au sens où nous n'y pourrions rien : nous pouvons, nous devons apprendre à mieux nous en servir. À tout le moins cela implique que les scientifiques et les ingénieurs acceptent de « se soucier » des problèmes de valeurs que mettent en jeu leurs activités, et que les magiciens de notre ère technologique se soucient même « de problèmes philosophiques généraux ». Mais cela implique aussi que l'on soit plus attentif aux manifestations de résistance que suscite le changement technique. Ce n'est pas en récusant la critique des effets déstabilisateurs de la technologie que l'on fera aveuglément partager par la société l'ivresse des innovateurs et des entrepreneurs. C'est au contraire en la prenant en compte dans le système d'éducation d'abord, et plus généralement dans le fonctionnement même des institutions démocratiques.

Troisième partie

La régulation nécessaire du changement

Chapitre VIII

Le progrès aux assises

Le changement technique est par essence une notion dynamique. Comme Marx et Schumpeter l'ont souligné, l'économie dans laquelle il se manifeste ne peut demeurer stationnaire. Au sens des économistes, c'est une modification plus ou moins profonde de la combinaison des facteurs de production; un changement technique majeur entraîne une nouvelle fonction de production. Mais cette définition met entre parenthèses les transformations de caractère psychologique, social, culturel et politique qui accompagnent le changement technique, comme s'il s'agissait d'une donnée indépendante des structures sociales dans lesquelles il s'insère, à plus forte raison des réactions qu'il suscite. Dans ce passage d'un état stable à un autre, c'est le retour à la stabilité qui permet de noter le changement, non le passage lui-même.

De là les illusions, rétrospectives et prospectives, des théories de la « modernisation » qui scandent la chronologie du *take-off*, avec un avant et un après dont les étapes mènent nécessairement à l'état stable « meilleur ». Dans cette conception quantique du changement, où les hommes et les sociétés sautent d'un point à un autre qui est toujours un progrès, la transition n'est jamais mentionnée que pour mémoire. C'est en plaquant aux sociétés en développement ce modèle de croissance inspiré des sociétés industrialisées qu'on s'interdit de comprendre pourquoi les nations pauvres piétinent. Mais c'est en le prenant au sérieux qu'on néglige tout autant, dans les sociétés industrialisées, le poids respectif des résistances et des progrès.

Il n'y a pas de meilleure illustration de la myopie à laquelle conduit cette conception quantique du changement que cette citation de l'*Encyclopaedia britannica* : « Les problèmes d'une société moderne sont de différentes sortes. Certains naissent de la résistance de groupes de la population à certains aspects de la transition, souvent fondés sur la défense de caractéristiques particulières de la société ancienne. Ce n'est pas seulement une affaire d'intérêts ou de pouvoir, car les valeurs, attitudes, habitudes et convictions intellectuelles jouent un rôle égal. Récemment, certains aspects de la modernité ont renforcé cette résistance... » La résistance au changement n'est ici définie qu'en fonction de « la défense de caractéristiques particulières de la société ancienne ». C'est que le processus de modernisation est nécessairement la transition vers « le mieux » (par exemple, l'état de « maturité » dont parle Rostow). Donc, ceux qui résistent ne peuvent qu'incarner les valeurs de la société ancienne : des conservateurs, sinon des réactionnaires.

Les choses ne sont tout de même pas aussi simples. Il y a des raisons, de bonnes raisons parfois, de résister au changement technique; et il y en a de mauvaises. Certes, tout changement perturbe, mais les réactions qu'il entraîne ne sont pas nécessairement de résistance. Il est vrai que, par opposition aux sociétés anciennes, les sociétés modernes ont institutionnalisé le changement plutôt que la tradition. Il est vrai, par exemple, que l'histoire des États-Unis (l'espace, l'émigration, les conditions de leur capitalisme, etc.) en a fait un pays traditionnellement plus ouvert au changement technique que l'Europe. Mais la frénésie d'innovations techniques qui a contribué aux succès du capitalisme américain a aussi sa contrepartie : la résistance au changement technique y est souvent institutionnellement plus efficace qu'en Europe. C'est aux États-Unis que sont nés et se sont développés les associations de consommateurs, le *technology assessment*, l'intervention du pouvoir judiciaire dans la régulation technologique.

Une conception quantique du changement suppose une histoire sans nuances, brossée à coup de gros pinceaux, inattentive aux souffrances et aux victimes qu'elle abandonne derrière ses étapes comme des déchets nécessaires. Et pour cause : la transition lui importe peu. C'est pourtant en y prêtant un peu plus attention qu'on peut voir, derrière la résistance au changement technique, des manifestations qui ne sont pas nécessairement illégitimes ni irrationnelles. Gardons-nous surtout de ne lire l'Histoire qu'à travers le point de vue des vainqueurs : tous les combats perdus ne sont pas pour autant un hommage à la Raison hégélienne! À propos de la conquête du Mexique par Cortés, Le Clézio parle de l'angoisse qui saisit peu à peu tous les peuples indiens, Aztèques, Mayas et Tarasques, devant la poignée d'Espagnols venus s'emparer de leurs terres. Ni les armes ni la ruse ne peuvent expliquer qu'une troupe de six cents hommes ait suffi pour détruire un empire et une civilisation. L'angoisse est née non pas, comme l'on dirait aujourd'hui, de l'écart technologique, mais du malentendu culturel qui séparait deux mondes. Dans ces aventuriers ne rêvant que d'or, les Indiens avaient cru reconnaître leurs ancêtres venus, d'après la légende, « de là où naît le soleil, pour régner sur eux ».

Mais il ne faut pas davantage tomber dans l'excès inverse : la résistance au changement technique n'est souvent qu'une manifestation de fermeture à l'innovation. Certaines organisations se prêtent d'autant moins au changement qu'elles sont plus grandes et plus centralisées. Ce qui est vrai des administrations géantes des pays planifiés ne l'est pas moins des entreprises privées, que leur croissance même conduit à la bureaucratisation. Les spécialistes de l'innovation technique abondent en exemples d'institutions prédisposées à résister aux idées nouvelles ou devenant, à force de temps, de hiérarchies et de traditions, inaptes à se renouveler. La crainte de l'innovation, disait Tocqueville, est le mot sacramental de toute administration. Ce sont, après tout, les corporations qui ont inventé le corporatisme. Inutile dans ce cas de parler d'angoisse de mort devant un modèle de société autre que celui auquel on tient; c'est de repli sur soi, de sclérose, d'obsolescence qu'il s'agit. Ainsi l'industrie automobile américaine, qui passait pour l'une des plus novatrices et pour le symbole même de la seconde révolution industrielle, a-t-elle été caractérisée depuis plus de quinze ans par des records d'inertie et de résistance à l'innovation. Pour les institutions, comme pour les individus, la maturité dans les « étapes de la croissance » peut tout aussi bien être une transition vers la sénilité.

Tout changement perturbe et donc inquiète. Le changement technique inquiète d'autant plus que, fondé sur les certitudes des techniciens, la transition qu'il impose est faite d'incertitudes. Et plus l'on dépend des experts, plus les incertitudes grandissent : jusqu'à quel point peut-on leur faire confiance? Il ne s'agit pas seulement de faire sa place à une nouvelle technologie et de s'y adapter; celle-ci vient rarement *seule,* elle est la source d'autres transformations, donc la cause de nouveaux ajustements. Ce qui s'applique au monde urbain et industriel vaut encore plus pour le monde agraire, dont les mécanismes de changement sont, presque par nature, très lents et les mentalités rétives à toute nouveauté. « À la limite, écrit Henri Mendras, on peut dire que l'innovation n'a pas de place dans ces sociétés. Tant qu'elle est une nouveauté elle demeure marginale au système, et quand elle y fait sa place ce n'est plus une nouveauté. Le changement s'effectue par refus de l'innovation en tant que telle. »

Mais l'innovation n'est innocente qu'au regard du technicien qui la produit ou de l'économiste qui la comptabilise; elle perd toute innocence pour celui qui la subit. Le fond de certitudes qui la constitue se traduit plus souvent pour l'utilisateur par une problématique nouvelle que par des solutions toutes faites. L'introduction récente du maïs hybride, étudiée précisément par Mendras dans ce terrain unique d'observation qu'a été la France rurale au cours des années 50, montre bien comment le changement technique heurte les mentalités par l'incertitude qu'il crée : le savoir traditionnel de l'agriculteur, transmis de père en fils, est soudain placé sous la tutelle de l'ingénieur. De plus, les avantages économiques et techniques immédiats de l'innovation ne suppriment pas l'inquiétude que suscite le bouleversement de l'organisation sociale qui est, au terme, l'enjeu véritable du changement.

Cette création d'inconnu à partir du connu ne tombe pas du ciel comme une comète; elle est liée à des structures sociales, à des rapports de force, à des passions et à des intérêts, elle n'est jamais neutre. Au bout de la transition, le changement technique ne tient plus de la technique que son nom : c'est un changement social. Mais c'est *après* seulement que l'on sait si la résistance qu'il suscitait incarnait la « défense de caractéristiques particulières de la société ancienne » plus que le refus d'une orientation donnée de la société moderne; et si, plutôt que d'être écrasés dans la transition vers un nouvel état stable, les hommes dont elle a affecté la vie ont pesé sur les conditions dans lesquelles le changement s'est accompli. Le luddisme n'a guère compté dans l'histoire du machinisme industriel; on n'en dira pas autant du rôle qu'aura plus récemment exercé l'écologisme. Tous les combats auxquels donne lieu le changement technique ne sont pas des combats perdus. Ni des batailles d'arrière-garde.

Ce n'est en tout cas ni d'hier ni d'avant-hier que le changement technique a suscité des résistances et des révoltes. Les termes mêmes de la problématique contemporaine s'éclairent à la lumière de cette expérience historique. Je distinguerai quatre niveaux de mises en question, parfois séparés, parfois confondus, aujourd'hui comme hier : le premier renvoie au procès de la machine économisant le travail humain et déqualifiant les compétences; le second au « traumatisme » de l'arrachement à la vie rurale, proche de la nature, sinon du paradis des mythes d'origine; le troisième à l'organisation scientifique du travail, c'est-à-dire à l'intrusion du métronome dans le temps ouvrable; le quatrième, enfin, au courant de pensée qui, né avant l'essor du machinisme industriel, a vu dans les progrès de la science et des techniques un détournement et même une perversion du statut de l'homme dans la nature. Les trois premiers niveaux sont, si l'on veut, empiriques en ceci qu'ils témoignent d'une évolution dans laquelle l'histoire du changement technique est inséparable de l'histoire de l'industrialisation et de la condition ouvrière. Le quatrième définit une critique sociale dont l'inspiration, au moins à ses débuts, était essentiellement de caractère philosophique. Si j'insiste sur ces niveaux différents, c'est parce qu'ils se conjuguent et se fondent dans la critique contemporaine du progrès. Celle-ci s'appuie sur ce que les conséquences des développements scientifiques et techniques ont aujourd'hui de nouveau et de spécifique, tout en renvoyant à des structures sociales profondément transformées.

La machine dévoreuse d'ouvrage

Avant même la révolution industrielle, il n'était pas rare que l'introduction d'une nouvelle machine économisant la main-d'œuvre provoquât des soulèvements ouvriers. Marx cite le cas d'une machine à tisser des rubans et des galons, la *Bandmühle*, qui pouvait exécuter quatre à six tissus à la fois. Mise au point dès 1529 à Dantzig, elle aurait été aussitôt supprimée et son inventeur « étouffé ou noyé », le magistrat de la ville « craignant que cette invention ne convertît nombre d'ouvriers en mendiants ». Un siècle plus tard, quand cette machine fut employée pour la première fois à Leyde, les émeutes des passementiers entraînèrent les autorités à la proscrire, et « à Hambourg, elle fut brûlée publiquement par ordre du magistrat ».

Mais c'est la révolution industrielle — le passage de la manufacture à la grande industrie, l'essor d'usines pourvues de machines mises en mouvement par une source d'énergie autre que l'énergie humaine ou animale — qui provoque les réactions hostiles des travailleurs. Ce qui, d'entrée de jeu, est en question, c'est le moyen de travail qui lui-même menace le travail. Dans la concurrence entre l'homme et la machine, l'ouvrier se sent pris au piège à un triple titre : la machine peut le remplacer, exécuter plus régulièrement ses tâches, l'asservir à son rythme. Ne va-t-elle pas supprimer le travail, créer le chômage, diminuer les salaires ? Les incidents vont se multiplier en Angleterre à la fin du XVIIIe siècle et au début du XIXe. En 1769, une scierie mécanique, située à Limehouse, est prise d'assaut et démolie par la foule. Au même moment, des ouvriers de Blanckburn, près de Manchester, détruisent les *jennies* de Hargreaves et forcent celui-ci à se réfugier à Nottingham. Le mouvement culminera en 1811-1812, avec le luddisme, véritable jacquerie ouvrière qui faillit s'étendre à l'ensemble du pays. Les luddites s'adressent à l'État, et la question des machines est discutée devant le Parlement. Dans leurs pétitions, ils demandent la remise en vigueur d'une vieille loi de 1552 prohibant une machine qui n'était pas sans analogie avec la tondeuse de laine accusée de faire baisser leurs salaires : preuve de plus que le refus de la machine dévoreuse d'emploi est très ancien.

Une révolte analogue se manifestera en France entre 1819 et 1823, quand des fabricants de Vienne, Lodève et Carcassonne voudront introduire des tondeuses mécaniques dans leurs manufactures. Les gendarmes devront convoyer les caisses contenant les pièces de la machine et même faire usage de leurs armes pour repousser les ouvriers. En 1831, la révolte des canuts lyonnais tourne à l'insurrection; artisans et chefs d'atelier se joignent aux ouvriers qui créent un gouvernement provisoire. Lorsque l'armée en vient à bout, elle se fait huer au passage aux cris de : « À bas les machines à vapeur! » Pourtant, à partir de cette date, peu à peu, les bris de machines cesseront dans l'essor irrésistible du machinisme industriel. Au procès de la machine qui fonde le système succède le procès du système dans son usage de la machine. « Il faut du temps et de l'expérience, écrit Marx, avant que les ouvriers, ayant appris à distinguer entre la machine et son emploi capitaliste, dirigent leurs attaques non contre le moyen matériel de production, mais contre son mode social d'exploitation. La machine est innocente des misères qu'elle entraîne; ce n'est pas sa faute si, dans notre milieu social, elle sépare l'ouvrier de ses vivres. »

En fait, l'importance du luddisme ne doit pas être exagérée. En Angleterre, cette révolte correspondait aux premières étapes de la révolution industrielle, où le mouvement ouvrier n'était pas organisé. Les dirigeants ouvriers, y compris ceux du syndicalisme révolutionnaire, s'opposeront au procès de la machine à mesure que le monde ouvrier se constituera comme une force. Et l'antimachinisme fera d'autant moins recette que l'avenir du prolétariat sera perçu par les syndicats eux-mêmes comme lié à celui du grand capitalisme. Sans doute la « machinofacture » triomphera-t-elle sans que toute méfiance disparaisse : à chaque grande étape nouvelle du changement technique, le spectre du chômage technologique réapparaîtra, plus ou moins redoutable, redouté et localisé en fonction de l'importance de l'innovation. Mais la crainte qu'inspire le machinisme se transformera aussi en respect de la machine, non plus dévoreuse mais garantie de travail, dont les ouvriers, en période de grève ou de *lock-out,* se feront les gardiens. Ici se manifeste en pleine lumière l'ambivalence du progrès technique : les conquêtes des luttes ouvrières, l'élévation des niveaux de qualification professionnelle et, plus généralement, l'élévation des niveaux de vie conduiront la conscience syndicale à voir dans la machine l'alliée de l'ouvrier, aussi bien qu'un ennemi potentiel.

À partir du XXᵉ siècle, si l'introduction de nouvelles machines provoque souvent des réactions de rejet (par exemple, à Lille, en 1935 encore, où des cortèges conspuent les métiers continus), elle n'entraîne plus que des refus temporaires, des protestations verbales ou des grèves compensatoires pour obtenir une transaction salariale. En cas de grève, l'entretien de l'outillage dans l'usine occupée est, au contraire, une façon d'affirmer la capacité gestionnaire de la classe ouvrière, une marque d'appropriation. À la veille même de la Première Guerre mondiale, le syndicalisme ouvrier s'est converti à l'idée que le progrès dépend de l'innovation technique et fait sienne l'équation : production plus travail égale croissance, donc bienfaits. En Europe centrale et nordique, cette philosophie du progrès lié à la technique a été très tôt adoptée par les organisations ouvrières. Les syndicats d'inspiration marxiste seront d'ailleurs parmi les premiers à accueillir le taylorisme comme un des moyens d'accroître le rendement industriel. En revanche, l'Europe du Sud, marquée tantôt par une forte tradition d'anarchosyndicalisme, tantôt par le syndicalisme chrétien qu'inspire la doctrine sociale de l'Église, se montrera longtemps plus réticente à l'égard des bienfaits du machinisme industriel. Ce n'est pas la résistance à la société industrielle, mais bien au contraire sa promotion qui nourrira les thèmes mobilisateurs du mouvement ouvrier — d'où d'ailleurs la constance des relations difficiles et ambiguës des partis et des syndicats ouvriers avec les mouvements gauchistes. Et, plus que la peur du chômage technologique, c'est la peur de la déqualification, perte à la fois d'une compétence professionnelle et d'un atout dans la négociation avec le patronat, qui hantera la conscience ouvrière.

Le traumatisme du milieu technique

Je n'insisterai pas ici sur ce qu'étaient les conditions de vie et de travail pour les hommes, les femmes et les enfants dans les ateliers des débuts de l'ère industrielle (et souvent très au-delà). Il convient pourtant de les rappeler, ne serait-ce que pour souligner que la méfiance et l'hostilité à l'égard du changement technique ne tenaient pas seulement à la menace du chômage technologique. Au-delà de la concurrence avec la machine, tout un mode de vie est en question, dans l'exploitation, la monotonie et la répétition inexorables. La diffusion de la machine et l'essor de la grande industrie ne font pas que dépersonnaliser l'ouvrier : c'est projeter l'homme dans un monde nouveau caractérisé par sa rupture progressive avec le monde naturel. L'assimilation de la machine et de ses cadences, l'acculturation à l'usine et à ses contraintes se traduisent aussi par l'assujettissement de l'homme aux rouages d'un monde orchestré par d'autres rythmes que ceux de la nature. Le passage de la vie rurale à la vie urbaine et à la concentration industrielle a entraîné des coûts humains et sociaux qui interdisent de traiter le processus d'industrialisation comme une idylle. Et qui expliquent en tout cas pourquoi le changement technique a pu opposer dos à dos (et continuera d'opposer) le « romantisme » de ceux qui dénoncent le paradis perdu d'une nature à peine soumise aux artefacts de l'homme, et l'« utilitarisme » de ceux pour qui il n'y a de nature que maîtrisée par ces artefacts, avec un bilan des transformations à tout coup positif.

« Temps flottant, temps dormant » : cette formule que Henri Focillon appliquait à l'âge des cathédrales peut paraître excessive, quand on songe que le Moyen Âge a connu une intense activité technique et des transformations importantes. Si je la cite ici, c'est qu'elle donne la mesure de ce qui s'est passé à partir de la Renaissance et, à plus forte raison, à partir de la fin du XVIIIe siècle : le temps a cessé de flotter, il s'est orienté et même rué vers la destruction et le renouvellement des structures et des institutions sociales, sans cesse tenu en éveil par la succession des mutations techniques. Et chaque génération depuis le XIXᵉ siècle a le sentiment d'avoir vécu plus de changements que toutes les générations précédentes, au point que la révolution industrielle semble installée dans la révolution permanente, exposant individus et sociétés au choc constant des ruptures et des discontinuités.

Il suffit de penser aux difficultés psychologiques et physiologiques que les processus de la grande industrie ont provoquées : plier la main-d'œuvre à la régularité des horaires et des rythmes, au respect de l'ordre et de la hiérarchie, à l'économie de gestes et de paroles, c'était opérer un véritable dressage industriel par la discipline. Et la division du travail, largement antérieure à l'industrialisation, s'accentuera, simplifiant et morcelant les tâches, changeant le contenu même du travail de plus en plus parcellarisé, répétitif, générateur de désintérêt, source d'une fatigue nouvelle moins musculaire que nerveuse. Ici s'accentue le divorce entre la vie urbaine et la vie rurale. La stabilité apparente des sociétés paysannes traditionnelles n'excluait pas l'innovation, mais jamais le changement technique n'y entraînait de rupture brutale. C'est dans la durée que les nouvelles techniques, lentement adoptées d'une génération à l'autre, transformaient l'organisation sociale; les modes de vie n'étaient pas directement affectés. D'ailleurs, l'innovation technique venait rarement des paysans eux-mêmes, mais des propriétaires non paysans. Les progrès techniques dont la masse rurale a profité ou qu'elle a subis lui ont été pour la plupart imposés du dehors, par les notables et par les villes. C'est bien plus tard, avec l'industrialisation de l'agriculture elle-même, que le changement technique bouleversera simultanément le mode de vie et l'organisation sociale des campagnes.

La transhumance vers la ville, bientôt l'exil pour travailler à l'usine seront un bouleversement immédiat, rupture avec toutes les traditions à l'abri desquelles le monde rural, comme un bouclier contre l'innovation, avait perpétué sa manière de vivre, de travailler, de mesurer son temps. Le passage de la vie rurale à la vie urbaine industrialisée a bien été un traumatisme pour l'espèce humaine, un arrachement aux conditions proches des rythmes et des modes de vie naturels. Mumford n'a pas tort de voir dans l'horloge le symbole de la machine omniprésente de l'âge industriel moderne, même si elle est apparue longtemps avant la machine à vapeur, car c'est avec la mesure du temps « abstrait » qu'a commencé à se définir le milieu nouveau d'où allait surgir la révolution industrielle. Le milieu technique se substituant au milieu naturel débouche sur un monde dont l'horizon temporel tourne le dos au temps flottant du Moyen Âge, à plus forte raison au temps circulaire de l'Antiquité.

Il est, certes, difficile de reconstituer la manière dont fut vécu, intériorisé, ce passage de la société préindustrielle où le temps de travail était mesuré en termes « d'orientation par la tâche », à la société industrielle qui soumet non seulement le travail quotidien, mais encore le mode et l'organisation de la vie sociale à la discipline du temps. Comme l'a montré E.P. Thompson, l'apprentissage de cette discipline n'est pas allé de soi ni sans résistance, la séparation entre le « travail » et la « vie » entraînant, d'une génération à l'autre, des adaptations et des revendications successives. « Les ouvriers d'usine de la première génération apprirent de leurs maîtres l'importance du temps; ceux de la seconde génération se groupèrent en comités pour le raccourcissement du temps de travail; la troisième génération fit grève pour les heures supplémentaires ou les compensations horaires. » Le respect de la discipline du temps fut imposé par des pressions de toutes sortes, feuilles de présence, sonneries, indicateurs et amendes, bien avant le machinisme industriel, mais c'est le développement de la mécanisation qui a stimulé le recours au chronométreur et généralisé les nouvelles habitudes de travail.

Le changement technique et la propagande puritaine ont eu ici partie liée pour ajouter au temps de travail mesuré par l'horloge l'adoption généralisée de « l'horloge morale intérieure », qui enjoint de bien employer son temps, de ne pas le gaspiller, de le gérer comme une monnaie. Thompson souligne non sans ironie le rôle qu'ont joué dans la diffusion de l'idéologie de « l'horloge morale » les savants et les ingénieurs que fascinait la technique même de l'horlogerie. De Benjamin Franklin, auquel l'on doit l'expression la plus achevée de la discipline du temps comme valeur d'usage, à Henry Ford lui-même qui commença sa carrière comme réparateur de montres, en passant par John Whitehurst de Derby, ami de Franklin et inventeur de « l'horloge moucharde », le travail urbanisé et industrialisé n'est pas seulement mesuré par la précision mécanique de l'horloge, il l'est aussi par la pression des normes collectives sanctifiant la valeur monétaire du temps. Le dressage moral et physique de la main-d'œuvre à l'âge du capitalisme industriel a trouvé dans la mesure scientifique du temps sa référence, son étalon, sa valeur et sa sanction : le modèle à la fois de la discipline du travail et d'une morale de la discipline.

L'organisation scientifique du travail

L'horloge symbole de l'ère industrielle bat la mesure d'un temps qui n'est plus celui de la nature; elle est l'instrument de l'application de la science non seulement à la durée, mais aussi à la cadence du travail. Avec la seconde révolution industrielle, qui correspond à l'avènement de nouvelles sources d'énergie, électricité et pétrole, et des techniques qui l'accompagnent dans la diffusion de biens et de transports nouveaux, la production de série pour une consommation de masse exige l'abaissement des coûts, donc la rationalisation à outrance. Le système Taylor et le travail à la chaîne sont les deux réponses, complémentaires, au problème. Le taylorisme n'est rien d'autre qu'un effort d'adaptation de l'homme à la machine. « Apogée du scientisme des ingénieurs, c'est une idéologie de techniciens qui entendent régler la production et les rapports sociaux par l'application de la science à la vie des entreprises, et qui veulent substituer l'administration des choses au gouvernement des hommes. » Tout est dit dans cette formule de Michelle Perrot, qui rappelle que le taylorisme mobilise, voire engendre, toutes les sciences dites humaines : psychologie, sociologie, médecine du travail, ergonomie, etc., pour le rendement optimum du travail ouvrier. En somme, la « technologie sociale » fait ici ses premiers pas en visant à élever la division du travail à la dignité d'une science objective.

D'un côté, la conception et l'exécution du travail sont rigoureusement séparées : travail manuel et travail intellectuel renvoient à deux fonctions étrangères l'une à l'autre. « On ne vous demande pas de penser, répondait Taylor à un ouvrier, il y a d'autres gens qui sont payés ici pour cela. » De l'autre côté, les opérations du travail productif lui-même sont rigoureusement décomposées en ses éléments gestuels. En s'appuyant sur les techniques modernes de mesure et de chronométrage, le taylorisme consacre la parcellarisation du travail que les premières manufactures avaient empiriquement développée. Avec la science au service du rapport homme-machine sous l'horizon du rendement, l'homme ne peut être que le servant obéissant de la machine.

Assurément, le taylorisme a constitué une innovation majeure dans l'histoire de l'industrialisation. On peut y voir l'aboutissement tout à la fois de la rationalisation scientifique appliquée au travail et de l'héritage protestant appliqué à la condition ouvrière par « l'esprit du capitalisme ». L'ennemi auquel Taylor s'en prend est le freinage de la production : « La direction scientifique demande seulement que la flânerie cesse. » Le jugement moral sur les « tendances naturelles » de l'ouvrier à la paresse n'est pas séparable de la prédication scientifique sur la nécessité d'abaisser les prix de revient. On croirait lire les calvinistes les plus durs commentés par Max Weber : c'est la même dénonciation du péché que constitue le temps gaspillé. Dans « l'esprit du capitalisme », le travail est conçu comme le moyen même de l'ascèse; il devient dans le taylorisme l'objet de la science vouée au rendement. « Comme le chirurgien applique des modes opératoires que ses maîtres lui ont enseignés, écrit Taylor, l'ouvrier doit appliquer les méthodes de travail définies après étude des mouvements et des temps. » L'ouvrier est considéré, en somme, comme l'esclave africain que son naturel voue au laisser-aller de l'Éden plutôt qu'aux cadences mathématiques de la métropole, et le taylorisme est la méthode cartésienne qui doit le mettre au pas.

Les premières expériences du taylorisme se sont heurtées à l'hostilité des milieux ouvriers pour des raisons qu'on imagine aisément, mais le bilan de la résistance ouvrière demeure très contradictoire. Pour certains commentateurs, elle fut limitée en raison de la faiblesse du syndicalisme dans les premières usines « taylorisées »; pour d'autres, la mise au pas suscita de vives tensions et même des révoltes. Au total, néanmoins, c'étaient des batailles d'arrière-garde, car la mobilisation industrielle de la Première Guerre mondiale devait vite assurer la diffusion à grande échelle des méthodes du taylorisme et déboucher directement, au lendemain de la guerre, sur le travail à la chaîne. Désormais, la base de l'organisation industrielle n'est plus la machine, mais le poste de travail dont l'instrument est le convoyeur. Et celui-ci n'est que l'application technique de l'imagination rationnelle consacrée au rendement, sinon à la morale du travail.

Le triomphe du travail à la chaîne a pour contrepartie une plus grande aliénation de la main-d'œuvre : déqualification de l'OS affecté à un poste fixe et voué à un seul geste, séparation plus radicale entre les « cols blancs » et la piétaille ouvrière, rupture totale des filières traditionnelles de transmission du savoir, etc. La résistance au taylorisme n'a fait que répéter l'opposition qu'a rencontrée, dans les débuts du capitalisme industriel, la pédagogie de la discipline du temps, et elle a pris les mêmes formes : tantôt la grève, tantôt l'absentéisme, tantôt le « coulage » des cadences ou des pièces, d'où d'importantes baisses de productivité. Le discours taylorien a retrouvé, lui aussi, tous les accents de la prédication puritaine du XVIIIe siècle sur la paresse et l'oisiveté des ouvriers récalcitrants à la discipline de l'usine, mais le chronométrage du travail posté a pris beaucoup moins de temps à s'imposer que n'en avait exigé l'apprentissage des horaires fixes. Le pli était pris : on est passé à un degré supérieur, non à un changement de nature dans l'application de la science au travail. Et surtout, ce que Marx n'avait pu pressentir et ses disciples intellectuels encore moins concevoir, le système « aliénait » les ouvriers non pas en en faisant des esclaves, mais en les élevant à la bourgeoisie grâce à la consommation de masse : il reposait, en effet, sur le lien établi par Taylor et bientôt démontré par Ford entre l'accroissement de la productivité et l'augmentation des salaires correspondants. Le temps de travail était plus discipliné que jamais, mais « l'horloge morale intérieure » trouvait un nouveau remontoir dans le double stimulant des salaires élevés et de la consommation de masse.

Le taylorisme a prédominé plus d'un demi-siècle des deux côtés des rives idéologiques, à l'Est comme à l'Ouest, avec des mythologies et des résultats radicalement opposés : ici, le monument dressé en hommage à la consommation de masse, qui destine l'ouvrier à devenir le client de sa propre manufacture; là, le champion stakhanoviste du rendement, qui rend hommage à la capacité collective de production. Taylor n'aura pas moins servi Lénine que Ford, mais il ne reste pas grand-chose du léninisme, alors que le fordisme n'a pas cessé de s'adapter. L'excès même du système taylorien (ou l'impossibilité de le faire fonctionner à la lettre) et surtout les progrès de la technologie (informatisation et robotisation) conduisent aujourd'hui à des formes nouvelles d'organisation du travail, qui vont de l'enrichissement des tâches à des processus de négociation et de décision mieux partagés dans l'entreprise. L'atelier flexible et les cercles de qualité japonais inaugurent une ère nouvelle non seulement de la production, mais aussi de l'autogestion. Une organisation plus humaine du travail tend à reprendre ses droits sur l'organisation proprement scientifique, au moment même où les progrès technologiques permettent de développer la robotisation des chaînes, bientôt l'automation généralisée.

Plus profondément, je vois dans la généralisation des loisirs comme une révolte récurrente contre le prix et l'urgence attachés au temps défini par sa valeur d'usage. On commence à peine à déculpabiliser le temps qui n'est pas consacré au travail. Pour les économies libérées de la pénurie du passé, le besoin de consommer le temps à des fins exclusivement utiles n'apparaît plus comme l'impératif de « l'horloge morale intérieure » ni même de la rationalité économique, et le problème se pose de savoir si les plages de temps libre conquises sur l'usage fonctionnel du temps seront employées à rapprocher le travail de la vie ou à continuer de le séparer. L'histoire de la mécanisation du travail est aussi celle de la diminution du temps de labeur.

Ne nous étonnons pas si la question du partage du travail est soulevée dans les sociétés industrialisées au moment même où le taux de chômage s'accroît et où l'industrie des loisirs se développe. Certains voient déjà se réaliser, dans ces contradictions des sociétés riches, toutes les promesses des débuts du machinisme industriel, celle d'abord du progrès technique libérant l'homme non seulement de la pénurie, mais du travail lui-même. On retrouve ainsi dans le débat que suscite actuellement la révolution de la micro-électronique les espoirs et les craintes qu'avaient engendrés les premiers pas du machinisme industriel. Le progrès technique sera-t-il dévoreur d'ouvrage ou créateur de temps disponible, le robot mettra-t-il l'homme en vacances plutôt qu'au chômage? La robotisation croissante des chaînes et l'automation généralisée, gages d'accroissement de la productivité, seraient alors l'occasion d'une civilisation industrielle moins obsédée par l'usage fonctionnel du temps et plus attentive aux valeurs de la vie — une civilisation où les hommes devraient réapprendre certains des arts de vivre qui se sont perdus avec la révolution industrielle.

Mais nous n'en sommes pas encore là, et l'on sait dans quelle longue durée les technologies les plus avancées peuvent cohabiter avec des technologies traditionnelles. La robotisation des chaînes et l'automation généralisée promettent un allégement considérable des tâches auxquelles sont encore rivés un grand nombre des ouvriers, une plus grande initiative et une plus grande maîtrise de leurs activités professionnelles, sinon la disparition totale de l'OS. C'est pourtant aller vite en prospective que de tenir le problème pour résolu. La nouvelle classe ouvrière, composée exclusivement de bacheliers et de techniciens, n'est pas pour demain, même si le nombre de cols blancs ne cesse pas de s'accroître. En attendant, notre système industriel oscille entre la nécessité de qualifications nouvelles, la pesanteur du chômage structurel et la réduction du temps de travail que, simultanément, le progrès technique rend possibles.

Dans le modèle de croissance qui est le nôtre, où les gains de productivité demeurent la clé de la production et de la consommation de masse, il n'est pas facile de tourner le dos à l'organisation scientifique du travail : elle « colle » trop bien au système, comme sa tunique à Nessus, pour que la liaison homme-machine soit vécue autrement que dans le réflexe défensif et la suspicion. Et l'occupation des loisirs n'est pas moins frappée d'ambiguïtés et de distorsions que le temps consacré au travail : consommation parmi d'autres, le bol d'air pur, le folklore et l'exotisme deviennent un objet industriel qui n'échappe pas aux détournements de sens de la société de consommation. Les charters organisés au Japon avec le tout-compris de tourisme, qui inclut un ticket collectif pour les bordels de Thaïlande ou autres paradis exotiques d'Asie, sont aussi l'exemple du « monde-spectacle » contemporain, où la marchandise parvient à l'occupation totale du temps.

La critique intellectuelle du progrès

Il faut bien partir de Rousseau : avant le machinisme industriel, ses conquêtes et ses problèmes, c'est dans Rousseau qu'on trouve la source la plus profonde de la critique du changement technique, et ce n'est pas hasard si, dans tous les thèmes contemporains qui fondent le procès des sociétés industrielles, on peut identifier comme une réminiscence des thèmes chers à Rousseau, la nostalgie de l'homme naturel, le respect de la nature, le refus de la vie urbaine, le réquisitoire contre « les progrès des arts et des sciences » qui dévoient et l'homme et la société. Toute réflexion sur l'aliénation de l'homme dans la société part de là et y revient, même si Rousseau aurait eu bien du mal à se reconnaître dans Marcuse ou Roszak, pour lesquels le travail aliéné est d'abord la négation du principe de plaisir.

C'est à ce qui rend l'homme « factice » que Rousseau en a, à ce qui lui vient du dehors et qui l'empêche de vivre sa vie intérieure. À partir de là, tout ce qui vient du dehors est occasion de corruption, et toute l'œuvre de Rousseau, du premier *Discours sur les sciences et les arts* à l'*Émile* et aux *Confessions,* est la dénonciation constante des formes que prend ce dehors pour éloigner l'homme de l'homme en le séparant de sa vocation véritable. Les sciences, les institutions sociales, la civilisation, le progrès ou le théâtre, autant de formes où s'incarne ce détournement. Rousseau écrit dans ce tournant du XVIIIe siècle où la machine, prolongement de la main et de l'outil, ne fait pas encore peur ; elle n'est encore qu'un outil perfectionné dont l'homme conserve la maîtrise. Que n'eût-il pas dit du machinisme industriel, s'il avait pu voir l'essor de la machine qui est à elle-même son propre moteur, indépendante de l'homme et plus efficace par sa « facticité » même! Facticité du progrès, nostalgie et même mysticisme du milieu naturel : ce double thème ne sera jamais totalement absent des critiques du changement technique, fût-ce les plus récentes. Mais l'essor du machinisme industriel, précisément, a doté la source rousseauiste de nouveaux réquisitoires. Dans le mouvement même par lequel l'homme apparaît dépersonnalisé par la machine, réduit à une mécanique humaine, la machine dévoreuse d'ouvrage est personnifiée, conçue comme un vampire suçant le sang de ceux qui la servent.

En 1829, Carlyle publie son essai, *Signs of the Times,* où il commence à exprimer une critique de la machine que Ruskin et William Morris reprendront plus tard : « Les hommes sont devenus tout aussi mécanisés dans leur cœur et leur esprit que dans leurs mains. » C'est déjà, sur le plan intellectuel et moral, la description que Marx donnera de la machine de la grande industrie, « monstre mécanique qui, de sa gigantesque membrure, emplit des bâtiments entiers; sa force démoniaque, dissimulée d'abord par le mouvement cadencé et presque solennel de ses énormes membres, éclate dans la danse fiévreuse et vertigineuse de ses innombrables organes d'opération ». La machine-monstre fait de l'homme un monstre-machine; la bête humaine que devient la locomotive dans le roman de Zola métamorphose l'homme en accessoire mécanique. En fait, la critique de Carlyle introduit à un thème différent de l'héritage romantique du rousseauisme : il ne s'agit pas tant du rapport de l'homme à la nature que du rapport de la connaissance scientifique à toutes les autres formes de connaissance et de perception. Et le problème posé n'est plus celui du conflit entre la vertu de l'homme « naturel » et la corruption de l'homme civilisé, c'est celui de la compatibilité entre les deux types de connaissance. Carlyle offre en somme la version idéaliste (post-kantienne) de ce que C.P. Snow définira plus tard comme l'opposition entre les « deux cultures »; il souhaite, sinon les réconcilier, du moins permettre que l'une ne se développe pas aux dépens de l'autre. L'essor de la « connaissance mécanique », qui est associée aux progrès des sciences physiques, ne doit pas compromettre les chances de développement de cette autre province du savoir qu'est la « connaissance dynamique » fondée sur l'esthétique, l'intuition, la poésie, la sensibilité ou la religion. Dans la culture de l'honnête homme, Carlyle dénonce le divorce entre la formation humaniste et la formation scientifique, un divorce que les fonctions professionnelles déterminées par la civilisation industrielle ne vont pas cesser d'approfondir.

C'est alors que se développe le thème de l'objet technique créé par l'homme, qui se retourne contre lui pour l'asservir et l'anéantir. Le *Frankenstein* de Mary Shelley exprime le fantasme du double artificiel auquel la science peut donner toutes les apparences du vivant. Mais si le film tiré du roman montre un Dr Frankenstein dépassé par sa création (le monstre lui fait grief, précisément, de l'avoir mis au monde, l'assomme et fuit dans la campagne), le roman lui-même offre une tout autre leçon : horrifié par son succès, Frankenstein s'échappe de son laboratoire pour ne plus affronter la vision du monstre qu'il a créé. En somme, Mary Shelley pose ici le problème de la responsabilité sociale du scientifique et non pas, comme le suggère le film, celui de l'autonomie de la créature artificielle. Dans *Erewhon* (1872), l'utopie de Samuel Butler fait de la machine un être vivant pourvu de conscience, qui finit par asservir les hommes au point que beaucoup d'entre eux « maudiront le sort de ne pas les avoir fait naître machines à vapeur ». Un partage se dessine, dans la pensée utopique comme dans les premières œuvres de science-fiction, entre optimistes et pessimistes : ceux-ci voient dans les progrès de la science une menace et dans l'essor irrésistible des machines une force qui se substitue à l'homme et tend à le détruire ; ceux-là se réjouissent des conquêtes infinies que la science permet à l'homme de remporter sur la nature et sur lui-même.

Si les avancées du progrès confortent les optimistes, ses dysfonctionnements font rebondir les craintes des pessimistes. La fin du XIXe siècle restreint la critique du progrès au cercle des intellectuels, des écrivains et des philosophes qui dénoncent, sur le plan moral, l'écart entre les possibilités ouvertes à l'humanité par la science et l'usage qui en est fait. Dans *Les Illusions du progrès*, Georges Sorel s'attaque à l'un « de ces dogmes charlatanesques » qui gouvernent l'humanité par « le pouvoir magique des mots » et rend hommage à Proudhon d'avoir vu dans l'idée de progrès, suivant ses propres mots, un « bilboquet physiologico-politique » qui permet à la bourgeoisie de tourner le dos à la morale et à la justice. Reprise dans le sillage du débat que provoque le darwinisme, la critique du progrès ne cessera pas, en s'appuyant sur un modèle biologique plutôt que mécanique, de souligner les voies divergentes du progrès matériel et du progrès moral. Mais l'optimisme de Jules Verne à l'égard du progrès fera davantage recette. La résistance des intellectuels au changement technique et à ses conséquences peut apparaître comme une bataille d'arrière-garde sur le terrain déjà largement conquis par le positivisme et dominé par les prouesses techniques de la société de consommation : l'idole du progrès est à son faîte. De Rousseau à Bergson, en passant par William Blake, Keats ou Baudelaire, le soupçon jeté sur le coût humain, social ou moral de ses conquêtes n'est pas tel qu'il puisse remettre en question les bienfaits qui en résultent. La civilisation industrielle va de l'avant, fanatisée par les promesses de mieux-être et de biens matériels, démontrant sans cesse sa capacité d'accroître la puissance de l'homme sur les choses, tandis que les philosophes, poètes ou romanciers qui la dénoncent comme un miroir aux alouettes et professent qu'elle est en quête d'un « supplément d'âme » semblent prêcher dans le désert.

Éloignement de l'état de nature ou du monde de la vie; rupture avec les formes de connaissance qui ne doivent rien aux sciences, comme la perception esthétique, ou qui ne renvoient pas aux mêmes procédures, comme les humanités; dénonciation de l'artefact qui échappe au contrôle humain : on retrouve ces trois thèmes dans les critiques contemporaines du progrès scientifique et technique. Mais les développements contemporains de la science et de la technologie, étroitement associés au processus d'industrialisation et au pouvoir politique, prolongeront ces thèmes et les feront rebondir avec deux réquisitoires nouveaux : d'abord, une critique de l'institution scientifique en tant que telle; ensuite, une critique de la rationalité même que celle-ci incarne. L'industrialisation de la recherche transforme le scientifique en un technicien parmi d'autres, défini par la pratique d'une spécialité plutôt que par l'idéologie de la vocation. Et la rationalité sur laquelle s'appuie la démarche scientifique renvoie à tous les excès de la société industrielle. Tout comme la science contemporaine est liée à la politique, le néo-romantisme des procès dont elle est l'objet prend la forme d'un réquisitoire politique. Le *Discours sur les sciences et les arts* de cette fin du XXᵉ siècle est à la mesure du poids politique que ceux-ci exercent en tant qu'institution liée à l'État et au complexe militaro-industriel, modèle exclusif de rationalité et de croissance économique, moteur d'un changement technique dont les données entièrement nouvelles conduisent à des tensions sociales d'un type nouveau.

Les avatars de l'idéologie du progrès

Un système économique dont le ressort est la déstabilisation chronique liée au dynamisme technologique peut-il supprimer toute méfiance à l'égard de l'innovation? Le luddisme est toujours à l'horizon des sociétés industrielles comme une réaction de sauvegarde contre la perte de l'emploi ou l'obligation de s'adapter aux conditions nouvelles de travail et de vie qu'impose le changement technique. On le voit bien aujourd'hui avec la menace de chômage technologique, plus présente que jamais, dans les conditions actuelles de croissance modérée que connaissent nos sociétés. Dans les années 50, les craintes suscitées par le débat sur l'automation avaient tourné court, à la fois parce que l'expansion économique était soutenue et parce que la diffusion des technologies propres à généraliser l'automation n'avait pas eu lieu au rythme que craignaient les syndicats. Aujourd'hui, alors que les conditions économiques sont moins favorables, la révolution de la micro-électronique et des technologies de l'information ajoute ses effets à la propension de nos économies à privilégier les techniques intensives en capital. À court et à moyen terme, les conséquences négatives sur le niveau de l'emploi sont d'autant plus redoutables que l'agriculture et l'industrie manufacturière sont appelées à accroître leur production sans créer de nouveaux emplois.

Or, le spectre de la machine déqualificatrice et dévoreuse

d'ouvrage prend place dans un contexte idéologique et social très différent de celui du premier tiers du XXᵉ siècle, à plus forte raison du XIXᵉ. L'idéologie du progrès n'emporte plus la même adhésion que celle à laquelle donnait lieu le mariage de la science et de l'industrie sous les auspices du positivisme. Personne ne peut dire si les coûts du processus de destruction créatrice l'emportent sur ses avantages, mais le socle sur lequel s'appuyait l'idole du progrès présente désormais trop de lézardes pour justifier l'optimisme aveugle qu'il inspirait à la fin du XIXᵉ siècle. En même temps, la structure et la composition sociales des sociétés industrialisées n'ont plus rien à voir avec celles des débuts de l'industrialisation, et ceci peut aussi expliquer cela. La classe ouvrière est moins nombreuse que les classes moyennes, l'accès à l'éducation s'est élargi avec l'élévation du niveau de vie, le secteur des services représente une part toujours plus grande de la vie économique et donc des forces sociales, les élites capables d'influer directement sur les décisions politiques sont moins inégalement distribuées. *Dans les sociétés industrialisées, ces transformations essentielles ont pour corollaire des aspirations et des revendications qui sont désormais de caractère social plutôt qu'économique.*

Peut-on d'ailleurs contester les bienfaits que les progrès de la science et de la technologie ont permis de multiplier et de rendre accessibles au plus grand nombre, au moins dans les sociétés industrielles ? Le thème marxiste de la paupérisation a fait long feu avec la croissance économique sans précédent des années d'après-guerre. Remontons plus loin dans le temps : manifestation la plus impressionnante du progrès technique, le revenu par habitant dans ces sociétés a été presque multiplié par dix en deux siècles. Encore cet indicateur purement quantitatif ne donne-t-il aucune idée des avantages qui ont accompagné, sur le plan du bien-être individuel et collectif, cet accroissement considérable du revenu : allongement de l'espérance de vie, régression de la mortalité infantile, éradication de certaines maladies, élévation du niveau d'éducation, accroissement de la rapidité des communications, amélioration des conditions de vie et de travail, protection sociale accrue, augmentation des possibilités de loisirs, etc. Quelles que soient les inégalités qui demeurent, l'importance relative des zones de pauvreté et d'exclusion, l'augmentation même du nombre des « laissés-pour-compte » du progrès dans les sociétés riches, l'acquis global sur le plan matériel est indéniable.

Cette lecture du progrès — la seule objective — est celle que donnent les quantités retenues par l'économiste, quand il calcule l'accroissement du produit et de la productivité. On peut en tirer des conclusions irrécusables sur l'élévation du niveau et du genre de vie. L'indice du progrès matériel, dont Jean Fourastié a parlé pour la France à propos des Trente Glorieuses, s'applique tout autant à l'ensemble des pays industrialisés, avec des écarts plus ou moins grands. Assurément, le « grand espoir du XXe siècle » s'est réalisé en tant qu'espoir économique, s'il portait, comme le reconnaissait Fourastié lui-même, « sur les faits, mais sur les seuls faits de production, de consommation, de durée de travail, d'hygiène, de durée de vie ». Toutefois, dès lors qu'on sort de ces faits, le bilan du progrès est plus ambigu et devient affaire de jugement subjectif. Nos indicateurs économiques sont incapables de mesurer les coûts sociaux et les inconvénients associés à la croissance économique et au progrès technique (par exemple pour l'environnement), à plus forte raison de rendre compte — ce qui pourtant est à mettre en premier lieu au crédit du progrès — de toutes les connaissances et techniques nouvelles par lesquelles l'homme a accru et approfondi son savoir de la nature et de lui-même. À quelle échelle et en vertu de quelle mesure peut-on dire, par exemple, de la révolution pasteurienne qu'elle a plus contribué au bonheur de l'humanité qu'à son malheur, en jouant un rôle déterminant dans l'explosion démographique ?

Il est vrai aussi que les transformations économiques vont de pair avec des aspirations et des exigences nouvelles, qui font que plus l'on recule les frontières du possible matériel, plus la perception de ces frontières grandit l'insatisfaction. Telle est bien la ruse de la raison et du profit dans la société de consommation : chacun y vit au-dessus de ses moyens, mais n'est-ce pas ce que poursuit la logique même du système industriel ? Le consommateur en veut toujours plus, puisqu'on lui crée toujours plus de besoins. Comme l'a suggéré Harvey Brooks, notre perception des détériorations qu'a subies la qualité de la vie peut être due à l'escalade de nos attentes plutôt qu'à la détérioration de la situation objective. Si l'on voit, dit-il, la société comme un servomécanisme piloté par les signaux d'erreurs que déclenche l'écart entre l'attente et la réalité, alors effectivement les signaux d'erreurs sont d'une amplitude beaucoup plus grande qu'il y a vingt ans.

Mais, surtout, ces ambiguïtés du progrès renvoient à un bilan de la science et de la technologie dont le rationalisme du XVIIIe siècle et le positivisme du XIXe ne pouvaient pas concevoir les aspects négatifs. On peut dire que la notion de progrès au sens des Lumières n'a plus cours, puisque la route toute droite du progrès des connaissances et du progrès matériel s'est séparée des voies assurément moins linéaires du bonheur et du progrès moral. D'ailleurs, on parle plus volontiers aujourd'hui de changement technique et de croissance économique, comme pour évacuer de la notion même de progrès tout ce qu'elle véhicule de présupposés idéologiques. Le thème suivant lequel plus il y a de science plus il y a de progrès matériel et plus l'humanité doit irrésistiblement marcher vers le mieux n'appartient pas tant aux illusions du XVIIIe siècle qu'aux désillusions du nôtre.

La prise de conscience des dommages qu'entraîne le processus de croissance a pour corollaire la mise en question de la science et de la technologie : l'une et l'autre sont perçues comme associées à la nature et à l'échelle de ces dommages. Ainsi l'image du progrès scientifique a-t-elle cessé de coïncider avec celle du progrès humain. Aucun des changements intervenus depuis le XIXe siècle n'est plus révélateur que cette mise en cause de la science, et c'est par rapport à cette transformation du décor idéologique qu'il faut aujourd'hui s'interroger sur la résistance au changement technique. La notion d'un contrôle à exercer par la société sur les conséquences du changement technique renvoie aux succès mêmes de l'entreprise scientifique, dont tous les bienfaits n'empêchent pas de prendre conscience de ses inconvénients, de ses dommages et de ses risques. Non pas que la contestation dont le progrès est l'objet entame le pouvoir qu'exerce l'institution scientifique dans les sociétés industrielles. Ni davantage qu'elle entraîne l'opinion publique à en dresser un procès sans appel. Tous les sondages, au contraire, montrent que l'image stéréotypée de la science (celle, en particulier, du savant dévoué au bien de l'humanité) est toujours présente dans les représentations sociales. Mais cette image va désormais de pair avec une conscience accrue des risques et des menaces. À tout le moins, il y a désormais ambivalence : le crédit accordé à la science bénéfique s'accompagne de méfiance, et l'on constate, suivant la nature des sondages, une dégradation plus ou moins sensible de l'image stéréotypée.

Du même jugement par lequel on fait honneur aux sciences de la nature d'avoir provoqué un accroissement démontrable, toujours plus rapide, de savoir et de pouvoir, constatait Hannah Arendt, on peut les blâmer d'avoir accru, d'une manière à peine moins démontrable, les instruments de mort, de désespoir, de nihilisme. Et l'aspect le plus significatif de ce nihilisme et de ce désespoir est « qu'ils n'épargnent plus les savants, dont l'optimisme bien fondé pouvait encore au XIXe siècle s'opposer au pessimisme également justifiable des penseurs et des poètes ». Dans un article fameux, porte-drapeau des fantasmes du scientisme, Pasteur parlait des laboratoires comme des temples de l'avenir et du bien-être : « L'humanité y apprend à lire dans les œuvres de la nature, œuvres de progrès et d'harmonie universelle, tandis que ses œuvres à elle sont trop souvent celles de la barbarie, du fanatisme et de la destruction. » Ce qui a changé par rapport à Pasteur et à tous les thèmes du progrès dans lesquels le XIXe siècle a pu voir encore un article de foi, c'est qu'aujourd'hui les conquêtes de la science n'apparaissent pas moins au service de la barbarie qu'à celui de l'harmonie universelle.

Chapitre IX

La nouvelle donne technologique

Les liens se sont resserrés entre la science et la technologie, et la recherche scientifique et technique est devenue toujours plus solidaire du processus d'industrialisation. En ce sens, le plus grand changement a d'abord eu lieu dans le système de recherche : ce fut la création d'institutions publiques et privées organisées pour l'engendrement des nouvelles technologies à la manière dont, au XIXᵉ siècle, de nouvelles institutions avaient été créées pour la production et la commercialisation à grande échelle des biens et des services. Du même coup, ce n'est pas seulement la dimension des systèmes techniques qui a changé — qu'il s'agisse de l'énergie, des transports, des communications ou des armements —, mais aussi la rapidité avec laquelle les technologies nouvelles sont diffusées sur le marché, un marché réellement élargi à la dimension de l'économie-monde.

Le changement d'échelle et de complexité

On a vu grand et de plus en plus grand : des centrales aux supertankers, des systèmes de communication aux systèmes de transport, les inconvénients et les risques du progrès technique sont venus non pas tant des composants de la technologie elle-même que de son application à des échelles sans précédent et de la rapidité avec laquelle certaines technologies ont pu être introduites et diffusées. En outre, les technologies contemporaines sont, à un double titre, d'une extrême complexité : parce qu'elles dépendent de connaissances et d'instruments scientifiques de plus en plus « sophistiqués » et parce qu'elles supposent, pour fonctionner, un tissu organisationnel lui-même de plus en plus complexe. Il faut bien parler ici de systèmes et non pas seulement de techniques : acheter une voiture ou tourner le bouton de l'électricité, téléphoner ou utiliser un ordinateur, c'est d'entrée de jeu se placer dans un réseau de relations sociotechniques où interviennent des facteurs d'approvisionnement, d'entretien, de maintenance, d'assurance, etc., en l'absence desquels l'utilisation même du produit technique serait impossible. Et plus le système sociotechnique est complexe, plus l'organisation sociale est vulnérable à l'accident ou au blocage d'un seul des éléments du système.

L'informatique offre l'exemple le plus éloquent des risques qu'entraîne l'adoption exclusive d'un système technique placé sous le signe du gigantisme. Outre les problèmes proprement techniques que rencontrent les grands ordinateurs à mesure qu'augmentent leur dimension et leur complexité (par exemple, celui de la résonance interne), le choix du « mégachaudron », pour reprendre l'expression de Bruno Lussato, conduit inévitablement à la concentration des informations et des opérations. Le réductionnisme des programmes soumis à la machine permet apparemment de réaliser des économies d'échelle, mais le grand ordinateur conduit à une centralisation croissante des décisions. Et l'information disponible ne cesse pas d'augmenter sans que notre aptitude à l'absorber puisse croître dans les mêmes proportions. Plus l'information devient complexe, plus son traitement est suspendu à l'expertise des spécialistes et des institutions capables de la manipuler. Une société entièrement informatisée à partir des grands ordinateurs serait entièrement tributaire des techniciens et des décideurs ayant accès aux programmes et aux banques de données.

Les efforts développés dans la plupart des pays industrialisés pour instituer par la législation des moyens de contrôle et des contre-pouvoirs, montrent assez que les menaces pesant sur la vie privée et les libertés en raison de l'informatique ne sont pas des fantasmes de lecteurs d'Orwell. Le tropisme centralisateur et policier de l'informatique, qui permet de traiter dans un fichier des informations de caractère privé, syndical ou politique, conduit à des tentations irrésistibles. Il était très spécieux de soutenir, comme l'a fait le rapport Nora-Minc, que la Gestapo fit assez efficacement son métier sans disposer de fichiers interconnectés, alors que la Suède, qui aujourd'hui possède les fichiers les plus riches et les mieux croisés, court peu de risques de devenir un régime policier. Une Gestapo pourvue de fichiers interconnectés aurait effectué plus efficacement que jamais son métier. Aucun État, à dire vrai, n'a besoin de Gestapo pour abuser des moyens renouvelés de surveillance et de contrôle dont le progrès technique lui permet de disposer.

La méga-informatique n'a pas seulement comme inconvénient de favoriser les tentations totalitaires de la centralisation, elle accroît aussi la vulnérabilité du système centralisé aux défaillances de l'interface homme-machine, à plus forte raison aux actes de malveillance ou à la piraterie. Plus la société devient dépendante du bon fonctionnement d'un système technique intégré ou d'un petit groupe de ces systèmes, plus l'éventualité d'un effondrement en chaîne des unités interconnectées peut être catastrophique. La panne du réseau d'électricité du nord-est des États-Unis, qui plongea dans l'obscurité une grande partie de cette région, y compris toute la ville de New York, est l'exemple même des conséquences que peut entraîner la défaillance d'un grand système. Aucun réseau informatique n'est à l'abri d'une telle défaillance, sans parler des « virus » qui peuvent entraîner paralysie ou délire du système. Plus les ordinateurs sont grands et les réseaux interconnectés, plus la panne a des conséquences désastreuses. En outre, l'acte de piraterie — fraude, escroquerie, espionnage, terrorisme — sera d'autant plus efficace et coûteux que le système technique sera exclusif et centralisé. La technique du coup d'État, dont Malaparte avait dressé les recettes dans les premiers pas des centraux téléphoniques et de la radio, passe désormais par la conquête des grands ordinateurs. À Cambridge, lors de l'occupation par les étudiants de l'université Harvard ou des manifestations contre les liens trop étroits entre le MIT et le Pentagone, les ordinateurs des services administratifs furent protégés en priorité par la police, plutôt que les laboratoires. La destruction des fichiers, des banques de données et des réseaux informatiques consacrerait plus sûrement la fin de la civilisation industrielle que l'incendie de la bibliothèque d'Alexandrie n'a symbolisé celle de l'empire des Pharaons.

En même temps, le changement d'échelle s'accompagne d'une « sophistication » croissante des instruments théoriques dont dépendent la conception, la production et la gestion du système technique. Les connaissances qui permettent de comprendre le fonctionnement du système se sont à ce point spécialisées qu'elles sont devenues ésotériques à la majorité des gens. Hier, le concepteur, le fabricant, l'utilisateur et le réparateur d'un objet technique pouvaient être une seule et même personne; aujourd'hui, un individu donné peut être à la fois dans la position d'un expert à l'égard d'une catégorie ou sous-catégorie de technologies complexes, et dans la position d'un simple utilisateur ou opérateur à l'égard de la plupart des autres. Spécialistes de domaines de plus en plus étroits, les techniciens sont séparés les uns des autres en fonction de leurs domaines de compétence. À plus forte raison, la multitude de ceux qui ne sont pas des techniciens est-elle séparée des scientifiques et des ingénieurs. L'homme sans qualités de Musil est à l'image d'un monde en quête de qualités, c'est-à-dire non compartimenté par des savoirs et des langages spécialisés.

Or, l'échelle et la complexité de l'entreprise scientifique et technique ont pour contrepartie des conséquences potentielles sans précédent. Alors que certains risques tendent à être conjurés (explosions dans les mines, accidents de chemin de fer, ruptures de barrages), une double dimension nouvelle définit aujourd'hui les « risques technologiques majeurs » : les menaces qu'ils font peser s'appliquent à des zones incomparablement plus grandes et pour une durée incomparablement plus longue. En cas de catastrophe, les zones ne sont plus facilement isolables, donc évacuables; de plus, la diffusion de produits toxiques (dioxine, mercure, contamination par radioactivité) peut avoir des effets qui ne sont pas repérables avant de très nombreuses années ou qui perdurent sur plusieurs générations. Autant d'effets « lourds » du changement technique dont les indicateurs quantitatifs du progrès matériel ne rendent pas compte : ce ne sont pourtant ni des fantasmes ni des spéculations.

L'effet cumulatif des oxydes d'azote sur la couche d'ozone, le problème des hydrocarbures fluorés, des pluies acides ou du cycle du combustible nucléaire, sont des exemples de pollutions technologiques dont les incidences sont transnationales, sinon planétaires. De Seveso aux manipulations génétiques, de la marée noire aux risques de contamination nucléaire, du mercure de Minamata aux retombées de Tchernobyl, on voit qu'aux effets à long terme sur l'environnement s'ajoute l'incidence possible sur le capital génétique des espèces vivantes et d'abord l'espèce humaine : une incidence irréversible. Certains de ces effets sont visibles, affectant tels groupes ou intérêts plutôt que d'autres; d'autres sont moins visibles et plus diffus, parfois à une si longue échéance qu'elle excède les capacités actuelles de prévision de la science.

Comment s'étonner que ces caractéristiques nouvelles de la technologie moderne soient un facteur de malaise et d'inquiétude? Le sommeil de la raison, disait Goya, crée des monstres, mais nous savons désormais que la raison éveillée en crée aussi. Aux cataclysmes naturels sur lesquels l'homme a toujours su qu'il ne pouvait rien s'ajoutent désormais les catastrophes technologiques, produit de l'œuvre humaine dans ce qu'elle a, intellectuellement, de plus savant. Le changement d'échelle est aussi un changement de pouvoir, non pas au sens de l'autorité, mais à celui de l'intervention physique sur les choses et les hommes. Si le pouvoir de production des systèmes socio-techniques modernes est sans précédent, leur pouvoir de destruction ne l'est pas moins. Songeons aux systèmes d'armement disponibles dans le monde, à plus forte raison à l'armement nucléaire. Comment dissocier du malaise et de l'inquiétude auxquels donnent lieu les développements scientifiques et technologiques contemporains l'ombre d'incertitude et de menace absolue que projette la possibilité d'une guerre nucléaire?

Même si l'implosion du système communiste anéantit les ambitions de domination planétaire de l'ex-URSS, la Russie dispose d'une réserve suffisante de bombes nucléaires pour tenir à distance les États-Unis et continuer de menacer l'Europe. Il y a plus pervers : la fin de l'Union soviétique, l'indépendance de la Biélorussie, de l'Ukraine ou de la Mongolie intérieure peuvent doter chacun des nouveaux États d'une force atomique échappant au contrôle de Moscou. Ce qu'on a appelé « l'équilibre de la terreur » a tenu non seulement au partage plus ou moins égal en mégatonnes atomiques entre les deux puissances bipolaires, mais encore – sinon surtout – à la retenue de celles-ci dans la gestion des situations de crise. Ni le blocus de Berlin, ni la guerre de Corée, ni les fusées de Cuba n'ont fait perdre leur sang-froid aux stratèges et aux chefs d'État directement impliqués dans les décisions. Et l'on sait aujourd'hui que Fidel Castro n'hésita pas à presser Khrouchtchev de déclencher une guerre nucléaire. La bombe atomique est un « répresseur de violence », comme le dit le général Poirier, si les adversaires potentiels ont pleinement conscience qu'ils sont asservis les uns aux autres par un égal intérêt vital; en somme, si chacun postule que l'autre, doué de la même raison et honorant le même code de bonne conduite, s'interdit d'agir inconsidérément, puisque la moindre erreur d'interprétation serait fatale à tous. Mais que se passera-t-il quand, parmi les membres du club atomique, la modération cessera de régner? Ou lorsqu'un pays en développement, accédant à l'armement nucléaire, n'hésitera pas à mener des opérations de terrorisme, par exemple au nom du fanatisme religieux, ou plus simplement encore parce qu'il sera aux mains de potentats irresponsables?

Ce scénario n'est pas un fantasme de plus de la raison endormie : l'implosion de la Yougoslavie a donné l'exemple, où l'on a vu les avions de la Fédération mitrailler, lors des premiers combats de juillet 1991, la centrale nucléaire de Krsko, à cent kilomètres à l'est de Ljubljana, la capitale slovène. Le gouvernement slovène envoya un message à l'Agence internationale de l'énergie nucléaire de Vienne, pour lui demander de faire pression sur Belgrade : « On ne peut pas jouer avec ces objets, y disait-on. Les conséquences ne sont pas telles, comme certains le croiraient, que seuls les Slovènes ou les Croates en pâtiraient. C'est le monde entier qui en souffrirait. » Le bon sens interdit, en effet, de confier des armes à feu à des enfants. La bombe atomique n'est pas un jouet à laisser aux mains de nations ou de tribus qui ignorent les règles du jeu de *l'arms control*. Les Grands qui possèdent la bombe ressemblent, disait Oppenheimer, à deux scorpions enfermés dans une bouteille qui ne peuvent que survivre ou mourir ensemble. La montée aux extrêmes est toujours possible par erreur, accident, malentendu ou contrôle inadéquat des crises, mais le propre de la dissuasion a été jusqu'à présent d'introduire une forme de raison dans le jeu de la déraison, en interdisant aux deux Grands d'aller jusqu'au « duel à mort ». Que s'insinue dans la bouteille un *tertium quid* qui n'a pas conscience ou ne veut pas voir qu'il est voué à la retenue sous peine de destruction totale, et le monde entre dans l'ère inexorablement fatale du *déséquilibre de la terreur*.

Il demeure que la surabondance d'armements stratégiques mobilise, dans la dérision des valeurs humaines, des ressources qui pourraient être consacrées à des financements plus productifs et, en priorité, au développement des pays pauvres. Or, l'arbre des investissements dans l'armement nucléaire cache la forêt des dépenses consacrées aux armements conventionnels, dont la sophistication croissante ne cesse pas d'élever le coût. C'est en tout cas le raisonnement très simple — trop simple, assurément — qu'a tenu Willy Brandt dans l'introduction au rapport de la commission Nord-Sud qu'il a présidée : « La facture militaire annuelle approche actuellement du total de 450 milliards de dollars, alors que l'aide officielle aux pays en voie de développement représente moins de cinq pour cent de ce chiffre. » Et d'évoquer tout ce que les dépenses militaires d'une seule demi-journée pourraient suffire à financer. Jamais, en effet, la disproportion entre l'échelle de ce qui est dépensé pour détruire et ce qui devrait l'être pour construire n'a été plus grande.

Je concède volontiers qu'on ne peut pas plus jouer au désarmement unilatéral qu'à la roulette russe. Si grandes que soient les horreurs de la guerre, la génération de Munich a appris à ses dépens que la paix ne s'achète pas à n'importe quel prix. Mais doit-on pour autant se résigner à l'escalade des systèmes d'armements que le génie des scientifiques et des ingénieurs ne cesse pas de renouveler? S'il faut, pour préserver la paix, préparer la guerre, le piège que constituent les moyens de la science et de l'industrie les plus avancées condamne l'humanité à l'escalade sans fin — ou à l'holocauste. Nous savons qu'à toute percée technologique en correspond une autre, et qu'il n'y aura jamais de solution proprement technique pour assurer un adversaire qu'il n'est pas précédé par l'autre. Contre la stupidité, disait Schiller, les dieux eux-mêmes luttent en vain : la préparation de la guerre a désormais pour synonyme l'impossibilité de la paix. Mais ici encore ne prenons pas l'effet pour la cause : la science et la technologie ne sont pas des forces qui agiraient de l'extérieur sur les sociétés, comme les dieux de l'Olympe, en les condamnant à affronter sans recours un destin aveugle; elles déterminent l'évolution des systèmes d'armes et les conditions de leur emploi, elles ne sont pas la clé des raisons pour lesquelles les nations entrent dans une lutte à mort. Les choix qui sont effectués dans l'orientation des efforts de recherche-développement sont en dernier ressort ceux des sociétés elles-mêmes, des régimes et des gouvernements qu'elles se donnent (ou qu'on leur impose). Si la course aux armements doit connaître un frein, à plus forte raison une fin, il faut commencer par le *vouloir,* et non pas l'attendre des progrès de la science et de la technologie.

La science à l'ère du soupçon

Se demander jusqu'à quel point un risque collectif vaut la peine d'être couru, c'est de toute évidence sortir du champ proprement technique dans lequel on peut le définir en termes strictement scientifiques et aborder le terrain politique des choix et des valeurs. L'essor des recherches biologiques, quand elles sont devenues un domaine scientifique au sens moderne du terme, n'a pas eu lieu sans conflits, parfois violents, sur le plan intellectuel, religieux, moral et social. Toutefois, des conceptions de Darwin aux débats sur la vaccination ou la vivisection, les attaques contre la légitimité de ces recherches sont toujours venues de l'extérieur de la communauté scientifique. Il ne serait venu à l'idée d'aucun de ceux qui participaient à ces recherches d'imposer une limite à leurs investigations, en dehors de celle qui, prolongeant le serment d'Hippocrate, avait trait à l'expérimentation sur l'homme. Au contraire, à mesure que nos sociétés se sont laïcisées, instituant des frontières de plus en plus nettes entre la « sphère d'intérêt » de la religion et celle de la science, à mesure aussi que les progrès de la science sont passés par une spécialisation et une professionnalisation croissantes des scientifiques, la liberté de la recherche est devenue l'article de foi de la communauté scientifique au sens où il y va non seulement du choix des sujets de recherche, mais aussi des modalités de l'expérimentation.

L'idée d'une limite à imposer sinon à la recherche scientifique, du moins à la publicité de ses résultats, est apparue dans le sillage des recherches nucléaires, à la veille de la Seconde Guerre mondiale. En 1939, le physicien américain Percy W. Bridgman annonce dans une déclaration publique qu'il refusera désormais d'ouvrir son laboratoire et de communiquer les résultats de ses expériences à tout chercheur d'un État totalitaire. Quelques mois plus tard, Leo Szilard et certains des atomistes européens émigrés, comme lui, aux États-Unis, demandent à leurs collègues britanniques et français de pratiquer l'autocensure sur les résultats de leurs travaux. Cet appel au secret des communications scientifiques, on le sait, n'eut aucune suite. Frédéric Joliot-Curie et son équipe, qui venaient de découvrir la réaction en chaîne de l'uranium, firent la sourde oreille, non pas tant en invoquant la libre circulation des idées, que pour être parmi les premiers à annoncer la découverte : l'impératif de la priorité scientifique et du prestige national l'emportait sur celui de la sécurité collective. Aux États-Unis, il ne fallut pas moins que la prise en main par l'armée, deux ans plus tard, des recherches atomiques dans le cadre du Projet Manhattan pour soumettre ces recherches au secret.

Il y avait là déjà un tournant, qu'il importe de souligner : la nature même des recherches dans le domaine nucléaire restreindra, fût-ce pour les travaux de recherche fondamentale, la liberté des informations et des échanges entre scientifiques – liberté jusqu'alors revendiquée, sinon pratiquée, comme l'instrument même du progrès des connaissances grâce à la coopération internationale. Et l'on sait quels problèmes nouveaux, sur le plan de leur responsabilité sociale, politique et morale, certains des chercheurs atomistes ont dû affronter en raison même de la nature des travaux qu'ils ont poursuivis et des résultats qu'ils ont obtenus au cours et au lendemain de la Seconde Guerre mondiale. Le débat sur l'utilisation des premières bombes atomiques a conduit une partie de la communauté à s'interroger sur les limites de l'investigation scientifique, à plus forte raison quand les recherches ont débouché sur la possibilité de réaliser la bombe thermonucléaire, une arme dont l'utilisation, suivant la formule d'Enrico Fermi et d'Isidor Rabi, ne peut se justifier par aucune raison d'ordre éthique : « C'est nécessairement un mal, ont-ils écrit en annexe au rapport destiné au Pentagone, de quelque façon qu'on la considère. » Un scrupule hantera beaucoup des scientifiques, d'Oppenheimer à Sakharov, qui prirent part aux recherches nucléaires, pour finir par les ranger parmi les adversaires de l'escalade des armements, sinon parmi les pacifistes. Leur compétence les place du côté des guerriers et leur conscience morale du côté des victimes, dira Freeman Dyson : ce physicien, qui compte parmi les plus grands des États-Unis, membre de l'Institut des sciences avancées de Princeton, est un orfèvre en la matière, puisqu'il est conseiller du département de la Défense et milite tout à la fois au sein du mouvement local pour la paix.

Le fait même de ce précédent des recherches atomiques explique en tout cas l'écho qu'a provoqué dans le public, mais aussi dans la communauté scientifique, la controverse sur les recherches consacrées à la « recombinaison de l'ADN ». Le débat sur l'utilisation des premières bombes atomiques lui sert de toile de fond, avec des chercheurs à la fois plus conscients de l'enjeu social et politique de leurs activités et plus aisément en mesure d'en appeler à l'opinion publique. Et, surtout, l'objet même de la controverse porte sur un domaine auquel chacun, profane ou compétent, peut être immédiatement sensibilisé : le « mystère de la vie ». Cette fois, il s'agit non plus seulement de l'utilisation des résultats de la recherche, mais de la recherche elle-même, non plus seulement de la technologie, mais de la science en tant que telle. C'est la première fois que, du sein même de la communauté scientifique, l'idée est lancée d'un contrôle tant des modalités que des objectifs de la recherche fondamentale. À l'initiative de la National Academy of Sciences, la conférence d'Asilomar réunit cent cinquante-cinq scientifiques de plusieurs pays pour discuter les risques de création ou de diffusion d'organismes pathogènes qui accompagnent les nouvelles techniques de division des gènes.

La conférence devait traiter du moratoire recommandé par ceux des biologistes, qui demandaient une évaluation préalable de ces risques avant la poursuite de certaines expériences. Elle se conclut sur un accord apparent, aux termes duquel des procédures spécifiques de laboratoire pourraient maîtriser les risques potentiels. Mais, comme les résultats de la conférence, transmis aux National Institutes of Health (dont l'équivalent français est l'INSERM, l'Institut national de la recherche biomédicale), devaient faire l'objet de directives générales, les scientifiques qui y participaient découvrirent qu'en formulant un avis technique sur une question scientifique ils exerçaient en fait un rôle politique. La presse s'empara de l'affaire, et les mouvements écologistes se plaignirent de n'avoir pas été représentés aux discussions par leurs propres experts. Le consensus d'Asilomar fut remis en question par certains des biologistes qui avaient pris part à la conférence, et le débat devint une affaire publique quand les National Institutes of Health décidèrent de consulter sur leur projet de directives des associations représentant l'intérêt public.

C'est alors que la ville de Cambridge, Massachusetts, à l'occasion de la rénovation d'un laboratoire de Harvard destiné à abriter les recherches sur la recombinaison de l'ADN, imposa un moratoire sur toutes les recherches que les National Institutes of Health avaient classées à « un risque modéré », et convoqua une commission chargée d'étudier le problème et de formuler des directives applicables localement. La controverse déboucha sur des directives des NIH visant à contrôler les conditions dans lesquelles les recherches sont menées en ce domaine, directives qui ont trouvé leur équivalent en Europe dans des recommandations de l'OCDE et de la Fondation européenne de la science, dans une directive des Communautés européennes et dans les réglementations adoptées par la plupart des pays industrialisés. Ces réglementations imposent des mesures de sécurité chargées de « contenir », sur le plan des installations physiques et des expériences biologiques, les dangers potentiels, sans pour autant limiter les recherches elles-mêmes. Tout l'enjeu de cette controverse, tel qu'il a été défini par la conférence d'Asilomar, est dans l'équilibre à établir entre le risque estimé des expériences concevables et l'efficacité estimée des niveaux de sûreté. Voilà donc une affaire exclusivement scientifique, que la nature même des recherches poursuivies, les divisions de la communauté scientifique et les pressions de l'opinion publique ont transformée en une question politique débattue sur la place publique.

Il faut s'arrêter ici pour apprécier la portée de l'affaire, où se condensent tous les problèmes d'ordre éthique, politique et social que soulèvera désormais la succession des découvertes et des applications dans le domaine biomédical. L'initiative en a été prise par les scientifiques eux-mêmes, et ceux-ci se trouvent divisés au nom d'une responsabilité sociale qui dépasse leur compétence en tant que scientifiques. Dès lors, tout citoyen, si profane qu'il soit, peut avoir son mot à dire sur un domaine qui, hier encore, était exclusivement de la compétence des spécialistes. C'est ce qu'avait conclu la ville de Cambridge en créant une commission (Cambridge Experimentation Review Board) dont les membres n'étaient pas des scientifiques, mais des citoyens parmi d'autres, qui écoutèrent pendant cinq mois le témoignage des chercheurs, avant de prendre à l'unanimité leur décision de recommander des mesures de sécurité plus rigoureuses que celles qui avaient été définies par les NIH. « À travers toute notre enquête, dit leur rapport, nous avons reconnu que la controverse sur la recherche en matière de recombinaison de l'ADN soulève de profondes questions philosophiques qui dépassent les limites de notre tâche. Les implications sociales et morales de la recherche génétique doivent faire l'objet du dialogue le plus large possible dans la société. Ce dialogue devrait poser la question de savoir si la connaissance vaut d'être poursuivie. Il devrait examiner si une route particulière de la connaissance menace de transgresser nos précieuses libertés humaines. Il devrait poser la question de l'évaluation de la technologie à propos des risques à long terme auxquels est exposée notre écologie naturelle et sociale. Finalement, un dialogue rationnel est nécessaire pour déterminer si de telles décisions politiques sont résolues dans le cadre d'une démocratie de participation. »

Les développements sur lesquels les recherches biomédicales déboucheront par la suite multiplieront les problèmes de même nature, conduisant la plupart des pays industrialisés à créer des commissions d'éthique qui sont condamnées à dire le droit là où le droit n'existe pas, précédé par la technologie et les pratiques arbitraires qu'elle généralise, en quête comme chez les personnages de Pirandello à la fois d'identité et de légitimité. Le progrès même de la biologie moléculaire permet déjà de réaliser le clonage des cellules, la reproduction de certaines caractéristiques individuelles, le brevetage d'espèces vivantes nouvelles, et demain la détermination génomique de toute l'espèce humaine. À travers les problèmes posés par l'insémination artificielle et les « mères porteuses », la fécondation *in vitro,* la réimplantation d'un ou de plusieurs embryons, la congélation des embryons en surnombre, leur réimplantation dans des utérus étrangers, etc., on voit combien le droit et les mœurs sont pris de court par des prouesses scientifiques et techniques qui affectent directement les comportements collectifs, les mentalités et les valeurs de l'ensemble social.

Aucun exemple ne montre mieux que celui du domaine biomédical combien la technologie va au-delà de ce qu'était la technique conçue comme prolongement de la main par l'outil. Il s'agit effectivement, cette fois, de *prothèses qui prolongent l'outil.* Qu'elles soient de nature mécanique, électronique ou biologique, ces prothèses introduisent dans le cœur et le cours de la vie un environnement qui nous apparaît plus artificiel que celui de l'environnement naturel transformé, depuis l'origine de l'homme, par la technique. Sous prétexte que le vivant est en cause, cette intervention croissante de la prothèse est-elle plus dommageable ou plus répréhensible que ne l'a été la substitution de la machine et du milieu technique au milieu naturel ? Les yeux fixés sur ce que la vie a de spécifique, de sacré et même de surnaturel, au sens où elle échappe à l'asservissement des instruments mathématiques par lesquels nous avons plié la nature à nos besoins et à nos ambitions, nous feignons de croire que la nature relève strictement des principes mécaniques et des machines dans lesquels notre logique rationalisante l'a enfermée. Nous postulons qu'en maîtrisant la nature nous avons maîtrisé les machines qui nous ont permis d'assurer notre domination sur elle, mais est-ce si sûr ? À force de professer que la vie et le vivant relèvent, sinon d'une logique différente, du moins de soins particuliers, nous méconnaissons la manière dont nous traitons la nature comme si elle ne correspondait qu'à un système mécanique – outil, horloge, mécanisme ou machine, dont tous les rouages sont toujours réparables et interchangeables. Mais la nature est-elle hors de la vie, c'est-à-dire hors de toute norme ?

Tout comme la découverte de la radioactivité artificielle a ouvert la voie aux bombes atomiques, le temps des manipulations génétiques n'est pas éloigné de la légitimité reconnue aux interventions de l'eugénisme. Les prothèses des recherches biomédicales prolongent les outils dont nous nous servons pour vivre et survivre, mais elles s'accompagnent de fantasmes et parfois de projets de sélection « positive » qui peuvent introduire dans l'histoire de l'humanité une malédiction moins contrôlable encore que celle de l'armement nucléaire. Après le pouvoir exercé par les savants atomistes, ne faut-il pas redouter encore plus l'exercice du pouvoir biomédical dont les prothèses détermineront les normes des organismes vivants ? Le mégaprogramme du déchiffrement du génome humain mobilise déjà les biologistes des pays les plus industrialisés dans une compétition très analogue à celle de l'espace, une compétition où la soif de connaissances nouvelles masque à peine l'urgence plus impérieuse de déposer des brevets et de conquérir des marchés. Le programme « Génome humain » met en jeu la définition même des organismes vivants, donc la possibilité et sans doute la tentation irrésistible, comme il en est allé de toutes les prothèses précédentes, d'agir sur l'identité génétique des individus. Derrière l'intervention sur les structures, *qui* définira les normes auxquelles elles doivent correspondre ?

Dès la conférence d'Asilomar, cette question était soulevée. Pour la première fois, l'institution qui incarne avec le plus d'éclat le succès de l'investigation rationnelle s'interrogeait sur les limites qu'elle doit ou peut imposer à l'exercice de la recherche. Simultanément, le souci d'un contrôle social de la recherche faisait irruption sur le territoire naguère exclusivement réservé aux discussions des scientifiques. Comme dans le débat nucléaire, la possibilité de conséquences désastreuses sur le capital génétique conduit à soulever la question du niveau d'acceptabilité des risques. Mais, à la différence du débat nucléaire, c'est la recherche fondamentale elle-même qui est en question, au moins autant que ses applications possibles. À la différence surtout du XIXe siècle, une question est posée par le progrès même de la science qui tend à soumettre l'exercice des procédures par lesquelles ce progrès est possible à un contrôle extérieur à la communauté scientifique. En somme, Dr Frankenstein n'est plus seul en tête à tête avec sa créature artificielle dans un laboratoire qui ignore le reste du monde : d'entrée de jeu, la société est partie prenante à leurs échanges.

Les experts sur la sellette

Les affaires scientifiques sont d'autant moins restées le domaine réservé des chercheurs qu'elles dépendent de plus en plus étroitement du soutien et des orientations des gouvernements. Science et technologie sont tout à la fois plus perceptibles par leurs répercussions et plus visibles sur le plan comptable des investissements publics. Du même coup, l'opinion s'est plus directement sensibilisée à l'influence qu'exerce l'État sur les développements technologiques. Les orientations et les conséquences de l'entreprise scientifique et technique sont devenues une des cibles de la contestation, et le problème d'une participation plus grande du public aux décisions dont cette entreprise est l'objet a été placé au centre du débat politique.

Depuis le XIXe et surtout le XXe siècle, la recherche scientifique et technique est devenue une affaire d'État. Le changement technique cesse d'être un processus autonome engendré par l'évolution des seules forces du marché, au fur et à mesure que les gouvernements interviennent pour stimuler l'émergence de nouvelles possibilités technologiques (les chemins de fer, par exemple, et la métallurgie, dès le XIXe siècle, pour des raisons de sécurité nationale; tout ce qui touche à l'énergie, du charbon au pétrole). Cet engagement de l'État dans les activités de recherche-développement s'accroît à partir de la Première Guerre mondiale et s'institutionnalise au lendemain de la Seconde Guerre mondiale. Les activités scientifiques et techniques sont trop coûteuses et trop aléatoires pour que le secteur privé s'y lance sans le soutien des gouvernements. Ce soutien va d'autant plus de soi, avec des investissements d'autant plus importants, que les résultats des recherches scientifiques et techniques affectent plus directement la plupart des secteurs de responsabilité gouvernementale : non seulement la défense, mais aussi l'énergie, les communications, la santé, l'agriculture, et tout ce qui, de près ou de loin, peut assurer le succès des politiques d'innovation destinées à renforcer la compétitivité des entreprises nationales.

De là l'essor des politiques de la science et de la technologie, dont j'ai déjà dit qu'elles ont été un produit non de la paix, mais de la guerre – ou du moins de l'absence de paix sur laquelle la Seconde Guerre mondiale s'est conclue, avec l'existence de l'armement nucléaire, la confrontation entre les deux blocs, l'escalade des armements. Tout un secteur nouveau de recherche s'est développé sans qu'il y ait eu alors – nulle part, dans aucun pays – de consultation parlementaire, à plus forte raison populaire, sur l'opportunité de s'y lancer : les recherches nucléaires, dès lors qu'elles ont promis des applications militaires. L'expérience américaine du *crash program* lancé dans le contexte de la Seconde Guerre mondiale, le caractère à la fois éminemment technique et secret qui s'est attaché à ces recherches, enfin l'absence de réaction de la part de l'opinion publique à l'égard des programmes nucléaires civils tant qu'ils ne débouchèrent pas sur un nombre important de réalisations, toutes ces raisons ont joué pour faire des recherches sur les applications de l'atome le territoire jalousement gardé et contrôlé par les scientifiques spécialistes et la fonction exécutive des gouvernements. Il n'est pas excessif de dire que les politiques de la science et de la technologie ont fait leurs premiers pas en s'inspirant de ce modèle, même quand elles ne portaient pas sur les recherches militaires.

De plus, la technicité des questions scientifiques n'a pas peu contribué à renforcer la tendance spontanée de l'administration à restreindre l'information sur ses dossiers. Jusqu'à la fin des années 60, il est vrai, l'attitude envers la science et la technologie était faite de confiance et d'espoir. « Si le monde avait des ennuis, c'est parce qu'il y avait trop peu de science, ou un type inadéquat de science, ou parce qu'on ne savait pas bien l'appliquer. » Cette remarque tirée d'un fameux rapport de l'OCDE, *Science, croissance et société*, montre bien l'espèce d'illusion scientiste qui présida longtemps après la Seconde Guerre mondiale aux investissements croissants effectués dans les activités de recherche-développement. Il n'a pas fallu moins que la période de désenchantement et de contestation de la fin des années 60 pour faire des politiques de la science et de la technologie un domaine ouvert à des controverses publiques.

Il est juste aussi de noter que la nouveauté et l'ésotérisme des questions scientifiques n'ont pas entraîné de la part des hommes politiques l'attention que leur importance croissante aurait dû requérir. En Europe, en particulier, où la plupart des parlements ne disposaient pas de moyens et de services équivalents à ceux des comités spécialisés du Congrès américain, le développement des politiques de la science et de la technologie n'a donné lieu qu'à peu d'interventions – questions posées ou enquêtes – en dehors des discussions proprement budgétaires. Et les débats parlementaires montrent que, dans de nombreux pays, les députés ne sont pas légion aux séances où l'on discute de problèmes scientifiques et techniques. Il n'est donc pas surprenant que l'exécutif et l'administration soient allés de l'avant comme s'il s'agissait d'un domaine réservé. Au début des années 60, le soutien de la science et de la technologie allait de soi et les ressources dont bénéficiait l'effort de recherche-développement coulaient à flots, croissant à un rythme beaucoup plus rapide que celui des revenus nationaux. Le dossier que les scientifiques présentaient aux pouvoirs publics n'était pas difficile à plaider, car la cause était acquise d'avance. Dans le sillage des conquêtes technologiques de l'après-guerre, atome, espace, électronique, tout ce qui paraissait techniquement possible méritait d'être soutenu pour être au plus tôt réalisé. Le rôle prédominant des physiciens dans les comités consultatifs nationaux offrait à tous les chercheurs un modèle de référence, une « image de marque » et l'exemple d'un groupe de pression qui savait faire valoir tous les avantages, économiques, politiques ou sociaux, que la société retirerait d'investissements accrus, quel que fût le domaine de recherche : tout ce qui paraissait bon pour la science était nécessairement bon pour la société.

Le désenchantement a commencé à se manifester au moment même du succès remporté par l'opération Apollo, comme si celle-ci n'avait fait que mettre en relief l'écart entre les possibilités inouïes ouvertes par la science et la technologie dans l'espace et l'importance sur la terre des problèmes non résolus ou des demandes insatisfaites. La « dialectique de la modernité » fait ainsi du succès la source même de l'échec : l'entreprise scientifique et technique est sur la sellette, les grandes options qui avaient nourri les politiques de la science pendant une décennie cessent d'être prises pour articles de foi. Le thème de la « pertinence sociale » de la recherche scientifique se substituait à celui des politiques de la science tous azimuts, au moment où les budgets de recherche-développement commençaient à plafonner et où les grands programmes technologiques étaient remis en question. La doctrine Rothschild du *contractor-customer* (client-contractant) offre alors le modèle d'une conception nouvelle des politiques de la science, où l'on prête davantage attention aux recherches appliquées dans des secteurs déterminés, notamment de caractère économique et social. La fonction du *technology assessment* fait ses premiers pas dans les institutions politiques pour l'exercice d'un contrôle plus rigoureux des effets négatifs qu'entraînent l'introduction et la diffusion de technologies nouvelles : le progrès technique est désormais sous bénéfice d'inventaire.

S'il fallait un exemple pour démontrer que la technologie n'est pas une variable indépendante dans le système économique et social — qu'il n'y a pas de déterminisme technologique —, aucun n'est plus éloquent que celui de la fin des années 60. C'est le moment où l'on voit simultanément se développer des critiques et des revendications qui, visant entre autres cibles la science et la technologie, finissent par mettre en question non seulement les moyens, mais encore les objectifs des politiques de la science. Du même coup, c'est l'entreprise scientifique et technique en elle-même qui devient l'enjeu du débat politique, et les décisions auxquelles elle donne lieu, sortant des « corridors du pouvoir » dont parlait C.P. Snow, conduisent à des controverses publiques et, dans certains cas, à des oppositions qui vont jusqu'à des affrontements violents. Le mouvement écologiste, l'opposition à la guerre du Viêt-nam, la prise de conscience des limites de la croissance, la révolte des étudiants – toutes ces « turbulences » de 1968 s'en prennent, d'une manière ou d'une autre, à l'entreprise scientifique et technique et débouchent sur la demande d'une « participation plus grande du public » aux décisions dont elle est l'objet. *Dans ce malaise qui se manifeste à l'égard de la science, apparaît déjà le désenchantement à l'égard des mécanismes politiques traditionnels qui conduira, dans les sociétés industrialisées de l'Ouest, à une dépolitisation croissante.*

La demande de participation se manifeste dans beaucoup d'autres domaines que celui de la science et de la technologie, et l'on ne peut y voir un phénomène spécifique à ce domaine. Mais ce cas n'en est que plus révélateur des limites que rencontre la représentation de l'intérêt général dans les structures politiques des sociétés industrielles. Les questions scientifiques et techniques, en effet, ajoutent une difficulté de plus, soumettant à rude épreuve le vieux problème de la « volonté générale » telle qu'elle s'exprime dans tout système démocratique par un vote majoritaire : qui représente la volonté générale, si celle-ci doit traiter de questions dont l'ésotérisme et les implications à long terme ne peuvent être compris que par les spécialistes? Quand le débat politique repose sur des données de caractère éminemment technique, les choix politiques risquent de se réduire à des décisions techniques. Le pouvoir dont disposent ceux qui ont accès à l'information technique restreint d'autant le contrôle et l'influence que peut exercer l'individu sur l'ensemble du système politique. D'où la critique de la technocratie nouvelle créée par les développements scientifiques et techniques, une technocratie qui associe les « élites du savoir » aux professionnels traditionnels de la chose publique.

Si j'insiste sur ce tournant, c'est que nous continuons aujourd'hui à en vivre les conséquences, quelles que soient les conditions nouvelles définies par l'effondrement du monde communiste, la fin du mur de Berlin, l'espoir d'une désescalade des armements ou l'ambition des anciennes démocraties populaires de se convertir le plus rapidement possible aux vertus du marché. La contestation de la fin des années 60, illustrée d'abord par les revendications des étudiants au sein des universités, puis par les mouvements écologistes et antinucléaires, s'est développée sur deux plans : une critique du pouvoir de gestion sans partage des mandarins et des technocrates, et un procès des experts dépositaires d'une information exclusive. Ces deux aspects seront présents dans le réquisitoire de tous les mouvements qui revendiquent une participation plus grande aux décisions portant sur la science et la technologie. La conjonction de l'un et de l'autre souligne que le monopole du pouvoir est désormais étroitement lié à celui des connaissances, à l'accès et au niveau de l'éducation, donc *à cette distribution plus égale des élites qui remplace désormais, dans toutes les sociétés industrialisées, la vieille lutte des classes aspirant à un partage plus égal du seul pouvoir économique.* Dans ces sociétés si profondément marquées par l'influence de la science et de la technologie, la question du savoir est devenue indissociable de la question du pouvoir.

Beaucoup de thèmes contestataires s'en prennent directement à la science et à la technologie, non seulement parce qu'elles auraient échoué à résoudre les problèmes sociaux, mais aussi parce qu'elles auraient contribué à en créer. Ce passif mis au bilan de la science apparaît tout à la fois dans les critiques du mouvement écologiste, qui prolonge sur le plan politique le débat sur les limites de la croissance quantitative, et dans les mouvements antinucléaires, à plus forte raison dans les réquisitoires portés contre le complexe militaro-industriel dont les programmes et les systèmes d'armements sont liés aux progrès de la recherche scientifique. Ces attaques contre l'institution scientifique ont d'autant plus de portée qu'elles viennent tout à la fois de *l'intérieur* et de *l'extérieur* de la communauté scientifique. C'est que l'institution scientifique est elle-même investie par la contestation, et à un double titre : elle s'ouvre à l'ambiguïté à la fois dans son discours scientifique et dans son rôle social.

Les controverses auxquelles donnent lieu les développements scientifiques et techniques mettent en lumière sinon la relativité, du moins la faillibilité des affirmations des experts. L'autorité des scientifiques repose sur l'idée que leurs interprétations, leurs évaluations et leurs prévisions échappent aux conflits de valeurs et d'intérêts propres à tout débat politique, puisqu'elles font appel à des données objectives, recueillies et analysées suivant des méthodes rigoureuses. C'est ce postulat de l'objectivité et de la rationalité qui fonde la « neutralité » de l'avis scientifique. Mais quand cet avis s'appuie sur des données nécessairement préliminaires et incomplètes ou renvoie à des phénomènes dont l'extrapolation ne peut maîtriser tous les effets à long terme, il n'y a pas de démonstration concluante. Tel est le cas de l'énergie nucléaire où, comme l'a dit Jérôme Wiesner, alors président du MIT et ancien conseiller scientifique du président Kennedy, « on doit faire des hypothèses qui ne peuvent être testées et où l'on a un large éventail de conclusions ».

Nous nous trouvons dans une situation d'*objectivité sous réserve,* situation si étrange par rapport à l'objectivité attribuée aux « faits scientifiques » qu'un expert allemand, parmi les meilleurs en énergie nucléaire, Wolf Häfele, a dû recourir à un barbarisme pour la qualifier, « l'hypothéticalité ». Cette situation a elle-même deux conséquences : elle souligne les limites de l'examen scientifique qui se révèle, dit Häfele, radicalement non concluant; et elle induit à des controverses qui ne peuvent se cantonner exclusivement au territoire de la science. Les risques liés aux radiations ionisantes en sont un bon exemple : la détermination des seuils de nocivité conduit à des interprétations divergentes, parce qu'elle s'appuie à la fois sur des résultats contradictoires et sur des concepts différents de pays en pays, sinon de laboratoire en laboratoire. Les données techniques ne sont alors que les éléments d'un dossier dont la légitimité est extra-scientifique : les jugements de faits et les jugements de valeurs y sont inextricablement mêlés. « L'hypothéticalité » n'est pas seulement la situation dans laquelle l'avis technique ne peut pas trancher, c'est aussi celle qui montre que l'avis technique est soumis à l'influence de facteurs non techniques.

Ces controverses ne font pas que démystifier l'idole d'objectivité de l'expertise, elles exposent aussi au grand jour l'engagement des scientifiques non pas en tant que citoyens parmi d'autres, mais précisément en tant qu'experts soumis, plus ou moins délibérément, à l'appel des sirènes de leur spécialité ou de leur administration de tutelle. On se met donc à les soupçonner de prononcer des avis scientifiques qui vont inévitablement dans le sens des intérêts des institutions dont ils dépendent, sur le plan professionnel ou même seulement sur le plan intellectuel. L'expertise finit par apparaître comme une opération magique au terme de laquelle il faudrait croire « ceux qui savent » pour la seule raison qu'ils sont les seuls à détenir des connaissances techniques sur un sujet spécialisé. Et puisqu'on a de bonnes raisons d'en douter, les mouvements contestataires entreprennent à leur tour de recruter leurs propres experts.

Ainsi les élites du savoir s'engagent-elles dans l'action politique en fonction non seulement des informations plus ou moins privilégiées qu'elles détiennent, mais encore de la cause à laquelle ceux de ses membres qui sont des scientifiques se dévouent par profession, conviction ou intérêt. La contre-expertise des mouvements écologistes ou antinucléaires réplique aux experts de l'administration en se plaçant sur leur propre terrain : celui de l'objectivité et de la rigueur. Le refus de la politique fondée sur la magie fait alors de la science une affaire politique parmi d'autres, qui contribue à miner encore davantage sa réputation de neutralité. L'adhésion des scientifiques à la contestation de l'*establishment* et des institutions scientifiques ne conduit pas à renforcer l'image pure et dure de l'institution traditionnellement vouée à la vérité, elle accroît au contraire les raisons de s'en méfier. Ceux qui détiennent le savoir apparaissent, d'un camp à l'autre, également engagés, sinon compromis sur le plan politique. L'institution scientifique se divise contre elle-même, et les échanges entre experts, si bien enrobés qu'ils soient dans le langage de la rigueur et de l'objectivité, ne sont plus très différents des confrontations entre militants. Ambiguïté de l'avis scientifique, ambivalence de l'engagement des chercheurs : le positivisme n'est pas seulement une conception remise en cause dans le discours des philosophes, c'est aussi une pratique sociale désormais contestée dans le quotidien de l'action politique.

Chapitre X

Le simulacre et le partage du pouvoir

En théorie, dans un système ouvert de concurrence, les technologies nouvelles sont introduites sur le marché quels que soient leurs coûts et leurs risques pour la collectivité : seuls entrent en jeu les avantages qu'en retirent les entreprises ou les groupes qui les ont mises au point. Mais la réalité ne connaît pas de système concurrentiel sans restreinte : un shérif est toujours présent pour dire la loi, fût-ce au cœur du capitalisme le plus sauvage. Déjà au XVIIe siècle, on l'a vu, l'État devait intervenir pour corriger et même empêcher certains effets de la mécanisation du travail sur l'emploi. À plus forte raison à partir de la révolution industrielle, cette fonction de régulation n'a pas cessé de se développer. La nature et l'échelle des conséquences potentielles du changement technique l'ont partout imposée non plus seulement en matière d'emploi, mais aussi de santé de la population ou de sûreté des installations industrielles. En ce sens, il n'y a jamais eu de concurrence parfaitement libre, et quels qu'aient été les excès du processus d'industrialisation l'État n'a pas cessé d'intervenir depuis le XIXe siècle pour les limiter.

L'État régulateur

Ce n'est pas une raison pour céder à l'idylle de l'État *benefactor*, comme l'on parle, dans les républiques bananières, du tyran qui entend passer pour celui qui assure le bien de tous ses sujets. En fait, l'État n'a pas assumé spontanément cette fonction. C'est plus souvent sous la pression de mouvements sociaux, de tensions ou de scandales liés en particulier à des catastrophes industrielles, que le cadre réglementaire, corrigeant les excès ou les défauts du marché, a été étendu. Dans les débuts de l'industrialisation, cet arbitrage au nom de l'intérêt général a sans doute été plus facile en Europe qu'aux États-Unis : le laisser-faire du capitalisme industriel y a toujours été davantage contenu à la fois par la pression des mouvements sociaux et par les prérogatives plus larges reconnues à l'État sur les intérêts privés, à plus forte raison quand il s'agissait d'États centralisés. Si l'État moderne, suivant la formule de Fernand Braudel, est une nécessité biologique de la société, c'est une nécessité plus naturelle en Europe qu'aux États-Unis. Ici, le cadre réglementaire (les lois antitrusts) a traditionnellement organisé la concurrence au nom de la liberté du marché et de la défense des consommateurs; là, c'est au nom d'exigences sociales et de la défense de la collectivité qu'on l'a le plus souvent appliqué. Ce qui explique en partie que les dégâts du capitalisme sauvage sur l'environnement aient été, toutes proportions gardées, moins importants en Europe occidentale, et que les fonctions à exercer par l'État pour y remédier n'aient pas récemment entraîné, comme aux États-Unis, la création d'un grand nombre d'organismes nouveaux. En effet, sur les vingt-cinq principales agences aujourd'hui chargées aux États-Unis du cadre réglementaire, vingt ont été créées dans les années 70, et la plupart des fonctions qu'elles exercent étaient déjà dévolues en Europe à la compétence des pouvoirs publics. Inversement, le fait même que l'État a joué en Europe, plus qu'aux États-Unis, le rôle d'un promoteur industriel a pu y limiter les fonctions de contrôle qu'il exerce sur les nuisances de certaines usines; aux États-Unis, en revanche, le système réglementaire, qui associe davantage aux décisions les organisations de défense des consommateurs, s'est montré beaucoup plus rigoureux sur certaines normes de sécurité.

Ce cadre réglementaire a trouvé de nouveaux motifs d'expansion à partir des années 60, lorsque les sociétés industrielles ont pris conscience du coût proprement économique des « dégâts du progrès ». Certaines réglementations en matière industrielle (pour le travail des enfants et des femmes, les accidents du travail, l'hygiène des installations et même les pollutions) remontent dans plusieurs pays à une époque bien antérieure au XIXᵉ siècle. Mais le plus souvent elles ont suivi plutôt qu'accompagné le processus de concentration industrielle et urbaine. Il a fallu beaucoup de luttes et de temps pour les généraliser, d'autant plus qu'elles étaient jugées par la majorité des industriels — et la plupart des économistes — comme des obstacles à la croissance du profit. Autrement dit, la régulation des conséquences négatives du changement technique n'avait lieu qu'*a posteriori*.

Tout change à partir du moment où l'économie tend à « internaliser » les coûts des dommages subis par l'environnement et la qualité de la vie; où même des biens comme l'air et l'eau, considérés il y a quinze ans à peine comme gratuits, sont reconnus à leur tour comme ayant un prix; en bref, où les dommages des systèmes industriels et technologiques doivent être pris en compte dans les calculs économiques. C'est *a priori* que le progrès est l'objet d'un soupçon et que la prévision s'applique à en anticiper non seulement les avantages, mais encore les coûts. Ici encore, il faut le souligner, la régulation n'a pas été spontanée : sans la pression exercée sur l'opinion publique d'abord par des individus (Rachel Carson, par exemple), puis par des mouvements organisés, et sans l'appui que ces mouvements ont reçu de l'intérieur de la communauté scientifique, l'État ne serait pas intervenu. Les administrations, la technostructure, les syndicats, à plus forte raison les entreprises contrôlant l'introduction et la diffusion des innovations techniques sont capables de montrer une aptitude à résister à ces pressions, qui n'est pas moins grande que celle du public à résister au changement technique.

On le voit bien lorsque, face aux incertitudes économiques qui limitent la propension des entreprises à innover, les industriels se plaignent des excès du cadre réglementaire comme d'une ingérence politique abusive sur les mécanismes naturels du marché. Assurément, les réglementations nouvelles ou le renforcement des réglementations anciennes visant à protéger l'environnement, à accroître la sécurité et à améliorer la santé, ont modifié le rythme et l'orientation des activités d'innovation, en particulier dans l'industrie chimique et pharmaceutique. Il est possible que, dans certains cas, la base scientifique de ces réglementations ait été fragile, et il est incontestable, au moins pour les États-Unis, que le cadre réglementaire imposait des procédures souvent incohérentes et contradictoires. Les protestations de l'industrie, qui visent moins le contenu des réglementations nouvelles que les procédures qu'elles entraînent, ne peuvent pas être traitées à la légère. À force de complexité, les décisions prises par différentes administrations deviennent contradictoires, provoquant des délais imprévisibles et finalement une situation d'arbitraire. On ne peut pas minimiser l'effet de dissuasion qui en résulte sur l'aptitude des entreprises à innover.

Mais, quels que soient ces excès, le laisser-faire technologique aurait des inconvénients encore plus grands. Le prix payé en matière d'environnement, de pollutions et de risques technologiques majeurs par les anciens pays communistes de l'Europe montre jusqu'où peut conduire le manque de vigilance réglementaire – ou la préférence accordée à la productivité sur la sûreté. Par exemple, la centrale nucléaire de Kozlodoui, à quelque cent cinquante kilomètres de Sofia, répond aujourd'hui si peu aux normes les plus élémentaires de sécurité, que les experts de l'Agence internationale de l'énergie nucléaire de Vienne en ont recommandé l'arrêt le plus rapidement possible : entretien douteux, système de sécurité insuffisant, personnel peu préparé à un accident majeur, toutes les conditions sont remplies pour que Kozlodoui reproduise la catastrophe de Tchernobyl. Mais 40 % de l'électricité bulgare dépendent des réacteurs de cette centrale, dont les pupitres de commande ont des inscriptions effacées, comme sont rouillés ses cadrans à aiguille et inadéquats ses interrupteurs en plastique. L'un des responsables politiques de la région a reconnu l'enjeu : « Nous devons choisir entre une catastrophe nucléaire potentielle en exploitant la centrale – après réparations –, et une catastrophe économique certaine si on l'arrête. »

Les normes réglementaires induisent pourtant à des recherches qui peuvent être la source d'autres innovations, comme le montre, parmi tant d'autres, le cas de l'industrie automobile. En comprenant, bien avant leurs concurrents américains, tout le parti qu'ils pouvaient tirer des nouvelles réglementations en matière de pollutions, les constructeurs japonais ont disposé d'un atout de plus pour séduire le marché des États-Unis. *Si tout ce qui est possible ne doit pas être réalisé, ce qui est réalisé peut l'être dans des conditions telles que les nuisances soient limitées :* la nécessité culturelle n'est pas moins mère de l'invention que la nécessité naturelle; les réglementations nouvelles peuvent être un stimulant plutôt qu'un frein de l'innovation. Ce qui est sûr, en tout cas, c'est que les ressources affectées à la mise au point d'équipements ou de techniques destinés à satisfaire ces normes, plutôt qu'à accroître la productivité au sens classique du terme, reflètent un changement qui répond à l'intention même du législateur, c'est-à-dire un changement dans les valeurs individuelles et sociales, aussi bien qu'une attitude plus critique à l'égard du progrès technique. À s'en tenir au produit national brut (PNB) *tel qu'il est mesuré,* ce transfert d'allocation des ressources peut se traduire par une baisse de la croissance de la productivité. Mais, comme le PNB tel qu'il est mesuré ne permet pas d'attribuer directement une valeur à la qualité de l'environnement, à la santé ou à la sûreté, les bénéfices sociaux résultant de ce transfert doivent-ils compter pour rien? Il suffit de sortir du langage économique pour se rendre compte que le débat n'est pas de savoir s'il faut innover pour innover : les victimes de la thalidomide, de Seveso, de Minamata ou de Tchernobyl n'apparaissent pas davantage dans la mesure du PNB. Ce débat est de nature politique et non pas technique : il s'agit de savoir si la distribution des coûts par rapport aux avantages va ou non dans le sens de l'intérêt collectif et *qui* détient la réponse à cette question.

Le paradoxe du changement technique

La « bonne mesure » est, certes, difficile à maintenir entre les deux paradigmes de la régulation technologique, le paradigme démocratique soucieux des intérêts individuels et sociaux, et le paradigme technocratique attentif aux contraintes économiques et aux stratégies industrielles. C'est pourtant en y veillant au péril d'une limite assignée aux prétentions de la productivité qu'on a des chances de réduire les dégâts du progrès. Appelons « paradoxe de Harvey Brooks », puisque c'est lui qui l'a le mieux mis en lumière, le conflit qu'entraînent les incidences de la technologie entre ses inconvénients locaux et ses avantages globaux. « Les coûts ou les risques d'une technique nouvelle ne sont souvent supportés que par une fraction limitée de la population totale, alors que ses avantages sont au contraire largement diffusés, et cela d'autant plus souvent que les avantages pour un groupe limité sont à peine perceptibles, tandis que les avantages globaux pour la population l'emportent de beaucoup sur le total des inconvénients dont le groupe limité a à pâtir. » De ce paradoxe, on peut trouver une infinité d'exemples dans toute l'histoire de la révolution industrielle : le facteur de déstabilisation que constitue le dynamisme de la technologie est ici pleinement à l'œuvre.

Une centrale électrique, thermique ou nucléaire peut dégrader l'environnement local et exposer la population avoisinante à des risques particuliers, tout en procurant des avantages largement répandus à l'ensemble de la collectivité. Depuis les débuts de la révolution industrielle, le travail dans les mines est l'exemple des métiers particulièrement dangereux : les mineurs subissent une part disproportionnée des inconvénients liés à la production qu'ils assurent, alors que cette production assure des avantages pour l'ensemble de l'économie nationale. On peut ajouter, tout aussi bien, l'exemple des ressources naturelles extraites du sous-sol d'un pays en développement et expédiées dans un pays industrialisé : les mineurs du pays en développement, qui travaillent le plus souvent dans des conditions d'hygiène et de sécurité inexistantes, paient de leurs personnes pour assurer une production à bas prix en faveur des consommateurs, plus prospères, des pays industrialisés dépendant de cette production.

Mais cette disproportion entre les coûts et les avantages peut aussi jouer en sens inverse. Ainsi des problèmes posés par les dommages que subit l'environnement : les industries polluantes, par exemple, ont des inconvénients collectifs qui l'emportent sur les avantages locaux (ceux des industriels, mais ceux aussi de la main-d'œuvre locale qui tient à conserver son emploi). À une échelle plus large, les effluents d'une zone à forte concentration industrielle (la Ruhr, le couloir du Rhin ou du Rhône) diffusent des produits chimiques sur une zone très étendue dont la périphérie, qui ne retire que des avantages limités de cette activité industrielle, voit se dégrader les conditions de vie et de travail pour le milieu rural. À l'échelle planétaire, le problème est posé des inconvénients véritablement globaux de certains développements industriels et technologiques (par exemple, la diminution de la teneur en ozone de l'atmosphère) dont tous les avantages locaux additionnés apparaissent disproportionnés par rapport à leurs effets biologiques ou écologiques.

La régulation technologique se traduit, au moins dans les sociétés industrialisées, par des mécanismes de compensation et de réparation par lesquels ceux qui ont à pâtir de ces développements sont censés recevoir des indemnités de la part de ceux qui en bénéficient. Mais l'internalisation des coûts infligés à l'environnement et à la sûreté n'est pas nécessairement répartie dans l'économie de marché en fonction des responsabilités les plus directes. Le thème suivant lequel « les pollueurs doivent être les payeurs » trouve sa limite dans le fait que, de toute façon, les consommateurs partagent avec les producteurs une part aussi bien de la responsabilité de ces dommages que du coût des compensations qu'ils entraînent : ce n'est pas seulement parce que les constructeurs produisent des automobiles polluantes qu'un problème est posé, c'est aussi parce que nous ne pouvons plus nous passer des automobiles. En outre, en cas d'accident industriel majeur, les indemnités des compagnies d'assurance ne rendent ni la vie ni la santé aux victimes. Quel est le seuil à partir duquel les inconvénients globaux l'emportent sur les avantages locaux; ou, inversement, quel est le seuil à partir duquel les avantages globaux espérés doivent l'emporter sur les inconvénients locaux anticipés, telle est donc la question.

Il faut une règle ou une norme, conformément à laquelle l'ajustement doit s'imposer. Qui définit cette règle ou cette norme dans des structures sociales aussi complexes que le sont devenues celles des sociétés industrielles ? Voici à nouveau posé le problème de la représentation de l'intérêt général dans les systèmes démocratiques, et rappelée la difficulté que rencontrent les mécanismes traditionnels à trouver la bonne mesure dans les conflits sociaux engendrés par le changement technique. Car, si l'État parle au nom de l'intérêt collectif, toute l'histoire de la révolution industrielle montre que les pouvoirs publics ne sont pas nécessairement des arbitres neutres face aux intérêts privés, aux classes ou aux *lobbies* prédominants. En revanche, les groupes minoritaires ou marginaux peuvent faire entendre la voix de l'intérêt général contre l'appareil politique au pouvoir, contre l'argumentation intéressée des industriels ou contre le discours « objectif » des technocrates et des experts.

L'exemple extrême que Harvey Brooks donne de la nécessité d'une régulation de la concurrence dans le domaine technologique est celui de la course aux armements nucléaires, et il est intéressant de noter que ce cas ne lui apparaît pas différent de celui des technologies civiles, informatique, biotechnologies, électricité nucléaire, automobiles ou transports aériens. « Si on laisse la concurrence régir toute seule l'évolution des applications des technologies nouvelles, on risque fort de voir leurs effets défavorables s'accroître au point de ne plus pouvoir être maîtrisés, car ceux-ci ne se reflètent guère dans les influences de la concurrence, qu'elle soit politique ou économique. Par conséquent, l'une des tâches essentielles des négociations et des accords internationaux consiste à définir de " nouvelles règles du jeu ", telles que les effets défavorables soient moindres que si la concurrence agissait seule, et à définir ces règles à un stade relativement précoce du processus, avant que les intérêts en place, les situations acquises et le dynamisme de la concurrence rendent impossible leur application obligatoire. »

Je vois pourtant une différence significative entre les efforts internationaux de régulation dans le domaine des armements stratégiques et ceux qui, sur le plan national ou international, portent sur les grandes technologies civiles. En matière d'armements nucléaires, les deux Grands étaient, somme toute, dans une situation de concurrence parfaite — c'était précisément « l'équilibre de la terreur » —, et il est clair que les négociations sur la réduction de ces armements n'étaient possibles et ne se poursuivaient qu'autant que les deux adversaires croyaient dans la parité. Les règles du jeu sont déterminées par cet équilibre même : la preuve en est qu'elles ne s'appliquent pas nécessairement aux autres membres du Club atomique, à plus forte raison aux nations qui n'en sont pas membres. Les pays qui ne disposent pas d'armements nucléaires n'offrent sur la table de négociation que leur bonne volonté de ne pas ajouter à la prolifération; la partie dans laquelle ils jouent un rôle obéit à des règles sur la définition desquelles ils ne peuvent pas grand-chose. Dira-t-on qu'ils « participent aux décisions » relatives à la réduction des armements nucléaires si, encore que consultés parfois, ils ne détiennent ni toutes les informations qui leur donneraient accès à la réalité des enjeux stratégiques ni surtout les moyens de peser réellement sur les négociations elles-mêmes?

C'est la même limite, toutes proportions gardées, qu'on retrouve sur le plan national quand on parle de participation du public. De même que les pays non membres du Club atomique, même s'ils y sont invités, ne participent pas réellement aux décisions stratégiques, il y a des secteurs de plus en plus larges de la population qui ne se sentent pas engagés par les décisions sur lesquelles ils n'ont pas été appelés à faire entendre leur voix. On peut d'ailleurs pousser plus loin le parallèle avec les armements stratégiques, puisque Harvey Brooks s'interroge sur le point de savoir si la participation du public « est seulement la garantie d'être entendu avant que la décision soit prise, ou bien le droit de prendre la décision elle-même ». Dans le cas des armements stratégiques, les pays non membres du Club atomique — et manifestement aussi ceux qui, membres du Club, ne sont pas les deux Grands — ont sans doute le droit d'être entendus, mais le poids qu'ils peuvent exercer sur les décisions des deux Grands ne pèse pas lourd. Ces pays se trouvent très exactement dans la situation des groupes sociaux qui, sur le plan national, se plaignent de ne pas pouvoir dire leur mot sur les grands développements technologiques : ils constituent de la même manière des groupes d'intérêts particuliers par rapport à un objectif commun — mettons, plus encore que la paix, la survie de l'humanité — dont les deux Grands leur affirment, comme toute bureaucratie le ferait sur le plan national à propos d'une grande installation technologique, que les seules voies pour l'atteindre sont celles qu'ils ont eux‑mêmes définies. En ce sens, la participation n'est jamais qu'une cérémonie rituelle, un simulacre, quand la relation entre ceux qui décident et ceux qu'on prétend faire participer aux décisions est à ce point asymétrique.

Un concept en quête de définition

La participation du public, comme on l'a souvent souligné, est un concept en quête d'une définition : il a des sens différents d'une personne, d'un groupe et d'un pays à l'autre. Dans tous les cas, il renvoie à des formes plus directes de représentation et d'influence politiques que celles de la délégation de pouvoir assurée dans les systèmes de démocratie représentative par l'exercice du vote et l'élection des représentants du peuple. Dans les pays de culture anglo-saxonne, il correspond à une pratique historiquement bien établie dont témoignent les notions de démocratie participative ou de démocratie de base *(grass-roots democracy)* : les citoyens, cherchant à influencer plus directement les décisions que par la voix de leurs mandataires, se constituent eux-mêmes en représentants à un échelon intermédiaire entre les élus et le peuple. Ils mobilisent généralement des intérêts limités, ceux de groupes que les programmes d'action du gouvernement local ou central lèsent – et parfois aussi avantagent. Aux États-Unis, cette tradition a conduit tout à la fois au développement d'une multitude d'organisations éphémères et à l'institutionnalisation des groupes de pression.

Dans les structures politiques de la plupart des pays européens, cette tradition est beaucoup moins ancrée, et la formule même de participation du public n'est guère en usage en dehors de l'anglais. Ce qu'elle recouvre évoque les mouvements inspirés de l'histoire syndicale, où les efforts des travailleurs tendent à un partage du pouvoir au sein des entreprises : on parle plus volontiers alors de démocratisation, de codétermination *(Mitbestimmung)* ou de cogestion. Il est certain que des structures politiques décentra‑

lisées favorisent davantage l'émergence et la reconnaissance de ces mouvements que des structures centralisées, mais on a vu depuis une dizaine d'années de tels mouvements se développer dans tous les pays, sous des formes très voisines, quel qu'ait été leur degré de centralisation.

La demande de participation ne s'exprime pas seulement à propos des questions scientifiques et techniques; elle peut porter sur beaucoup d'autres sujets qui occupent une moindre place dans l'actualité. Mais, on l'a vu, certains développements scientifiques et techniques lui donnent aujourd'hui des raisons privilégiées de mobilisation : ces développements se rencontrent partout, avec des incidences qui intéressent tout le monde, et l'opinion publique y est d'autant plus sensibilisée que leurs enjeux dépassent toujours les intérêts locaux qu'ils ont mobilisés en premier. En outre, ils suscitent des inquiétudes d'autant plus grandes qu'il s'agit de programmes techniques complexes, sinon ésotériques, sur lesquels pèse le soupçon d'une restriction de l'accès à l'information de la part des spécialistes et des décideurs. En ce sens, ce qu'on appelle pudiquement aujourd'hui les « événements de 68 » a placé cette demande de participation au grand jour comme le signe même d'une crise de l'autorité dans toutes les sociétés industrielles, au niveau des universités dans les rapports entre étudiants et professeurs, à celui des entreprises dans les rapports entre les travailleurs et leur encadrement, à celui de l'État entre les citoyens et l'administration et finalement tout l'appareil de pouvoir.

Que ces événements aient pris une forme extrême en France s'explique en grande partie par notre tradition centralisatrice, tout l'appareil de pouvoir étant pris de court par la diversité, puis la conjonction des revendications, et c'est précisément pour avoir perdu le référendum sur « la participation » que le général de Gaulle a quitté le pouvoir. La demande de participation s'est développée par la suite, en France comme ailleurs, en fonction même de l'inaptitude des structures politiques traditionnelles à prendre en compte les besoins qu'elle exprimait. En même temps, on peut voir dans cette évolution une forme particulière de l'américanisation de l'Europe, puisqu'elle reflète l'influence évidente, sur les mœurs politiques des pays européens centralisés et de culture latine, de la tradition anglo-saxonne, américaine en particulier, qui a toujours reconnu une légitimité aux « initiatives de citoyens » comme aux associations de consommateurs, jusque-là inexistantes ou peu influentes sur le vieux continent. Et c'est précisément à propos de questions liées aux développements technologiques que ces mouvements ont débouché partout sur des affrontements.

La formule « participation du public » est encore plus vague si on se demande qui est le public. Autre signe d'américanisation? Le substantif « public » en français ne correspond à aucun des sens anglais, alors que l'adjectif renvoie effectivement à « ce qui concerne le peuple pris dans son ensemble » et par dérivation à « qui agit en son nom ». Le public, ce sont, par exemple, les spectateurs qui vont au théâtre, l'ensemble des gens qui lisent une œuvre littéraire : le substantif ne donne guère l'idée de groupes d'intérêts engagés dans une action militante contre les pouvoirs... publics. Cette discussion sémantique n'est pas si frivole qu'on pourrait le croire. En français, l'adjectif se rattache essentiellement à la sphère du politique — la « chose publique » de la source latine — par opposition à ce qui est de l'ordre du privé, et qualifie à ce titre ce qui relève non pas de l'initiative des particuliers, mais de l'autorité de l'État. Or, dans toutes les langues, il reste quelque chose de cette ambiguïté entre l'idée du peuple dans son ensemble et ceux qui, agissant en son nom, sont du côté de l'État, représentants élus ou membres de l'administration. Et si l'on parle du « peuple », plutôt que du « public », la contradiction est encore plus évidente puisque, dans tout système démocratique représentatif, les élus sont par définition ses représentants légitimes. En français, « participation du peuple » ou des « citoyens », qui s'applique au nombre d'électeurs prenant part à une consultation électorale, a une connotation gauchiste sitôt qu'on l'utilise dans le contexte d'une revendication de démocratie directe — connotation que la formule n'implique d'aucune façon dans des structures politiques de type anglo-saxon. Peut-être le seul point commun à toutes les langues est-il dans l'*opposition entre ce qui est connu, parce que divulgué, répandu dans le public, exposé à la vue de tout le monde, et ce qui est tenu secret, réservé à quelques-uns, privilège de la technostructure :* ce sens éclaire l'enjeu même des débats sur la participation dans le domaine scientifique et technique.

Mieux vaut abandonner une fois pour toutes ce mot, après avoir rappelé que le public est formé, dans les mouvements de participation, d'éléments très hétérogènes. À la vérité, il n'y a pas eu d'étude sérieuse permettant de les identifier : qui en sont exactement les acteurs? On y reconnaît d'abord les gens directement affectés par un développement industriel ou technologique, parce qu'ils vivent au voisinage des nouvelles installations, par exemple un aéroport, un barrage ou une centrale nucléaire; il y a ceux qui, sans être directement affectés dans leurs intérêts locaux, s'associent aux premiers au nom de l'intérêt général ou de la cause idéologico-politique pour laquelle ils militent, par exemple l'écologie; il y a tous ceux qui s'engagent dans ces mouvements pour des raisons qui tiennent à leurs convictions, progressistes ou conservatrices, de gauche ou de droite, à leur âge ou à des motifs extérieurs à ce qu'est l'enjeu explicite de la demande de participation (par exemple le chômage); et il y a les scientifiques qui peuvent ajouter à toutes les raisons évoquées ci-dessus le souci de contrer le discours faillible des experts de l'administration. Je retiendrai ici la définition que donne un rapport publié par l'OCDE : « La participation est toute activité menée par tout individu, groupes d'individus ou organisations autres que les élus ou les fonctionnaires désignés du gouvernement ou des corps constitués et visant de façon directe ou indirecte à prendre part aux affaires, aux décisions ou aux politiques du gouvernement ou des entreprises publiques ou parapubliques ou à les influencer. »

Apparemment, les mouvements de participation mobilisent des gens dont les engagements politiques peuvent être très différents et correspondent à des luttes *qui ne sont pas prises en compte, au moins à leur début, par les partis ou les syndicats.* Leur point commun est d'éviter ou de tourner la légitimité des structures politiques traditionnelles, soupçonnées ou accusées de trahir l'intérêt général, pour revendiquer la légitimité de la base, de la spontanéité, de l'initiative décentralisée, qui incarne la résistance à l'appareil bureaucratique au nom même de l'intérêt général. Les pouvoirs établis, bien que — ou parce que — sanctionnés par le suffrage universel, représentés par les partis et les syndicats, voient leur légitimité ignorée ou récusée par la légitimité plus grande d'une cause à laquelle ils n'ont d'abord pas prêté attention ou qu'ils se montrent incapables d'adopter dans leurs programmes politiques. Cette conquête d'une légitimité non reconnue par l'*establishment* ne vise pas des fins révolutionnaires au sens d'une lutte dont l'objet serait « le renversement du système ». Le plus souvent, il s'agit de conquérir à l'intérieur du système un espace et même un temps qui, tournant le dos à sa logique et à ses finalités proclamées, définissent un autre mode de vie et d'organisation sociale : un substitut plutôt qu'un chambardement, une expérimentation sociale plutôt qu'un modèle universel. Ainsi les mouvements associatifs sont-ils le véhicule privilégié de la demande de participation, parce qu'ils offrent un recours contre les décisions du « système » plutôt qu'une machine de guerre contre le système lui-même. Mais, plus nombreux seront les intérêts menacés par ces décisions, plus le mouvement sera mobilisateur, transformant une contestation toujours marginale au départ, locale et circonstancielle, en une force politique dont le poids peut devenir national et même international.

Toutefois, quand il s'agit des grands développements technologiques, la demande de participation aux décisions se nourrit de thèmes qui mettent en cause non plus seulement le fonctionnement du système et les voies qu'il suit pour atteindre ses objectifs, mais le système lui-même dans les fins qu'il se donne. De ce point de vue, la situation des pays européens varie considérablement, cela va de soi, en fonction du degré de centralisation des structures politiques comme de la pesanteur de l'idéologie dans le débat politique. Il n'empêche qu'au-delà du désenchantement à l'égard de la démocratie représentative la demande de participation reflète souvent une mise en cause de l'orientation globale des sociétés industrielles à travers le malaise que suscitent les coûts et les menaces du changement technique. La résistance à la bureaucratisation des structures sociales a partie liée ici avec la résistance au modèle de croissance économique quantitative, dont l'un des moteurs principaux est le dynamisme technologique. Le mouvement antinucléaire a une force de mobilisation d'autant plus grande qu'il réunit ceux qui, sur le plan local, s'opposent à l'installation d'une centrale, et tous ceux qui, sur le plan national et même international, mettent en question le type de développement et de société dont la rationalité économique débouche, entre autres, sur le choix de l'énergie nucléaire. Ce débat renvoie, par définition, à un conflit de valeurs et à un choix de société où la définition de l'intérêt général dépend autant de la morale de la conviction, au sens de Max Weber, que de la pensée utopique.

Ce qui ne veut pas dire qu'on puisse négliger l'enjeu éthique du débat ni se débarrasser à bon compte du sérieux de cette critique des sociétés industrielles en la réduisant uniquement à une utopie. La grande différence entre la critique intellectuelle du progrès au XVIIIe et au XIXe siècle et celle d'aujourd'hui tient non seulement au fait que les promesses du progrès se sont révélées ambivalentes et contradictoires en se réalisant, mais aussi à ce que le terrain sur lequel cette critique s'est développée n'est plus le même : du romantisme de la littérature et de la philosophie, elle est passée à l'économie et à la science, c'est-à-dire au domaine même sur lequel le processus d'industrialisation a fondé sa légitimité historique et culturelle. Le thème des « limites de la croissance » et l'idée suivant laquelle le système industriel dépense finalement plus qu'il ne produit, dans une exploitation des ressources naturelles qui débouche sur un gaspillage d'énergie, ne sont pas des thèmes que l'on peut écarter aussi aisément que les rêveries de Rousseau ou les poèmes de Keats : ils « interpellent » les économistes de la croissance sur leur propre terrain et montrent que des alternatives existent, non moins rationnelles et peut-être plus raisonnables que les leurs. Par exemple, le livre de Nicholas Georgescu-Roegen publié en 1971 (non encore traduit en France), *The Entropy Law and the Economic Process*, n'est pas seulement la mise en question du modèle mécaniste prédominant dans la pensée économique, c'est surtout le rappel du coût entropique de la croissance industrielle. Vingt ans après, on s'inquiète de l'effet de serre, qui ne fait que confirmer le propos de cette thèse : une croissance indéfinie dans un monde fini entraîne des dégâts pour l'environnement dont les inconvénients à long terme l'emportent sur tous les avantages à moyen terme; une conception thermodynamique de l'économie ne peut ignorer ni les gaspillages, ni les pollutions, ni les déchets industriels, pas plus qu'elle ne peut négliger le coût de l'équilibre à établir entre les productions énergétiques et la pression démographique. Si la régulation technologique se fait avec le temps, une part de l'utopie devient aussi la réalité de demain en investissant de ses thèmes le milieu intellectuel et politique dans lequel s'insère le changement technique.

Une crise de légitimation

Le lien est évident entre le soupçon qui pèse sur la science et celui qui affecte les institutions démocratiques. Dans les deux cas, il y a crise de légitimation au sens que lui donne Jürgen Habermas, et l'une renvoie à l'autre : l'institution scientifique n'est pas moins l'objet d'une contestation que les autres institutions où s'incarnent l'*establishment* et l'autorité traditionnels. Ce n'est pas un hasard si les premiers travaux de Habermas, sa critique du positivisme, « illusion objectiviste des sciences », l'ont conduit à douter de la rationalité des interventions de l'État moderne : « scientifisation de la politique » et « politisation de la science » se rattachent au même phénomène de « domination de la technique » sur lequel butent les nouveaux conflits sociaux et l'initiative des individus. En fait, on retrouve la même interrogation, à droite comme à gauche, du néo-libéralisme au néo-marxisme en passant par la social-démocratie, sur le rôle, le fonctionnement, les limites de l'État moderne, si contradictoires que soient les diagnostics et les remèdes : ici, la démocratie est devenue ingouvernable parce que l'État en fait trop, là elle est en discrédit parce que l'État n'en fait pas assez ou parce qu'il assure mal les fonctions trop nombreuses dont il a pris la charge. Derrière ces incertitudes sur la quantité et la qualité des biens et services que l'État doit dispenser, on retrouve l'idée contradictoire que l'extension de ses domaines d'intervention tantôt rend l'État dépendant et captif des intérêts particuliers (chez Habermas, par exemple), tantôt submerge et paralyse l'esprit d'entreprise du secteur privé (par exemple chez Milton Friedman). Mais, simultanément, on constate dans toutes les sociétés industrielles démocratiques une dépolitisation croissante des électeurs, dont le désintérêt pour la chose publique peut renforcer tout à la fois les excès de l'administration et les chances de l'extrême droite ou d'un nouveau populisme.

Dans ce tohu-bohu d'interprétations opposées, il y a pourtant des hypothèses qui me paraissent se compléter plutôt que se contredire. L'initiative énorme dont dispose l'État en matière de choix technologiques conduit à rendre *plus perceptible l'écart éventuel entre la complexité des entreprises dont il a la charge et la rationalité (fût-elle économique) des décisions qui président au lancement, sinon à la gestion, de ces entreprises.* Le poids des intérêts de l'industrie et de la communauté scientifique dans l'élaboration des politiques de la science et de la technologie a été tel que l'impartialité de l'administration est apparue, dans de nombreux cas, sinon peu crédible, du moins sous réserve d'inventaire. Ainsi, en particulier, des recherches militaires : dans les pays les plus industrialisés, il est rien moins qu'établi, le secret des décisions aidant, que les options techniques, les programmes et leur exécution correspondent dans tous les cas à une logique qui sert l'intérêt collectif plutôt que les intérêts privés.

L'impératif de la sécurité nationale a bon dos, et l'on ne s'étonnera pas que le domaine de la technologie militaire ait toujours été tenu à l'écart des pratiques du *technology assessment*. C'est pourtant le domaine qui, dans certains pays, concentre la plus grande part des investissements de recherche-développement, celui dont les programmes ont des répercussions directes et indirectes sur l'environnement et la société, non seulement, bien sûr, en temps de guerre, mais aussi en temps de paix. Plus révélateur encore, les pères fondateurs du *technology assessment* avaient pourtant souligné que les recherches militaires ne devaient pas y échapper. Le premier rapport consacré par la National Academy of Sciences à l'évaluation de la technologie disait explicitement ceci : « Nous ne voulons pas suggérer que les protagonistes de la technologie militaire aient tiré parti des impératifs du secret d'une manière irresponsable ou au détriment de l'intérêt public, encore qu'un nombre croissant de gens pensent que ce soit le cas. Nous voulons simplement souligner que notre système présent d'évaluation de la technologie militaire viole la plupart des canons proposés par notre groupe en ce qui concerne la représentation des intérêts affectés par les conséquences de la technologie, la prise en compte des contextes sociaux et environnementaux plus larges, l'ouverture d'autres options pour l'avenir, la visibilité et l'examen publics des informations cruciales et des arguments. »

Les raisons pour lesquelles ce domaine a été écarté sautent aux yeux, mais suffisent-elles à légitimer le « privilège d'exterritorialité » dont il continue partout à bénéficier ? Ce rapport date de 1969 ; il n'est pas inutile de préciser que, parmi ses auteurs, on comptait des scientifiques conseillers du Pentagone ; en d'autres termes, il fut l'œuvre non pas de naïfs pacifistes ou de dangereux gauchistes, mais de membres de l'*establishment* scientifique le plus modéré et le plus familier des « corridors du pouvoir » à Washington. « On aimerait, disait encore le rapport, incorporer plus de critique institutionnalisée dans le processus de décision relatif à la technologie militaire – une critique visant délibérément à élargir les critères d'évaluation de la technologie bien au-delà du contexte strictement militaire. » C'était fort bien dit, et tout était dit : que peut bien vouloir être la « maîtrise sociale de la technologie » si ce domaine, dont l'influence sur le rythme et la direction des innovations techniques est considérable, demeure exclu du processus d'évaluation ?

Mais le secteur civil n'échappe pas davantage à des gaspillages et à des gâchis commis au nom de la raison technocratique ou même scientifique. Les exemples abondent, en effet, d'entreprises qui ont engouffré des centaines de millions sans autre résultat que d'entretenir le chiffre d'affaires de certaines industries ou de satisfaire les objectifs des milieux scientifiques qui y étaient associés. Par exemple, aux États-Unis, le « projet Mohole », soutenu dans les années 60 par l'Académie des sciences et la National Science Foundation : il s'agissait de creuser une carotte sous la croûte terrestre pour atteindre le manteau de la terre à partir des fonds de l'océan Pacifique. Le projet avait été « vendu » et lancé d'une manière aussi ambitieuse que l'opération Apollo, et les spécialistes américains des sciences de la terre n'ont pas été loin de damer le pion à leurs collègues des recherches spatiales. « Voilà, déclara l'un d'entre eux, une entreprise capable d'exciter l'imagination du public et d'attirer les jeunes gens dans notre discipline ! » Derrière le fantasme d'une plongée de vingt mille lieues sous la terre, plongée capable de renouveler les promesses de Jules Verne en voie d'être tenues dans l'espace par la NASA, l'assaut des chercheurs et des industriels en quête de contrats ressembla bientôt à *La Curée* de Zola (des familiers du président Johnson y furent compromis). Le projet fut stoppé par le Congrès, malgré les cent vingt-cinq millions de dollars déjà investis dans les études préliminaires, parce qu'il finit par apparaître, d'un point de vue scientifique comme d'un point de vue économique, tout simplement délirant. En France, l'affaire des « avions renifleurs » offre un autre exemple d'un gouffre financier qui n'a été rien d'autre qu'une prodigieuse escroquerie. On y a vu des polytechniciens, au sommet de l'État comme à celui d'Elf, croire au miracle de sondages pétrolifères opérés à partir d'avions volant en haute altitude, avec des instruments pseudo-scientifiques que personne n'avait vus et des protocoles que personne ne pouvait vérifier.

Les décisions importantes sont prises dans des structures administratives et politiques et par des voies et procédures, sur lesquelles les individus en tant que citoyens ont de plus en plus conscience de n'avoir pas ou d'avoir peu de prise. Dans l'affaire des « avions renifleurs », c'est précisément parce que le processus de décision est demeuré entre les mains de la technostructure des polytechniciens soumis à leur patron, que ces expériences tout à fait farfelues ont pu être poursuivies sur plusieurs années : on s'est bien gardé de faire appel à des scientifiques pour mettre à l'épreuve protocoles et résultats. À plus forte raison les citoyens non spécialistes hésiteront-ils à mettre en question le bien-fondé de certaines décisions prises au nom d'une rationalité, qu'elle soit scientifique ou économique, dont ils se disent spontanément que l'accès ou la compréhension leur est interdit. « Que nul n'entre ici s'il n'est mathématicien » était, dans le système platonicien, une invitation à accéder à la philosophie par la science. Dans le système technicien, c'est un interdit très semblable à la mention « domaine militaire » qui met à l'écart tous ceux qui n'ont pas le mot de passe. Les carences mêmes du pouvoir législatif dans l'exercice d'un contrôle effectif et constant des initiatives de l'administration sont d'autant plus sensibles qu'on constate, dans les parlements européens, une proportion toujours plus grande (près de 50 % parfois!) de fonctionnaires de l'État parmi les députés.

Ce qui est ici en jeu, comme l'a montré la controverse opposant Habermas à Luhman, ce n'est pas seulement l'autonomie croissante du système politique au sein de la société moderne, c'est la possibilité même de l'exercice de la démocratie par les individus. Pour Luhman, il y a comme un provincialisme de « vieux concepts européens » dans l'idée que les individus peuvent peser sur le système politique en fonction de revendications normatives, alors que le processus de décision est de plus en plus autonome, administratif et contingent. Et plus on leur demande une participation intensive, plus on expose les citoyens à des frustrations. Luhman parle de l'autonomie croissante de l'appareil de l'État, et Habermas de la dépendance croissante de celui-ci à l'égard des intérêts les mieux organisés parmi les différents secteurs économiques de la société : l'analyste des systèmes rejoint le philosophe, le réalisme à l'américaine de l'un rejoint la conviction « vieille européenne » de l'autre pour souligner les mêmes limites que la complexité des sociétés modernes oppose à une pratique plus effective de la démocratie par les citoyens.

Ces limites constituent, assurément, l'une des caractéristiques des sociétés industrielles. *Face à la capacité collective d'intervention — et de destruction — si considérablement accrue grâce aux progrès de la science et de la technologie, l'individu dispose de moyens renforcés pour maîtriser son environnement physique et de moyens diminués (ou qui lui apparaissent tels) pour contrôler son environnement politique.* Le pouvoir de l'individu sur son milieu, sa santé, son éducation, sa durée et son horizon de vie, sa mobilité et sa reproduction est sans rapport avec celui dont l'homme du XIXe siècle disposait, à plus forte raison ses ancêtres d'avant la révolution industrielle. C'est d'ailleurs ce qui interdit de rêver des conditions de vie dans les sociétés pré-industrielles comme du paradis dont les critiques du capitalisme ont spontanément la nostalgie. Mais, simultanément, la marge d'intervention de l'individu sur les systèmes organisationnels et sociotechniques qui sont la source et le moteur de ce pouvoir accru apparaît dérisoire : comment faire entendre sa voix et faire que sa voix influe sur des institutions dont la complexité et la puissance sont telles que l'exercice d'un contrôle par les individus (ou même les collectivités locales) ressemble au combat de David contre Goliath ? Le corps agrandi attend aussi un supplément de légitimation.

Dans l'histoire de l'industrialisation, au moins jusqu'au premier tiers du XXe siècle, le problème de la distribution du pouvoir entre la classe ouvrière et les classes possédantes s'était heurté à un défi analogue : Goliath par le nombre, mais David par défaut de légitimité, syndicats et partis ouvriers n'ont pas accédé au pouvoir sans combats. S'il est vrai que le pouvoir des individus sur leur environnement politique apparaît aujourd'hui limité, sinon réduit, par rapport à celui qu'ils peuvent exercer sur leur environnement physique, qu'en était-il au XIXe siècle — et encore, pour de nombreux pays industrialisés, jusqu'au milieu du XXe ? Ne parlons pas ici des pays où le suffrage universel a précisément permis de confisquer ou de détourner l'expression de la voix populaire. Pour la majorité des citoyens, le pouvoir politique dont ils disposaient était-il à la mesure de leur participation au processus politique ? Et leur participation était-elle à la mesure du pouvoir qu'ils pouvaient exercer ? Aujourd'hui encore, il existe dans de nombreux pays une fraction plus ou moins importante de la population qui ne participe à aucune consultation électorale, soit parce qu'elle n'a pas appris à exercer ce droit, soit parce qu'elle se sent ou est exclue du système politique. Nulle part, en tout cas, le pouvoir n'a jamais pu se passer d'élites : ni en rapprochant les revenus ni en égalisant les chances. Et le mot de Paul Valéry vaut toujours d'être médité, quand on plaide pour le renforcement ou l'extension de la participation : « Toute politique se fonde sur l'indifférence de la plupart des intéressés, sans laquelle il n'y a point de politique possible. »

En même temps, les frustrations qu'éprouvent les individus à l'égard de l'État semblent d'autant plus grandes que leurs aspirations ont elles-mêmes grandi, et le nombre même de ceux qui, mieux pourvus et mieux éduqués, entendent exercer un contrôle plus direct sur leurs conditions de vie s'est considérablement accru. La demande actuelle de participation traduit ainsi un changement dans la distribution des forces sociales au sein des sociétés industrielles avancées qui est analogue, sans être semblable, au changement dont témoignèrent les combats ouvriers du XIXe siècle pour un partage plus équitable du pouvoir. En ce sens, loin d'apparaître comme une interprétation opposée, la crise de légitimation ne serait pas indépendante de la « révolution silencieuse » qui, transformant valeurs, compétences et formes d'expression politiques, voit s'accroître la pression des classes moyennes au sein de la société civile.

Cette thèse est celle de Ronald Inglehart, dont les analyses méritent d'autant plus d'être retenues qu'elles se sont appuyées sur des enquêtes menées non seulement aux États-Unis, mais aussi en Europe par la CEE. La « révolution silencieuse » se traduit par un déclin de la légitimité des autorités hiérarchiques et des valeurs traditionnelles de la société bourgeoise; elle est liée à la croissance économique, à l'expansion de l'enseignement secondaire et supérieur, à l'importance et à la diversité des mass media et à la discontinuité des expériences que vivent des proportions de plus en plus larges de la population. Déjà, dans la société « postindustrielle » de Daniel Bell, le déclin de la main-d'œuvre dans les secteurs agricole et industriel au profit du secteur tertiaire, créateur et utilisateur de savoir, doit s'accompagner d'un clivage entre les nouvelles élites orientées sur des objectifs scientifiques et professionnels et les anciennes élites, attachées au profit, à la croissance et aux entreprises ou aux bureaucraties particulières auxquelles elles appartiennent. Inglehart prolonge cette analyse des causes et des manifestations des changements que connaît la stratification sociale dans les sociétés riches par une description de leurs conséquences probables sur le plan politique.

Les classes moyennes « éclairées » jouant un rôle plus important, les conflits sociaux ne portent plus essentiellement sur les revendications de caractère économique propres au monde ouvrier des débuts de l'industrialisation, mais sur les aspirations à une qualité de vie meilleure caractéristiques du secteur tertiaire en expansion. Dans les débuts de la société industrielle, les conditions matérielles étaient à l'origine de l'insatisfaction politique, qui se concentrait parmi les groupes à bas revenus. Aujourd'hui, en revanche, c'est parmi les groupes plus avantagés que se trouverait la source de l'insatisfaction et de la protestation politiques. Et ce sont ces groupes « postmatérialistes » qui se mobilisent le plus aisément pour une participation plus directe au processus de décision. Ces groupes s'expriment non pas tant à l'occasion des échéances traditionnelles de la vie politique, destinées à élire les représentants du peuple, que dans le continuum, le quotidien du processus politique, pour peser sur les décisions mêmes qui affectent leur style de vie, de travail, de loisirs et de culture.

En somme, la mobilisation des masses par les organisations politiques traditionnelles supposait un électorat dont le niveau d'éducation n'était pas élevé, d'où la nécessité de la représentation populaire par délégation de pouvoir à des élites restreintes. Aujourd'hui, l'élévation du niveau d'éducation entraîne une distribution plus large parmi la population du nombre des élites capables et désireuses de peser directement sur des décisions spécifiques. Le système parlementaire traditionnel est tourné, sinon contesté, par le développement associatif de ces élites. Les initiatives de citoyens se multiplient, comme les organisations nouvelles visant à exercer une influence sur les questions qui affectent directement les intérêts de certains groupes. Ceux-ci se définissent tantôt en fonction de leurs objectifs (tels que la protection de l'environnement), tantôt sur la base d'une identité collective (ethnique, régionale, sexuelle). Quelle que soit leur cause, ils constituent des mouvements associatifs d'un type nouveau, caractéristiques de l'expansion des classes moyennes, qui va de pair avec l'épuisement idéologique des partis traditionnels et la nécessité d'assumer, à gauche comme à droite, les mêmes contraintes de gestion de l'économie de marché. Ils jouent une carte politique en dehors des partis et tendent tous, plutôt qu'à se comporter comme des groupes de pression à l'intérieur du système, à montrer la possibilité d'un contre-pouvoir dont les thèmes offrent une alternative à l'idéologie et au pouvoir dominants.

Les pièges de la participation

Participer, certes, mais encore faut-il connaître les règles du jeu et que le jeu lui-même ne soit pas pipé. Faute de quoi l'asymétrie entre les décideurs et ceux que leurs décisions affectent est telle que la participation revient à un simulacre. Dans le cas des questions scientifiques et techniques, on l'a vu, la partie est plus difficile que dans tous les autres, puisque l'ésotérisme des problèmes au regard des individus s'ajoute à l'importance des enjeux au regard de la collectivité. Comment exercer ce pouvoir responsable de citoyen dont l'absence définit le malaise politique des sociétés industrielles, si l'individu en tant que tel n'a pas accès à la technicité des décisions qu'il prend — quand il les prend — en tant que membre du corps social? De plus, il faut encore que les décideurs acceptent que ceux qui veulent peser sur leurs décisions « entrent dans le jeu » d'une manière ou d'une autre. En théorie, le propre d'un système démocratique est de ne pas récuser ce droit d'entrée : tout citoyen a le même droit de regard et de contrôle qu'un autre. En théorie encore, le gouvernement et l'administration, qui appliquent les décisions politiques prises au nom de l'intérêt général, doivent rendre compte de leur action en vertu du principe fondamental qui veut que si chaque citoyen consent à l'obligation de l'impôt c'est parce que les ressources ainsi dégagées permettent de satisfaire les besoins et les intérêts de la collectivité.

De la théorie à la pratique, il n'y a pas nécessairement un abîme, mais il y a toujours une distance. Si tous les citoyens sont égaux devant la loi, ils ne le sont pas devant le savoir — et devant d'autres biens qu'aucune société, si égalitaire soit-elle, ne partage jamais également. Comme le dit Orwell, tous les hommes sont égaux, mais il y en a qui sont plus égaux que d'autres. Ensuite, le gouvernement et l'administration des sociétés industrielles prennent inévitablement des initiatives dont ils ne rendent pas compte sur-le-champ. En matière technologique, il y a des choix qui entraînent des programmes irréversibles et des conséquences imprévisibles à long terme. Derrière ces programmes, il y a d'énormes intérêts en jeu, et l'inertie du pouvoir législatif est à la mesure du poids des *lobbies* de toute nature, industriels, scientifiques ou politiques. L'exemple du Concorde montre que, même quand il est devenu patent que l'avion supersonique n'aurait pas l'avenir commercial que ses partisans lui promettaient, il a été impossible de l'arrêter : l'opposition d'un des coconstructeurs, fût-il un gouvernement, n'y pouvait mais.

Si l'on écarte la situation exceptionnelle de l'état de guerre, où les mécanismes traditionnels de régulation sociale sont suspendus en même temps que les libertés, il faut bien reconnaître que, même en état de paix, c'est-à-dire sans suspension des libertés, des décisions sont prises dans de nombreux domaines sans avoir été préalablement discutées. Le propre de la démocratie n'est pas d'éviter un tel état de choses, mais de disposer de mécanismes de contrôle et d'équilibre qui permettent à différents niveaux de l'organisation politique de *corriger, sinon d'empêcher l'arbitraire, c'est-à-dire la régulation de l'ensemble du corps social en fonction des seuls intérêts de quelques-uns.*

Dans nombre de secteurs, en fait, les mécanismes traditionnels de contrôle et d'équilibre se révèlent insuffisants ou inadéquats pour assurer la correspondance entre l'intérêt collectif et la pression des intérêts particuliers. Il est possible, d'ailleurs, que la complexité et la technicité de certains des problèmes que tout gouvernement et son administration ont aujourd'hui à résoudre soient devenus telles que cet écart entre les citoyens et ceux qui les représentent dans l'appareil de pouvoir soit tout simplement impossible à combler. Les décisions intéressant certains développements scientifiques et techniques sont de ce type. Mais reconnaître cet écart ne signifie pas qu'il faille faire son deuil de la transparence ni que les mécanismes de contrôle et d'équilibre soient condamnés à servir exclusivement les intérêts et les pouvoirs dominants. Après tout, la plupart des parlementaires n'ont pas de compétence scientifique, et le contrôle politique du pouvoir législatif n'est pas pour autant annulé.

Mais cela signifie à tout le moins que l'exercice de ce contrôle est réduit, comme l'est le pouvoir des individus. Don K. Price a été le premier à montrer que les affaires scientifiques ont entraîné ce « brouillage des frontières » entre le législatif et l'exécutif : les administrations compétentes en matière de recherche-développement « acquièrent un degré d'initiative et d'autonomie qui les rend plus difficiles à traiter comme des agents passifs de l'autorité politique, comme serviteurs d'une politique déterminée par les processus de législation traditionnels ». Américain libéral, on ne peut mieux établi dans les structures universitaires et politiques de l'économie de marché, c'est-à-dire d'un système qui proclame la séparation entre la sphère de l'État et celle du secteur privé, Price souligne — comme Galbraith — que c'est la nature même de la science et de la technologie modernes qui a fait un mythe de cette pieuse doctrine : « Les sciences et la nouvelle technologie qu'elles ont stimulée, alors qu'elles ont contribué à transformer la nature du pouvoir économique, ont aussi affecté la nature du pouvoir politique et ont ainsi rendu l'un beaucoup plus semblable à l'autre, et presque interchangeables. » De ce point de vue, la technocratie n'est pas un mythe, mais une réalité inévitable de la gestion des sociétés industrielles modernes, au sens où les spécialistes — scientifiques, ingénieurs et administrateurs — prennent des décisions qui seraient plutôt ou devraient être, suivant le modèle de Montesquieu, du ressort des politiques.

Dans les sociétés démocratiques, la frontière idéologique qui opposait, bloc contre bloc, la gauche et la droite est aujourd'hui brouillée par les contraintes du marché, l'interdépendance croissante des économies, la nécessité des échanges à l'échelle mondiale, le réseau des accords internationaux qui limitent les souverainetés nationales. Maintenant que nul ne peut plus sacrifier à l'utopie communiste d'une économie centralisée et planificatrice, la marge d'initiative entre une gestion des affaires de type libéral et une gestion de type social-démocrate est de plus en plus étroite. Celle-ci continue, certes, à privilégier la solidarité sociale sur la compétition, et celle-là le libre jeu des forces du marché sur une distribution plus égalitaire des revenus. Mais la première n'exclut pas plus l'interventionnisme de l'État pour renforcer les moyens de la compétition, que la seconde ne repousse le recours aux privatisations pour renforcer ceux de la solidarité.

La demande de participation traduit le souci de compenser à la fois les limites qu'opposent à l'alternance politique les contraintes de la gestion macroéconomique et les carences du pouvoir législatif par rapport à l'autonomie qu'a prise le pouvoir exécutif. Or, ce n'est pas un hasard si cette demande, après s'être développée à l'extérieur des partis dans le sillage des mouvements de 1968, a trouvé — ou conquis — par la suite un terrain plus favorable auprès non seulement des partis, mais encore de certains représentants de l'administration. On s'était contenté jusque-là de gérer des moyens en faisant confiance aux intentions de l'exécutif. Dès lors qu'on s'interrogeait sur les finalités de cette gestion, il fallait bien prêter attention aux voix de ceux qui, hors des structures politiques traditionnelles, en dénonçaient la faillibilité. Aux États-Unis, en tout cas, les excès de pouvoir qu'on a pu reprocher à l'exécutif, de Johnson à Nixon, ont conduit le Congrès non seulement à réaffirmer ses prérogatives, mais encore à exposer, en fait à ouvrir l'action de l'administration au contrôle des individus : ce fut le Freedom of Information Act. En Europe de l'Ouest, on a assisté sous d'autres formes à la même évolution, qui aboutit dans tous les cas, quelles que soient les différences d'un pays à l'autre, à l'exercice par les individus au moins d'un *droit de regard* sur l'action de l'administration et d'un *droit d'accès* à l'information dont celle-ci dispose.

Si la participation commence à ce droit de regard, elle peut aussi s'arrêter là, sans réellement satisfaire le besoin qu'elle signale d'une redistribution du pouvoir entre ceux qui décident et ceux qu'affectent leurs décisions. Comme l'a très remarquablement vu Sherry R. Arnstein, il y a différents degrés dans la participation à laquelle consentent les décideurs, donc différents niveaux de réalité du partage du pouvoir. Arnstein, en l'occurrence, a traité de la participation aux décisions portant non pas sur les affaires scientifiques et techniques, mais sur celles qui affectent les minorités américaines déshéritées dans le cadre d'une gestion locale : renouvellement urbain, programmes contre la pauvreté, conception des nouvelles cités. Mais il est facile — et il est révélateur que cela soit si facile – de transposer son analyse au cas de la science et de la technologie.

La régulation sociale passe aussi par la récupération et la manipulation. « L'idée d'une participation des citoyens, dit Arnstein sans trop d'illusions, c'est un peu comme manger des épinards.

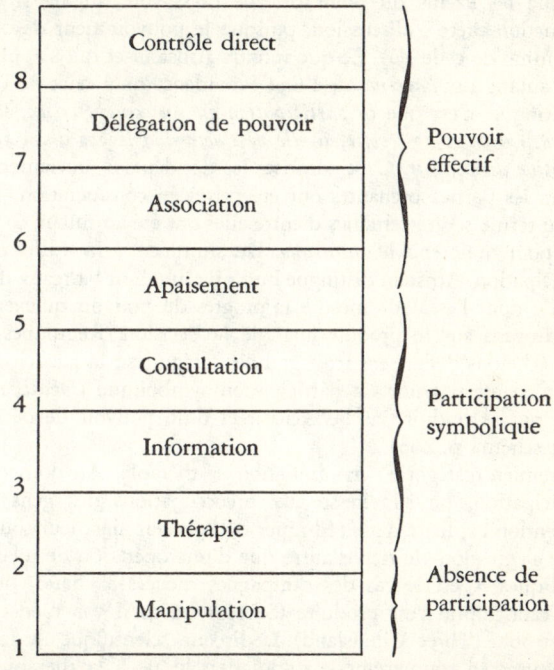

Personne n'est contre en principe, parce que c'est bon pour vous. La participation des gouvernés à leur gouvernement est, en théorie, la pierre de touche de la démocratie – une idée vénérée à laquelle à peu près tout le monde applaudit avec vigueur. Toutefois, les applaudissements se ramènent à des battements de mains polis quand ce principe a pour avocats les Noirs, les Mexicains, les Portoricains, les Indiens, les Esquimaux et les Blancs laissés pour compte *(the have-not)*. Et quand ces exclus définissent la participation comme une redistribution du pouvoir, le consensus américain sur le principe fondamental éclate en multiples nuances d'opposition résolue – raciale, ethnique, idéologique et politique. » Oublions ces exclus du point de vue des richesses pour ne retenir ici que les exclus du point de vue du savoir (même si cette distinction prête à discussion, puisque le pouvoir tient de celui-ci comme de celles-là). Ce que montre Arnstein et qui s'applique tout autant aux *have-not* de l'État Providence qu'à ceux de l'État scientifique, c'est que *la participation est un concept creux, source de frustration et de révolte, si elle ne s'accompagne pas d'une redistribution du pouvoir*. C'est autoriser les décideurs à proclamer que toutes les parties prenantes ont été prises en considération, alors qu'au terme seules certaines d'entre elles ont été au mieux consultées pour maintenir le *statu quo*. Du simulacre à la réalité de la participation, Arnstein distingue huit niveaux, huit barreaux d'une échelle dont l'escalade mesure le progrès du pouvoir qu'exercent les citoyens sur le produit final de la décision. Regroupés, ces huit échelons définissent trois grandes catégories : la participation qui n'en est pas une, la participation symbolique *(tokenism)*, et celle qui se traduit par l'exercice réel d'un pouvoir de décision (voir schéma p. 263).

Première catégorie : manipulation et thérapie. Au nom de la participation, on s'intéresse aux préoccupations des gens avec l'intention explicite de les éduquer et d'obtenir ainsi leur soutien. Il ne s'agit alors de rien d'autre que d'une opération de relations publiques. C'est le cas des campagnes menées à chaud, quand une catastrophe s'est produite (Seveso) ou qu'il y a menace de catastrophe (Three Mile Island). Le discours scientifique est destiné à rassurer en soumettant la population locale à la thérapie des experts. Tout comme, pour les minorités exclues, on se préoccupe, suivant Arnstein, de soigner leur « pathologie » plutôt que de s'en prendre au racisme ou aux inégalités qui créent leurs difficultés d'intégration, le discours des experts vise « l'irrationalité » des peurs qu'inspire la grande technologie, plutôt que les menaces potentielles et les accidents réels qui sont à la source de ces peurs. À ce niveau, les citoyens ne sont jamais que des enfants ou des handicapés condamnés à quémander une assistance scientifique et technique. La régulation sociale se ramène à l'exercice d'une police socioculturelle, qui tend à ajuster les attitudes et les valeurs au modèle d'objectivité fondé sur les « faits purs » dont se réclame la technostructure. Pour traiter ces manifestations d'infantilisme, de superstition ou d'irrationalité, on appelle à l'aide les sciences sociales, y compris la psychanalyse qui peut montrer ce qu'a de régressif, de refus du père, de refoulement œdipien et érotique cette résistance au changement technique. Je ne plaisante pas : c'était la démonstration même de Colette Guedeney et Gérald Mendel dans *L'Angoisse atomique et les centrales nucléaires*. On trouve d'ailleurs dans ce livre des extraits du rapport d'un groupe d'étude de l'Organisation mondiale de la santé datant de 1958 sur les « questions de santé mentale que pose l'utilisation de l'énergie atomique à des fins pacifiques », dont cette perle en conclusion : « Du point de vue de la Santé Mentale (*sic* pour les majuscules), la solution la plus satisfaisante pour l'avenir des utilisations pacifiques serait de voir monter une nouvelle génération qui aurait appris à s'accommoder d'une certaine part d'ignorance et d'incertitude. »

Après l'échelon de la mascarade – en fait, de la parade –, celui du rite symbolique. On sort du présupposé de la maladie mentale ou de l'infantilisme des gens pour les traiter en adolescents. Par l'information, la consultation, l'apaisement, on les autorise à entendre les arguments de la partie adverse et à se faire entendre eux-mêmes. Il n'existe, bien sûr, aucune assurance que l'on tienne compte de leurs préoccupations et de leurs idées. Du moins le processus de participation a-t-il abandonné les formes de la police socioculturelle pour prendre celles de la pédagogie de groupe. À son niveau le plus bas, l'information n'est donnée qu'à sens unique, et comme elle l'est à un stade déjà avancé du projet les gens sont sans doute mieux informés, mais les dés sont de toute façon jetés : il s'agit, en somme, d'un cours magistral sur les données et les conclusions sur lequel l'auditoire ne peut rien. Assurément, c'est déjà un progrès : mieux vaut un peu d'information que pas du tout. Le rite symbolique peut n'être que lénifiant, il n'en est pas moins, pour ainsi dire, l'hommage du vice à la vertu démocratique.

À un échelon plus élevé, on invite les gens à exprimer leurs opinions. Conscients de leurs droits et de leurs responsabilités, ils interviennent dans des sondages, dans des enquêtes d'attitude ou même dans des enquêtes publiques. Mais, bien entendu, ils n'interviennent pas dans la décision : comme le dit justement Arnstein, ils ont « participé à la participation », et les décideurs vont de l'avant, satisfaits de cette contribution formelle du public à leur prise de décision. Enfin, à un niveau encore supérieur du rite symbolique, on autorisera les exclus à formuler leur avis, on leur accordera un ou des sièges dans des comités consultatifs et, pour peu que ceux qui les occupent soient reconnus comme des représentants légitimes des intérêts affectés (par exemple, s'ils sont élus par des associations locales), ils feront entendre une voix qui peut, dans une certaine mesure, peser sur la décision, même si les décideurs maintiennent de leur côté tout le droit de décider. Si le public ne rechigne pas, la partie est gagnée, c'est l'apaisement : les choses rentrent dans l'ordre, les exclus se sentent moins exclus, et les décideurs mieux compris.

D'une étape à l'autre du rite symbolique, le progrès est considérable, et l'on ne peut pas en sous-estimer les effets positifs du point de vue non seulement des groupes affectés, mais encore des décideurs. L'opération de police est récusée en tant que telle, les gens sont traités en citoyens majeurs, et surtout, dans cette amorce de dialogue, des fenêtres sont ouvertes par où des considérations nouvelles peuvent entrer dans le débat et permettre aussi de situer ses enjeux dans une perspective plus ouverte, critique et pluraliste. C'est à ce niveau de participation que les affirmations des experts cessent d'apparaître exclusivement techniques, qu'elles se révèlent souvent comme fondées sur des présupposés subjectifs, et qu'elles signalent l'impossibilité d'établir une frontière rigide entre ce qui découle des faits et ce qui tient à des préférences politiques.

L'asymétrie entre les décideurs et ceux qui veulent peser sur leurs décisions connaît déjà un début de rééquilibrage. En révélant que le discours des experts n'est pas que technique, le processus de participation sort du terrain ésotérique, univoque et sacré des « faits scientifiques » pour se retrouver sur un terrain plus familier, où les faits ne sont pas dissociables des valeurs. Les arguments des experts n'apparaissent plus taillés dans le métal irrévocable de l'objectivité et de la rigueur scientifiques, il y a place pour des contre-arguments et des démonstrations dont la rationalité n'est pas moins solide que celle des experts. Il s'agit moins, sans doute, d'une participation directe débouchant sur une forme d'influence, que d'une identification sociale au processus menant à la décision. La prise de décision a lieu *en public* plutôt qu'elle n'est *le fait du public*. Comme l'a souligné Brian Wynne, il est inévitable que des entreprises de participation soient dans une grande mesure des rituels politiques, mais les rituels sont importants. La régulation technologique peut trouver ici plus que l'apparence d'un dialogue démocratique, puisque le processus d'information et de pédagogie cesse d'être *à sens unique*. Cependant, si grands que soient leurs progrès, ces échelons de la participation n'entraînent encore aucun partage de pouvoir : on discute, mais on ne négocie pas.

Il faut gravir plus haut l'échelle, passer aux stades de l'association, de la délégation de pouvoir et à plus forte raison du contrôle direct, pour que la légitimité de la décision soit réellement négociée entre les décideurs et les citoyens. Il y a association si les groupes qui contestent la décision disposent de moyens financiers leur permettant de s'organiser et de s'appuyer sur des conseillers compétents, scientifiques, juristes ou autres, et voient leurs avis pris en compte par les décideurs. La « délégation de pouvoir » est concevable sur le plan local ou régional, quand des intérêts nationaux ne sont pas en jeu. Tel fut le cas de la Compagnie de gaz et d'électricité de San Diego qui, devant installer une centrale thermique dans le sud de la Californie, invita les gens de la région à créer un comité pour examiner les sites possibles, en lui assurant des moyens financiers et des conseillers techniques; le comité tint ses propres auditions publiques, et sa recommandation fut acceptée. Cet exemple semble d'ailleurs tout à fait unique. Enfin, au sommet de l'échelle, le « contrôle direct des citoyens » peut s'exercer par l'intermédiaire d'un vote et même d'un référendum préparé longtemps à l'avance à partir d'une campagne publique. Le référendum est une procédure exceptionnelle de démocratie directe, qui réinsère en fait la demande de participation dans des structures politiques traditionnelles.

On le voit : pour passer du simulacre ou du rituel à l'effectivité d'un pouvoir partagé, la demande de participation dépend du consentement des décideurs, c'est-à-dire *de règles du jeu dont ceux-ci acceptent que la définition ne soit pas donnée par eux seuls.* En somme, la situation de dépendance est renversée : le public obtient de la technostructure d'intervenir dans un processus qui n'est plus joué à l'avance ni déterminé par les seules règles du jeu qu'elle a elle-même fixées. Au sens d'une démocratie véritable, assumant la nécessité de corriger l'asymétrie entre le pouvoir des décideurs dans l'appareil de l'État et l'impuissance des individus, la régulation technologique suppose en théorie que la décision soit négociable et, pour commencer, que l'information soit délivrée aux premiers stades d'un projet, non pas quand les plans sont devenus impossibles à modifier. Dans la pratique, évidemment, les choses ne sont pas aussi simples, d'autant moins que les mouvements de participation ne constituent pas des blocs homogènes et n'ont pas nécessairement un choix alternatif commun à proposer : s'agit-il pour eux d'être entendus avant que la décision soit prise ou s'agit-il de conquérir sur l'appareil de pouvoir le droit de prendre la décision elle-même ?

Le fonctionnement démocratique des sociétés industrielles, étroitement dépendantes dans leur existence et dans leur avenir des progrès de la technologie, est suspendu à la réponse qu'on donnera à ces questions. Pour satisfaire à cette demande de participation, tous les pays industrialisés démocratiques ont développé des pratiques nouvelles et/ou créé des institutions. Assurément, ces expériences sont plus souvent proches des rites symboliques que d'une redistribution du pouvoir. Dans le cas des questions scientifiques et techniques, l'obstacle majeur au partage du pouvoir est d'abord le partage du savoir ; la tentation du simulacre (manipulation et thérapie) de la part de la technostructure est d'autant plus grande, comme l'est celle du rite symbolique (information, consultation, apaisement) de la part des organes politiques. Il n'empêche que, dans tous ces pays, le point de vue du public s'est vu attribuer ou a conquis des moyens nouveaux d'influencer les décisions dans ce domaine.

On peut en gros distinguer trois grandes catégories de réponses des gouvernements. La première vise à assurer un accès plus large à l'information : ainsi des cercles d'étude en Suède ou des campagnes d'information en Allemagne et en Autriche. La deuxième vise simultanément à améliorer l'information des décideurs et à mieux connaître les aspirations et les besoins de la population. Des organismes consultatifs ont été créés auprès des branches législative et exécutive des gouvernements : par exemple, en France, la Commission de l'informatique et des libertés, le Collège de la prévention des risques technologiques, l'Office parlementaire d'évaluation de la technologie. Les auditions et les commissions spécialisées des parlements se sont multipliées et se sont dotées de moyens d'enquête plus conséquents. C'est le cas, en particulier, des États-Unis, où la bibliothèque du Congrès dispose d'une unité spéciale pour la politique de la science et de la technologie affectée au service tant des parlementaires que du grand public. Sur le plan européen, les débats publics organisés par la CEE, les travaux de prospective et d'évaluation menés par l'équipe Fast au sein de la Communauté, les auditions tant du Parlement européen que du Conseil de l'Europe, autant d'initiatives qui tendent à assurer une meilleure information des parlementaires et du public, en fournissant à celui-ci comme à ceux-là les moyens de mieux apprécier les incidences économiques, sociales et politiques de certains développements ou choix scientifiques et techniques. Enfin, la troisième catégorie ouvre la porte à une intervention plus directe du public : ainsi des recours judiciaires, favorisés par l'extension du droit d'ester pour permettre une représentation élargie des plaignants potentiels et surtout des consultations populaires directes (référendums), constitutionnellement reconnues dans des pays tels que l'Autriche, le Danemark, l'Italie, la Norvège et la Suisse.

Ces catégories, loin de s'exclure, peuvent se recouvrir dans certains pays, alors que dans d'autres on s'en tiendra à l'une ou à l'autre. Les approches diffèrent, se rejoignent ou se complètent en fonction non seulement des objectifs qu'on leur a assignés, mais aussi des traditions, des institutions, et des structures politiques propres à chaque pays. Celles-ci déterminent aussi bien la spécificité du comportement des individus au sein d'une société, que celle des dispositions administratives et politiques de l'ensemble de cette société. Suivant que les pays sont plus grands ou plus petits, qu'ils ont des structures centralisées ou décentralisées, qu'ils accordent plus de prérogatives au pouvoir exécutif qu'au pouvoir législatif, ou font traditionnellement plus de place à l'initiative des associations locales, etc., les conflits que provoque le changement technique et les solutions qui leur sont données empruntent des formes très variables, assurant à la démocratie participative des moyens plus ou moins effectifs d'être mise en pratique. On se doute qu'entre la France et la Suisse, par exemple, il n'y a pas seulement la différence de la taille, mais aussi celle de l'héritage, de la Constitution et des mœurs pour distinguer le pays de Colbert du pays de Guillaume Tell.

Quand les décisions portent sur les grands projets technologiques, le débat politique ne peut être éludé, car l'enjeu des décisions n'est jamais local. Faute de répercuter sur le plan national les problèmes et les conflits provoqués initialement sur le plan local, les mécanismes traditionnels — parlements, partis, syndicats — abandonnent leurs prérogatives à la technostructure, et sont alors pris de court par des mouvements d'opposition qui échappent à leur médiation. Au bout de ce processus, le gouvernement des hommes se ramènerait non plus même au gouvernement des choses, mais à celui des chiffres, la régulation technologique devenant le monopole des techniciens et le discours des experts se substituant au débat démocratique. Inversement, on ne peut pas attendre de ces formules institutionnalisées de participation qu'elles résolvent tous les problèmes. Par exemple, la procédure des auditions et des commissions d'enquête ne débouche pas nécessairement sur la suppression d'une controverse; et si elle a du moins la vertu d'en réduire les incertitudes, elle ne suffit pas par elle-même à réconcilier la logique des faits avec celle des convictions. Ou encore les recours judiciaires, qui déplacent de l'administration à la justice le terrain de la décision, peuvent devenir un moyen sinon de la bloquer, du moins de la différer. Mais les retards imposés par une procédure judiciaire peuvent aussi améliorer la décision, permettre de la prendre en meilleure connaissance de cause, et jouer dans le sens de l'intérêt général.

Toutefois, les atermoiements peuvent aussi avoir un coût très élevé, s'agissant d'entreprises où des investissements considérables sont en jeu, si finalement la décision est confirmée d'aller de l'avant. Et le recours au référendum rappelle, s'il en était besoin, que les conditions du changement technique ne peuvent pas faire l'unanimité : le propre de la démocratie est de récuser, sur ces questions comme sur d'autres, toute prétention à l'unanimité. Un système de démocratie directe, comme en Suisse, permet sans doute de dénouer les difficultés politiques qu'entraîne la discussion d'une question technique, mais il ne garantit pas pour autant, on s'en doute, la résolution des conflits techniques. Il présuppose à tout le moins une tradition de décentralisation et d'arbitrage politique, où l'électeur en tant qu'individu a toujours le dernier mot, fût-ce pour s'opposer à l'intérêt collectif tel que les pouvoirs établis le définissent.

Le changement technique n'est pas l'abstraction des chiffres ni le laboratoire des fantasmes de la rationalité, mais l'occasion et le lieu de luttes politiques, une confrontation d'intérêts, de passions et de valeurs. Plus les mécanismes traditionnels se montreront incapables de prendre en compte ces luttes, plus la résistance au changement technique suivra des voies extra-parlementaires. L'évaluation sociale de la technologie est une fonction qui ne relève pas des seules compétences des scientifiques et des décideurs : accepter de ne poser les problèmes qu'elle soulève que sur le terrain des techniciens, c'est tout simplement renoncer à l'exercice du contrôle démocratique des décisions. J'ai déjà évoqué le paradoxe de certaines grandes entreprises technologiques (les centrales nucléaires en sont l'illustration la plus évidente) qui, bien qu'elles soient le produit de la science la plus avancée, ne peuvent être réalisées avec la certitude qu'il n'en résultera pas des conséquences négatives. En parlant de « l'hypothéticalité », Wolf Häfele rappelle que l'ingénierie a toujours été faite d'essais et d'erreurs, mais que dans le cas du nucléaire il n'y a pas de place pour un tel processus par essais et erreurs : on ne peut pas tolérer le moindre accident et, en même temps, les calculs ont beau être scientifiques, les risques que comporte l'entreprise « renvoient à des événements gouvernés par des lois de la nature dont nous avons une connaissance incomplète ».

Dès lors, il n'y a plus que deux manières d'aborder l'acceptabilité de ces risques. Ou bien l'on compare les risques ou dommages qui peuvent résulter d'un nouveau projet à ceux qui existent dans la nature, et l'on parle de niveau d'acceptabilité. Mais cette approche strictement technique a sa limite dans « l'hypothéticalité » : il n'y a pas de science assez certaine pour réduire à zéro la part d'un risque. Ou bien l'on cherche quelles sont les alternatives au projet proposé, et l'on sort du débat strictement technique pour traiter de sa rationalité en termes de choix politique. Face à ces deux contraintes extrêmes, que signifie la demande de participation ? D'une part, qu'il y a des individus et des groupes que cette « rationalité sous réserve » des grandes entreprises technologiques ne satisfait pas et qui se refusent à compromettre l'avenir par des mises disproportionnées par rapport aux risques ; et, d'autre part, qu'il y a des individus et des groupes pour penser que la rationalité pourrait plus légitimement aller à d'autres choix collectifs. Certes, la société civile complique la vie de la technostructure, mais y a-t-il démocratie là où les réserves qu'elle exprime et la résistance qu'elle oppose sont récusées *a priori* ?

Häfele professe que, puisque nous sommes condamnés à « l'hypothéticalité », le meilleur moyen de traiter ce débat est de le formaliser. Les négociations sur la régulation des armements stratégiques, soutient-il, ont été rendues possibles par le niveau d'abstraction auquel elles ont été menées. Ce pourquoi il n'est pas « facile à un citoyen qui n'est pas un scientifique ou même à des scientifiques qui ne se consacrent pas intensivement à ce domaine, d'en suivre les développements ». Pour affronter les incertitudes qui pèsent sur ce domaine, il faut en somme sortir de l'espace-temps dans lequel nous vivons communément, et parler en termes d'espace de Hilbert : alors s'effacent les contradictions. Ce propos n'est-il pas le meilleur exemple de l'aberration technocratique à laquelle mène le discours des experts, quand ceux-ci croient pouvoir restreindre le débat à ses aspects strictement techniques ?

En admettant même que les négociations sur *l'arms control* aient été condamnées à ce niveau d'abstraction, on peut douter des résultats tangibles auxquels a mené cette formalisation. Ce ne sont pas, en effet, les discussions abstraites entre experts qui ont déterminé l'accord sur la réduction de l'armement nucléaire, mais l'effondrement du système soviétique et la bonne volonté concomitante de Gorbatchev. À Londres, celui-ci est entré au « groupe des Sept » en offrant comme don de joyeux avènement la signature du traité START, réduisant de 30 % les armements stratégiques. Pourquoi 30 %, plutôt que les 50 % d'abord envisagés ? Aucune formalisation mathématique n'a inspiré cette décision. Les experts ont certes préparé la rédaction des différents articles du traité, mais ce n'est pas le niveau d'abstraction de leurs discussions qui a tranché, c'est un choix enraciné dans l'expérience vécue, avec ses calculs très concrets liés aux pressions des acteurs et aux contraintes des circonstances. Ce parallèle entre les discussions sur les armements stratégiques et la controverse sur l'énergie nucléaire à des fins civiles laisse rêveur : l'espace de Hilbert, on en conviendra, se prête peu à la régulation sociale de la technologie, à moins de professer que la politique est mieux traitée par les spécialistes de la physique des quanta ou de la théorie des jeux que par les débats contradictoires entre citoyens. Dans son échelle de la participation, Arnstein n'a pas songé à cet échelon supérieur – ou inférieur : il suffirait de formaliser les controverses pour que, sur la scène irrépressiblement contingente de la politique, avec ses passions et ses intérêts contradictoires, les êtres mathématiques se substituent enfin aux hommes.

Chapitre XI

Les nouvelles règles du jeu

En 1933 encore, l'exposition universelle de Chicago, qui célébrait un siècle de progrès scientifiques et techniques, avait pour thème cette formule révélatrice : « La science découvre, l'industrie applique, l'homme suit » *(conforms)*. On n'imaginerait pas le même slogan faire recette de nos jours. L'hymne au progrès n'est plus célébré avec la même conviction que celle que fondaient les promesses du positivisme triomphant, le laisser-faire technologique ne va plus de soi, et la science elle-même est entrée dans l'ère du soupçon. D'un autre côté, la stratification sociale des sociétés industrialisées a profondément changé, avec des classes moyennes plus importantes, un plus large accès à l'éducation, un niveau de vie plus élevé. L'idole du progrès ne peut plus compter sur la même soumission ou la même résignation que naguère aux effets déstructurants du changement technique.

La lecture du progrès a changé, ses lecteurs aussi. La science découvre, l'industrie applique, mais l'homme d'aujourd'hui ne suit plus, ne se conforme plus, n'accepte plus le changement technique dans les mêmes conditions que celles dans lesquelles les ouvriers des débuts de l'industrialisation furent exposés au traumatisme du milieu technique et à l'asservissement de la machine. Les sociétés industrialisées ont découvert, dans le processus de destruction créatrice caractéristique du capitalisme industriel, que ce qui est détruit peut compter autant, sinon plus, que ce qui est conquis. Davantage, on ne peut plus se contenter de dire que les effets négatifs du changement technique, indirects, imprévisibles ou pervers, sont le prix inévitable à payer d'un processus sur lequel on ne peut rien. Il n'y a pas de « rançon du progrès », mais des coûts, des « externalités » et des souffrances que l'on peut réduire ou éviter.

Il importe peu que l'acquis matériel des conquêtes du progrès rende d'autant plus sensibles ses aspects négatifs et les finalités qu'il ne satisfait pas. Le fait est que la course à la croissance a un prix qui ne peut plus être négligé et que, simultanément, l'élévation du niveau de vie et l'accroissement des classes moyennes conduisent un nombre toujours plus grand de gens à se soucier d'exercer un contrôle plus direct sur leur environnement, leurs conditions de vie et de travail, leur vie quotidienne. Plus les sociétés s'enrichissent, dira-t-on, plus la peur du risque et le souci de la sécurité grandissent. Mais n'est-ce pas, aussi, l'échelle des risques, de l'insécurité, des incertitudes qui a grandi? L'habit dont Prométhée a vêtu les hommes était fait pour les protéger contre les rigueurs de la nature, non pas pour les exposer aux dérives de la rationalité scientifique.

La technologie est un processus social

Il n'y a pas, d'un côté, *le technique* et, de l'autre, *le social* comme deux mondes ou deux processus hétérogènes. La société est modelée par le changement technique, le changement technique est modelé par la société. Tour à tour conditionnée par l'offre et induite par la demande, l'innovation technique vient de l'intérieur du système économique et social, et n'est pas simplement un ajustement à des transformations exogènes. Œuvre de l'homme, elle n'échappe à son contrôle qu'autant que celui-ci le veut bien. Une société ne se définit pas moins par les technologies qu'elle est capable de créer, que par celles qu'elle choisit d'utiliser et de développer *de préférence à d'autres*. En ce sens, la technologie est un processus social parmi d'autres.

La recherche scientifique et l'innovation technique sont des forces qui conditionnent le changement économique et social, mais elles ne sont pas des variables indépendantes dans la genèse de ce changement. Elles renvoient à des rapports sociaux, ceux-ci ne sont pas la variable dépendante de celles-là. Il est tout simplement inexact de dire, comme Marx, que « le moulin à vent vous donnera la société avec le suzerain, le moulin à vapeur la société avec le capitaliste industriel ». La technologie n'est pas une divinité-machine qui détermine la nature de l'organisation sociale, et à laquelle individus et groupes se soumettent passivement. Il n'y a pas, en fait, de déterminisme technologique. Il y a, certes, une logique propre de la technologie, une généalogie interne des techniques qui obéit aux idées des scientifiques, des ingénieurs, des inventeurs et des entrepreneurs. Mais toutes les possibilités qu'elle ouvre ne sont pas pour autant exploitées ou développées. Dans de nombreux secteurs, l'industrie se trouve en avance pour des produits qu'elle ne lance pas sur le marché. C'est particulièrement vrai des produits pharmaceutiques, mais l'industrie de la communication connaît des difficultés semblables : le disque compact a pris du temps avant de l'emporter sur le 33 tours, à la fois parce que le système laser entraînait de la part du consommateur un investissement nouveau et parce que les enregistrements correspondants ne se trouvaient pas sur le marché en nombre suffisant ; de même la télévision haute définition a beau être au point, elle ne trouvera un marché grand public que lorsque les consommateurs seront disposés à abandonner leurs anciens postes pour payer plus cher les nouveaux, et lorsque les programmes se seront adaptés pour s'imposer d'une définition à l'autre. Le processus de sélection est économique, politique, social, culturel, et il ne débouche pas sur une histoire linéaire, tracée à l'avance par l'épure – ou les fantasmes – des hommes de l'art.

Il faut le recul de l'historien pour souligner, comme le fait admirablement Fernand Braudel, toutes les ambiguïtés des voies qu'emprunte la technique pour s'imposer aux sociétés : « Il n'y a pas une action, mais des actions multiples et des retours multiples, et des engrenages multiples. » Malgré le déferlement technologique du XXe siècle, lié à l'association étroite de la science et de l'industrie, « la société au sens large a toujours son mot à dire en un débat où la technique n'est jamais seule ». Malgré l'accélération du changement technique, ce n'est ni par des raccourcis ni suivant des lignes droites que l'innovation trace son chemin dans les structures sociales. Bien d'autres facteurs que la seule pression des exigences ou des évidences de la technique sont à mettre en cause : « La technique est tantôt ce possible que les hommes, pour des raisons surtout économiques et sociales, psychologiques aussi, ne sont pas capables d'atteindre et d'utiliser à plein ; tantôt ce plafond contre lequel butent matériellement, techniquement leurs efforts. Dans ce dernier cas, que le plafond se rompe, un beau jour, et la rupture technique deviendra le point de départ d'une vive accélération. Toutefois, le mouvement qui renverse l'obstacle n'est jamais le simple développement intérieur de la technique ou de la science en elles-mêmes, sûrement pas en tout cas avant le XIXe siècle. » Pas davantage finalement au XXe : ce n'est pas parce que la gestation des techniques est devenue plus scientifique que leur diffusion emprunte des voies moins sinueuses. La technologie va plus vite et se propage à une plus grande échelle, elle ne suit pas des routes plus directes, sans obstacles ni freins ni détours.

Un abîme sépare ceux qui voient dans la technologie un processus obéissant inexorablement à sa logique interne et ceux qui voient en elle un phénomène exclusivement influencé par les forces sociales ou les intérêts de classe. Discussion sans fin, dont je renonce à réconcilier les protagonistes. Il me paraît plus judicieux, pour apprécier les conditions dans lesquelles une technologie nouvelle s'inscrit dans les structures sociales, de recourir à la métaphore biologique proposée par Harvey Brooks. On peut, dit-il, assimiler la logique interne du développement technologique à l'héritage génétique qui se transmet de génération en génération sans être vraiment sous l'influence de l'environnement social. Celui-ci joue le rôle, dans cette comparaison, de la sélection naturelle. Tout comme, dans la sélection naturelle des espèces biologiques, les variations sont déterminées par des événements génétiques internes, l'évolution d'une génération technologique à l'autre est déterminée par une logique interne au système technique. Et tout comme il y a une surabondance de variations génétiques par rapport au nombre de celles qui, du fait de la sélection, se propagent à la génération suivante, il y a une surabondance de possibilités techniques par rapport au nombre de celles qui survivent dans le développement social.

Cette métaphore biologique s'applique au cas du marché, où la sélection est l'œuvre d'un très grand nombre de décisions décentralisées, non coordonnées, suivant une chaîne de causes et d'effets entre les intentions et les résultats qui n'est d'aucune façon jouée à l'avance : sélection « naturelle », parce qu'elle relève essentiellement des mécanismes économiques. Dans ce cas, en somme, le hasard et la nécessité président à l'engendrement des innovations techniques. La logique interne de la technologie passe par la sanction du marché, une sanction aléatoire, en particulier au niveau de la consommation finale. En revanche, cette métaphore de la sélection naturelle s'applique beaucoup moins aux grands programmes technologiques (par exemple, les centrales nucléaires, l'avion supersonique, la recherche spatiale, la recherche-développement militaire) ou aux domaines sur lesquels la société exerce un contrôle réglementaire (santé, sûreté, environnement). La sélection est ici étroitement dépendante de choix politiques, et on est plus près de la sélection artificielle dont l'homme se sert pour créer des espèces domestiques. Les choix collectifs dans la production ou le contrôle de ces technologies sont analogues aux procédés par lesquels l'homme a pu orienter l'évolution naturelle.

On peut sans doute discuter cette distinction entre sélection naturelle et sélection artificielle des technologies. Le marché, en effet, demeure soumis à la pression des grandes entreprises (les multinationales) et à celle des grands programmes financés par l'État. Celui-ci et celles-là sont en mesure d'imposer de nouvelles innovations techniques, plutôt que le marché n'est lui-même à la source de ces innovations. La marge du hasard par rapport à la nécessité paraît ici d'autant plus étroite que la production crée des besoins nouveaux plus souvent qu'elle ne répond à une demande explicite des consommateurs. Le propre des grands programmes technologiques du système militaro-industriel qui s'est développé au lendemain de la Seconde Guerre mondiale, est d'avoir des retombées sur le marché (ainsi l'aéronautique, l'électronique, l'informatique). Mais, quel que soit le processus de sélection, naturel ou artificiel, l'évolution de la technologie dépend en dernière instance *des choix de la société*. À court terme, considéré à une micro-échelle, le processus peut apparaître autonome. Considérée dans un contexte plus large et à une échelle de temps plus grande, l'évolution de la technologie n'apparaît pas moins adaptée à son environnement social que l'évolution des espèces à leur environnement naturel.

C'est être lamarckien plutôt que darwinien, ajoute Brooks, que de penser que la société n'influence la technologie qu'à partir du moment où elle en gère directement les applications, et non pas également dans ses étapes de gestation. Or, « la perception de l'autonomie apparente de la technologie devient particulièrement aiguë en une période où l'environnement social — c'est-à-dire les valeurs et les aspirations — connaît de rapides changements, comme c'est le cas à présent. Processus d'évolution à long terme, la technologie apparaît déconnectée avec les nouvelles valeurs et aspirations, puisqu'en fait elle est née dans un climat très différent de valeurs et d'opinions ». Autrement dit, la technologie ne s'adapte pas moins à la société que nous nous adaptons à elle.

Depuis l'accélération donnée par le machinisme et l'industrialisation au changement technique, celui-ci a toujours suscité des résistances. Et quelles qu'aient été les formes et l'intensité de celles-ci, les progrès de la science et de la technologie se sont imposés au point d'apparaître comme irrésistibles. « On n'arrête pas le progrès » : cette formule-slogan du XIXe siècle a sanctionné tantôt dans l'enthousiasme, tantôt dans la résignation — suivant ceux qui en bénéficiaient ou ceux qui en étaient victimes — l'immersion croissante des individus, des groupes, des sociétés dans un milieu technique toujours plus étroitement dépendant des connaissances et des pratiques scientifiques. Mais si l'on n'arrête pas le progrès, ce n'est pas seulement parce que les hommes s'adaptent à ses conséquences, c'est aussi parce qu'ils l'adaptent à leurs modes de travail, de vie, de pensée : l'usage de l'automobile a pu décider de la conception des villes, la perspective des loisirs a décidé aussi de l'usage de l'automobile. *La technologie conditionne l'économie et l'histoire, elle est aussi le produit et l'expression d'une culture.*

Les mutations de la technologie influencent les structures, les comportements et les valeurs, mais le type de transformations que la technologie provoque dans une société donnée dépend aussi des structures, des comportements et des valeurs propres à cette société. Comme le dit fort bien Nathan Rosenberg, « ce que nous faisons avec les fruits de la technologie dépendra inévitablement de ce à quoi nous attachons de la valeur. Les mêmes changements techniques pourront donc produire des conséquences très différentes dans des sociétés dont les structures de valeurs sont différentes (ou, dans la même société, à différentes périodes) ». L'exemple du Japon est de ce point de vue très révélateur : le nombre d'heures travaillées par semaine depuis la Seconde Guerre mondiale n'y a pas décliné, en dépit du taux remarquable de croissance du revenu par tête. Il s'agit bien d'un choix collectif : la réponse à l'accroissement de la productivité n'y a pas été dominée par une valeur moins grande attachée à un produit accru de biens et de services, plutôt qu'à l'alternative d'un temps de loisirs accru.

Rosenberg ajoute ce point très important : le changement technique résulte essentiellement de certaines activités destinées à « résoudre des problèmes », et ce sont là des activités auxquelles nous pouvons affecter une portion plus ou moins grande des ressources de la société. Davantage, au sein de n'importe quel ensemble donné, nous disposons d'un large éventail de choix en ce qui concerne les types de problèmes que nous voulons résoudre. Si, suivant la formule de Whitehead, la plus grande invention du XIXe siècle a été l'invention de la méthode de l'invention, les conséquences du changement technique dépendent, dans une importante mesure, de la direction dans laquelle nous orientons nos activités inventives.

Ces remarques permettent de situer exactement l'enjeu du problème que soulèvent le changement technique, ses conséquences et la résistance qu'il peut susciter. *Il n'y a pas de fatalité du changement technique* : ni son rythme ni sa direction ne sont prédéterminés. Le changement technique et la technologie elle-même constituent un processus social dans lequel les individus et les collectivités font toujours des choix déterminant l'allocation de ressources rares, et cette allocation inévitablement reflète le système prévalant de valeurs. Rosenberg cite, dans le cas des États-Unis, le rôle prédominant qu'a exercé le complexe militaro-spatial dans les activités de recherche-développement et la stagnation technologique de certains secteurs de l'économie américaine, qui tient au volume moins important de ressources affecté dans ces secteurs aux activités de recherche et d'innovation. « Si nous sommes insatisfaits de ces résultats (et, bien sûr, tout le monde ne l'est pas), il est absurde de blâmer une force impersonnelle, incontrôlable, appelée technologie, plutôt que les valeurs et les structures sociales qui sont responsables de l'allocation passée des ressources. »

L'invention de la méthode de l'invention a débouché sur un système économique caractérisé par des institutions spécifiquement conçues et organisées pour engendrer et diffuser à grande échelle les nouvelles technologies. Le dynamisme du capitalisme moderne s'est institutionnalisé dans les structures de recherche et d'innovation des grandes entreprises, des laboratoires publics et des universités. Il n'en résulte pas que le produit de ce dynamisme s'impose du dehors comme un destin : il est lui-même façonné, modelé, transformé par la dynamique des rapports sociaux. Par exemple, les réglementations qui imposent un plafond au taux de pollution des usines ou des automobiles correspondent à un changement dans les valeurs et les choix de la société, et ce changement dicte aux innovateurs et aux entrepreneurs des conditions nouvelles auxquelles ils sont tenus à leur tour de s'adapter.

Le sens d'une évolution

Les transformations de structure que la révolution industrielle avait entraînées à ses débuts n'étaient ni négociées ni peut-être même négociables, puisque pour beaucoup de pays la démocratie elle-même était dans l'enfance. Toute l'histoire de l'industrialisation peut apparaître comme celle des tensions entre les conséquences du changement technique et la régulation politique de ces conséquences : la démocratie s'est imposée – et souvent détruite – dans le contexte de ces tensions. Or, le changement technique a lui-même changé dans sa nature et ses conséquences. Les enjeux n'en sont plus seulement la machine « dévoreuse d'ouvrage », les compétences professionnelles, les salaires ou les conditions de travail. Cet aspect des problèmes qu'il suscite est toujours présent, comme on le voit actuellement à propos du chômage structurel et des répercussions sur l'emploi de la révolution de la microélectronique. Mais il n'explique qu'une partie des réserves et des résistances que suscite aujourd'hui le changement technique. À ces craintes s'en ajoutent désormais d'autres, qui résultent de la nature même des développements technologiques contemporains, sinon de certaines recherches scientifiques. La résurgence des préoccupations liées au chômage technologique — que la croissance soutenue des années d'après la Seconde Guerre mondiale avait trop hâtivement reléguées dans les placards de l'histoire —, prend place dans un contexte très différent de celui du premier tiers de ce siècle, à plus forte raison du siècle précédent. Prométhée, en somme, est devenu comptable devant les hommes des défis qu'il lance aux dieux : les exploits dont son génie, plus fertile que jamais, est capable ne sont plus perçus *a priori* comme un gage d'émancipation, et les individus comme les groupes sont moins disposés que par le passé à être pris au dépourvu par ses artifices et à en faire les frais.

De cette évolution, je vois au moins quatre leçons générales à tirer d'un point de vue politique. *La première est que les affaires scientifiques et techniques ne peuvent plus être circonscrites dans les frontières traditionnelles des milieux scientifiques.* Non seulement elles relèvent et dépendent dans une large mesure de l'intervention des gouvernements, mais encore elles soulèvent des problèmes de nature politique et sociale dont les enjeux intéressent tous les membres de la cité. Le discours des experts est toujours sous réserve d'une contre-expertise publique, il ne doit jamais se traduire par un blanc-seing. Pour les parlements, les partis, les syndicats, mais aussi pour les groupes et les associations d'intérêts qui se constituent en vue d'infléchir les directions du changement technique, cela implique qu'ils disposent de moyens d'information, d'évaluation et de contrôle propres, qui leur permettent de discuter à armes égales avec les experts de l'industrie, de l'administration et du pouvoir exécutif.

La deuxième leçon est que la légitimité des décisions indispensables et l'adhésion de la société au changement technique relèvent d'un processus de décision, qui n'est plus exclusivement entre les mains des seuls techniciens-professionnels de la science. Le monopole de représentation et d'expression des élites, qu'elles soient scientifiques ou politiques, est battu en brèche par des sources nouvelles de légitimité. *La demande de participation ne reflète pas seulement une méfiance croissante de l'opinion publique à l'égard des experts et de l'administration, elle signale aussi un décalage croissant entre la volonté des représentés et le comportement des représentants.* Le progrès technique, en particulier celui des moyens de communication et d'information, a pour conséquence l'essor d'une démocratie de base, multiple et arborescente, qui concurrence les professionnels de la politique. Pour les parlements, les partis, les syndicats, cela implique qu'ils cherchent à améliorer les structures politiques que le changement technique et les transformations sociales remettent en cause au point de faire apparaître leur fonctionnement comme archaïque, sinon obsolète.

La troisième leçon est que la nature, le rythme et l'orientation du changement technique dépendent d'une régulation à laquelle tout le corps social doit être autant que possible associé, faute de quoi l'on assisterait — dans certains cas on y assiste déjà — au blocage tant des décisions politiques que des progrès techniques indispensables. Passer du simulacre ou du rituel à l'effectivité d'un pouvoir auquel les individus ont le sentiment d'être parties prenantes, suppose des règles du jeu nouvelles que la technostructure n'est plus seule à définir. *Le défi lancé à la démocratie est de corriger l'asymétrie entre le pouvoir des décideurs dans l'appareil de l'État et l'impuissance des individus.* Dès lors, les décisions doivent être négociables et, pour commencer, l'information doit être délivrée et discutée aux premiers stades d'un projet, non pas quand les plans sont devenus impossibles à modifier.

Enfin, la quatrième leçon est qu'il faut se défendre contre toute tentation de monopole d'une filière technologique. La résistance que suscite le changement technique est rarement refus de la technologie en tant que telle. La plupart du temps, elle met en question les conditions dans lesquelles le changement technique est imposé suivant un rythme, une direction et une échelle dont la logique n'est perçue que par ceux... qui l'imposent. Les risques et les ajustements qui en résultent sont alors présentés comme la monnaie d'une rationalité irrépressible, mais cette rationalité peut non seulement conduire à des conséquences qu'on n'a pas voulues ou qu'on ne peut pas maîtriser, elle peut aussi ne pas être fondée.

Il n'a pas fallu moins que la crise du pétrole – et les campagnes des mouvements écologistes et antinucléaires – pour que les choix effectués par plusieurs pays en matière énergétique cessent d'apparaître comme exclusifs de tout autre. Harvey Brooks décrit dans ces termes le revirement d'opinion dont l'avion supersonique a fait l'objet aux États-Unis : « Alors qu'il y a quelques années, l'idée d'un avion civil supersonique semblait à beaucoup l'accomplissement de la destinée de l'homme dans les airs, aujourd'hui certains de ceux qui avaient salué le SST d'un enthousiasme sans limites se demandent si c'est vraiment un signe de progrès que de voler de Watts (sur la côte Ouest des États-Unis) à Harlem en deux heures, en faisant vibrer entre-temps des millions d'oreilles et de fenêtres. » Depuis lors, le concurrent américain de Concorde a cessé d'être une priorité, et Concorde lui-même est voué à figurer bientôt au musée de l'Aéronautique.

Loin d'être irrationnelle, la résistance au changement technique peut au contraire se fonder sur des paradigmes si solides qu'elle montre la voie des solutions alternatives. Celles-ci ne sont pas nécessairement moins rationnelles que celles du discours dominant qu'elles contestent. L'opposition à l'exclusivité d'une seule filière énergétique a débouché sur des efforts de recherche consacrés avec plus de résolution aux sources d'énergie renouvelables ; les réticences des pays en développement à l'égard de l'adoption exclusive des grands systèmes techniques ont conduit à prêter davantage attention aux « technologies appropriées ». Il est absurde, assurément, de prétendre que l'alternative technologique du *Small is beautiful* a toutes les vertus ; mais il faut toujours se souvenir que les « petits chaudrons » n'ont jamais les inconvénients des grands. Il y a des cas où l'on ne peut pas se passer de grands systèmes techniques intégrés. Mais il n'y a pas de force des choses qui justifie de choisir un méga-système à l'exclusion de tout autre.

Les grands ordinateurs correspondent à certaines fonctions

qu'ils remplissent plus avantageusement que les petits, dans le cadre d'institutions et pour des consommateurs précis. Sans satisfaire réellement les besoins des autres, ils entraînent pour ceux-ci un coût et un assujettissement qui ne sont pas autre chose qu'une forme de tyrannie. La domination exclusive d'une filière revient à faire de la technologie non plus une servante, mais un maître, et des hommes, groupes ou institutions qu'elle est censée aider des sujets aliénés par leur dépendance à l'égard d'une entreprise-monopole. La tentation de l'impérialisme technologique, est-il besoin de le rappeler, n'est jamais innocente : du marketing des entreprises aux choix des marchés publics, le terrorisme qui a précédé la reconnaissance des services que les petits ordinateurs peuvent rendre, sans entraîner les inconvénients qui accompagnent les grands, devrait donner à réfléchir sur les présupposés — et les intérêts — que le discours de la rationalité enrobe sous les dehors apparemment neutres et insurmontables de la force des choses. *Le pluralisme technologique n'est pas seulement une assurance sur l'avenir, c'est aussi une garantie de démocratie.*

En somme, la régulation de la technologie ne peut en aucune façon se réduire à un débat technique sur des questions techniques : il s'agit toujours, à propos de questions techniques, d'un débat politique qui engage un choix de valeurs et une conception du développement économique et social. Le fonctionnement démocratique des pays industrialisés, étroitement dépendants dans leur existence et dans leur avenir de la science et de la technologie, est suspendu à leur aptitude à prendre en compte ce débat, c'est-à-dire à créer et à développer les mécanismes qui mettront le public (les électeurs) en mesure d'en comprendre les enjeux, à médiatiser les tensions, les craintes et les espoirs que suscitent les données nouvelles du changement technique, *en somme à contrôler la compatibilité — ou à corriger l'asymétrie — entre les directions données à ce changement et les aspirations du corps social.* Si l'on veut s'assurer de l'adhésion la plus générale au type de société que les choix technologiques contribuent à engendrer, il faut commencer par préparer les structures politiques et sociales aux conséquences nouvelles du changement technique, et associer d'entrée de jeu au débat qui en résulte les différents groupes sociaux potentiellement affectés par ces choix.

L'impératif de l'innovation technique ne signifie pas nécessairement davantage d'innovation, il peut déboucher sur une innovation différente, c'est-à-dire sur un modèle de développement économique et social dont la structure technologique ne prolonge pas les excès ou les coûts négatifs du modèle de croissance qui prévaut jusqu'à aujourd'hui. Encore faut-il que l'orientation donnée au changement technique soit discutée, négociée, comprise. L'adhésion au changement passe par l'information, la consultation, la concertation, la participation − ou il sera contesté, désavoué, rejeté. « On n'impose pas le changement par décret », dit très justement Michel Crozier, et manifestement, même dans une société totalitaire, la lassitude qu'inspirent les décisions non négociées finit par conduire au désastre. La régulation du changement technique n'est l'affaire ni d'un jour ni d'un groupe ni d'un parti : c'est un processus à long terme auquel il faut associer le plus grand nombre possible de partenaires sociaux, dans lequel il faut engager en fait tout le corps social en lui faisant comprendre quels en sont les alternatives, les conséquences prévisibles, les enjeux immédiats et lointains. De ce point de vue, rien ne distingue plus une gestion social-démocrate d'une gestion libérale : la régulation s'impose indépendamment des convictions dont l'une et l'autre se réclament. Voilà une situation que la Suède connaît fort bien, où l'alternance politique n'a jamais compromis les décisions indispensables, et que la France, en revanche, vit fort mal. Les démocraties, il est vrai, ont autant de variantes que le capitalisme.

Je n'en conclus pas pour autant qu'une société de participation réglera tous les problèmes : ce n'est pas la recette-miracle du consensus, ce n'en est que l'une des conditions. On peut très bien imaginer qu'il soit possible demain, grâce à la micro-électronique, de consulter tous les citoyens à tout moment. Après un débat public sur telle ou telle question, chacun à son domicile presserait un bouton pour la trancher suivant sa préférence. Cette science-fiction est tout à la fois concevable et réalisable, mais on en voit bien la limite. Même si on les rendait obligatoires, tous les citoyens prendraient-ils part à ces consultations ? Beaucoup ne s'en lasseraient-ils pas très vite ? Plus sérieusement, la possibilité de peser directement sur la prise de décision ne supprime pas la difficulté inhérente à toute consultation populaire : une coalition d'intérêts particuliers ne suffit pas à définir la volonté générale.

De plus, il faut bien le rappeler, l'expression de la majorité n'est pas nécessairement celle qui va dans le sens de l'intérêt collectif. Le *démos* peut se tromper quant aux meilleures priorités et aux meilleurs choix. En revanche, des minorités, parfois des individus, peuvent s'opposer à la pente d'une majorité en incarnant des choix auxquels l'histoire donnera raison par la suite. Après tout, les débuts de la science moderne, la création des premières institutions scientifiques, ont été tenus sur les genoux de monarchies absolues qui, sans doute, ne se rendaient pas compte — car elles aussi croyaient la science neutre — qu'elles favorisaient du même coup l'émergence d'idées et de valeurs nouvelles qui contribueraient à leur ruine. Aujourd'hui, les sondages montrent constamment le soutien prioritaire que l'opinion publique est prête à donner à la recherche fondamentale quand il s'agit des recherches biomédicales. Mais quel serait le soutien des autres domaines de recherche à long terme face à tant d'autres priorités, plus attrayantes par leurs résultats escomptés à court terme, si le pouvoir exécutif n'en avait pas pris l'initiative ? Et les décisions qui portent sur de grands projets technologiques seraient-elles prises s'il fallait à l'avance en maîtriser tous les risques ? Il n'y a pas que le « principe de la main invisible », il y a aussi celui de la « main qui cache » : une entreprise peut réussir parce qu'on en a sous-estimé plutôt que mesuré tous les risques. Et le succès non programmé définit plus souvent la carrière des innovations que l'excès de prévision. Comme dit Albert Hirschman, « si nous tombons dans l'erreur, nous ne disons pas habituellement que nous tombons dans la vérité ».

Enfin et surtout l'asymétrie dans la distribution des rôles, donc des pouvoirs, qui se manifeste dans toute structure sociale, fût-ce la plus démocratique — en raison de la fortune, de l'éducation, du savoir, de la position sociale, de l'héritage culturel, etc. — ne serait pas réduite par la pratique électronique de la participation. Or, plus une société est nombreuse et complexe, plus les intérêts à satisfaire sont multiples et contradictoires. L'idéal de la participation suppose des microsociétés dont les intérêts sont partagés, et c'est parce que ceux-ci sont au départ communs que la participation de tous peut, au bout, satisfaire également les intérêts de chacun. C'est dire qu'une distribution égale de pouvoir et de compétences politiques ne suffirait pas encore à garantir à elle seule l'adhésion de tous au sens du *Contrat social* rêvé par Rousseau.

Il n'empêche : dans tout système démocratique, la consultation des citoyens n'est que l'étape finale d'un débat, qui postule que l'administration des hommes ne se ramène pas à l'administration des choses. Pour que le dialogue des citoyens soit équilibré, dirait Habermas, il faut que, pour tous, il y ait une distribution symétrique des chances de tenir un discours libre des contraintes de la domination, que ce soient celles de l'argent, de la culture ou de la technologie. Il va de soi que cette situation est un idéal impossible à atteindre, mais on peut s'en approcher, et le propre de la démocratie est de ne jamais renoncer à y tendre.

L'enjeu de l'éducation

Le système de participation le plus démocratique, si décentralisé qu'il soit, ne peut remplir sa fonction que si tout est mis en œuvre pour réduire du point de vue du savoir l'asymétrie entre les organes de décision et ceux que leurs décisions affectent. La résistance au changement technique vient en grande partie de l'aliénation à laquelle sont condamnés la plupart des membres du corps social par la technicité croissante, la scientificité même, du milieu dans lequel ils vivent : un milieu dont ils ont d'autant moins la maîtrise qu'ils n'en comprennent pas les constituants techniques. « Notre société industrielle, disait Bertrand de Jouvenel, souffre d'un malaise fondamental, qui est d'ordre moral et politique et qui se résume à ceci que l'individu n'a de pouvoir que dans le rôle irresponsable de consommateur. C'est en ce sens que notre société est vraiment une société de consommation. Certains individus ont très peu de pouvoir de consommation et d'autres beaucoup, et cette inégalité quantitative est très vivement ressentie à partir de ceci que c'est la seule forme de pouvoir individuel. L'individu n'est pas le maître de son ouvrage, il tient une place dans une grande organisation, il est une cellule d'un Léviathan dont il ne partage pas l'intention et dans le corps duquel il reste un étranger, éliminable si besoin est. »

Faire en sorte que l'individu se retrouve chez lui dans son milieu, qu'il ait prise sur son histoire et son devenir, qu'il adhère aux transformations dont cet environnement est le théâtre, suppose d'abord que la technologie ne lui apparaisse pas comme une force mystérieuse et contraignante, qui s'impose d'autant plus inexorablement à lui qu'elle lui demeure hermétique : un monde magique, irrationnel à force d'excès de raisons impératives, dont la clé serait jalousement gardée par les spécialistes, techniciens, experts non seulement dépositaires d'un savoir inaccessible, mais encore garants de son culte inauguré il y a un siècle, dans la mystique triomphante du progrès, le scientisme. Le comble de l'effacement du sacré, dans les sociétés industrialisées, serait cette pseudo-religion, où les techniciens se comporteraient effectivement comme des prêtres.

D'un siècle à l'autre, l'élévation du niveau de vie et d'éducation n'a pas eu pour conséquence la réduction des inégalités au regard d'un savoir de plus en plus complexe et spécialisé. *Dans les sociétés riches où l'accès aux biens de consommation n'est plus limité par l'origine sociale, la lutte des classes n'est pas tant une opposition de revenu ou de style de vie qu'un conflit de fonctions.* On ne parle pas par hasard de la tendance des sociétés industrielles à devenir des « sociétés duales », où l'inégalité par le savoir, le rôle et le statut professionnels se substitue à l'inégalité par l'origine sociale : aux *happy few* le travail créatif, de haute technicité, la maîtrise des choix et des décisions, l'épanouissement du soldat vainqueur sur les champs de bataille glorieux de la guerre économique; au plus grand nombre les emplois ingrats, subalternes ou précaires, le travail répétitif, la vocation à l'irresponsabilité, à l'assistance ou à la marginalité. D'un côté les producteurs et les gestionnaires du changement technique, héros de l'innovation et de la valeur ajoutée, de l'autre les consommateurs condamnés à vivre au mieux en parasites ou en protégés des secteurs dynamiques de l'économie, au pis en assistés sociaux, bénéficiaires de l'impôt négatif ou du RMI, qui permet malgré tout aux laissés-pour-compte du progrès, chômeurs, clochards et handicapés, de continuer à consommer.

Le modèle de la société duale n'est pas moins un déni de la démocratie que celui de la division entre classes laborieuses et classes possédantes, et c'est sur ce terrain que la social-démocratie est plus naturellement vouée à relever le défi que le libéralisme. Non pas qu'il faille rêver d'une société dont tous les membres seraient des scientifiques en puissance! Mais une société où la seule responsabilité concédée à la majorité de ses membres soit de consommer n'est pas très loin de la science-fiction d'Orwell. À tout le moins peut-on travailler à réduire cette aliénation à l'égard des constituants techniques des sociétés industrielles en luttant tout à la fois contre l'analphabétisme scientifique et contre la prédication scientiste. Car, si le savoir scientifique et technique est la base du fonctionnement des sociétés modernes, leur condition d'existence et de survie, le modèle de la société duale en fait un absolu qui rejette tous ceux qui ne participent pas à son culte hors du théâtre de la décision, tout comme hier le vote censitaire permettait d'en exclure les non-possédants.

Le problème de l'information est d'abord, essentiellement, un problème d'éducation. Faire face au changement technique, c'est le préparer et s'y préparer, c'est-à-dire mieux comprendre ce qui le constitue dans l'interaction des facteurs technologiques et des facteurs sociaux. L'accès à l'information, certes, est un préalable, et l'on peut faire beaucoup pour qu'elle ne demeure pas la chasse gardée des experts. Par exemple, l'évaluation sociale de la technologie a donné lieu à des institutions dont la mission est non seulement de prévoir les développements de la science et de la technologie, mais encore d'apprécier les conséquences économiques et sociales qu'entraîne le remplacement d'une technologie par d'autres plus avancées ou l'introduction d'un nouveau système technique. Ces institutions fonctionnent dans la plupart des cas comme une aide à la décision qui se cantonne sur le terrain technique du calcul des coûts et des risques : fonction technocratique parmi d'autres, qui s'interroge au mieux sur le rôle que doivent jouer les différents acteurs dans la genèse et la diffusion des nouvelles technologies, mais qui se soucie rarement d'identifier et d'associer à sa démarche ceux qui auront à les subir.

Plutôt que de se satisfaire de prévoir et de mesurer les conséquences des développements scientifiques et techniques à partir du seul point de vue des décideurs et à leur seule intention, ces observatoires du changement technique devraient informer et consulter ceux qui sont appelés à en affronter les conséquences, c'est-à-dire les associer dès le départ au processus d'évaluation. Quelles que soient les formules institutionnelles adoptées pour permettre au *technology assessment* de remplir sa fonction, celle-ci ne sera vraiment remplie que si les représentants de ceux que le changement technique affecte sont en mesure de peser eux-mêmes sur le processus d'évaluation. Aussi le partage de l'information n'est-il qu'un premier pas, et il demeurera un leurre s'il ne s'appuie pas sur une politique d'éducation qui, tout en élevant le niveau général des connaissances scientifiques, se souciera de rééquilibrer le savoir avec les autres formes de connaissance. Réconcilier entre eux les différents savoirs et les différents types de culture dont la science n'est, après tout, qu'un élément, doit être l'objectif prioritaire de tout le système d'éducation, sous peine d'entrer dans le XXIe siècle avec des structures sociales de plus en plus divisées : ici, des hommes sans qualités, techniciens d'un savoir de plus en plus étroit, indifférents à ce dont l'humanisme continue de se nourrir; là, des littéraires sans technicité, de plus en plus aliénés par les transformations techniques, étrangers aux problèmes nouveaux que ces transformations engagent à affronter.

À l'emprise d'une éducation duale correspond la menace d'une société duale. Derrière les deux cultures qui se juxtaposent et s'opposent, il y a deux familles séparées non seulement par l'esprit et le langage, mais aussi par la fonction et le statut social. *C'est sur ce terrain, plutôt que sur celui de la distribution du revenu, que se joue désormais l'avenir de la démocratie.* Faute de quoi le spectre d'une technocratie dessaisissant du pouvoir les représentants du peuple se réalisera plus sûrement que l'utopie de la révolution nivelant les statuts : en ce sens, ce n'est pas le socialisme au sens de Schumpeter qui est au bout de la route du capitalisme, mais un gouvernement de techniciens exerçant le pouvoir au nom et à la place des représentants élus pour ouvrir de nouvelles routes au capitalisme. Le problème dépasse de toute évidence la conception de la formation scolaire ou universitaire : il y va de la formation même des citoyens dans les sociétés industrialisées. Depuis trente ans, on a beaucoup fait pour sensibiliser l'opinion publique aux questions, aux enjeux et parfois aux théories de l'économie. Tout reste à faire pour l'initier aux réalités, aux problèmes et aux enjeux de la technologie, dans des conditions telles que celle-ci cesse d'apparaître comme une force mystérieuse et contraignante, qui s'impose du dehors à notre mode de vie, de travail et de pensée : *il faut apprendre à voir dans la technologie non pas le domaine réservé des techniciens, mais un processus social qui n'échappe pas plus que d'autres au contrôle de chacun.*

Prométhée, bien qu'empêtré, ira toujours de l'avant, mais il ne tient qu'à nous que ses artifices soient l'œuvre du Prévoyant plutôt que de l'Irréfléchi. Le dynamisme du changement technique définit inexorablement notre devenir. L'adhésion dont il sera l'objet décidera des chances qu'ont les sociétés démocratiques d'affronter dans l'harmonie sociale les mutations technologiques de demain. Les craintes qu'il inspire sont aussi à la mesure des possibilités qu'il ouvre d'un modèle de développement renouvelé, au-delà des utopies que la révolution industrielle a inspirées en forgeant l'idée que la technologie peut tout changer, jusqu'à la nature de l'homme.

La technologie ne dicte pas sa loi

À force de dégâts et de catastrophes, la ruse de la raison inscrite dans l'histoire humaine finit par corriger les effets de sa déraison. Et par démystifier les prestiges de la technologie, en dénonçant la tricherie de ses avocats-experts. Les exemples ne manquent pas. Le plus révélateur, le plus dramatique aussi, est celui de la guerre froide et de la lutte-concours qu'elle a abondamment alimentée sur le terrain de la technologie. Certains en ont conclu que la compétition technologique entretenait, en fait, la guerre froide pour répondre aux besoins du système industriel, et que seules des solutions d'ordre technique, c'est-à-dire le progrès constant de systèmes d'armements toujours plus « sophistiqués », étaient la réponse qui s'imposait à la mesure du caractère implacable de la lutte opposant les deux blocs.

Par exemple, toucher au statut de Berlin est apparu pendant plus de quarante ans, à chacun des deux camps, comme le signal de la montée irrépressible aux extrêmes. Plutôt que de prendre le risque d'une guerre nucléaire, les plans stratégiques misaient sur la poursuite sans fin de l'escalade des armements. La solution des crises et des tensions résidait dans le bras de fer de la compétition technologique — un processus très analogue au jugement de Dieu des joutes du Moyen Âge : le caractère ludique et très somptuaire du duel l'emportait sur le contenu et l'enjeu de la cause qui opposait les deux superpuissances rivales. Les peuples soumis au totalitarisme n'avaient qu'à se résigner, éternellement. Les démocraties européennes s'étaient déjà défendues de mourir pour Dantzig. Pourquoi la planète se serait-elle sacrifiée pour Budapest, Prague ou Varsovie? C'était toute la différence entre l'état de pseudo-paix né de Yalta et l'ordre institué en Europe par le congrès de Vienne : en 1848, les peuples pouvaient se soulever contre leurs tyrans et éventuellement les renverser sans compromettre l'avenir du monde; un siècle plus tard, l'équilibre de la terreur gelait toute velléité de changement. Quand des soulèvements se produisaient, en Allemagne de l'Est, en Hongrie, en Tchécoslovaquie, ils apparaissaient, fût-ce dans le sang, comme des rites symboliques qui ne pouvaient rien changer à la division de l'Europe, à moins d'entraîner le monde dans le cataclysme nucléaire.

La fin de la guerre froide a tout au contraire montré le prix qu'il a fallu payer pour prendre acte de cette évidence : *il n'y a jamais de solution technique à un problème dont les données sont essentiellement politiques.* Et la posture de la guerre, si ludique qu'elle soit, n'est jamais que la caricature de la paix. La technologie est au service de la volonté, si la volonté veut la paix; elle prépare le lit de la guerre, si personne ne croit vraiment à la paix. La technologie n'est jamais qu'un instrument, prothèse ou substitut des fins dont elle ne peut être qu'un moyen parmi d'autres. Ainsi le presque demi-siècle qui s'est écoulé depuis la fin de la Seconde Guerre mondiale a-t-il nourri, au nom de l'idéologie, l'escalade des armements dont on pouvait croire qu'elle n'aurait jamais de fin, et dont d'ailleurs on s'accommodait en se disant qu'elle était après tout préférable à une confrontation directe entre les deux superpuissances rivales. C'est ce qui conduisit Galbraith à dire que l'intérêt de l'Union soviétique coïncidait finalement avec celui des États-Unis, les deux pays sollicitant de leurs peuples la même croyance à ce qui sert les fins de l'appareil industriel.

Certes, on ne pouvait pas imaginer l'arrêt de la compétition technologique tant qu'on assignait à chacun des deux Grands — ce que la plupart des commentateurs ont fait, et Galbraith en tête — la même capacité de satisfaire aux mêmes critères de réussite économique. Une fois de plus la plus belle ruse de l'histoire était de nous persuader de l'impossible : la lutte entre les deux systèmes n'était pas une partie sans gagnant ni perdant, vouée exclusivement à servir les fins d'un même système industriel. La compétition n'était pas sans fin, et la fin de la compétition n'impliquait pas fatalement la mise hors combat par la guerre de l'un des deux rivaux. Il y avait une autre issue que la guerre totale à la surenchère technologique : la mise hors course de l'une des deux surpuissances. Que celle-ci ait été épuisée par la compétition, par ses propres contraintes ou encore par la conjonction de la dissolution intérieure et des pressions extérieures, peu importe : tout le monde a été pris de court. Il suffit de penser à la manière dont le mur de Berlin est tombé, alors que nul ne pouvait imaginer sans montée aux extrêmes la moindre atteinte à la légitimité de l'Allemagne de l'Est : changer unilatéralement le statut de Berlin revenait effectivement à un *casus belli* nucléaire. Le mur est tombé comme sous le coup d'un souffle, dans l'enthousiasme des deux Allemagnes et la stupéfaction de l'Est comme de l'Ouest. Or, quand l'une des deux superpuissances découvre qu'elle n'est qu'un géant aux pieds d'argile, l'autre est immédiatement privée de toutes les raisons qu'elle s'était données pour entretenir la compétition dans l'éternité. Du même coup le spectre du désarmement commence à se substituer à celui de la guerre totale, et il n'est plus évident que les dépenses militaires continuent à donner aux besoins de la technologie la même caution sans réplique qu'elles lui ont fournie du lendemain de la Seconde Guerre mondiale à l'arrivée au pouvoir de Gorbatchev. Rien dans l'histoire n'est jamais éternel, rien dans les structures sociales n'est plus durable que l'airain : l'année même où l'on nous parlait de la fin de l'Histoire, l'Histoire repartait au galop. Aucun expert de l'*arms control* et des questions stratégiques n'aurait pu prévoir ce scénario du naufrage communiste, sans le moindre coup de feu tiré par l'Occident. La technologie la plus raffinée et la plus « dure » ne peut rien contre les mouvements sociaux, qui sont la matière même des sciences les plus « molles ».

Conclusion

Toutes les règles des mécaniques appartiennent à la physique, en sorte que toutes les choses qui sont artificielles, sont avec cela naturelles.

DESCARTES

Les ruses de la raison

Depuis le début de ce siècle, toute réflexion sur la technologie revient à dénoncer l'écart qui sépare la puissance de la sagesse. Puis, suivant ses convictions, on convoque Dieu, l'homme ou l'histoire pour espérer de l'avenir qu'il comble quelque jour, à plus ou moins long terme, cet écart. Les uns envisagent le retour à un monde proche de la nature ou l'apparition d'un homme nouveau, les autres une économie qui réconcilie la retenue avec la croissance ou une révolution qui impose à l'échelle du monde une distribution plus égalitaire des biens à consommer. Dans tous les cas, le problème métaphysique du rapport de l'homme à la technologie demeure, comme tout problème métaphysique, ce qu'il est : une question sans réponse, qui conduit à des vœux pieux, et parfois à l'Académie française.

Le réalisme n'est pas plus satisfaisant pour l'esprit, qui engage à tirer du débat des conclusions aussi élémentaires que désespérées. Par exemple, que les sociétés industrialisées, bien qu'étroitement tributaires de la science, ne sont pas moins condamnées à affronter les catastrophes technologiques que les sociétés traditionnelles ne le sont à affronter les catastrophes naturelles. La pédagogie par l'abus de pouvoir technocratique, l'accident majeur, la guerre de plus en plus technologiquement sophistiquée inspire quelques leçons, dont on peut toujours se dire qu'au bout du compte elles injectent de l'huile dans les rouages du progrès : l'apprentissage inévitable des dégâts du changement technique est le prix à payer, plus ou moins élevé, pour l'ouragan de destruction créatrice qui caractérise l'âge industriel. On garde ou on ne garde pas la mémoire de ceux qui en ont fait les frais, les techniciens corrigent par essais et erreurs les défauts des systèmes qu'ils proclamaient à l'abri de tout risque, et l'innovation, comme le capitalisme et l'histoire, continue de plus belle, ouvrant des champs nouveaux à la production de biens et de services dont il serait malvenu de contester les bienfaits.

Les moyens et les fins

Je ne crois pas, pourtant, qu'on puisse se contenter ni des illusions sur lesquelles débouche tout discours métaphysique ni de l'absence d'illusions à laquelle conduit toute analyse réaliste. Les catastrophes technologiques sont l'œuvre de l'homme, et l'on doit pouvoir en faire l'économie *jusqu'à un certain point*. Il n'y a pas lieu, en effet, de s'en prendre à une force extérieure à la volonté de l'homme, comme dans le cas des catastrophes naturelles : la technologie, c'est l'homme, dans ses réussites comme dans ses échecs, et non pas le destin. Rien sans doute ne changera la nature humaine, même ce qui peut la conduire à sa perte. L'idée d'une retenue dans la volonté de puissance suppose une autre humanité que la nôtre, ou sa conversion à une bénévolence collective dont l'histoire montre qu'elle n'a jamais relevé que de la foi ou de l'utopie. La retenue sur le terrain de la technologie a le même avenir que l'abstinence sur celui de la démographie. Bref, Prométhée est condamné à cohabiter avec Épiméthée et à surmonter le coût de ses actes irréfléchis.

Il est vain, en tout cas, pour reprendre la formule de Bergson, d'espérer un supplément d'âme pour le corps agrandi, parce qu'il y a des suppléments possibles à tout, sauf à l'âme. *Les prothèses de la technologie prolongent l'outil, comme l'outil prolongeait la main, elles n'offrent aucun moyen d'étendre ce qui relève essentiellement de la liberté et de la volonté.* La technologie rend des services inouïs, elle n'est pas et ne sera jamais un substitut aux défaillances du cœur et du bon sens, elle ne servira jamais de prothèse à l'âme ni ne changera, dirait Pascal, ce qui fait de l'homme qu'il n'est ni ange ni bête. Mais la régulation politique peut remédier aux dégâts du progrès, fonder un consensus pour orienter son cours en en diminuant les coûts pour l'homme et la nature, sans pour autant asphyxier l'innovation ni condamner les sociétés démocratiques aux excès de la socialisation, dont l'histoire la plus actuelle nous montre que le prix à payer est infiniment plus élevé, quoi que disent les intellectuels (et Schumpeter), que les excès du capitalisme. L'expérience la plus immédiate ne fait pas qu'interdire à jamais de rêver d'un système économique centralisé et planificateur, qui épargnerait les inconvénients du capitalisme; elle montre sans nuances que la survie d'un tel système ne peut être garantie que par l'exercice de la terreur. La générosité des militants qui ont cru dans ce paradis se nourrissait des mêmes superstitions que celles qu'ils attribuaient à l'enfer du capitalisme, mais la dénonciation légitime du capitalisme sauvage ne légitime en rien la sauvagerie du communisme.

La vérité est que tout ce qui prétendrait refréner, à plus forte raison couper la soif de savoir, serait plus coûteux encore pour l'avenir de l'humanité que les accidents, si graves qu'ils soient, auxquels l'expose son imprévoyance. Ne rêvons pas plus d'un moratoire de la recherche que de la liquidation de la violence dans les désordres du monde. En fait, ce serait y ajouter un désordre de plus : il n'y a pas de limite à la quête de savoir, et le procès des problèmes que ses conquêtes soulèvent ne peut pas effacer la réalité de ceux qu'il a permis de résoudre et continuera de résoudre. Ce n'est pas du côté de la science et de la technologie qu'il faut imposer une régulation, mais du côté de ce que nous en faisons. Les sociétés industrialisées ne peuvent pas échapper à ce qui les définit comme avides de puissance plutôt que de sagesse, mais nous pouvons contrôler les institutions et les conditions dans lesquelles elles exercent cette puissance.

Edison l'inventeur-autodidacte, Oppenheimer le physicien-philosophe, Rickover l'ingénieur-amiral incarnent, chacun à sa manière – parmi tant d'autres exemples désormais – un type de praticiens de la rationalité scientifique qui sont prêts à vendre leur âme au diable pour réaliser l'obsession de leur rêve technologique. Encore ont-ils pris conscience, au crépuscule de leur vie, que le rêve réalisé est allé trop loin, au péril de ce que la décence humaine et le respect des générations à venir peuvent tolérer. Wernher von Braun était d'une espèce moins sensible au scrupule : il a conçu pour Hitler les V2 qui bombardèrent Londres, dirigé à Pennemünde les équipes d'ingénieurs qui exploitaient, sous la férule des SS, le travail des déportés de Dora, assisté en souriant à des pendaisons de prisonniers récalcitrants, avant d'offrir ses services aux États-Unis et de présider à la conception et au succès du programme Apollo. « Tout ce qui m'intéresse, a-t-il dit, est de trouver un oncle riche. » L'oncle d'Amérique a fait l'affaire, après celui de l'Allemagne nazie. Si les Soviétiques s'étaient emparés de lui avant les Américains, l'oncle Jo aurait été tout aussi fréquentable.

Oppenheimer et Rickover, en revanche, incarnent la mauvaise conscience des chercheurs, quand ils s'interrogent sur la manière dont les produits de leurs travaux creusent des sillons dans l'histoire qui mènent à la catastrophe. Et c'est paradoxalement Edison, dont l'avidité d'innovations était si grande que rien ne semblait pouvoir l'arrêter, qui désigna le plus explicitement cette dérive de la rationalité, lorsqu'il déclara à propos de ses expériences d'électrocution sur les animaux : « J'ai enlevé la vie — non pas la vie humaine — dans la croyance que la fin justifiait les moyens. » Oppenheimer évoque le péché des savants atomistes, alors qu'il a passé le plus clair de sa carrière à aller de l'avant sitôt qu'un projet techniquement « délicieux » était conçu comme possible. Au moment de prendre sa retraite, salué comme un « père de la patrie » par les membres du Congrès, Rickover dénonce comme un mal absolu la domestication de l'énergie nucléaire, dont il a été l'un des architectes les plus fanatiques et les plus efficaces. Dérive, vertige, angoisse · le complexe du « délice technique », quelles que soient les raisons pour lesquelles le chercheur y succombe — soif de savoir, passion de créer, goût des « manips », poursuite de la gloire et/ou du profit — revient à neutraliser le problème des fins, comme s'il n'y avait aucun lien entre le travail de la rationalité scientifique et le monde des valeurs.

Au soir seulement de leur vie, le soupçon se lève en eux que la raison triomphante s'est comportée, en fait, comme une démente. C'est bien pourquoi il faut se défendre de faire confiance aux techniciens pour cela seul qu'ils traitent comme une fin exclusive, bâtie sur les racines irrépressibles de la raison, les moyens qu'ils poursuivent au nom de leur passion. Une fois atteints, ceux-ci peuvent se révéler à leurs yeux plus que déraisonnables : insensés, mais l'humanité n'a plus qu'à s'en accommoder. Il est possible, il est en tout cas concevable aujourd'hui, que d'ici un siècle, ou deux, ou trois, l'armement nucléaire soit *banni,* et peut-être même l'usage de l'énergie nucléaire à des fins civiles. Cette admirable conquête de la raison physicienne rend l'espèce humaine et la nature si vulnérables, qu'on ne peut pas exclure qu'un accord international finisse par imposer ce terme à l'aventure des savants atomistes, surtout si d'ici là d'autres versions de Tchernobyl se produisent, si la prolifération nucléaire conduit à des actes de terrorisme ou si elle incite des dirigeants irresponsables dans de petits pays à jouer aux grands, ou finalement si une nouvelle guerre mondiale débouche sur la confrontation générale dont les stratèges ne sont pas sûrs entre eux, après tout, que ce serait la fin du monde. Je sais bien que, dans le *lobby* nucléaire, un tel scénario apparaîtra aberrant : le monde a toujours plus besoin d'énergie; l'énergie nucléaire est plus propre et économique que les autres; le développement des pays déshérités dépend des progrès de l'atome; après le surgénérateur, plutôt mal parti, on peut beaucoup espérer de la fusion qui réussira bien un jour – d'ici un siècle, ou deux ou trois. Nul ne peut prévoir à cette échelle de temps les évolutions sociales et politiques qui rendraient ce scénario plausible, pas plus qu'il y a trente ans seulement on ne prenait au sérieux les mises en garde de l'écologie scientifique.

L'introuvable point d'équilibre

Le débat aujourd'hui ouvert par l'écologisme – non pas tant la science de l'écologie que le parti, quel qu'il soit, de l'environnement – impute au capitalisme industriel et à la technologie, son bras séculier, plus de mal et d'indignité qu'ils ne méritent. Mais, ici encore, il faut prendre en compte les voies détournées qu'empruntent les ruses de la raison pour imposer, à force de dégâts, les remèdes et le bon sens. Ce n'est pas de la civilisation industrielle ni même de la seule civilisation européenne qu'est née la perturbation du milieu naturel. Dans un article fameux sur « les racines historiques de notre crise écologique », l'historien des techniques Lynn White rappelle que l'espèce humaine a toujours modelé le milieu naturel, mais que c'est à partir du milieu du XIXe siècle, avec l'alliance nouée entre l'industrie et la science, que la puissance de la technologie a provoqué le choc en retour de cette crise. Il faut, dit-il, remonter bien au-delà de la révolution industrielle pour comprendre d'où viennent les racines du mal. La source lointaine de la crise écologique se trouverait dans la pensée religieuse du Moyen Âge européen, qui a favorisé l'essor des sciences de la nature en affirmant que le monde est fait de phénomènes physiques, que l'homme est le centre du monde et le maître des autres créatures. La rationalité scientifique – le désenchantement du monde suivant Max Weber – a liquidé le culte païen des bois et des sources pour faire triompher un univers d'instruments techniques soumis à la volonté de l'homme. Bref, puisque la source de la crise écologique est religieuse, c'est du côté de la religion qu'il faut espérer le remède. Si la génération américaine des années 60 a donné dans le bouddhisme zen, c'est qu'elle y trouvait de quoi surmonter sa déception du système industriel. White reconnaît volontiers que le bouddhisme zen n'est pas exactement adapté à nos sociétés et, invoquant saint François d'Assise, il propose d'en revenir à son idée de l'égale dignité des créatures qui toutes, des hommes aux animaux, aux insectes et aux plantes, rendent hommage à Dieu, sans infliger à la nature des blessures aux cicatrices ineffaçables.

Cet article, publié dans *Science,* la revue très sérieuse de l'Association américaine pour l'avancement des sciences, était original par ses références à la spiritualité franciscaine, il ne l'était pas par son procès des sources judéo-chrétiennes de la révolution industrielle. Beaucoup d'auteurs font remonter à ces sources les dégâts du progrès technique, en particulier du point de vue des écosystèmes, mais ils ont tous tort, comme l'a fait remarquer René Dubos : des dégradations importantes de l'environnement se sont produites dans des lieux et à des époques « où les gens n'avaient jamais entendu parler des enseignements de la Bible », en particulier en Chine dont une grande partie a été précocement et systématiquement déboisée. En fait, le thème de l'homme prédateur, qui « tourmente la déesse auguste entre toutes, la Terre », remonte bien au-delà du christianisme, puisqu'on le trouve déjà très explicitement présent dans l'Antiquité grecque, comme en témoigne le chant célèbre du chœur d'*Antigone* sur lequel je reviendrai. On peut imputer à l'alliance de l'industrie et de la science l'échelle dans l'excès, non pas l'excès lui-même au sens d'une transgression par rapport aux dieux ou à la nature, dont la pensée grecque s'est abondamment nourrie bien avant l'ère industrielle. Le procès de la science judéo-chrétienne, source de tous les maux de la civilisation industrielle, renvoie à la mauvaise conscience de l'Occident plutôt qu'à une réalité historique.

Aujourd'hui, la perception de la crise de l'environnement et des menaces pesant sur la biosphère tient à l'idée d'un déséquilibre créé par le manque de conscience et de science écologiques dans le sillage de l'industrialisation, mais que signifie exactement ce déséquilibre? Absence d'harmonie, au sens où toute civilisation non industrielle est par définition proche de la nature? Nostalgie des sociétés ignorant la mécanisation du travail, Indiens des plaines d'Amérique du Nord, Eskimos, Boshimans ou Indiens d'Amazonie vivant de pêche, de chasse et de cueillette, que la domination de la civilisation industrielle a rangés au musée de l'Homme comme dans le musée imaginaire du bon sauvage? Mais soyons sérieux : l'homme même industrialisé demeure une partie de la nature, et sa domination technique n'est pas extérieure aux processus naturels. Rien ne dit d'ailleurs que la nature soit un modèle d'équilibre plus réel que celui qui est défini par l'intervention de l'homme.

Dans un livre récent, Jean-Marc Drouin pose des questions plus que pertinentes à propos de l'idée de nature d'où l'homme perturbateur serait exclu : on confond la nature des choses avec les lois de la nature, ce qui serait hors de toute intervention humaine (le destin, précisément) et ce qui relève de la compréhension et de l'action humaines. La crise écologique est la perception des menaces que fait peser le développement industriel non pas tant sur la nature que sur les liens entre l'homme et la nature. Après tout, une guerre nucléaire rendrait la planète invivable aux hommes qui survivraient, mais elle ne supprimerait pas toute forme de vie, et, suivant un principe tout darwinien, elle offrirait à d'autres êtres vivants une occasion de se développer à partir de l'effacement même de l'homme. La guerre nucléaire serait encore naturelle au sens où elle n'échapperait pas aux lois de la nature, mais c'est bien parce qu'elle priverait l'homme de tout avenir qu'elle serait une catastrophe irrémédiable. L'idée de nature extérieure à l'homme a-t-elle le moindre sens? Les écosystèmes sont affectés par les activités humaines, mais où est le point d'équilibre que celles-ci compromettent?

En ce sens, il n'y a pas de guerre entre la nature et la technique, il n'y a de guerre qu'entre les hommes, c'est-à-dire entre des visions du monde conflictuelles et les politiques dans lesquelles elles s'incarnent. Les effets dommageables du processus d'industrialisation sont parfaitement répertoriés et peuvent, sur la base d'une autre vision du monde et d'autres politiques, être combattus, sinon éliminés. En fait, ils font déjà l'objet de corrections grâce aux réglementations nationales et aux directives internationales. Le spectre de la socialisation suivant Schumpeter n'empêche pas le capitalisme de contenir ses excès et d'apprendre, sous la pression des résistances sociales, à mieux maîtriser certaines conséquences du changement technique. Il n'y a pas lieu d'invoquer une autre forme de spiritualité, le bouddhisme zen ou la foi franciscaine, pour définir les limites à ne pas dépasser. Plus précisément, l'appel au supplément d'âme confond le problème du salut individuel avec celui de l'harmonie collective. L'écologie n'est pas plus une nouvelle sagesse que les sagesses orientales ne sont la réponse aux questions qu'affronte la civilisation industrielle.

Les modèles des états d'équilibre dans la nature ont un intérêt heuristique incontestable, mais ils ne démontrent pas que l'autorégulation soit une donnée de la nature indépendante de certaines conditions. Ils souffrent, en outre, comme l'ont souligné Ilya Prigogine et Isabelle Stengers dans *La Nouvelle Alliance,* d'une charge intellectuelle et affective qui tient aux idées d'ordre et d'harmonie issues de sources très différentes de la rationalité scientifique. Réciproquement, les succès remportés par les théories du chaos ne peuvent pas davantage ignorer le rôle de l'intervention humaine, non seulement dans les désordres naturels, mais aussi dans la préservation de divers écosystèmes. Le principe même des activités agricoles et sylvicoles n'est-il pas de maintenir artificiellement à un stade juvénile les territoires exploités ? Bien avant l'ère de la technologie, la technique a toujours été l'anticlimax, au sens où la notion écologique de climax définit le terme final de l'évolution d'un écosystème. En ce sens, les parcs technologiques, où l'on vise à entretenir, à stimuler, à forcer l'innovation, ne sont pas l'antithèse des parcs naturels d'où l'homme passe à tort pour exclu. Ils constituent l'autre face, la plus moderne et la plus scientifiquement avancée, de l'intervention humaine sur la nature. Le parc naturel désigne, plutôt qu'un lieu, un moment de la nature que l'homme entend protéger contre son évolution finale, en se référant à l'origine mythique. Le parc scientifique est le territoire dans lequel l'homme entend (ou prétend) se mettre à l'abri des inconvénients dénoncés par Schumpeter dans la routine scientifique : l'artifice de la technologie est ici poussé à son comble, car si la technique est l'anticlimax de la nature, le parc technologique est conçu comme l'anticlimax de l'innovation.

Le contrat social et le contrat naturel

Nous ne savons pas si l'autorégulation est une donnée de la nature indépendante de l'homme, mais il est clair que la régulation du changement technique est une donnée de la culture étroitement dépendante de l'organisation politique des sociétés. C'est pourtant ce que Hans Jonas, dans *Le Principe responsabilité,* tend à contester en proposant de faire de la nature un sujet de droit, la source d'une éthique nouvelle qui l'emporterait sur les liens contractuels et les exigences morales traditionnelles de la cité. Il commence son livre par un commentaire du chœur d'*Antigone,* où Sophocle décrit l'homme comme « la plus grande merveille du monde, le maître par ses engins des bêtes indomptées, bien armé contre tous et désarmé contre rien de ce que peut lui offrir l'avenir, sauf la mort contre laquelle il n'aura jamais de charme pour lui échapper, bien qu'il ait déjà su, contre les maladies les plus opiniâtres, imaginer plus d'un remède ». Texte célèbre et superbe, qu'on peut interpréter, suivant Jonas, comme « un hommage oppressé au pouvoir oppressant de l'homme », comme l'illustration du fait que « le viol de la nature et l'autoéducation de l'homme marchent la main dans la main », mais qui peut passer tout aussi bien pour l'anticipation du projet cartésien que la révolution scientifique a permis de réaliser jusqu'à l'excès.

Le chœur conclut néanmoins son chant sur une mise en garde : « Maître d'un savoir dont les ingénieuses ressources dépassent toute espérance, l'homme peut prendre ensuite la route du mal tout comme celle du bien. Qu'il fasse donc, dans ce savoir, une part aux lois de sa ville, et à la justice des dieux à laquelle il a juré foi. » Dès l'aube de la démocratie, la grande œuvre de l'homme n'a pas été de soumettre la nature à sa volonté, mais de créer en son sein l'enclave de la cité et de plier des citoyens responsables à ses lois. Jonas présente la cité comme le refuge de l'homme *contre* la nature. Je ne crois pas que ce soit le vrai sens du message de Sophocle, qui suggère plutôt qu'elle est le lieu où les hommes construisent le droit pour eux-mêmes, où le commerce qu'ils entretiennent avec eux-mêmes doit se fonder sur l'intelligence et la moralité, en un mot où l'organisation sociale suppose le respect des lois morales et du droit des gens. « L'homme s'exclut de la cité du jour où il laisse le crime le contaminer, par bravade » : pour Sophocle, ce qui désigne fondamentalement la grandeur de l'homme, ce n'est pas la capacité de son savoir à soumettre la nature à sa volonté, mais le contrat social fondé sur le choix collectif du bien contre le mal.

Jonas a raison sans doute de soutenir que les interventions de l'homme sur la nature, du temps des Grecs jusqu'à la révolution industrielle, ne prêtaient pas à conséquence. Les artifices de la *technè* laissaient inchangée la nature, leurs effets étaient superficiels. En revanche, « la technique moderne a introduit des actions d'un ordre de grandeur tellement nouveau, avec des objets tellement inédits et des conséquences tellement inédites, que le cadre de l'éthique antérieure ne peut plus les contenir ». Dépasser ce cadre est l'objectif du *Principe responsabilité,* qui entend fonder une éthique nouvelle sur la nature conçue comme sujet de droit, un sujet de droit non seulement légitime, mais *plus* légitime désormais que celui de la cité. La technologie moderne rend la nature vulnérable, compromet par l'effet de ses artifices les conditions de vie des générations à venir, et appelle une éthique d'un type nouveau où « la peur elle-même devient la première obligation de la responsabilité ». C'est ce qui conduit Jonas à prôner une « heuristique de la peur » : la peur, dit-il, qui fait essentiellement partie de la responsabilité, n'est pas celle qui déconseille d'agir, mais celle qui invite à agir. « Nous ne craignons pas, ajoute-t-il, le reproche de pusillanimité ni de négativité, en décrétant de la sorte que la crainte est une obligation, ce qu'elle ne peut naturellement être qu'ensemble avec l'espérance (à savoir celle d'éviter le pire). »

Il s'agit bien d'anticiper et de dépister les conséquences néfastes du changement technique, c'est-à-dire de remplir les fonctions mêmes que l'évaluation sociale de la technologie a pour mission d'exercer. La prise en charge de ces fonctions correspond assurément à une prise de conscience par les sociétés industrialisées de la responsabilité qu'elles assument à l'égard de l'environnement – la déesse auguste entre toutes, la Terre, n'étant plus seulement tourmentée par l'homme, mais torturée et, pour certains, menacée d'asphyxie. *Mais cette responsabilité nouvelle ne peut pas détourner les hommes des obligations qu'ils ont d'abord à l'égard d'eux-mêmes.* Je ne suis pas convaincu que cette prise de conscience entraîne une rupture avec l'éthique la plus traditionnelle, en particulier avec la prééminence, dans l'ordre de la cité, du respect du droit et de la loi morale. L'éthique de la peur pourrait bien être la version exactement inversée de toutes les utopies – de Bacon à Marx – que la domination technique de l'homme sur la nature a nourries depuis la révolution scientifique du XVIIe siècle. Et je me demande si une science guidée par l'heuristique de la peur n'est pas une contradiction dans les termes. Une fois de plus, la critique de la rationalité scientifique tend à nier ce qu'il y a de prométhéen en l'homme, car la nature conçue comme un sujet de droit se heurte d'abord à la nature de l'homme.

L'appel au « principe responsabilité » correspond effectivement à un rapport nouveau de l'homme à la technique qui, devenue technologie, impose de mieux réguler les pouvoirs de notre civilisation matérielle : la taille de ses succès n'a d'égale que celle des menaces qu'elle fait peser sur l'avenir de l'homme et de son environnement naturel. Mais cette exigence nouvelle ne me paraît pas entraîner une métamorphose ni de la loi morale ni du contrat social. *Le contrat naturel peut bien prolonger le contrat social, il ne peut pas le remplacer.* C'est dans l'expérience des relations sociales nouées au sein de la cité et entre les cités – de la négociation au combat politique – que cette exigence trouve à s'appliquer, plutôt que dans une morale nouvelle exclusivement orientée sur la défense de l'environnement. Donner la priorité à cet objectif risque d'occulter l'impérieux devoir de prêter d'abord attention aux hommes. Les tourments que subit la Terre, déesse auguste, ne sont pas équivalents à ceux que subissent à travers le monde, dans les pays riches et à plus forte raison dans les pays pauvres, tous les laissés-pour-compte du progrès : bien loin de se plaindre des méfaits de la technologie, ils aspirent à tirer parti de ses bienfaits pour accéder à des conditions de vie moins déshéritées. C'est à leur égard que ceux qui sont devenus « maîtres d'un savoir dont les ingénieuses ressources dépassent toute espérance » ont des obligations prioritaires à assumer.

Il est vrai que le monde désenchanté par la science et la technologie prive l'humanité des sociétés industrielles de toute valeur suprême. Rien de plus insupportable pour certains intellectuels, dont le ressentiment à l'égard du capitalisme, dirait Schumpeter, se nourrit d'autant plus de cette frustration. Après l'effondrement de l'histoire érigée en valeur suprême, certains de ceux qui naguère sacrifiaient à la foi communiste sont prêts à faire de la nature une nouvelle valeur suprême. C'est confondre une fois de plus le territoire des vérités et celui des valeurs : en passant de l'un à l'autre, on change de système de références; les arguments se substituent aux démonstrations, la logique de la conviction à celle de la preuve, et l'on fait comme si l'on était toujours sur le même terrain. Mais il n'y a pas d'équivalence entre les uns et les autres, et tous ceux qui prétendent ou invoquent le contraire se mystifient et tentent de nous mystifier. L'écologie peut légitimement se concevoir comme une approche scientifique globale, l'écologisme en tant que vision politique globale ne peut être qu'une idéologie. À confondre, ou à prétendre unifier dans la défense de la nature le territoire des vérités et celui des valeurs, on s'expose une fois de plus à la dérive qui menace toute idéologie globale : le totalitarisme.

L'heuristique de la peur ne peut pas supprimer la part de risque inhérente à toute aventure humaine, et si cette part ne peut pas être réduite entièrement, ce n'est ni à la science ni à la technologie qu'il faut s'en prendre, mais aux hommes – ou aux dieux. Aux métaphysiciens ou aux théologiens de proposer une réponse à cette question : le problème de la technique se confond-il avec le problème du mal ? Il reste que, face aux pouvoirs dont disposent les *lobbies* techniciens dans les sociétés modernes, il n'est pas d'autre moyen de limiter les dégâts que de renforcer les procédures d'information, de consultation et de négociation qui garantissent le fonctionnement démocratique de nos institutions : en somme, face au discours technicien, être à l'écoute de la dissidence, reconnaître et intégrer sa légitimité dans le processus de décision, se demander si ce qui passe pour rationnel est tout simplement raisonnable. Car tel est le double enjeu de la régulation du changement technique dans des sociétés ouvertes : il y va du rapport *nouveau* de la technique à l'homme, mais il y va aussi du rapport *le plus ancien* de nos sociétés à la démocratie.

Bibliographie

Les sources bibliographiques se suivent chapitre par chapitre. La page de référence est mentionnée, quand la citation était entre guillemets.

Introduction
La découverte des limites

JONAS Hans, *Le Principe responsabilité : Une éthique pour la civilisation technologique,* Éditions du Cerf, Paris, 1990, p. 14.

SCHUMPETER Joseph, *Capitalisme, socialisme, démocratie,* « Petite bibliothèque Payot », Payot, Paris, 1969.

SALOMON Jean-Jacques, *Prométhée empêtré : La résistance au changement technique,* Pergamon, Paris, 1971; rééd. Anthropos, Paris, 1984.

LANDES David S., *L'Europe technicienne : Révolution technique et libre essor industriel en Europe occidentale de 1750 à nos jours,* Gallimard, Paris, 1975, p. 752.

Chapitre premier
L'apprentissage par les catastrophes

BUSH Vannevar, *Science : the Endless Frontier : A Report to the President on a Program for Postwar Scientific Research,* Washington, 1945; rééd. National Science Foundation, 1960.

HIRSCHMAN Albert O., *Development Projects Observed,* The Brookings Institution, Washington, 1967, chap. 1ᵉʳ.

ROUSSEAU Jean-Jacques, « lettre n° 100 » (18 août 1756), in : *Correspondance générale,* Dufour (éd.), Colin, Paris, 1924, vol. II, p. 306.

LEIBNIZ Gottfried Wilhelm, *Essais de Théodicée,* Introduction par Jacques Brunschwig, Garnier-Flammarion, Paris, 1969, p. 9.

Ariès Philippe, *Essai sur l'histoire de la mort en Occident du Moyen-Age à nos jours*, Seuil, Paris, 1975; et *L'Homme devant la mort*, Seuil, Paris, 1977.

Kahn Herman, *On Thermonuclear War*, Princeton University Press, 1961.

Kant Emmanuel, *Qu'est-ce que s'orienter dans la pensée?*, Vrin, Paris, 1988, p. 78.

Lagadec Patrick, *Le Risque technologique majeur*, Futuribles, Pergamon, Paris, 1981; *La Civilisation du risque*, Seuil, Paris, 1981; *États d'urgence*, Seuil, Paris, 1988; *La Gestion des risques*, McGraw-Hill, Paris, 1991.

Carson Rachel, *Le Printemps silencieux*, Plon, 1968.

Dahrendorf Ralph, « L'Après social-démocratie », *Le Débat*, n° 7, décembre 1980, p. 25.

Sheehan Neil et al, *The Pentagon Papers*, Bantam Book, New York, 1971, pp. 483-485; et Annexe 117, pp. 502-509.

Husserl Edmond, *La Crise des sciences européennes et la phénoménologie transcendantale*, Gallimard, Paris, 1976, p. 382.

Chapitre II
« Je vais être philosophique »

Les propos de Hyman Rickover sont textuels, tels qu'ils ont été reproduits lors de son audition devant le Joint Economic Committee, U.S. Senate, *Stenographic Transcripts*, AGE-Federal Reporters, Washington, 28 janvier 1982. Des extraits de ce témoignage ont paru dans *The New York Review of Books*, 18 mars 1982, pp. 12-14.

Pour sa biographie, voir Polmar Norman et Allen Thomas B., *Rickover: Controversy and Genius*, Simon and Schuster, New York, 1982.

Sur les scientifiques et la recherche militaire, voir Salomon Jean-Jacques, « La terreur et le scrupule », *Science, guerre et paix*, Economica, Paris, 1989.

Chapitre III
Naissance de la technologie

Braudel Fernand, *Civilisation matérielle, Économie et capitalisme*, tome I, *Les Structures du quotidien*, Colin, Paris, 1979, p. 291.

Kransberg Melvin et Purcell Caroll W. (eds), *Technology in Western Civilization*, Oxford University Press, 1967, vol. I, pp. 4 et 59.

SINGER Charles et al, *A History of Technology,* Oxford University Press, Introduction, vol. I, 1954.

Sur Wolff, Beckman et Christian, voir : GUILLERME J. et SEBESTIK J., *Les Commencements de la technologie,* Thalès, tome 12, PUF, Paris, 1968.

Sur Descartes et les écoles d'arts et métiers, voir : BAILLET A., *La Vie de Monsieur Descartes,* 1691, tome II, pp. 433-434.

Sur Filleau des Billettes, voir : SALOMON-BAYET Claire, « Un préambule théorique à une académie des Arts », *Revue d'histoire des sciences,* Paris, n° 2, 1969, pp. 229-230.

Sur Polytechnique, voir : SHINN Terry, *L'École Polytechnique,* Presses de la Fondation nationale des sciences politiques, Paris, 1980.

Chapitre IV

Ce qui fait changer le changement

BRAUDEL Fernand, *Civilisation matérielle, économie et capitalisme,* tome III, *Le Temps du monde,* Colin, Paris, 1979, p. 466.

ARON Raymond, *Les étapes de la pensée sociologique,* Gallimard, Paris, 1967, p. 143.

Toutes les citations de Marx et d'Engels viennent de l'édition de la Pléiade, Gallimard, Paris, 1963 : *Œuvres :* tome I, note 931 de l'éditeur, p. 1668; *Le Capital,* XV, note (a), p. 915; Marx-Engels, *Le Manifeste communiste,* tome I, p. 164; Marx, *Misère de la philosophie,* tome I, pp. 79 et p. 99.

ROSENBERG Nathan, « Marx as a Student of Technology », in : *Inside the Black Box : Technology and Economics,* Cambridge University Press, 1982; et du même : « Karl Marx and the Economics of Science », in : *Perspectives on Technology,* Cambridge University Press, 1976.

MARX-ENGELS, *Le Manifeste communiste,* tome I, pp. 162-163.

MARX, *Le Capital,* Livre I, chap. XV, pp. 913, 926-927, 929, 981, 990; Annexe VII du *Capital,* p. 1297; chap. XV, pp. 916, 917, 921, 925; Livre III, chap. 3, tome II, p. 909; Livre I, XV, tome I, p. 944; Appendice IV, tome II, p. 1588; p. 927; Livre III, chap. 3, IV, tome II, p. 920; Livre I, chap. XXV, II, tome I, p. 931; XV, II, note (a), tome II, p. 931.

BRAUDEL Fernand, *Civilisation matérielle, économie et capitalisme,* III, *Le Temps du Monde,* Colin, Paris, 1979, pp. 490 et 495.

SCHUMPETER Joseph, *Business Cycles,* McGraw-Hill, New York, 1939, p. 210; *The Theory of Economic Development,* New York, 1961, note de la page 64 ; « The Communist Manifesto in Sociology and Economics », *Journal of Political Economy*, LVII, juin 1949, pp. 199-212 ; *Capitalisme, socialisme, démocratie*, Payot, p. 122.

VAN GELDEREN J. (sous le pseudonyme de FEDDER J.), « Spring Tides of Industrial Development and Price Movements », *De Nieurre Tijd*, vol. 18, La Haye, 1913.

KONDRATIEFF N.D., « The Major Economic Cycles », *Voprosy Conjunktury* (résumé en anglais), vol. I, Moscou, 1925, pp. 28-79 et *Review of Economic Statistics*, vol. 18, 1935, pp. 105-115.

PERROUX François, *La pensée économique de Joseph Schumpeter*, Droz, Genève, 1965, p. 223.

KUZNETZ Simon, « Review of Business Cycles », in : *Economic Change*, Fleireman, Londres, 1954, p. 119.

FREEMAN Christopher et PERES Carlotta, « Structural Crises of Adjustment : Business Cycles and Investment Behaviour », in : Dosi et al (éd.), *Technical Change and Economic Theory*, Frances Pinter, Londres, 1988.

NELSON Richard R. et WINTER Sydney G., *An Evolutionary Theory of Economic Change*, Belknap Press of Harvard University Press, Cambridge, 1982.

SCHUMPETER Joseph A., *Capitalisme, socialisme, démocratie*, Payot, pp. 188-189.

Chapitre V
Mort et résurrection du capitalisme

SCHUMPETER Joseph, *Capitalisme, socialisme, démocratie*, Payot, Paris, 1969, pp. 12, 21, 227.

NELSON Richard R., « Capitalism as an Engine of Progress », *Research Policy*, North-Holland, 19, 1990, pp. 193-214 ; et dans *The proceedings of the NISTEP International Conference on Science and Technology Policy Research*, MITA Press, Tokyo, 1991, pp. 61-87.

Sur le processus de l'innovation (*market pull* et *technology push*), voir LANDAU Ralph et ROSENBERG Nathan, *The Positive Sum Strategy*, National Academy Press, Washington, 1986.

SCHUMPETER Joseph, *Capitalisme, socialisme, démocratie*, Payot, pp. 124 et 187-188.

SALOMON Jean-Jacques, *Le Gaulois, le cow-boy et le samouraï : La politique française de la technologie*, Economica, Paris, 1986, et « La capacité d'innovation », in : LÉVY-LEBOYER M. et CASANOVA J.C.

(éd.), *Entre l'État et le marché : L'économie française des années 1880 à nos jours*, Gallimard, Paris, 1991, chap. I.

SCHUMPETER Joseph, *Capitalisme, socialisme, démocratie*, Payot, p. 154.

GALBRAITH J.-K., *Le Nouvel État industriel*, Gallimard, Paris, 1967, p. 334.

SOLO Robert, *Opportunity Knocks : American Economic Policy After Gorbatchev*, Sharpe Publishers, Armonk, New York, 1991.

SCHUMPETER Joseph, *Capitalisme, socialisme, démocratie*, Payot, pp. 185, 204-205, 211, 217.

LESOURNE Jacques, *Économie de l'ordre et du désordre*, Épilogue, Economica, Paris, 1991, pp. 199-210.

Chapitre VI

Malaise dans la civilisation

GALBRAITH J.-K., *Le Nouvel État industriel*, Gallimard, Paris, 1967, p. 19.

SNOW C.-P., *Science and Government*, 1960, rééd. Mentor Book, New York, 1962, p. 62.

SCHILLING Warner B., « Scientists, Foreign Policy, Politics », in : R. Gilpin et C. Wright (éd.), *Scientists and National Policy-Making*, Columbia University Press, New York, 1964, pp. 154-155.

WEBER Max, « La science comme vocation », *Le Savant et le politique*, Plon, Paris, 1959.

SALOMON Jean-Jacques, *Science et politique*, Seuil, 1970; re-édit. Economica, 1989, chap. VII et VIII.

L'anecdote de Dean Acheson apparaît dans le *New York Times* du 11 octobre 1969. La formule d'Oppenheimer sur le « péché des physiciens » se trouve dans « Physics in the Contemporary World », *Bulletin of the Atomic Scientists*, vol. 4, n° 3, mars 1948, p. 66.

PAPAIOANNOU Kostas, *La Consécration de l'histoire*, Champ Libre, Paris, 1983.

ARON Raymond, *Démocratie et totalitarisme*, Gallimard, « Idées », 1965, p. 25.

FREUD Sigmund, « Considérations actuelles sur la guerre et la mort », *Essais de psychanalyse*. « Petite Bibliothèque Payot », Payot, 1980, p. 251; et *Malaise dans la civilisation*, PUF, Paris, 1971, pp. 69 et 107.

EINSTEIN Albert-FREUD Sigmund, *Pourquoi la guerre?*, Institut International de Coopération Intellectuelle, Paris, 1933, pp. 12-13, 19-20, 40, 55, 63.

La lettre de Freud est citée par Ernest Jones, *La vie et l'œuvre de Sigmund Freud*, PUF, Paris, vol. III, 1969 (éd. de 1975), p. 200.

MALRAUX André, *Antimémoires*, Gallimard, Paris, 1967, p. 341.

FREUD Sigmund, *Malaise dans la civilisation*, pp. 105 et 106.

Chapitre VII
Le magicien de Menlo Park

ARON Raymond, « Pour le progrès : Après la chute des idoles », *Commentaire*, n° 3, 1980.

DOS PASSOS John, *42ᵉ Parallèle*, Gallimard, Paris, 1930, Folio, vol. II, p. 99.

HUGHES Thomas, « Edison's Method », in : PICKETT William B. (éd.), *Technology at the Turning Point*, San Francisco Press, 1977, p. 5. La référence la plus riche sur la méthode d'Edison est l'étude de son ami JEHL Francis, *Menglo Park Reminiscences*, Edison Institute, Dearborn, Michigan, 3 vol., 1937-1941.

DYER F.-L. et MARTIN T. C., *Edison, His Life and Inventions*, 2 vol., Harper and Brothers, New York, 1930.

SALOMON Jean-Jacques, *Science et politique*, Seuil, Paris, 1970; rééd. Economica, Paris, 1989, pp. 255 *sq.*

In the Matter of J. Robert Oppenheimer : A Transcript of Hearing before Personnel Security Board et *Texts of Principal Documents and Letters*, Washington, USGPO, 1954, rééd. MIT Press, Cambridge, Mass., 1971.

JOSEPHSON Matthew, *Edison : a Biography*, McGraw-Hill, New York, 1959, pp. 181 et 347-348.

HUSSERL Edmond, *La Crise des sciences européennes et la phénoménologie transcendantale*, Gallimard, Paris, 1976, pp. 10 et 382.

COMTE Auguste, *Cours de philosophie positive*, « 57ᵉ Leçon », tome VI, Schreicher Frères, Paris, 1908, pp. 262 et 273.

SNOW C.P., *Les Deux Cultures*, J.-J. Pauvert, Paris, 1968.

MUSIL Robert, *L'Homme sans qualités*, Seuil, Paris, 1957, tome I, pp. 326-327.

Chapitre VIII

Le progrès aux assises

ROSTOW W.W., *Les Étapes de la croissance économique*, Seuil, Paris, 1960.
Encyclopaedia Britannica, art. « Industrialisation and Modernisation, IX, Macropaedia, Chicago, 1973, p. 527.
LE CLÉZIO J.M.G., « Le rêve du conquérant », *Le Débat*, n° 11, avril 1981 et sa présentation de la *Relation de Michoacan*, Gallimard, Paris, 1984.
MENDRAS Henri, *La Fin des paysans*, Futuribles, SEDEIS, Paris, 1967, p. 50.
MARX Karl, *Œuvres, Le Capital*, tome I, XV, « La Pléiade », Gallimard, 1962, pp. 962, 963 et 971. •
THOMPSON E.P., « Temps, travail et capitalisme industriel » (1967), traduit dans *Libre*, n° 5, 1979, pp. 37-38, et *The Making of the English Working Class*, Gollancz, Londres, 1964.
PERROT Michelle, « Les problèmes de la main-d'œuvre industrielle », in : DAUMAS M. (éd.), *Histoire générale des techniques*, PUF, vol. V, Paris, 1979, p. 495.
TAYLOR F.W., *La Direction scientifique des entreprises* (1911), rééd. Dunod, Paris, 1957.
WEBER Max, *L'Éthique protestante et l'esprit du capitalisme*, Plon, Paris, 1954.
MARX Karl, *Œuvres, Le Capital*, I, « La Pléiade », Gallimard, Paris, p. 926.
MARCUSE Herbert, *L'Homme unidimensionnel*, Éditions de Minuit, Paris, 1968.
ROSZAK Théodore, *Vers une contre-culture*, Stock, Paris, 1970.
SOREL Georges, *Les Illusions du progrès*, Rivière, Paris, 1911.
FOURASTIÉ Jean, *Les Trente Glorieuses*, Fayard, Paris, 1979.
BROOKS Harvey, « Technology and Values : New Ethical Issues raised by Technological Progress », *Zygon-Journal of Religion and Science*, n° 8, vol. I, mars 1973, p. 20.
ARENDT Hannah, *La Condition de l'homme moderne*, Calmann-Lévy, Paris, 1961, p. 294.

Chapitre IX
La nouvelle donne technologique

Lussato Bruno, *Le Défi informatique*, Fayard, Paris, 1981.
Nora Simon et Minc Alain, *L'Informatisation de la société*, Documentation française, Paris, 1978, p. 60.
Malaparte Curzio, *Technique du coup d'État*, rééd., Grasset, Paris, 1948.
Brandt Willy, *Nord-Sud : Un programme de survie*, « Idées », Gallimard, Paris, 1980.
Rhodes Richard, *The Making of the Atomic Bomb*, Simon and Schuster, New York, 1986.
Dyson Freeman, *Weapons and Hopes*, Harpers and Row, New York, 1985.
Sur la conférence d'Asilomar : « Biology and the Law : Recombinant DNA and the Control of Scientific Research », *Southern California Review*, n° 51, vol. 6, septembre 1978; et Krimsky S., « Regulating Recombinant DNA Research », in : Nelkin D. (éd.), *Controversy : Politics of Technical Decisions*, Sage, Londres, 1979.
Salomon Jean-Jacques, *Science et Politique*, Seuil, Paris, 1970, rééd. Economica, 1989.
Science, croissance et société : une nouvelle perspective, OCDE, Paris, 1971.
Wiesner Jerome B., cité in : *Newsweek*, 23 avril 1979.
Häfele Wolf, « Hypothetically and the New Challenges : The Pathfinder Role of Nuclear Energy », *Minerva*, n° 12, vol. 3, juillet 1974.
Nelkin Dorothy et Pollak Michael, *The Atom Besieged : Extra-Parliamentary Dissent in France and Germany*, MIT Press, Cambridge, Mass., 1980.

Chapitre X
Le simulacre et le partage du pouvoir

Braudel Fernand, *Civilisation matérielle, économie et capitalisme*, tome II, *Les Jeux de l'échange*, Colin, Paris, 1974, p. 494.
Carson Rachel, *Le Printemps silencieux*, Plon, 1968.
Brooks Harvey, « Science, technologie et société dans les années 80 », in : *La Politique de la science et de la technologie pour les années 80*, OCDE, Paris, 1981, pp. 105, 108 et 110.
Nichols Guild, *La Technologie contestée*, OCDE, Paris, 1979, p. 15.

BIBLIOGRAPHIE

Georgescu-Roegen Nicholas, *The Entropy Law and the Economic Process,* Harvard University Press, Cambridge, Mass., 1971.

Habermas Jürgen, *La Technique et la science comme idéologie,* Gallimard, Paris, 1973 ; *Legitimation Crisis* (*Legitimations problem in Spätkapitalismus,* 1973), Beacon Press, Boston, 1975.

Habermas Jürgen et Luhman Niklas, *Theorie der Gesellschaft oder Sozialtechnologie?,* Francfort, 1971.

Technology : Processes of Assessment and Choice, Rapport du Comité sur la science et les affaires publiques de la National Academy of Sciences, Washington, 1969, pp. 113-114.

Sur le Projet Mohole, voir : Greenberg Daniel S., *The Politics of Pure science,* New American Library, New York, 1969, chap. IX.

Valéry Paul, *Regards sur le monde actuel* (1945), « Idées », Gallimard, Paris, 1969, pp. 58-59.

Inglehart Ronald, *The Silent Revolution : Changing Values and Political Styles Among Western Publics,* Princeton University Press, 1977.

Bell Daniel, *The Coming of Post-Industrial Society,* Basic Book, New York, 1973.

Price Don K., *Science et pouvoir (The Scientific Estate,* 1965), Fayard, Paris, pp. 19 et 46.

Arnstein S.R., « A Ladder of Citizen Participation », *The Journal of the American Institute of Planners,* 35, juillet 1969, pp. 216-224.

Guedeney Colette et Mendel Gérald, *L'Angoisse atomique et les centrales nucléaires,* Payot, Paris, 1978, p. 31.

Wynne Brian, « Technology, Risk and Participation : On the Social Treatment of Uncertainty », in : J. Conrad (éd.), *Society, Technology and Risk Assessment,* Academic Press, Londres, 1980, p. 191.

Sur la centrale de San Diego, « Proceedings of a Workshop on the Measure of Intangible Environment Impacts », *EPRI,* numéro spécial, Electric Power Research Institute, San Diego, Californie, 1976.

Häfele Wolf, « Hypothetically and the New Challenges : The Pathfindinder Role of Nuclear Energy », *Minerva,* 12, n° 3, juillet 1974, p. 310.

Chapitre XI

Les nouvelles règles du jeu

Marx Karl, *Misère de la Philosophie, Œuvres,* tome I, « La Pléiade », Gallimard, Paris, p. 79.

BRAUDEL Fernand, *Civilisation matérielle, économie et capitalisme,* tome I, *Les Structures du quotidien,* Paris, 1979, pp. 291 et 293.

BROOKS Harvey, « Technology, Evolution and Purpose », *Daedalus,* vol. 109, n° 1, hiver 1980, Cambridge, Mass., p. 68 *sq,* et « Technology Assessment as a Process », *International Social Sciences Journal,* Unesco, Paris, vol. 25, n° 3, Paris, 1973, p. 250.

ROSENBERG Nathan, « Technology, Economy and Values », in : BUGLIARELLO G. et DONER D.B. (éd.), *The History and Philosophy of Technology,* University of Illinois Press, Chicago-Londres, 1979, p. 84.

Sur le supersonique américain, voir : *Technology : Processes of Assessment and Choice,* National Academy of Sciences, Washington, 1969, p. 3.

HIRSCHMAN Albert, *Development Projects Observed,* « The Principle of the Hiding Hand », chap. I, Brookings Institution, Washington, 1967, p. 15.

JOUVENEL Bertrand de, « Sur la croissance économique », in : L. Stoleru (éd.), *Économie et société humaine,* Denoël, Paris, 1972, p. 92.

GALBRAITH J.-K., *Le Nouvel État industriel,* Gallimard, Paris, 1967.

Conclusion

Les ruses de la raison

Sur les pendaisons auxquelles von Braun a assisté, voir le témoignage du Père Cardonnel, « Werner von Braun et les matricules 21000 de Dora », *Le Monde,* Correspondance, octobre 1978, p. 12, p. 322, voir aussi MIALET Jean, *La haine et le pardon,* Mialet-Hérault, Maulévrier (Anjou), 1991, et DUTILLEUX Max, *Le camp des armes secrètes : Dora-Mittelbau,* Ouest-France, Rennes, 1993. La citation sur « l'oncle riche » est dans YORK Herbert F., *Making Weapons, Talking Peace,* Basic Books, New York, 1987, p. 175.

WHITE Lynn, « The Historical Roots of Our Ecological Crisis », *Science,* vol. 155, Washington, 1967, pp. 103-104.

DUBOS René, *Courtisons la terre,* Stock, Paris, pp. 119 *sq.*

DROUIN Jean-Marc, *Réinventer la nature : L'écologie et son histoire,* Desclée de Brouwer, Paris, 1991, pp. 176-181.

PRIGOGINE Ilya et STRENGERS Isabelle, *La Nouvelle Alliance,* Gallimard, Paris, 1979.

JONAS Hans, *Le Principe responsabilité : Une éthique pour la civilisation technologique,* Éditions du Cerf, Paris, 1979, pp. 18-19 et 300-302.

SERRES Michel, *Le Contrat naturel,* Bourin, Paris, 1990.

Index des noms cités

ACHESON, Dean, 155.
ACHESON, E.G., 171.
ADAM, 19, 20.
ADLER, Alfred, 157.
ALADIN, 160.
ALEMBERT, Jean LE ROND d', 80.
ANDREWS, William S., 171.
ARCHIMÈDE, 83.
ARENDT, Hannah, 213.
ARÉTIN (ARETINO Pietro), 140, 141.
ARIÈS, Philippe, 38.
ARISTOTE, 15, 78, 93.
ARNSTEIN, Sherry R., 262, 263, 264, 266, 273.
ARON, Raymond, 92, 93, 134, 157, 166, 167, 168.
ASSISE, François d', 304.

BACON, Francis, 76, 77, 78, 80, 309.
BAER, A. von, 86.
BARNUM, P.T., 173.
BATCHELOR, Charles, 171.
BAUDELAIRE, Charles, 208.
BECKMAN, Joseph, 71, 72, 73, 74, 95.
BELL, Alexander, 106.
BELL, Daniel, 257.
BERGMAN, Sigmund, 71.
BERGSON, Henri, 208, 300.
BESSEMER, Henry, 103.
BLAKE, William, 208.

BLOOM, Allan, 142.
BOEHM, Ludwig, 171.
BOILEAU, Nicolas, 38.
BOLTZMAN, Ludwig, 145.
BOULTON, Matthew, 111.
BRANDT, Willy, 220.
BRAUDEL, Fernand, 68, 92, 106, 237, 276.
BRAUN, Wernher von, 150, 302.
BREJNEV, Leonid, 123.
BRETECHER, Claire, 143.
BRETON, André, 157.
BRIDGMAN, Percy W., 222.
BROOKS, Harvey, 211, 241, 243, 244, 277, 279, 284
BROWN, H.P., 176.
BRUNSCHWIG, Jacques, 37.
BUTLER, Samuel, 207.

CARLYLE, Thomas, 206, 207.
CARNOT, Nicolas-Léonard-Sadi, 145.
CARSON, Rachel, 44, 238.
CARTER, Jimmy, 153.
CASTRO, Fidel, 219.
CATON, 50.
CHARLES QUINT, 141.
CHESTERTON, 82.
CHRISTIAN, Joseph, 74, 75.
CLARKE, Charles L., 171.
COLBERT, Jean-Baptiste, 79, 132, 270.
COLOMB, Christophe, 170.

COMPTON, Karl T., 172.
COMTE, Auguste, 182.
CORTÉS, 191.
CROOKE, William, 170.
CROZIER, Michel, 286.

DAHRENDORF, Ralf, 46.
DARWIN, Charles, 95, 221.
DASSAULT (société), 132.
DAVID, 256.
DAVY, Humphrey, 169.
DEFOE, Daniel, 106.
DESCARTES, René, 76, 77, 78.
DIDEROT, Denis 80.
DOS PASSOS, John, 168.
DROUIN, Jean-Marc, 305.
DUBOS, René, 304.
DYSON, Freeman, 223.

EDISON, Thomas, 50, 55, 87, 112, 125, 166, 169, 170, 171, 172, 173, 175, 176, 177, 183, 301, 302.
EINSTEIN, Albert, 42, 150, 156, 160, 161, 162, 163.
EISENHOWER, Dwight, 138.
ELLUL, Jacques, 14.
ENGELS, Friedrich, 95, 96, 103.
ÉPIMÉTHÉE, 20, 22, 300.
ESPINAS, Victor, 71, 75.
ÈVE, 19, 20, 160.

FARADAY, Michael, 169.
FAUST, 173.
FERMI, Enrico, 223.
FILLEAU des BILLETTES, 79, 174.
FOCILLON, Henri, 197.
FORD, Henry, 106, 112, 173, 199, 202, 203.
FOUCAULT, Michel, 141.
FOURASTIÉ, Jean, 211.
FRANKENSTEIN, 207, 228.
FRANKLIN, Benjamin, 32, 199, 200.
FRÉDÉRIC-GUILLAUME Iᵉʳ, 72.
FREEMAN, Christopher, 118.
FREUD, Sigmund, 152, 155, 156, 157, 158, 160, 161, 162, 163, 164.

FRIEDMAN, Milton, 252.
FRIEDMANN, Georges, 168.

GALBRAITH, John Kenneth, 129, 135, 136, 149, 261, 294.
GALILÉE, Galileo, 78.
GANDHI, Mahatma, 163.
GEISSLER (société), 171.
GELDEREN, J. van (J. Fedder), 114.
GEORGESCU-ROEGEN, Nicholas, 250.
GILLE, Bertrand, 71.
GISCARD d'ESTAING, Valéry, 153.
GOLIATH, 256.
GORBATCHEV, Mikhaïl, 150, 151, 273.
GRAEBE, Karl, 86.
GUEDENEY, Colette, 265.

HABERMAS, Jürgen, 251, 252, 255, 288.
HÄFELE, Wolf, 234, 271, 272.
HARGREAVES, James, 194.
HEGEL, Wilhelm Friedrich, 138.
HEIDEGGER, Martin, 14.
HELMHOTZ, Hermann von, 170.
HÉSIODE, 21.
HILBERT, David, 272, 273.
HIPPOCRATE, 221.
HIRSCHMAN, Albert O., 35, 287.
HITLER, Adolf, 302.
HOFFMAN, A. W. von, 86.
HOOVER, J. Edgar, 50, 51.
HOUSTON, E. J., 172.
HUSSEIN, Saddam, 27.
HUSSERL, Edmund, 48, 180, 181, 184.

INGLEHART, Ronald, 257.

JEFFERSON, Thomas, 32.
JOHNSON, Lyndon B., 254, 262.
JOLIOT-CURIE, Frédéric, 222.
JONAS, Hans, 15, 45, 307, 308, 309.
JOSEPHSON, Matthew, 175.
JOULE, James Prescott, 174.
JOUVENEL, Bertrand de, 288.

INDEX DES NOMS CITÉS

JUGLAR, Clément, 115.
JUNG, Carl Gustav, 157, 161.
JUPITER, 13.

KAHN, Herman, 41.
KANT, Emmanuel, 37, 42.
KEATS, John, 208, 250.
KELVIN (William Thomson, Lord), 171.
KENNEDY, John F., 130, 234.
KEYNES, John Maynard, 147.
KHROUCHTCHEV, Nikita, 123, 219.
KITCHIN, Joseph, 115.
KONDRATIEFF, N.D., 114, 115, 116, 118, 119.
KRANSBERG, Melvin, 68, 69.
KRUESI, John, 171.
KUZNETS, Simon, 116.

LACAN, Jacques, 157.
LAGADEC, Patrick, 42, 43.
LANDES, David, 18, 21, 22.
LE CLÉZIO, J.M.G., 191.
LEIBNIZ, Gottfried Wilhelm, 36, 37, 39, 79, 174.
LÉNINE, 121, 123, 203.
LÉPINE, 169.
LEROI-GOURHAN, André, 71.
LESOURNE, Jacques, 145, 146.
LÉVIATHAN, 289.
LÉVY, Bernard-Henry, 166.
LIBERMANN, Karl, 86.
LIEBIG, Justus, 106.
LITTRÉ, Émile, 11.
LUHMAN, Niklas, 255.
LUMIÈRE, Auguste et Louis, 125.
LUSSATO, Bruno, 215.

MALAPARTE, Curzio, 216.
MALLARMÉ, Stéphane, 126.
MALRAUX, André, 138, 163, 179.
MANDSLAY, Henry, 100.
MAO TSÉ-TOUNG, 140.
MARCUSE, Herbert, 141, 205.
MARX, Karl, 16, 17, 71, 92, 93, 94, 95, 96, 97, 98, 101, 102, 103, 104, 105, 106, 108, 109, 110, 112, 119, 120, 121, 122, 123, 141, 146, 147, 189, 194, 195, 202, 206, 276, 309.
MAUSS, Marcel, 68, 69, 71.
McNAMARA, Robert, 47, 48.
MENDEL, Gérald, 265.
MENDRAS, Henri, 192.
MILLIKAN, Robert A., 172.
MINC, Alain, 216.
MITTERRAND, François, 152.
MONTESQUIEU, 91, 139.
MORRIS, William, 206.
MUMFORD, Lewis, 71, 198.
MUSIL, Robert, 184, 217.

NAPOLÉON, 13.
NEHRU, Jawaharlal, 163.
NELSON, Richard, 118, 124, 132.
NESSUS, 204.
NEWCOMEN, Thomas, 80.
NEWTON, Isaac, 169.
NIETZSCHE, Friedrich, 82, 141.
NIXON, Richard, 262.
NOBEL, Alfred, 106.
NORA, Simon, 216.

ŒDIPE, 19.
OHM, Georg Simon, 171, 174.
OPPENHEIMER, J. Robert, 155, 156, 177, 223, 301, 302.
ORWELL, George, 215, 290.
OTT, John, 171.

PANDORE, 20, 21.
PAPAYOANNOU, Kostas, 92, 159.
PAPIN, Denis, 111.
PASCAL, Blaise, 300.
PASTEUR, Louis, 213.
PERES, Carlotta, 118.
PERKIN, William Henry, 86.
PERROT, Michelle, 200.
PERROUX, François, 114, 115, 136.
PETRELLA, Ricardo, 17.
PHAÉTON, 160.
PIRANDELLO, Luigi, 226.
PLATON, 159.
POIRIER, Lucien, 219.
POPE, Alexander, 36.

POPPE, J.H., 95.
PRICE, Don K., 32, 261.
PRIGOGINE, Ilya, 306.
PROMÉTHÉE, 18, 19, 20, 21, 22, 41, 112, 160, 275, 282, 292, 300.
PROUDHON, Pierre-Joseph, 96, 207.
PROXMIRE (sénateur), 51, 58, 59, 60, 61, 62, 63, 64.
PURCELL, Carroll W., 68, 69.

RABI, Isidor, 223.
REAGAN, Ronald, 150.
RENAULT, Louis, 106.
REULEAUX, François, 71.
REUSS (représentant), 58.
RICARDO, David, 93.
RICKOVER, Hyman, 51, 52, 53, 54, 55, 56, 57, 59, 60, 64, 301, 302.
ROOSEVELT, Franklin D., 150.
ROSENBERG, Nathan, 96, 103, 280.
ROSTOW, W.W., 190.
ROSZAK, Théodore, 205.
ROTHSCHILD, Victor, Lord, 231.
ROUSSEAU, J.-J., 36, 37, 44, 205, 208, 250.
RUSKIN, John, 206.

SAKHAROV, Andrei, 223.
SAY, Jean-Baptiste, 93.
SCHILLER, Friedrich von, 221.
SCHUCKERT, Johann, 171.
SCHUMPETER, Joseph A., 16, 17, 91, 92, 101, 108, 109, 110, 112, 113, 114, 115, 116, 117, 118, 119, 120, 122, 123, 124, 125, 127, 128, 129, 130, 131, 132, 133, 134, 135, 136, 138, 139, 140, 141, 142, 143, 144, 145, 146, 147, 180, 189, 291, 301, 307, 310.
SHELLEY, Mary, 207.
SHILLING, Warner B., 152.
SIEMENS, Werner von, 103, 106.
SINGER, Charles, 69.
SMITH, Adam, 92, 93.

SNOW, C.P., 151, 152, 183, 206, 232.
SOLO, Robert, 137.
SOMBART, Werner, 139.
SOPHOCLE, 307, 308.
SOREL, Georges, 207.
SPRAGUE, Frank J., 171.
SPRENGEL, Hermann, 170.
STALINE, Joseph, 123.
STENGERS, Isabelle, 306.
SZILARD, Leo, 222.

TAYLOR, Frederic Winslow, 200, 201, 202, 203.
TELL, Guillaume, 270.
TELLER, Edward, 150, 178.
THATCHER, Margaret, 153.
THOMAS, S.G., 103.
THOMPSON, E.P., 199.
THOMSON, Elihu, 172, 176.
THOMSON, Silvanus, 172.
THOMSON (société), 132.
TITE-LIVE, 51.
TOCQUEVILLE, Alexis de, 191.
TROTSKI, Léon, 123.
TRUMAN, Harry S., 155, 156.
TYNDALL, John, 171.

ULAM, Stanislaw, 178.
UPTON, Francis R., 170, 171.
URE, Andrew, 95, 106.

VALÉRY, Paul, 256.
VANDERBILT, Mme Cornelius, 175.
VAUBAN, 83.
VEBLEN, Thorstein, 139.
VERNE, Jules, 61, 208, 254.
VICO, Giambattista, 95.
VINCI, Léonard de, 83.
VOLTA, Alexandre, 125.
VOLTAIRE, 36, 37, 41, 44.
VULCAIN, 112.

WATT, James, 111, 125.
WEBER, Max, 139, 150, 154, 201, 250, 304.
WEIZMANN, Chaïm, 153.
WELLINGTON, Arthur W., 140.

INDEX DES NOMS CITÉS

WESTINGHOUSE, George, 176.
WHITE, Lynn, 304.
WHITEHEAD, Alfred North, 280.
WHITEHURST, John, 199.
WIESNER, Jérôme B., 234.
WILSON, Woodrow, 57.

WINTER, Sydney G., 118.
WOLFF, Christian, 72.
WYNNE, Brian, 267.

ZEUS, 20.
ZOLA, Émile, 206.

Table des matières

Introduction : La découverte des limites

    L'éthique de la peur 13
    Prométhée empêtré 17
    Le spectre de Tchernobyl 23

Première partie : L'enchaînement nécessaire des choses

    1. *L'apprentissage par les catastrophes* 31

        La fin du laisser-faire technologique 32
        De Lisbonne à Tchernobyl 36
        Le destin n'y est pour rien 41
        Le rationnel et le raisonnable 44

    2. *« Je vais être philosophique »* 50

    3. *Naissance de la technologie* 66

        Le casse-tête des définitions 67
        Les avatars du mot et du concept 70
        Aux sources de la pensée technologique 75
        La professionnalisation des ingénieurs 82

Deuxième partie : L'irrépressible moteur du capitalisme

    4. *Ce qui fait changer le changement* 91

        L'étudiant de la technologie 93
        Il n'y a pas de déterminisme technologique 96
        L'ère de la routine scientifique 99

Les économies dues aux inventions	102
Le rôle de l'entrepreneur	108
La théorie des cycles	114
Déclin et socialisation du capitalisme	117

5. *Mort et résurrection du capitalisme* 121

La science n'abolit pas le hasard	124
Socialisation n'est pas socialisme	129
Le stimulant et le handicap des armements	133
À quoi servent les intellectuels	138
Le hasard, la nécessité et la volonté	144

6. *Malaise dans la civilisation* 148

La nouvelle alliance	149
Collusion avec le pouvoir	153
Le pouvoir et la psychanalyse	156
Le dialogue entre Einstein et Freud	160

7. *Le magicien de Menlo Park* 166

Le bricoleur et les mathématiciens	168
Il ne s'est jamais soucié du système social	174
Le complexe du délice technique	177
Les concepts philosophiques généraux	180
L'homme sans qualités	183

Troisième partie : La régulation nécessaire du changement

8. *Le progrès aux assises* 189

La machine dévoreuse d'ouvrage	194
Le traumatisme du milieu technique	197
L'organisation scientifique du travail	200
La critique intellectuelle du progrès	205
Les avatars de l'idéologie du progrès	209

9. *La nouvelle donne technologique* 214

Le changement d'échelle et de complexité	214
La science à l'ère du soupçon	221
Les experts sur la sellette	228

TABLE DES MATIÈRES

10. Le simulacre et le partage du pouvoir 236

    L'État régulateur 236
    Le paradoxe du changement technique 240
    Un concept en quête de définition 245
    Une crise de légitimation 251
    Les pièges de la participation 259

11. Les nouvelles règles du jeu 274

    La technologie est un processus social 275
    Le sens d'une évolution 281
    L'enjeu de l'éducation 288
    La technologie ne dicte pas sa loi 292

Conclusion : Les ruses de la raison 299

    Les moyens et les fins 300
    L'introuvable point d'équilibre 303
    Le contrat social et le contrat naturel 307

Bibliographie 313

Index des noms cités 323

DU MÊME AUTEUR

SCIENCE ET POLITIQUE, Le Seuil, 1970 (trad. anglaise, MacMillan, Londres et MIT Press, Cambridge, Mass, 1973 ; trad. espagnole, Siglo Veintiuno, Mexico-Madrid-Buenos Aires, 1974) ; rééd. Economica, 1989.

LE SYSTÈME DE LA RECHERCHE — *Étude comparative de l'organisation et du financement de la recherche fondamentale* (sous la direction de), OCDE, vol. I, 1972 ; vol. II, 1973, vol. III, 1974.

PROMÉTHÉE EMPÊTRÉ — *La résistance au changement technique*, Pergamon, 1981 ; rééd. Anthropos, 1984.

LE GAULOIS, LE COW-BOY ET LE SAMOURAÏ — *La politique française de la technologie*, Economica, 1986.

LES ENJEUX DU CHANGEMENT TECHNOLOGIQUE (avec Geneviève Schméder), Economica, 1986.

L'ÉCRIVAIN PUBLIC ET L'ORDINATEUR — *Mirages du développement* (avec André Lebeau), Hachette, 1988 (trad. anglaise, Lynne Rienner, Boulder-Londres, 1992).

SCIENCE, GUERRE ET PAIX, Economica, 1989 (trad. anglaise, Saint-Martin Press-Economica, New York, 1989).

Impression S.E.P.C. à Saint-Amand (Cher),
le 13 décembre 1993.
Dépôt légal : décembre 1993.
Numéro d'imprimeur : 2451-2616.
ISBN 2-07-032811-2./Imprimé en France.

66465